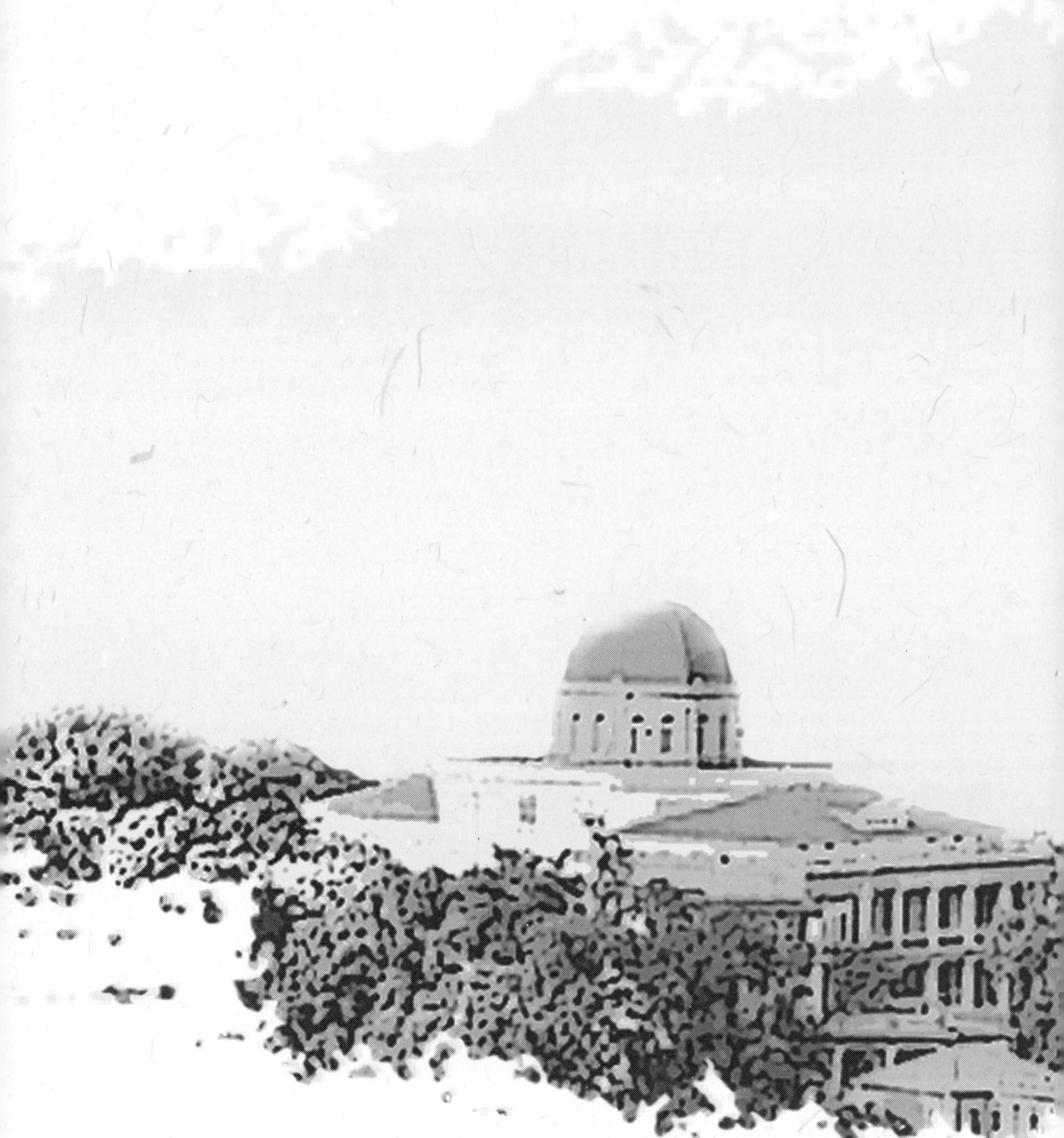

海峡原创长篇精品

老家厦门

颜建国 庄维明 著

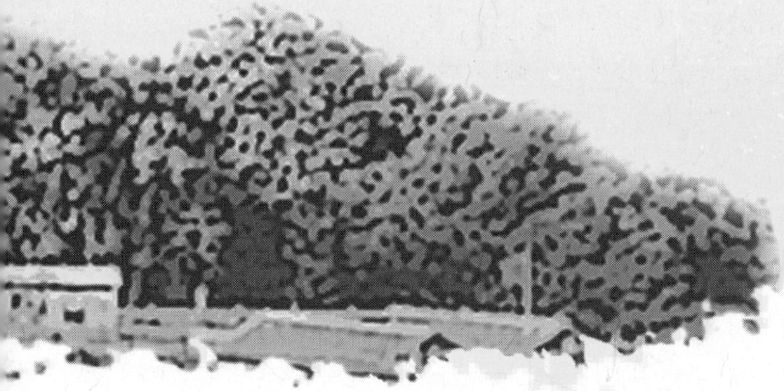

海峡出版发行集团 THE STRAITS PUBLISHING & DISTRIBUTING GROUP | 海峡文艺出版社 Haixia Literature & Art Publishing House

图书在版编目(CIP)数据

老家厦门/颜建国,庄维明著. —福州:海峡文艺出版社,2013.12

ISBN 978-7-5550-0005-1-01

Ⅰ.①老… Ⅱ.①颜…②庄… Ⅲ.①长篇小说—中国—当代 Ⅳ.①I247.5

中国版本图书馆 CIP 数据核字(2013)第 084763 号

老家厦门

颜建国　庄维明　著

责任编辑　任心宇

出版发行　海峡出版发行集团

海峡文艺出版社

经　　销　福建新华发行(集团)有限责任公司

社　　址　福州市东水路 76 号 14 层　　**邮编**　350001

发 行 部　0591—87536797

印　　刷　福建新华印刷有限责任公司　　**邮编**　350011

地　　址　福州市福新中路 42 号

开　　本　787 毫米×1092 毫米　1/16

字　　数　240 千字

印　　张　16.25

版　　次　2013 年 12 月第 1 版

印　　次　2014 年 6 月第 3 次印刷

书　　号　ISBN 978-7-5550-0005-1-01

定　　价　39.00 元

导读

清末，首任台湾巡抚刘铭传招募闽南垦丁赴台开垦土地。泉州市晋江县人叶朝根应征赴台，承包专供大米给驻台官兵的恒裕米业，因此发家，遂携眷来厦门，购置“金山号”、“银远号”两艘五百吨级火轮，做贸易生意，大有斩获。后在厦门沙坡尾买地，建豪宅叶家花园。

叶朝根年迈多病，急要其长孙、在漳州守店铺的叶乃盛来厦门见最后一面。叶乃盛携已有三个月身孕的妻子江秀卿乘坐“金山号”来厦门。船到海澄时，叶乃盛救起遭海盗抢劫并被推落水中的张果保，定下娃娃亲。叶朝根弥留之际，把一只田黄石印章交给江秀卿以作为他对未来重孙的见面礼。田黄石印章是当年刘铭传为纪念成功凿通台北至基隆铁路的狮球岭山洞而赠给叶朝根的。

叶朝根嫌他的大儿子叶振元挥霍家财，不能守业，立遗嘱由长孙叶乃盛接替执掌叶家生意，由叶雅云、叶雅芳两个女儿任监事，监督进出账目。叶振元大受刺激，不久死去。叶乃盛妻子顺产一男婴，取名叶茂南，张果保妻子顺产一女婴，取名张文婉。两婴弥月之日，两家共同举办宴席庆贺，并互赠一只小金锁为信物。此后叶、张两家过从甚密。叶茂南长大后，不喜欢张文婉，便把小金锁交给他的奶妈吴妈带入叶府、大自己一个月的儿子吴清和代为保管。叶家生意经叶乃盛打理，大有起色。叶乃盛在溪岸桥仔头买地盖新宅，并把母亲杨锦霞从漳州接到厦门来同住。

叶朝根当年在台湾时把二儿子叶振明过继给一户颜姓人家。叶振明后来从台湾移居香港做生意。叶乃盛、江秀卿夫妇俩见叶振明夫妇俩膝下无子，就把叶茂南过继给他们做财产继承人。

叶振明带叶茂南回香港办财产继承公证手续，又替他在美国著名的弗吉尼亚大学工商管理系中国班报名，送他出国留学。那时正是日寇侵华时期，中国大片土地沦落敌手。叶茂南大学毕业，带着大学同班女同学薛涵秋从香港转道来厦门，两人私订终身。叶家闻讯赶紧安排张文婉嫁过来。薛涵秋一气之下离开叶家。叶茂南与吴清和到码头追赶薛涵秋，却不见踪影，只在码头捡到叶茂南送给薛涵秋的一只珠绣手提包。叶茂南误以为薛涵秋已跳海轻生。叶茂南始终不能忘怀薛涵秋，不肯与张文婉做真夫妻。当时厦门日伪筹办劝业银行，硬要叶茂南出任要职，叶茂南不肯答应，被侵华日军厦门军区副司令琢本太郎派人抓走。张文婉把那只田黄石印章交张果保送给琢本太郎，请求放人。丈夫不在身边时，张文婉和吴清和好上了。一天夜里他们的奸情被夜归的叶乃盛撞破，正闹得不可开交时，叶茂南回家来，当众说出了真相。张文婉随着吴妈、吴清和离开叶家到南太武去。为防日寇上门寻衅，叶茂南只身到内地暂避。

叶茂南在南靖县和溪中学谋得一教职。搭车出行时，在奎洋被土匪喽啰劫持上了仙公山，不意在山头邂逅薛涵秋。原来那天夜里薛涵秋离开叶家出走后，在码头搭上一艘小火轮，临上船时她的那只珠绣手提包掉落在码头上。薛涵秋连同那艘船的父子船工被海盗李茂七所擒，李茂七垂涎薛涵秋美色。这一天正是李茂七要娶薛涵秋为压寨夫人的吉日，不意与叶茂南相会。

叶茂南和薛涵秋相拥大恸。早有喽啰去报告李茂七，李茂七提枪赶来。危急时刻，薛涵秋催叶茂南快跑。叶茂南跳入九龙江支流船场溪，薛涵秋开枪自尽，掩护叶茂南脱险。叶茂南在溪中漂流了一天一夜至靖城，被宣传抗日救亡的厦门青年战时服务团团员救起，随团溯江北上活动。后该团被国民党强行在沙县集训。国民党师长韩文英杀害分团团长范常铭等人，强行解散该团。叶茂南到龙岩县适中中学任教。

厦门沦陷后，叶乃盛带领二太嬷金枝、母亲杨锦霞、妻子江秀卿和女儿叶茂茜去有“万国租界”之称的鼓浪屿避难。叶茂茜到救世医院当护士，多次掩护抗日志士躲过日本人的魔爪。张果保开钱庄、典当行，大发国难财。

1945年8月15日日本无条件投降，叶乃盛带领家人返回厦门桥仔头叶宅。不久叶茂南也由内地回来了。劫后余生，一家人相聚，悲喜交集。叶茂南被香港招商局聘任为厦门分局副总经理。国民党厦门市党部头头带领两个宪兵到公司，宣布要征用船只，遭叶茂南斥责，叶茂南因此被抓。有关消息在香港报纸披露后惊动海内外。国民党只好放人。《晨光日报》女记者陈兮雯奉命采访叶茂南，两人坠入爱河，结为连理。新婚之夜，叶茂南对陈兮雯说起他与薛涵秋那段恋爱史，并把那只珠绣手提包作为信物送给陈兮雯。

叶茂茜考入厦门大学，积极参加解放战争时期“第二条战线”斗争，认识了学运带头人许国峰。厦门大中学校中共地下党党员、团员五百多人分批到安溪、永春、南安、同安一带开展游击战争，建立红色政权。叶茂茜没有去，但始终牵挂着许国峰。叶茂南到香港参加香港招商局“海辽号”起义，随船到了大连，加入中国人民解放军。

1949年厦门解放。当年去安溪一带打游击的厦门大中学校师生参加支前工作，随解放军返回厦门。叶茂茜见到他们，才知道许国峰已经牺牲在南安诗山，她悲痛不已。厦门成立一家国营外贸公司，叶茂南出任副总经理。

1957年反右斗争中，叶茂南被错划为“右派分子”，监督劳动。1966年“十年动乱”开始，叶茂南被当成“牛鬼蛇神”揪出来批斗。

在厦门师范学校任教师的叶茂茜，经人介绍与时任厦门杏林工业区主任的刘宏业结婚。“十年动乱”中刘宏业受到冲击。叶茂南、陈兮雯带着二儿子叶诗斌移居香港，他们已满十六岁的大儿子叶诗贤留在大陆，后上山下乡去永定西溪农场当茶工。

叶茂南到香港后，接替叶振明任投资公司董事长。到新加坡振明酒店检查工作，发现酒店总裁、日本人浅野三郎采用釜底抽薪的办法，把大笔黄金抽出去买日本股票，公司已是一个空壳。振明酒店清盘。叶振明逝世。叶茂南无家产可接，只好带着妻子到台北艋舺暂住。与退伍老兵合办一家茶业商行，从香港购置厦门“海堤牌”茶叶来台湾经销，却被以“资匪”、“通匪”查处，没收了全部茶叶，叶茂南备受打击。

叶振明当年过继过去的那家姓颜的商人在苗栗购置林地，因修铁路，叶茂南获得三亿多新台币的补偿金。叶茂南拿出两亿多元注册一家化纤公司，又“牛刀小试”到新加坡注册一家公司，到正在建设经济特区的厦门湖里注册一家硅橡胶电子元器件公司，且派叶诗斌去打理，并搬家到台南置屋安居。

1985 年、1990 年，叶茂南、陈兮雯两次回厦门小住。两人与刘宏业、叶茂茜亲人相见，悲喜交集。两人同时也会见了吴清和、张文婉。叶诗贤因去省城开会，父子俩没能见到面。

自厦门返台南后，叶茂南便积极地开展到厦门海沧台商投资区投资的前期工作。2000 年元旦回厦门参加他在海沧投资兴办的恒裕化工项目开工典礼和恒裕茶业奠基仪式。这时叶茂南、陈兮雯才见到离别已三十多年的大儿子叶诗贤。叶茂南对未来充满憧憬，相信总有一天海峡两岸会和平统一。

沉淀的是一段历史，传承的是一脉亲情。

——题记

目　录

引 子

1985年4月7日，上午九时许。晴空万里，蔚蓝色的天空，不时有如丝如絮的白云轻盈地、缓缓地从空中飘过。和煦的阳光透过云层，从空中照射下来，给人一种温暖的，好似一只大手抚过的感觉。一架银白色的波音737客机正在飞行，它的机身上，涂着一个蓝色小圆圈，一只高昂着头、展着双翅、浑身雪白的白鹭正冲天而飞，不过伸到蓝色圆圈外的白鹭的尖嘴和尾翅却是蓝色的，与圆圈的颜色相同，它是厦门航空公司的标志。在阳光的照射之下，这个标志显得格外明亮耀眼。厦门—马尼拉航班作为厦门经济特区的对外国际航班，分别自厦门、马尼拉两地对向航行。

可容一百二十人的机舱里干净、明亮，座无虚席。在右舷座靠第二个舷窗座位上，坐着一位西装革履、年龄六十五六岁的男士。从上机那一刻起，他就始终沉默不语，但他的双眼却贪婪地从舷窗往外望着，双唇不时翕动着，发出轻微的叹息声。坐在这位男子身边的那位妇人，着一身剪裁得体的缀满黄色米兰的浅蓝色旗袍，旗袍外套了一件淡黄色的无领薄绒羊毛外套。虽然年纪大了，头上也有几绺白发，眼角也不乏鱼尾纹，但她那鹅蛋形的白皙脸庞上的五官却格外秀丽端庄，看得出这位妇人年轻时定是一位风姿绰约的大美人。

飞机掠过中国南海上空，广袤的海疆一片湛蓝。那男士转过头来，看了看自己身旁的那位美妇人。见她睡着了，他便用胳膊肘轻轻地碰了碰她的臂膀，待那妇人睁开眼时，他才开口说道："兮雯，阿台会来接我们吗？"

"会的！会的！临出门时我已给他发电报了，他肯定会来接我们的。"

"这次回厦门，我很想见到茂平、茂安两位堂弟。茂平小我五岁，茂安小我十多岁，算起来今年他们兄弟俩也都有五十多岁了。只是我跟他们兄弟之间的那段'恩怨'不知扯得平扯不平？我总觉得我们叶家不该那样对待他们父子，太过了！"说完话，男士一脸惆怅。

"茂南啊！你这个人就是多虑！那都是陈芝麻烂谷子，多少年的事了！何况认真地说起来是你父亲叶乃盛跟他的弟弟叶乃鸿之间的一段'纠结'，跟你们做子女的根本没关系。现在是'度尽劫波兄弟在，相逢一笑泯恩仇'的时代了，海峡两岸实现'三通'，通邮、通航、通商只是时间问题。大陆的飞机都飞到马尼拉了，不久也可以飞去台湾了！你可别再停留在老观点上，头脑要开窍！不是说'要往前看'吗？"兮雯佯嗔地瞟了那位名叫茂南的男士一眼。

"噢！"叶茂南不觉点了点头，喃喃地念叨着，"'度尽劫波兄弟在，相逢一笑泯恩仇'，鲁迅先生这两句话说得多好啊！"说完，他深情地注视着身边的陈兮雯。显然，这两人是一对相濡以沫几十年的夫妇。

时间不知不觉地流逝，忽然，飞机上的广播响了起来："各位旅客，前方到达站是厦门。厦门是我国东南海滨的一座海港风景城市，也是一个重要的对外通商港口和华侨出入国口岸。厦门与台湾隔海相望，人称'厦门、台湾，如鸟之两翼'，是大陆与台湾通邮、通航、通商'三通'的最前沿阵地。改革开放以来，厦门本岛西北部创办了经济特区。厦门已由当年的海防前线城市，发展为对外招商引资的基地。厦门风光秀丽，景点繁多。著名景点有鼓浪屿、万石岩、南普陀寺、梵天寺、集美鳌园。由华侨领袖陈嘉庚先生创办的全国著名大学厦门大学就在厦门岛上。"

叶茂南犹如被电击似的抖动了一下，踌躇良久，说："兮雯，不知道能不能把吴清和找来会面呢……噢！还有我那妹妹，叶茂茜，我无时不在想念着她啊！能见见面最好！”

不待陈兮雯回答，飞机降落了，机舱里人声鹊起。准备在厦门站下机的旅客拿上行李走出机舱，顺着舷梯下机，登上前来接应的机场通道车。叶茂南、陈兮雯夫妇拖着行李箱随着人流向出口走去，两人四处张望，想看到他们的儿子叶诗斌的身影，可是他们没有找到，倒是看到在出口处有一男一女两位身着浅蓝色工作服的青年站在那里。那位男青年的双手端着一块纸牌高举过头，纸牌上写着：“叶茂南先生，欢迎您！”陈兮雯先看到了纸牌上的字，便碰了碰丈夫的胳膊，说道：“欢迎您呢！”叶茂南“噢”了一声，跨大步伐走过去。那位女青年笑容可掬地说道：“叶老，夫人，我叫李可欣，是厦门恒裕电子元器件有限公司总经理助理，我们是来接你们两位的。”男青年去取车，女青年领着两人走出候机楼通道，三人站在候机楼大门口等着，不一会儿，一部小车缓缓地驶近，三人上了车后，车便沿着宽阔的机场路向前驶去。

“叶诗斌怎么没来？没收到电报吗？”叶茂南板着面孔问着，有点不高兴的样子。

“叶总在上海办事未回。接到电报后我与他联系上了，叶总让我先来接两位，他会在晚上七点钟回厦门。”

车穿越厦门市区，在鹭江道的鹭江宾馆大门口停了下来。李可欣恭敬地把客人送入宾馆大堂里。一位坐在真皮沙发上，身着浅灰色便装、年龄约莫五十开外的中等身材男子站了起来，大步地迎上前来，喊道：“大哥！”他眼里闪动着泪花，一双大手用力地紧握着叶茂南的双手。

“您是……”叶茂南诧异地望着面前的这位陌生人问道。

那位男士回答：“我是茂安啊！你的堂弟啊！大哥！”

陈兮雯靠上前来，对叶茂南说道：“茂南，原来这位就是你日夜想念的茂安弟啊！”

“啊！”叶茂南张大双眼，激动地喊了起来，“你是茂安啊！这不是在做梦吗？”说完话，便紧紧地拥抱着叶茂安，呜呜地哭出声来。叶茂安也同样情不自禁哭了起来。

叶茂南、叶茂安兄弟俩坐到大堂长沙发上叙旧，陈兮雯在李可欣指引下，拿着一只珠绣手提包到总台去办理入住手续。

“一晃就是十八年了，恍若隔世。”叶茂南感慨地说道。

“对！十八年了！你们去香港那年是1967年。”叶茂安说道。

叶茂南又问：“二叔、二婶还好吗？”

叶茂安摇了摇头答道：“我父母都已不在人世了。”

“啊！是吗？二叔、二婶都故去了！”叶茂南惊讶地喊了起来，停了一会儿，他又问道，“茂平呢？你大哥现在哪里？”

“‘十年动乱’期间茂平被对立的造反派打伤了，去漳州疗伤，后来就留在那里工作，没回厦门，不过我侄女叶宜玲现在在湖里一家外商办的制衣厂做事。”

“噢！”叶茂南问，“当‘干部’？”

“不！是一线车间组长，蛮出息的！”叶茂安答道。

“噢！”叶茂南看了叶茂安一眼，又说，“看你的样子，应该是‘吃公家饭的’，是共产党官员吧？”

叶茂安笑了笑，说道：“‘官员’说不上，‘干部’倒称得上。那一年我们一家人离开海后路那座老宅时，真是家徒四壁，一贫如洗呢！茂平去厦门大学读书。我父亲染上吸鸦片、赌博恶习，把仅有的一间祖厝也拿去抵赌债，我母亲只好领着我回乡下去。后来我遇到在泉州开展地下斗争的共产党游击队的人，他们收留了我。厦门解放后，我随游击队入城，成为国家干部，现在在厦门经济特区管委会工商处工作。”停了一会儿，叶茂安兴奋地又说，“去年2月邓小平视察厦门，题词‘把经济特区办得更快些更好些’。回北京后他老人家主持会议，中央决定把厦门经济特区的范围扩大到包括鼓浪屿的厦门全岛一百三十一平方公里。以后厦门经济特区就不再是湖里，而是厦门全岛了。”

叶茂南高兴地说道：“太好了！不说别的，就说如今厦门—马尼拉航线的开通，就值得大为庆贺一番呢！虽然海峡两岸还没通航，可是通航也是指日可待的啊！”

这时李可欣陪陈兮雯办好入住手续走了回来。叶茂南、叶茂安听到李可欣同陈兮雯说道："叶夫人，您的珠绣手提包真漂亮。"陈兮雯答道："这是你叶老当年送我的信物，我一直把它放在皮箱里。这一次回厦门特意拿出来，怀旧嘛！上了年纪的人就喜欢怀旧，它能勾起许多对过去日子的美好回忆呢！"李可欣调皮地说："对叶老的爱情回忆吗？甜蜜蜜！"大家全都哈哈大笑了起来。

陈兮雯问李可欣："你是哪所学校毕业的？"

李可欣答："鹭江大学文秘系。"

陈兮雯又问："怎么会到恒裕电子来的呢？"

李可欣又答："来应聘的啊！竞争上岗，报考人数有三十人，结果我'中标'，跟恒裕有缘啊！"

叶茂安抬头看了看李可欣一眼，神情有点诧异，但他没插话，又接着与陈茂南说话。叶茂安问道："大哥，这次回厦门是旅游观光，还是参加会议？"

陈兮雯替丈夫答道："你大哥去菲律宾参加一个化工会议，听说马尼拉—厦门航线开通就急着回厦门看看。在厦门你大哥有投资，以前没机会过来，这次趁厦门—马尼拉通航，终于能一偿心愿了。"

"你们在厦门办的企业叫什么名字？"叶茂安问道。

"恒裕电子元器件有限公司。"陈兮雯又一次代叶茂安答道。

"噢！"叶茂安大着声音喊道，"'恒裕'是大哥的投资项目？专门生产电脑键盘的，算得上是新兴产业呢！总经理叶诗斌年轻有为，办事干练，我跟他倒是认识的，不知他是大哥的什么人？"

陈兮雯用眼角瞟了丈夫一下，微笑着对叶茂安说道："叶诗斌是我们的二儿子，他该叫你叔呢！"

"是吗？叶诗斌是大哥、大嫂的儿子，真没想到！咱们叶家在厦门经济特区也有投资项目，不错嘛！"叶茂安激动地说道。但是过了一会儿，他却皱了皱眉头，脸上一副不解的神色问道："'恒裕'是新加坡资金，大哥不是在台湾定居吗？怎么……"

叶茂南点了点头，说道："是的，我在台湾听说厦门办经济特区，便过来办一个小项目，做硅橡胶电子元器件试试，投石问路嘛！做得顺手再考虑扩大投资规模！当时为了减少麻烦，特地去新加坡注册一家公司，以新加坡资金名义进来办厂的。”

叶茂安很兴奋，连说：“太好了！太好了！”

踌躇了一下，叶茂南问：“有叶茂茜的消息吗？”

“噢！大哥是说‘小钢炮’吗？‘反右’那几年她可是很对不住你呢！可是‘十年动乱’中她自己也遭殃，差点被划为‘五·一六分子’。后来她跟她丈夫刘宏业去龙岩。成立厦门经济特区管委会后，刘宏业调任管委会主任，她才跟着又回厦门。”叶茂安答道。

停了好一会儿，叶茂南又犹豫着问道：“有吴清和的消息吗？还有……”叶茂南悄悄看了陈兮雯一眼，不说了。

陈兮雯莞尔一笑，瞟了丈夫一眼，爽朗地对叶茂安说道：“你大哥不好意思问，我来替他问。他是想打听他那位‘指腹为婚’的张文婉的情况，你知道吗？”

叶茂安笑了笑说：“那我就不知道了！不过知道吴清和，自然便知道张文婉，他们不是一家子吗？”

叶茂南不好意思地笑了笑，点了点头。

看看交谈的时间不短了，为了让叶茂南、陈兮雯两位消除旅途疲劳，叶茂安站起来说晚上七时许由他做东为大哥、大嫂接风洗尘，请两位先回房间稍事休息，告辞离去。不一会儿，李可欣也告辞走了。叶茂南、陈兮雯在服务生的引导下，乘电梯到了三楼，入住301房间。

叶茂南先走入浴室盥洗起来。陈兮雯往一只瓷杯倒了半杯开水，拉开旅行包，从中取出一包药，放在桌上，等丈夫走出浴室，便对他说道：“把药吃了。”叶茂南顺从地从妻子手中接过药片放入口中，仰脖“咕噜咕噜”喝了几口水。等丈夫吃完药后，陈兮雯才放心地走入浴室里去盥洗。叶茂南坐在圆形木框靠背椅上，手上拿着一只“嗞嗞”响的剃须刀静静地刮胡须，有点心绪不宁的样子。不一会儿，陈兮雯洗完澡，换了一套镶红边的藕色乔其纱宽袖、宽裤管便装，随手把换下来的那套旗袍和丈夫的西装上衣挂到衣架上。

看到丈夫那一脸惆怅的样子，陈兮雯说："走吧！到街上去吃一碗虾面或者沙茶面当作午餐吧！"叶茂南接过陈兮雯递给他的一件白色对襟外套穿上，两人出门了。

晚上七时，叶茂安准时来敲叶茂南、陈兮雯的房门。陈兮雯去开门，叶茂安走了进来，在他身后，一位妙龄女郎开口就喊道："伯父、伯母好！"

叶茂安介绍说："这是文蔚，我女儿。"

陈兮雯拉着叶文蔚，高兴地说道："真漂亮啊！正是豆蔻年华啊！我看看，我看看！"边说边从上到下端详。只见叶文蔚在头顶上用一个赛珞珞黑色发夹把头发绾起；圆盘脸、明眸皓齿，面容姣好；中等身材，全身着一套粉红色薄呢女西装；脚上穿着一双平底红皮鞋，给人一种充满青春气息的感觉。陈兮雯啧啧称赞了几句后问道："几岁了？读书还是工作？"

"二十四岁了，厦门大学中文系刚毕业不久，在《厦门日报》担任文化版记者。"叶文蔚大方地答道。

"啊！咱们是同行！"陈兮雯大声说道。看到叶文蔚一脸诧异神色，她补充说道："我以前也是一名记者，后来嫁给你伯父，他把我'关'在家里，让我替他生孩子、理家务。说好听点是什么'相夫教子'，说难听点便是叶家老妈子！"说完，她爽朗地哈哈大笑，逗引得叶茂南、叶茂安老兄弟俩也跟着笑。

叶文蔚问叶茂南："伯父、伯母，我有几个哥哥、姐姐？"

陈兮雯未待叶茂南开口，先答道："我们有两个儿子，当年留在大陆的叫叶诗贤，后来又叫他叶陆生；带去香港的叫叶诗斌，又叫叶台生。1967 年离开厦门去香港时，陆生已成人，不能跟我们去香港定居，所以只带台生出去，台生现在也在你们厦门。"

叶茂安插话说："不是'你们厦门'，是'我们厦门'。大哥、大嫂老家在厦门，咱们都是厦门人。"

陈兮雯连忙说："对！对！我们都是厦门人，应该说'我们厦门'！"

叶文蔚又说："我听我爸说，把我们家几代人的故事写出来，就是一部长篇的'厦门故事'。伯母什么时候给我说说，我来做'录音机'，照录不误，写成一部书，那该多好啊!”

陈兮雯爽朗地答道：“好啊！你要有兴趣，待我慢慢来告诉你吧!”

“一言为定!”叶文蔚说道。

“一言为定!”陈兮雯应道。

叶茂安说：“走吧！咱们去露台上吃晚饭，边吃边欣赏鹭江夜景。”说完话他先站了起来，叶茂南他们也跟随其后，乘电梯登上鹭江宾馆七楼露天餐厅，找了靠围栏的一张餐桌，分宾主各自坐下。叶茂安点菜。叶茂南、陈兮雯跟叶文蔚继续聊天。不一会儿，叶茂安点完菜回来，坐了下来，问了一句：“诗斌会来吗?”

“我想会来的!”叶茂南顺口答道。

夜色苍茫。在如水洗过的天空，一轮明月把淡淡的光透过薄薄的轻云向大地倾泻下来；咫尺之遥的鹭江上，弥弥浅浪折射着流光溢彩的城市之光；恍若大海上的一艘彩船般的鼓浪屿，隔海可望，似乎一伸手就可触摸到；往返于厦门、鼓浪屿之间的渡轮，在蓝缎子般的海面上缓缓驶着，留下了长长的一条洁白浪花，久久不息。

叶茂南一时诗兴大发，念起两句古诗：“古人不见今时月，今月曾经照古人。”

随后他深情地说道：“咱们叶家祖先就是经眼前这条鹭江从晋江青阳到漳州，再顺流而下来到厦门的！多少年来我魂萦梦绕的就是这条江啊!”

陈兮雯不语，但她点了点头，叶茂安也点了点头。

叶文蔚饶有兴味地看了三位长辈一眼，又下意识地看了看鹭江。

这时服务生来上菜了。

叶茂安说：“来！大哥、大嫂，请用餐，都是厦门的一些小吃，很久没吃到家乡菜了吧?”

餐桌正中摆着卤水拼盘，内中有厦门盛行的安海“土笋冻”，那是一种海生沙虫，熬成汤，鲜美、生脆，是很独特的一种海鲜。每人面前又用小碟子盛着一条称为“薄饼”的厦门春卷；另一个小碟子里置一块油炸过的金黄色面点韭菜盒。叶茂安招呼亲人动箸用餐。叶茂南、陈兮雯吃了后连夸味道好。

服务生又上了一道海蛎煎。叶茂南夹了一块放入嘴里，细细地咀嚼，说：“好！比台湾的正宗，有味！”陈兮雯也夹起了一块放入嘴里，咀嚼起来，说道：“我听人说厦门的海蛎与台南的海蛎是不同的品种，厦门所产海蛎味道更好，特别是大嶝的‘七耳海蛎’可是出了名的。”

忽然叶茂南推开面前的盘、碗，站了起来，走到露台护栏前，透过浓浓夜色，凭栏南望。叶茂安心知他大哥是想看看位于沙坡尾的那座祖屋叶家花园，便也走过去，在叶茂南的身旁站着，轻声地对他说道：“叶家花园已荡然无存了！1958年‘八·二三’炮战时，金门打过来的炮弹把它打坍塌了，成了一个废园，你当时在厦门是知道的，不过按规划会在那里建一座星级酒店。厦门这几年发展快，酒店服务业跟不上，非加快建设不可！你当年想重建叶家花园的夙愿今天将由政府来替你完成了。”

“噢！”叶茂南点了点头说，“沙坡尾的叶家花园可是咱们叶家发源地啊！厦门海港最早就是在这一片先建起来的，在这个地方建酒店意义大。”说完后他重新入席，叶茂安也跟着走了回来。

服务生又上了几道厦门小吃，大家同样兴致勃勃地品尝着。叶茂南话多了起来，他吃了一口油葱粿后说道：“厦门在湖里办的经济特区跟台湾办的高雄、台中、楠梓三个出口加工区很相似。也是划出一块地盘，采取关税优惠政策，鼓励外资入区办加工类企业，产品返销出去。早在1960年台湾土地银行就曾在基隆创办了一个六堵工业区；后来又在宜兰的龙德、台中的幼狮和大寮设侨、外资工业专区；1965年建高雄、楠梓、台中办出口加工区；1980年又投资十亿新台币筹办新竹科学园区，配合台湾的产业升级，研究新科技产品。当年台湾‘经济部’部长赵耀东，人称‘赵铁头’的，主持办出口加工区，为振兴台湾经济出了不少力。茂安，想不到你现在也在参加特区建设，搞经济工作，很不简单啊！”

陈兮雯插话：“你大哥是新竹科学园顾问，在那里有一个电子项目，恒裕这个项目就是从那个项目分出来的。”

叶茂安笑着说：“‘不简单’可说不上，为民众做点事呗！台湾办出口加工区的经验，对我们启发很大，我们要好好学习，我们是边学边干的。”停了一会儿，他问，“诗斌怎么还没来，他是不是不知道你们来厦门?”

“噢!”叶茂南应了一声，却并不回答。

这时叶文蔚缠着陈兮雯说：“伯母，咱们可说好了，你一回台湾就得把咱们叶家的家史材料整理出来，寄给我，我来写一部老家厦门的故事。”

陈兮雯连说：“好的！好的!”

皓月当空，夜风飒飒，在露台上坐顿觉凉气袭来，大家也菜足饭饱了，便互相道别。

临分手时，叶茂南问：“我就纳闷，你怎么会知道我来厦门呢?”

叶茂安笑了笑说：“我有‘耳报神’，文蔚是记者啊！她会‘包打听’，是她告诉我的。你毕竟是台湾商界翘楚啊!”

回到宾馆，叶茂南不吭声。陈兮雯知道丈夫是因为台生到现在还未露面，心里不痛快，便也不去“触霉头”，也不吱声。两人各自淋浴后，熄灯就寝。这时突然有人敲起门来。陈兮雯在床上问了一句：“谁?”门外的人答道：“妈，是我，台生。”陈兮雯赶快开了灯，手忙脚乱地穿好外衣，下床去开门。叶茂南也穿好了外衣下床。门开了，一个近二十岁的青年男子风尘仆仆地走入房间来。叶茂南板起脸，没好气地问道：“你不知道我们要来厦门吗?”

叶诗斌答：“知道。但是收到电报时我在上海，那里有人想买咱们的货，我去跟客户洽谈，接单。”

“谈下来了吗?”一提到正事，叶茂南的脸色就缓和下来。

“谈下来了！总金额三百六十多万元人民币。”

“好啊！大陆市场大，商机多，前景无限啊!”叶茂南略显兴奋地说道。

与父母已大半年不曾见面，有许多话要说，但是夜更已深，叶诗斌只好先告辞。

叶茂南说：“不多坐一会儿吗?”

叶诗斌说：“不了！我是刚下飞机就直奔这里的，我得回公司宿舍去洗洗澡，好好睡一觉。明天上午九时，李可欣会过来接你们去工厂的。你们去看看咱们那个工厂，咱们再聊。”说完话，他向父母亲挥了挥手，抬腿走了。

叶茂南显得有点情绪亢奋，双眼发亮，双手微颤，说：“台生食宿在厂里，蛮有吃苦精神的啊!”

陈兮雯说：“是啊！这孩子挺能干的！陆生要能找到，让他们兄弟俩搭档一块干，成绩一定更好。”

“是的！我也这么想。”叶茂南道，又说，“只是不知陆生现在人在何处啊!”

叶茂南、陈兮雯夫妇俩对叶诗斌可是下了大力气培养的啊！叶茂南让他跳级读完高中，再去台湾大学读工商管理系；毕业后，叶茂南又送他去美国哈佛大学进修工科，学机械制造。叶诗斌算是“文武双全”呢！叶茂南投资厦门办那个硅橡胶元器件厂后，派手下工程部一位干将带叶诗斌，要让他在实践工作中经受磨炼。所以叶诗斌一直在厦门“打拼”。

其实，叶茂南这次回厦门另有一个“任务”，就是以画家身份到厦门大学艺术学院作交流。十多年来，叶茂南不但热衷于做收藏家，收藏一些景泰蓝宝瓶、玉雕器件、明清字画，也潜心于山水、花鸟画技的研究，且颇有收获，在港台甚有些声名。他应邀参加由厦门大学艺术学院举办的一个“明清字画研究交流会”，并被指定在大会上发言。于是跟叶茂安见了面后，第二天一大早，叶茂南就带着夫人陈兮雯，去参加会议了。

在一阵热烈的掌声中，叶茂南走上厦门大学建南大礼堂讲台，面对几百位听众发表演说，他的演讲题目是《从八大山人的画看汉民族的反清情结》。叶茂南说：“八大山人原是明朝宁王宗室成员，姓朱名耷，号人屋，八大意谓‘四面八方数我为大’。明亡后他削发为僧，隐居山林，以作画为业。”经过叶茂南的点拨，朱耷和尚那又像“哭之”，又似“笑之”，哭笑不得的“八大山人”签字，以及“残荷”、“寒鸦”画作所蕴含的深邃含义跃然纸上，印证了明亡后，汉族知识分子对清皇朝的纠结心态。叶茂南本就善于言谈，又着实做过一番研究，语惊四座，博得阵阵喝彩声。

这时主持会议的厦门大学艺术学院林院长走上台来宣布：“叶茂南大师还给大家带来一件礼物，就是他的力作《鹭江春》，描绘了清末民初鹭江两岸的厦鼓风光。叶老要把它赠给我校，让我们以热烈的掌声表示对他的感谢!”又是一阵雷鸣般的掌声。

在厦大艺术学院两位女学生的帮助下，叶茂南把《鹭江春》展示给大家看，又博得满堂彩。叶茂南谦逊地说道：“这是我印象中的厦门，这一次有幸目睹改革开放的新厦门，感受良多，同时也顿感惭愧，因为我没有画出一个新的《鹭江春》来。希望下一次我能再画一幅反映新厦门的《鹭江春》。”

会后，叶茂南、陈兮雯坐着叶诗斌开的汽车去湖里参观恒裕电子元器件有限公司，受到工厂员工的热情欢迎。叶诗斌、李可欣领着叶茂南、陈兮雯一个车间一个车间参观。叶茂南、陈兮雯看到生产线设备正常运作，工人们穿着蓝色工作服坐在操作台后专注地操作的样子，很感满意。参观的过程中，陈兮雯跟李可欣说了许多悄悄话，问了她的许多情况。参观恒裕电子后，叶诗斌开车把叶茂南、陈兮雯送去机场，两人搭乘厦门—马尼拉航班回马尼拉再转回台南。

在飞机上，陈兮雯对叶茂南说：“你觉得李可欣这个人怎么样?”

“什么怎么样?”

“人品啊!”

“不错，清纯可爱，落落大方。”

陈兮雯点点头又问：“娶来做台生的媳妇怎么样?”

“别！别！你可别瞎忙乎，年轻人的事做父母的最好不要去管它。”

陈兮雯看叶茂南那激动的样子，“扑哧”一笑说：“你这是‘一朝被蛇咬，十年怕井绳’。其实‘指腹为婚’也并非都像你跟张文婉这样折腾，夫妻恩爱、白头偕老的也大有人在，不然过去社会不开放，男女难得见面，哪里去自由恋爱，结婚建立家庭呢?”

“唔!”叶茂南点了点头，又一会儿才问道，“诗斌不是跟台大医院那位女医生在交往吗？怎么不……总不能只‘拍拖’不成家，做‘钻石王老五’一辈子啊!”

陈兮雯说：“据我所知，也不尽如人意，两人不时闹别扭，有一次诗斌垂头丧气回家来，我问他原由，他冒出了一句话说，‘刁蛮公主’真难侍候。”

“唔!”叶茂南没有再说话。

第一部

风雨如磐下鹭江

大约在叶茂南、陈兮雯夫妻俩从厦门回台南后一个多月的一天上午，叶文蔚到深田路《厦门日报》社上班时，收发室老王喊住她，告诉她有一个邮包。叶文蔚签收后接过那个邮包，踏入自己的办公室一坐下来，就迫不及待地拆包来看。邮包是陈兮雯托人从新加坡寄来的，里面有陈兮雯写给她的一封信和一大本用打字机一个字一个字敲击出来的材料。叶文蔚展开信笺，轻声地读了起来：

文蔚贤侄：

回台南后我就开始动手给你写叶家故事，可惜“锦书难托”，海峡两岸还不能通邮，我让人把文稿带去新加坡，委托在《南洋商报》当记者的好友洪丽明代劳，请她把材料寄给你。写得不好，见笑了。

洪丽明是我当年在《星光日报》当记者时的同行，后来她去新加坡《南洋商报》工作。以后我会由她代转去我的材料，并跟你一直保持联系的。不过我还是希望有一天海峡两岸能直接通邮、通航、通商，实现“三通”。两岸直接书信往来不是更好吗？都是炎黄子孙嘛，何必老死不相往来呢?

陈兮雯

1985年5月20日

看了信后，叶文蔚翻动着文稿，双唇翕动，轻声地读起了那一大本材料来。她花了半个月时间把它们写成长篇小说《老家厦门》第一部“风雨如磐下鹭江”。

1

二十一岁生日刚过的叶乃盛从清晨鸡鸣头遍起，已是第三次跑到他家漳州叶园的天台上去向九龙江北溪江面眺望了。可是跟前两次一个样，他还是没有看到从厦门前来接他的自家那艘五百吨级的铁壳小火轮“金山号”的影子。九龙江是福建省仅次于闽江的第二大江。它由大大小小几十条小溪汇流组成，分北溪、西溪两大溪，漳州市正处于两溪之间，两溪在龙海县汇成九龙江，顺流而下，在海澄县与从厦门港海门逆流而上的海水相交汇，沿着厦门本岛外的一条咸、淡水交杂的“鹭江道”直奔厦门港，汇入台湾海峡。秋天是“多事之秋”，在闽南地区的厦门、漳州、泉州这样的沿海地带更是如此。每年从仲秋的农历八月开始，直至十月底的三个月时间里，从菲律宾海上刮过来的台风，总是一个接着一个来光临这一片土地。风过之后，紧接着便是暴雨袭来，天空就像是一个漏了底的大铁桶似的不停地落下雨来。最后，自然便是山洪暴发，洪水把成片成片的田园、坡地变成了泽国，到处白茫茫一片。

叶乃盛急着要去厦门是因为他的祖父叶朝根病重。早三天叶乃盛就曾下决心干脆过江东桥走旱路，从上房过角美、海沧去厦门，可是偏偏他父亲叶振元派人捎话来，要叶乃盛的妻子江秀卿一定也要跟着去厦门。唉！老父亲哪里知道，秀卿已有了三个月的身孕，怎经得起旅途劳顿呢？万一有个闪失，那可不是玩的！叶乃盛靠着墙根，无助地仰头又看一眼灰蒙蒙的天空，狠狠地咬了一下牙根，嘟囔："这鬼天气！"正当他想换一句更解恨的话骂天时，他母亲杨锦霞在楼下大厅喊了起来："阿盛，'金山号'来接你了！"叶乃盛一听，一蹦老高，赶快从天台"咚咚"跑了下来，冲出大厅往九龙江北溪江面上眺望。果然，在那波涛汹涌的浩瀚的九龙江北溪江面上，一艘"嘟嘟"作响的小火轮正劈波斩浪向这边驶来呢！叶乃盛喜形于色，扭头便冲上二楼左角自己那间喜气尚存的新房里，走近红木大床前，轻轻地摇了摇一位躺在床上紧闭着双眼正在假寐的女人，悄声道："秀卿，快起来，船来了！"

江秀卿闻声后睁开了双眼，急急忙忙下了床，开了大木床对面那个长木柜，从柜中拿出了他们夫妻俩的几身秋装，顺手抖开一条黑白格子相间的包布，把它平铺在床上，再把那些衣服放了上去，打成一个包袱，让叶乃盛搭在肩上，然后提了靠在门边的一把油布雨伞，跟着丈夫下楼来，走过她婆婆吃斋念佛的佛像前，特地拜了三拜才走。

"嘟嘟……""金山号"欢快地鸣叫着汽笛，叶家小伙计张旺，一个年龄约莫二十岁的大小伙子，待"金山号"在漳州叶园左边的那成"一"字形的石砌海岸墙根靠稳后，从船上跳上岸，向站在大门口的杨锦霞深深作了一个揖，开口说道："太太！老爷让我来接少爷、少奶奶去厦门。"

"好啊！"杨锦霞爽朗地答道，转过身来叮嘱叶乃盛，"路上照顾好秀卿，别有什么闪失！"停了一会儿，她才接着说道，"这一次去了，你们就不必再回漳州来，在厦门跟你父亲好好学做生意，不用惦记我啊！我一个老太婆，无疾无灾的，吃得下，睡得香，又有雪绸丫鬟做伴，生意有老洪打理，你们不用操心。"停了好一会儿，她哽咽了一下才又说道，"代我向你老爸那死鬼叶振元问一声好！"

叶乃盛受感染，双眼润湿，点了点头说："知道了！"说完话，他接过江秀卿手中的那把油布雨伞，把伞撑开，再把包袱横搭在自己的左肩上，搀扶着妻子，小心翼翼地登上了"金山号"的舱舷，走入驾驶室里，在一排双人座上坐了下来。从驾驶室窗口往外望，叶乃盛看到母亲站在家门口正关切地望着他俩，叶乃盛不禁有点心酸，簌簌掉下泪来。

叶家这艘"金山号"虽是一艘货船，货没装满、舱里有空位时也卖票捎带客人。船舱后角有一些长木板、矮木墩，搭起来便是座位。陆续有人买票登船，约莫十五分钟后，张旺对船员嘱咐了一句："开船吧!"船员起了锚，发动起引擎，"金山号"在雨雾中开动了。

雨小了许多，但是江水却是涨得满满的。浑浊的江面上，不时有从上游冲下来的小木柜、木桶和杉木床板之类的漂浮物顺流而下。"金山号"不时遇到不同向或同向开过来的木壳船，那些木壳船的船头上坐着押货的商家伙计，船舱里装满大袋小袋的货物，食盐、白糖、香菇、大豆什么都有，船后站着一位船员，正吃力地摇着橹，把船推进。

"太爷的病有多严重？为什么这么急，非要在台风天里接我们去厦门呢?"叶乃盛皱皱眉头，向张旺问道。

"太爷看是不行了，他非要见你最后一面不可，你是叶家的长孙啊!"张旺压低着声音说道。

叶乃盛身子一震，惊讶地睁大了双眼，下意识地瞟了坐在他身旁的江秀卿一眼，才对张旺说道："太爷身体不是一向硬朗吗，怎么说不行就不行了呢?"他在心里算了算，已有一年多未见到太爷了，一年多时间太爷就不行了，太不可思议了！老人真是"风头蜡烛"啊！

张旺又说："自今年上元节过后，太爷就常常气喘，又总闹肚子，上个月肚子胀得老高老高的。看病的周郎中悄悄告诉老爷，说能拖的话大约就拖到年关脚下；挺不过的话，也就只有十天、半个月光景吧！所以老爷才急着要你们去厦门啊!"

驾驶室的空间实在太小了！船员站在罗盘前把握方向盘，他身后的双人座坐着叶乃盛、江秀卿小两口，张旺便无处容身了，他只好对叶乃盛说了声："我回舱去，有事叫我!"扭头开了驾驶室的门，走入船舱里去了。

等张旺走了后，江秀卿拉了拉丈夫的衣袖，伏在他的耳边悄悄地说道："你妈很惦念着你爸呢！你跟你爸多久没有见面了?"

叶乃盛也伏在江秀卿的耳边悄悄地说道："我们原本是跟我爸一起住在厦门的，我妈帮我爸打理恒裕号的生意。后来我爸在外面有人，把那'狐狸精'带回家里来，我妈跟我爸大吵了一顿，一气之下她便带着我回漳州叶园来住。

我爸也曾回来几次，向我妈赔不是，只是我妈无论如何不肯原谅他。后来我爸只好把漳州这头的店铺生意交给我妈跟我打理，他自己逢年过节才回来一趟看望我们。我跟你成亲那天，他是专程从厦门回来主婚的呢！”

江秀卿噘了噘嘴，佯嗔地瞟了丈夫一眼说：“你怎么从来不对我说这些话呢？你们一家三人都不对我说实话，倒装得像，哼！”

叶乃盛还是伏在江秀卿耳边悄悄地说道：“不就是怕你不乐意吗？你家也是做生意的，亲家门风最重要，要知道我爸在外养‘细姨’，肯定不肯答应这门亲事的，我们不就结不成婚吗？”看到江秀卿噘着嘴，一副不高兴的样子，他笑了笑又说，“嗐！你一生气起来更好看呢！”直勾勾地望着妻子傻笑。

的确，江秀卿是美的，她并非那种英姿飒爽的美，更多的是乡间女子清纯的美。江秀卿是在石码大码头开绸布庄的“卖布河”江阿河的二姑娘，她长得一张白净净的圆脸庞，浓眉大眼，身材婀娜，着一身宽袖口的浅蓝色对襟上衣，穿一条阔裤管黑布裤，脚蹬一双红绣鞋，显得伶俐可爱。

江秀卿皱了皱眉头，看了看丈夫，轻轻地捶了一下他的左肩膀。

“金山号”到了龙海又上来三个人，船舱里的乘客其实并不多，连这三位也不过十一二位吧。这种天气，人称“打狗也不肯出门”，不是火燎眉毛、十万火急的事，谁肯出门去呢？不过生意场上的人就不同了，商场如战场，再大的风雨，硬着头皮你也得出门啊！所以舱里的乘客多是一些生意人。但是若以为是老板本人出门那又错了，做老板的通常是不出门的，多是把需要出门才能办的一些重要事嘱托给账房掌柜，人称“账柜仙”的去代劳。这些人往往身着一袭或蓝或黑的长衫，肩上搭着一只灰布褡裢，褡裢内装着账单和几张银号的本票或者钱庄“水牌”，外加一两件换洗衣衫和一些碎银、铜圆做路上打尖、住店的开销，臂膀里则夹着一把伞，就上路了。还有一条，干“账柜仙”这一行的多为世袭，子承父业。“账柜仙”干了二三十年后，年岁高了，便回乡下去养老了，由他的儿子或世侄来接替他，也做“账柜仙”，所以服侍过几代老板的“账柜仙”家庭大有人在。

外出办事，又偏偏遇上这样的鬼天气，船舱内的那些乘客不无沮丧，这个时候他们特别喜欢听人讲故事或闲聊，这在闽南语里称为“喊仙”、“开讲”

或者是“谈天说皇帝”。

有一位四十开外、身体略显肥胖的商人模样的乘客这时就正在那里开讲：“我说这世道也跟这天气一样，说变就变。这大清国自女真贵族努尔哈赤凭十三副遗甲起事打天下，统一东北地区，建立后金国；经皇太极、多尔衮兄弟的拼搏，建立了大清国，打入关来，建立清皇朝；历顺治、康熙、雍正、乾隆，传到了嘉庆、道光、咸丰、同治、光绪、宣统，十帝三百年，竟一代不如一代了。洋人的洋枪洋炮打进来，又是中英鸦片战争，又是英法联军、八国联军打入北京，大清国气势渐尽，最后出了个武昌起义，把个大清王国给灭了，末代皇帝溥仪被赶出紫禁城，1912 年 1 月 1 日中华民国在南京成立临时政府，孙中山就任临时大总统。为什么是‘临时’的呢？因为孙中山说袁世凯若‘反正’，拥护共和，就由他来当这个总统吧！后来，袁世凯真的当上大总统，没想到袁世凯当大总统不过瘾，想复辟当皇帝。他的那些喽啰们又是‘筹安会’，又是‘劝进团’，都说袁世凯是‘龙种’，合该当皇帝，还要缉拿孙中山，把个孙中山逼到海外去，发动‘二次革命’讨袁。蔡锷在云南首先组织护国军北上，全国多省呼应，通电讨伐袁世凯，把袁世凯活活气死。现在是新时代，北平学生出来闹革命，去年 5 月 4 日北平学生喊口号，要科学，要民主，要把‘德先生’、‘赛先生’请入中国。嗨！中国要是也像欧美国家来个‘自由’、‘平等’、‘博爱’就好了呢！”

这时有人插话道：“孙中山不是说‘世界潮流势不可当’吗？欧美国家都废除君主王朝，建立议会、共和国家，我看中国封建社会也太长了，是早就该换一换了！靠皇帝老子一个人的脑袋怎么治理得了这么大的一个国家呢！应该民主、共和。再说鸦片战争后‘五口通商’，也可说是一桩坏事变好事啊！被逼开了大门，洋钱、洋货才会进来，洋生意也才有得做。还有‘洋务运动’，学洋人办工厂生产工业品，制造枪炮，‘以夷制夷’，中国才有强大的一天啊！依我的看法，也不能说洋人打中国全是害处，至少使中国人知道外面世界是怎么样的啊！”

又有一个读书人模样的接口说道：“五口通商，广州、厦门、福州、宁波、上海，厦门的排名仅次于广州，足见其在洋人眼里地位非同小可。依我看，厦门这个港口之所以能兴旺发达起来，有两个原因，一是对台贸易，一是从厦门出去的华侨多，华侨发了财，回来建设厦门。厦门到高雄只有一百六十五海里，而厦门至福州却有两百零一海里，从海路走，厦门去高雄比厦门去福州短了三十六海里，厦门和台湾真是'一衣带水'啊！所以厦门、台湾的贸易往来多。当时全国的对台贸易中心就在厦门，在很长的一段时间里，清政府只开放厦门、鹿耳门两个'对口港'哩!"停了一会儿，他又说道，"就拿这艘'金山号'的主人叶姓家族开山始祖叶朝根来说，他就是从厦门'唐山过台湾'，在台湾发了财再回厦门来的啊。"

叶乃盛隐隐约约听到从船舱里传来的乘客谈话的片言只语，知道人家正在谈他家的事，便轻声对江秀卿说了一句"我去外面听他们说话"，起身开了驾驶室的门，走入船舱里，找个位置坐下来静静地听着。

那位有点年纪的胖商人接口说了起来："列位，要说这艘'金山号'小火轮的主人，恒裕号开山祖师叶朝根他们家族的发家史，本人可算略知一二，待我给你们慢慢道来!"说完话，他双眼扫视了身旁众人一眼，看到他们正饶有兴致地等着听他说话，便略显得意地侃侃道来，"这叶家太爷叶朝根跟咱们一样，祖先也是种田人，是晋江青阳人。清朝光绪年间，左宗棠给朝廷上了一个奏折，建议把台湾析出福建，独设'巡抚'管治。'巡抚'跟'总督'合称'督抚'。总督抓两省军事关防，相当于军区司令；巡抚管一省行政事务，钱粮、户籍和都察，职位相当于省长。朝廷接受了左宗棠的建议，任命原派去台湾管治的刘铭传为首任台湾巡抚。刘铭传上任以后，到福建来招募垦丁去参加台湾'扩疆拓垦，广布耕民'。叶朝根放下锄头报了名，过台湾去了。台湾土地肥沃，气候适宜稻谷、番薯、水果种植，人说台湾是'一岁丰收，足供四五年之用'。叶朝根垦了几年地便去替刘铭传办一个称为恒裕号的米仓，专门收购稻米供官兵食用，身边略有些积蓄后，他又向政府申请办'郊行'。什么叫'郊行'呢？郊行就是做批发生意的。以厦门为例，当时分为北郊、南郊、台郊三种。北郊线专做上海、宁波、天津、烟台、牛庄的北方生意；南郊线专做金门、漳州、泉州、香港、汕头、南沃的南方生意；台郊线正如刚才这位先生所说的那样，往返于厦门、鹿耳门之间，专做台湾生意。

这鹿耳门说来甚怪，它的地形像鹿的双角，位于台湾岛西侧，最靠近厦门呢。叶朝根先做台郊生意，他把台湾产的大米、樟脑、蔗糖从鹿耳门运来厦门，转上北线去北方卖；把漳州、泉州产的陶瓷、铁器、药材、砖瓦从厦门运去台湾卖。几年后他成了一位富甲一方的富商，便携眷回厦门定居，还自购'金山号'、'银远号'两艘五百吨级火轮运送货物。海运运费比陆运便宜，又比较安全，生意越做越大，发财后他在厦门沙坡尾买地建了叶家花园。"

这时有一位天生爱抬杠的青年俊才插话说："老先生说海运比陆运运费便宜，这话我同意；要说海运比陆运安全，我可就不敢恭维了。海上的海盗到处都有，就说海澄月港吧！据我所知，有一个叫李茂七的就甚是了得，他手下的一帮喽啰常出没岛屿杀人越货，无恶不作啊！"

真是"说曹操，曹操到"！那人才说完了这句话，"砰砰！"从江左侧一个小岛屿上空响起了两声枪声，继之便驶出一艘小汽艇，一个彪形大汉站在船头，示意江上的船只都停下来，另一个同伙在船后把弄发动机，把船驶近江中的那些木船。

"金山号"船舱里的乘客们惊慌失措，乱作一团。有人对张旺大声喊道："快吩咐船员把船开到岸边去，我们要上岸逃生！"

"对！对！快把船开到岸边去，我们要上岸逃生！"众人附和着。

张旺一副不屑的样子睨了乘客们一眼，说："嘿！那些劫匪哪里敢动'金山号'一根毫毛？大家别慌张，都坐到自己的位置上去，我说没事的！"

"啊！海盗正在行劫！"突然坐在船舷右边的一位乘客惊愕地大声喊起来，乘客们纷纷涌到船右舷张望，想看个究竟。

张旺急得大嚷："快回到你们自己的座位上，你们这样会把火轮弄翻的！"

大家散开来，各自回自己的座位，靠右船舷坐的那几个人凑巧能看到海上的动静，他们看到海盗船上一个劫匪跳到一只满载大米的木壳货船上，动手便要去抢一个商人模样的青年男子手中的褡裢。商人死活不肯松开手，劫匪大不高兴，猛地用力便把那人推倒，从他的手中把褡裢夺走。那商人不肯就此罢休，伸手去夺，劫匪一气之下，朝他的屁股就是一脚，那个商人掉入水中，拼命挣扎，时沉时浮，随波逐流，情形危急。那劫匪押着货船随海盗船而去……

叶乃盛看到这一幕很着急，吩咐船员把火轮驶近那个落水者身边。火轮还未到落水者跟前，“嗖”的一声，叶乃盛顾不得脱去衣服就往水里跳，拼命游到那落水者身旁。风急浪大，叶乃盛几次被海浪冲开，好不容易才抓住了那人的一只手臂，正待要往“金山号”游回来时，没想到那人慌张，双手紧紧地抓着叶乃盛的一只手不放。水中救人最忌讳的就是手被落水者抓着，不能动弹，弄不好，救人的与被救的人会同时沉入水底，同归于尽呢！叶乃盛心头一震，但他很快就镇定下来。他出其不意地，突然用另一只手猛掐落水者的虎口，那人只好放开手。叶乃盛顺势潜入水中，从那个落水者身后，用右手把他的脖颈勾住，把落水者仰面驮在自己的身上，蹬动双腿，把他驮到“金山号”船舷边。在船上乘客的帮助下，叶乃盛终于把那人推上船去，自己也上了船，两人浑身湿漉漉的，船甲板上淌了一大摊水。全船的人都为叶乃盛鼓起掌，夸他勇敢又能干！江秀卿焦急地走过来看丈夫，叶乃盛吩咐她从包袱里拿出自己的两套衣服来，把其中一套递给那个落水青年，自己提着另一套衣服，两人一齐到船尾部去把身上的湿衣服换了下来。

船到了厦门沙坡尾码头，乘客们互相道别，分别上岸，各奔东西。这时那个被救的青年走了过来，紧紧握着叶乃盛的一双大手久久不放，对叶乃盛说道：“谢谢您的救命之恩！改天一定登门谢恩，同时把您的衣服奉还。请问贵宅在何处?”

“我住在叶家花园，就是右边不远处那座红砖古厝!”又说，“可惜那一船货物了。”

那青年泪水潸然而下。正当他抬腿要走时，叶乃盛却喊了一声：“等一等!”待那青年回转身来时，叶乃盛从裤袋里掏出几文钱递到他手中，说道，“叫一顶轿子回去吧，省得走路，你身上已全无分文了。”又说，“我叫叶乃盛，你呢?”

那人说：“我叫张果保。”又连声道谢，接过那几文钱走了……

风雨早已停了，天时已近黄昏，天边铺满晚霞，鼓浪屿岩仔山顶上空，一轮火红的夕阳照射在海面上，海水泛着红艳艳的光彩。张旺领着叶乃盛、江秀卿往叶家花园走去。

路上，叶乃盛问张旺："你刚才对乘客说那些劫匪不敢动'金山号'一根毫毛，这话怎么说?"

张旺说："这些'角头好汉'都是海盗李茂七手下的人，咱家老爷去拜过码头了，他们只要看到'金山'、'银远'字样，就不会动手抢。"

张旺领着叶乃盛、江秀卿夫妇俩往渡口右侧那条路走了约莫十分钟光景，便到了叶家花园大门口。大门口有一个用条石铺成的大埕，大埕后坐落着一座两层楼的红砖大厝。但见它的双坡屋顶两端屋脊成上翘的燕尾状；墙壁全部贴着红砖；两扇朝西望海开的红漆厚木门上画着神荼、郁垒辟邪禳灾门神像；山墙用花岗岩垒基，青草石砌墙，上面砌红砖，红砖上还有一个鸟踏，鸟踏上面是一幅辟邪的鱼饰。三人从大门走入，迎面是一红木漆画屏，上面绘着八仙过海的图画。漆屏后是一个长方形天井，天井两旁是榉头，各有四根红漆木柱。柱后是一间间厢房，这算是一进，住轿夫、园丁、护卫等人。二进、三进依坡的斜度上升，也是两边一溜的房间，住着主人一家大小和贴身伙计、丫鬟等。二楼楼顶望北有一个大露台，靠西侧筑一个八角亭，亭外有栏杆，可以凭栏眺望曾家沃宽阔的海面。房屋右侧有一个小花园，栽种着樟、榕、松、柏，翠绿一片，假山、异石、小莲池点缀其间，倒是一个修身养性、怡然自得的好去处。

张旺把叶乃盛、江秀卿先领入二进右侧账房里，大管家周玉书迎出来，向两人作揖，客套一番后才对张旺说道："老爷吩咐，少爷、少奶奶在原先老爷、太太住的那个房间安歇!"张旺点了点头，在头里走，把两人送入二进左廊第三间房，自己倒退着身子出来，顺手把房门虚掩了才走。

江秀卿环顾了房间一番，倒也觉得舒适、雅静。房间约莫三十平方米。天花板上垂挂着一盏点燃着火的玻璃油灯，照亮着房间；对着房门摆着一张椴木三堵板双人床，床上被褥枕头俱全；堵板四周竖着四根木柱，撑着一顶桃红色纱帐；木床上方有一个隔板，上面摆着三只四角镶铜、配有铜锁的樟木箱，用来供人装衣物；木床一侧置一个带镜子的面盆架，架板上放着一个盛了温水的铜脸盆，旁边放着两条新毛巾；木床正对面靠墙角是一张缀满打磨海贝壳的雕花酸枝床；在它的前面放着一个小茶几，也是酸枝木制作的；茶几上放着一只茶壶、几只茶杯和一个用来装糖果、糕饼的福州脱胎漆盒；房间角落立着一个花架，青花瓷盆里一丛月季开得正艳。

叶乃盛让妻子先洗脸、洗手，他自己则仰躺在木床上休息，等江秀卿洗好了，他才过去也把脸洗了。这时一个丫鬟悄悄推开了房门，提着一个三层漆篮，放在几桌上，从漆篮里拿出了几个菜碟子和两海碗清粥来。那几个菜碟分别盛着蒸鱼、炖肉、时蔬。那丫鬟又放好了碗、筷、调羹等，才点了点头，后退着身子出去。叶乃盛招呼妻子用膳，夫妻俩便静静地进起晚膳来。

晚饭后，周玉书进房来对叶乃盛、江秀卿说："太爷请两位去见面。"两人急忙站起身来，跟在周玉书身后，往三进左边一间大房间走去，蹑手蹑脚地走入屋来。

房间正中挂着一盏大油灯，空气中漫散着煎中药的呛鼻气味，专门买来侍候太爷的丫鬟金枝正在一勺一勺给躺在床上的太爷喂汤药。房间里还有其他人，都是妇道人家。待金枝喂完了汤药，太爷闭眼静静地躺着。叶乃盛的大姑叶雅云、二姑叶雅芬转过头来，招呼着侄儿、侄媳妇走近前来见太爷。两人便一起走到那张大床前。太爷全身盖着厚被，只露出一张瘦削的脸庞，双眼凹陷，嘴巴"呼呼"往外吐气。叶雅芬伏在他耳根旁告诉他："大孙儿阿盛来了！"老人登时睁大双眼，挣扎着从被窝里伸出一只瘦骨嶙峋的手，就来握叶乃盛的手，紧抓不放。叶雅芬伏下身子对老人说："孙媳妇阿卿也一起来看您了！"老人便放下叶乃盛的手，转去拉江秀卿的手，问江秀卿："有身孕了吗？"叶乃盛赶快答道："三个月了！"老人咧着嘴，高兴地笑了。怕影响病人休息，叶乃盛、江秀卿告辞了太爷走出了房门。叶雅云随后跟着，三人一起进入叶乃盛、江秀卿的房间，姑侄坐下来闲聊。

叶雅云问："你妈没来吗？"

"没来。"叶乃盛答道。

"去后海路见过你爸了吗？"

"还没有！"

叶雅云叹了一口气，点了点头说："论理，你爸应该在叶家花园长住下来守护老父亲才是，可是他却几天不露脸。”

叶乃盛怯生生地替叶振元辩解：“我爸生意忙啊！”

想不到叶雅云登时喝道：“什么生意忙？这个阿元也太不像话了！嫌原配发妻不识字，农家女，不般配，把她赶去漳州住，他自己在外面胡作非为，娶细姨一个接一个。老父亲都病成这个样子，他也不来守床，还有心情跑去细姨家里寻欢作乐，究竟还有没有孝道？”

叶乃盛、江秀卿都不吱声。叶雅云看了叶乃盛、江秀卿一眼，又说道：“太爷最惦念的就是你呢！睡着了没话说，眼睛一睁开就问‘阿盛怎么还不来’。对他说‘遇到台风，船不敢过江’，他便不高兴，半天不说一句话，心里不痛快呢！”

这时张旺进来说道：“少爷，少奶奶，大管家玉书伯吩咐了，明天吃完早饭后，送两位去看老爷。少爷、少奶奶一路辛苦了，请少爷、少奶奶早作休息。”

叶雅云说：“对，你们一路辛苦了，明天还有事，早早休息吧！记住，明天一定要把你爸‘请’来！”说完话，告辞而去。

屋子里就小两口，江秀卿问：“你爸大，还是你大姑大？”

叶乃盛答：“我大姑大我爸两岁，我二姑小我爸两岁。听说台湾那边还有一个叔叔，名叫叶振明，可是我从来没见过他。”

江秀卿道：“还是‘唐山过台湾’好，去了再回来就发大财！”

叶乃盛笑了笑说：“可也不全如此，失败的，甚至把命丢在台湾的也大有人在呢！你不听人说唐山过台湾是‘六死三留一回头’吗？十个人去台湾，有六个死于大海里，有三个留下来开垦，有一个受不了苦跑回唐山来。还有一首闽南语歌谣《渡台悲歌》呢！”说完话，他便自顾自地念了起来：

劝君切莫过台湾，台湾恰像鬼门关。
千个人去无人转，知生知死都是难。

江秀卿噘着嘴，不服气地说：“我不信！说台湾是‘鬼门关’，千人去了无人转，怎么你家太爷不但‘转’回来，还发了财呢?”

叶乃盛说：“唉！这是早期过台湾的歌曲，那时船只很简陋，是三桅木帆船，靠风驶舵，稍不慎就翻船，葬身大海啊！后来有了大船，过台湾就不那么难了！不过途中还是有许多九死一生的‘关’呢！听我太爷说，单单澎湖那段海路就十分险恶，风大浪急，要选在农历六七月风平浪小时过境才行；要是九月刮西北风时过境，不是死便是伤，船翻人亡是常有的事。”停了一会儿，他看了江秀卿一眼后又说，“我太爷运气好，去台湾后正遇着台湾首任巡抚刘铭传实行台湾开发计划，我太爷人机灵，会盘算，便包了恒裕米仓，专门代政府收购粮食供驻军官兵吃。以后刘铭传又特许他做‘台郊’生意，从台湾运稻米到大陆来卖。在台湾每担稻谷的收购价是八两白银，运到厦门出粜价便升至每担十二两白银；再转运去天津、广州，价钱又高了几成，所以才发了大财，打下了我们叶家的基业。”又说，“我太爷常对我说，他这一生最佩服刘铭传！刘铭传十一岁丧父，家境十分贫寒，行伍出身，靠自己努力拼搏才做到巡抚，相当于省长职位，名传天下呢!”

江秀卿低头想了一下，问道：“你妈怎么跟你爸成夫妻的呢?”

叶乃盛叹了一口气，说道：“他们两人的婚事是我太爷、太婆做主操办的，未成亲前两人根本不认识，不就是凭‘媒妁之言，父母之命’成了夫妻的嘛!”

明月如珰，夜更已深，村野犬吠，四周静谧，小两口连连打哈欠，也疲乏了，便上床相拥而睡。

2

第二天清晨才吃完早饭，两顶铺着油毡的有顶篷轿已停在大门口石埕上，等着叶乃盛、江秀卿上轿。叶乃盛搀扶着妻子在前面那顶轿里坐好后，自己才上了后面那顶轿，这时轿夫就起轿，“咯吱、咯吱”晃动着轿子，沿着海边的一条石路，把轿子抬到海后路一幢混凝土二层洋楼前停下来。叶乃盛下了轿，赶过来照料妻子下轿，两人往洋楼走去。才走入木门，突然“嗖”的一声，从门洞里冲出一个嘻嘻笑的七八岁孩童，一头便撞到江秀卿身上，江秀卿不觉“哎哟”大喊了一声。叶乃盛正待要对那孩童呵责时，他已跑出大门，消失在街对面小巷里。这时一个左脸颊涂着锅灰黑了半边脸的丫鬟从屋里跑了出来，她边跑边喊：“你这个二少爷也太不讲理了……”看到有陌生人，她才打住，改口问道，“两位找谁?”话音刚落，从她的衣领里爬出一只金龟子，上了她的头，“呼”的一声飞走了，吓得那丫鬟哇哇直叫唤。不用问也知道，一定是那个孩童捉弄人，不但抹了人一脸灰，还把一只金龟子塞到人家的衣领里。这时从二楼房间里传来一位女子妙曼的歌声，她唱的是闽南语歌曲《望春风》：

独夜无人守孤灯，冷风对面吹。
十七八岁未出嫁，遇到少年家。
果然标致好模样，谁家俊子弟。
想要搭话难为情，心内弹琵琶。
好花等待君来采，不要误了时。
共君同做美仙侣，快活似神仙。

“好！好！唱得好!”一个喉音略带沙哑的男声高喊了起来，又说，“你唱闽南语歌曲比唱京剧还好听！不过怎么说，还是听你唱京剧来劲。北京城的人都热衷于听京剧。我那时被我爸派去常驻天津，北京的京剧名角常来天津劝业大厦唱戏，我渐渐地也喜欢上了京剧，有时还买团体票邀请一大帮朋友一起去看戏呢！看完戏由我做东请大家吃饭，边吃饭边唱京剧。我唱老生，有时唱《定军山》中的老黄忠，有时唱《空城计》中的诸葛亮，大家都喝彩。我原以为回厦门来就看不到京剧了，没想到你们江西也有京剧班子，还来厦门演出，我真是有眼福、耳福呢！我一看你演《望江亭》中的谭记儿，那扮相，那身段，还有那唱念做，多好啊！你一出场叫板，唱起‘都只爱朝云暮雨，哪个肯凤只鸾单。这愁烦恰便似海来深，怎守得三贞九烈’，我在台下顿时就全身酥瘫了，所以才无论如何也要把你娶回家来‘金屋藏娇’啊!”

叶乃盛听了好一会儿，才下意识地瞟了江秀卿一眼，抬腿上楼梯往二楼走去，江秀卿随后跟着走。叶乃盛刚推开房门，便急忙转身退了出来，他父亲叶振元正搂着一位上身只穿着一件红抹胸的女子，卿卿我我说悄悄话呢！叶振元听见脚步声，扭头一看是儿子来了，急忙推开那女子，对外喊道："进来啊！阿盛。"叶乃盛等了一会儿，才牵着江秀卿的手走进门来，向叶振元鞠躬请安。这时那位女子也已穿好了外衣，花枝招展，款款地走过来，向叶乃盛、江秀卿作了个万福。叶振元问道："刚到?"

"不，昨天下午到。"

"见过你太爷了吗?"

"见过了。"

这时先前撞着江秀卿的那个男童满头大汗地跑进屋来，那位女子对他说："快来见你大哥、大嫂!"又指着那孩童对叶乃盛、江秀卿说道，"他叫叶乃鸿，你们的弟弟。"

"大哥！大嫂!"那男童应声对叶乃盛、江秀卿打了招呼。

叶乃盛端详着面前这母子俩。只见那个女人满头乌黑头发，在脑后盘了个发髻，用黑色纱网罩着；一张嫩脸上眉清眼秀，面容姣好；中等身材，胸前紧身的胸衣里双乳高挺，小蛮腰；身着一套镶金边的玫瑰红对襟衫裤；脚趿一双珠绣拖鞋，真是一个大美人！再看那男童，跟他母亲很像，是个俊俏孩童，只是那对眸子有一种狡黠神色，让人觉得不可亲近，有点厌恶。

那女人也正在端详叶乃盛、江秀卿两人。看了一会儿，只见她哈哈地大笑了起来，连说："真是郎才女貌，天作一对，地设一双。"

叶振元不大搭理那女人，转过头来对叶乃盛说道："这一年多你在漳州执掌那边的生意，该历练多了，这回来厦门，你们俩就在叶家花园长住下来吧，帮我打理厦门的生意。"

"好的!"叶乃盛答道。

那女人似乎有话要说，一脸焦急神色，但终究没有开口，只是眨着双眼，看着叶振元。

叶振元没有留儿子、儿媳妇吃午饭，小两口告辞下楼，乘轿子按原来的路线返回沙坡尾叶家花园。两人还是先去看了看太爷，看看并没有什么大变化，才回房去。午饭后，叶乃盛领着妻子江秀卿参观叶家花园，走了一大圈后，两人在一块太湖石前的一条石长椅上并肩坐了下来。

“上午他撞坏了你吗?”叶乃盛想起上午的事，问道。

“哪有那么娇贵？没事！咱们的宝宝才三个月呢!”江秀卿笑了笑答道。

“我听听，小宝宝在说些什么!”说完话，叶乃盛便要伏到妻子的肚皮上去听。

江秀卿吃了一惊，赶快把他的头推开，满脸绯红，轻声地说道：“别这样！让人看了不好。”等丈夫坐直身子后，她又说，“你们说的‘狐狸精’就是这个女人吗？她叫什么名字?”

叶乃盛答：“我爸身边的‘狐狸精’有好几只呢！在厦门就有两只。”边说边伸出右手两个指头来。又说：“这个女人艺名‘小水仙’，正名叫祝艳琴，江西婺源人，京剧旦角，我爸听京剧认识的。小男童叫叶乃鸿，是我的同父异母弟弟。另外一个女人住傅厝巷，我爸已不常去了。”

江秀卿惊讶地喊了起来：“连你妈算在内就是三个女人!”

叶乃盛笑了笑说：“你急什么？这还不包括外埠的呢！听说天津那里也有一个女人，我爸回厦门后才断了关系。所以我妈才宁愿回漳州去，也不愿在厦门跟我爸一起住。太爷、太婆也曾劝过我爸该收心了，他只是不听，又喜欢结交些江湖好汉，好做大哥，爱做东请客，每年年底算账老挨我太爷责骂。太爷不喜欢我爸，喜欢我大姑、二姑，但她们是女流，不好抛头露脸，我知道太爷对我很是在意，希望我将来帮他的忙呢!”

江秀卿若有所思，忧心忡忡地看了叶乃盛一眼说：“将来你也学你爸的样子，狐狸精好几只，我可怎么办?”

叶乃盛笑了笑说：“不会的！不会的！我太爷说我是‘隔代相传’，孙子不像老爸像爷爷。太爷一生只娶太婆一个人，名叫许瑞娘，太爷在台湾生意一做顺手，便回晋江老家接她去台湾共同生活。后来太婆双眼患青光眼，瞎了，他也不嫌弃，太爷说古人有明训‘糟糠妇不下堂’嘛！我会学太爷，也会像太爷爱太婆那样，爱你江秀卿一辈子，你别担心!”说完话趁机在妻子脸颊上重重地吻了一下。

这时十多艘舢船从沙坡尾海面向台湾方向驶去。江秀卿问："这些渔船要去哪里？嘿！那些船上都挂着一只灯笼呢！"

叶乃盛答："噢！这些船是'乌贼舢'。"看到江秀卿听不懂，他便又说，"大船叫'钓艚'，三根桅杆，小船叫'网艚'，船体较小。每年入秋后，乌贼成群结队跑到台湾海域产卵繁殖，厦门港的渔民就结伴去那里围捕，故称这些渔船为'乌贼舢'。当然他们也捕白带鱼，白带鱼很有趣，一只咬着一只的尾巴在海中游，钓起来时是一大串的。"又说，"这些渔船都从鱼仔路头集合出发，'路头'就是码头。那些灯笼叫'妈祖灯'，上面都写着'天后娘娘'四个字，是渔民们从沙坡头那个风神庙朝宗宫'乞'来的。那座庙主祀妈祖，同祀风雨雷电和海龙王，会保佑航海的人平安的。庙里香火很旺，哪天我带你去拜拜，抽个上上签，保佑我们全家平安。"看了江秀卿一眼，他又说，"朝宗宫还有一个特殊的使命，就是给去台湾的人发'入台证'。凭这张证到了台南的朝宗宫风神庙，就能得到那边的人的接应呢！"

江秀卿说："你从小在厦门港海边长大，所以你会游泳，昨天看你海中救人，态度很镇定，技术很熟练啊！"

叶乃盛说："那当然！我爸未去天津常驻时，他常带我到曾家澳那个炮台前的海里学游泳，又教我水中救人的技术，所以昨天我才敢下海救人啊！"

江秀卿瞟了丈夫一眼，想起昨天叶乃盛救人一幕，心里头乐哩！

晚饭后，小两口又去看望太爷，看看还是老样子，没什么紧急的事，才回房间休息。

凉秋八月，天空如洗，皎洁的月光透过窗棂，照入房内，在地板上洒下了一片银光；阵阵海风从海面上吹来，把房间里花架上的那个青花瓷盆吹得"咯咯"响；正在涨潮的海水如擂鼓似的，击拍着堤岸，发出了"哗哗"的响声。

小夫妻俩又杂七杂八闲聊了一会儿才上床睡觉。叶乃盛很快便进入梦乡，江秀卿却辗转反侧不成眠。不知怎的，她老想到"狐狸精"的事。蒙眬之中，她正跟叶乃盛亲密相拥，并排坐在月光下的一块条石上赏月，一阵狂风袭来，大地明灭变幻着，忽然从天而降来了一只白灿灿皮毛的狐狸，只见它抖了抖身子，便变成了一个妙龄女子，站在他俩面前。叶乃盛一看，喜不自胜，把自己甩开，跑过去揪着那个女子，"嚯"的一声，两人便腾空远飞去了。她大吃一惊，急忙也腾空紧追不放，大喊："乃盛，等等我！"叶乃盛从空中回过头来，喝道："去你的吧！"举起大脚就是一踢，"啊"的一声，刹那间，自己已坠入万丈深渊了……江秀卿尚未及开口喊"救命"，忽然又刮来一阵狂风把她从山谷底鼓了起来，直送上天去。也不知过了多少时间，江秀卿被刮到了一座大山，山上有一个庙。她张眼一望，庙里香烟缭绕，庙堂正中端立着妈祖雕像。妈祖凤冠霞帔，璎珞垂额，慈眉慧眼，妙相端庄，双手合十，高举过头，正在为世人祈福禳灾呢！又一看，叶乃盛跟那只狐狸变成的妙龄女子各手持一支点燃的香，双双跪在妈祖雕像前的两只蒲团上，正在顶礼膜拜呢！江秀卿立刻对叶乃盛大喝一声："不许你停妻再娶！"便过来抓着叶乃盛的一只手不放；那女子也抓着叶乃盛的一只手拽着不放。两个女人都说："他是我的！他是我的！"像拉大锯似的把叶乃盛拉过来拉过去的。叶乃盛连说："你们听我说！"两个女人都说："不听！不听！"忽然间又是狂风大作起来，顿时山崩地裂，飞沙走石，眼前灰蒙蒙一片，江秀卿手一松，眼睁睁地看着自己的丈夫被那只狐狸变成的女子掳起，消失在天际了。江秀卿悲怆地大喊道："叶乃盛！你不能这样对待我啊！妈祖娘娘您给评评理啊……"

叶乃盛终于被江秀卿喊醒了，连忙挺了挺上身，伏下来摇了江秀卿几下。江秀卿睁眼一看，哪里有什么狐狸？哪里有什么妙龄女子？哪里有什么妈祖娘娘雕像呢？"哇"的一声，江秀卿放声大哭了起来，连说："你不要抛弃我！你不要抛弃我！"紧紧地搂着叶乃盛不放。叶乃盛像哄小孩子睡觉似的轻轻地拍打着她的臂膀说："不会的！不会的！"

3

太爷的病情很不稳定，时好时坏，但总的说是一天不如一天了。这一天夜半三更，叶乃盛、江秀卿小两口正在熟睡，忽然门外传来嘈杂的说话声、脚步声，把他们俩吵醒了。叶乃盛正待要披衣下床去问个究竟时，张旺急匆匆地走近玻璃窗对叶乃盛说道："太爷看是不行了，停在石埕上！大姑吩咐你亲自去把老爷请回来，轿子已准备好了！"叶乃盛回头去对江秀卿把情况说了，便急匆匆地走出了房门，到大埕去坐轿，赶去海后路见他的父亲。轿是两顶，叶乃盛坐一顶，后面一顶放空，跟着走。

到了海后路叶振元住的那幢屋子，轿子刚停下来，叶乃盛迫不及待地就跳下轿去敲门。叶振元在屋里没好气地大声问道："谁啊？三更半夜敲什么门？"叶乃盛赶快说："爸，是我！阿盛啊！"叶振元这才下楼来开了大门问："什么事这么急，非得三更半夜把人吵醒了不可！""咚"的一声，叶乃盛直通通地跪了下来，拉着他父亲的裤角哽咽说："太爷快不行了！大姑让我赶来接您，轿子在门外，您快走吧！"叶振元不回答，踅回去二楼，不一会儿他下来说了声："走吧！"到大门口乘轿子，两顶轿子，不一会儿便消失在浓浓的夜雾之中。

到了叶家花园，父子俩下了轿走入叶家花园，园子里静悄悄的，不见一个人。父子两人到了太爷的房间门口前，许多人正站在那里，把门围得水泄不通，见老爷、少爷来了，才赶快闪开一条路让他们过去。父子俩走近床前一看，太爷双眼紧闭，有出气没入气，"噗噗"直喘息。叶雅云看叶振元父子俩到了，便伏下身子在太爷耳朵旁轻声说道："爸，振元、阿盛到了！"

太爷睁开了眼，扬了扬下颏。金枝知觉，跑去木柜子里拿来一个漆盒给太爷看，太爷微微点了点头，金枝便把那个漆盒掀开了，里面装着一只田黄石印章，她取了出来给大家看。印章约莫三寸见方，印钮上雕刻着一只正仰着头怒吼的醒狮，形态逼真，栩栩如生；翻开印章的底部，上面刻着"旷宇天开"四个字。这是当年刘铭传修台北至基隆铁路时，为纪念狮球岭隧道的开通，亲自在隧道口题下的四个字，遒劲有力，俊秀飘逸，很受称赞！"旷宇天开"形容这条铁路开凿艰难，旷世未有。叶振元接过印章，说："刘铭传请玉琢师傅用福州田黄石刻了这一只印章奖赏咱老爷子，以表彰他供应米粮。我听老爷子的那几位朋友说，有好几次工友不够数，道路又太狭窄，不好用板车运粮，老爷子咬咬牙，二话不说，蹲下身子挑担子，带领大家挑粮上山去。有一次山上炸石，一块小石头几乎贴着老爷子的头顶削过去，只差几毫厘就没命了。老爷子为了做好后勤保证工作，立了大功哩!”叶振元看着田黄石，双眼放光，又说，“这只印章可称得上是上品，是咱叶家的传家宝呢!”田黄石是福州寿山石中之上乘者，以两计价，通常一两以上者就算成材，三两者可谓大材。田黄石出土时多为椭圆形，做印章须忍痛割爱削去许多边角，故田黄石印章比椭圆形的田黄刻品贵三倍以上。像这只田黄石印章这么大，甚为少见。

太爷双眼直瞪着叶振元看，急得猛烈地咳嗽起来。叶雅云知道父亲不乐意把印章给叶振元，便一把把印章夺了过来，交到叶乃盛手中。太爷点了点头，但紧接着却又摇了摇头。叶雅云又伏下身子在太爷耳朵旁轻声问道：“不是给叶乃盛，是吗?”太爷又点了点头，双眼瞪着江秀卿肚子看。叶雅云悟出了意思来，便又把印章从叶乃盛手中拿过来，放到江秀卿手上，再问太爷：“是要给未出世的太孙吗?”太爷点了点头。叶雅云又在他的耳边问：“要给太孙起什么名字?”太爷“呼噜、呼噜”夹杂着痰音，断断续续地说：“男——叶茂南，女——叶茂茜。”叶雅云直起身子来，对叶乃盛说：“太爷说，秀卿若是生男孩，就起名‘茂南’，若是生女孩，就起名‘茂茜’，这只印章是他送给未来太孙或太孙女的礼物，先由你代为保管。”不一会儿，太爷“嗵”的一声，脚一蹬，断了气。他享年七十五岁，已过“古稀之年”。儿孙们顿时号啕大哭起来。

这时祝艳琴披头散发拉着叶乃鸿的手，哇哇大哭着从房门外走了进来，站在床前哭诉：“太爷！您老人家怎么说走就走，儿媳我没能见您最后一面，呜……”转眼，她一看到江秀卿手中拿着那只印章，便止住哭声，“怎么没给乃鸿一只呢？你们也太不公平了!”顺手便打了叶乃鸿一巴掌，叶乃鸿委屈地哇哇大哭了起来。

原来叶振元前脚刚走，祝艳琴后脚就去唤了街上的一顶轿子，拉着叶乃鸿上了轿赶来叶家花园。

叶雅云大声斥责道：“这里没你说话的地方，出去!”双眼却望着叶振元。

祝艳琴正待要分辩几句时，叶振元发了话：“出去！出去!”

祝艳琴惊讶地望了叶振元一眼，知趣地拉着叶乃鸿走出房门，到走廊里去等着。

叶振元把周玉书叫到跟前来，对他说道："把众人分成三组，一组分头去报丧，一组去布置灵堂，一组烧水沏茶迎接吊唁客。"

周玉书点了点头答道："知道了！"转身对站在门外的仆役、老妈子、丫鬟说道，"都到饭厅去等着领任务！"众人跟在周玉书身后走向饭厅。

寿板早十多年就置办好了，是从广西柳州运来的上上板，搁在三落护厝里，周玉书吩咐张旺领人去扛了来。寿衣内七件、外七件也是早有准备，金枝开柜拿了出来，又请一个老妈子帮忙拿水，边抽泣着边替太爷净身、换衣。

第二天午后，便有亲戚朋友前来吊唁，纸花圈摆满大埕墙根，吊唁的毛毯用竹竿挑着，搁在两旁回廊，从大门口直挂到第三落。灵堂设在第三落厝宅内，太爷叶朝根静静地躺在用长凳架高的一具寿板里，板盖搁在旁边，房屋四周挂满布幡。叶雅云、叶雅芬领着女眷们守候在这里，等着接待客人。

叶朝根是厦门有名望的社会贤达，前来吊唁的人络绎不绝，连官府也派人送来一个花圈。叶乃盛是负责在前站接待客人的，站在大门口。这时有一男一女两人手提礼品从路口走近来。叶乃盛皱皱眉头正待要斥责一番时，一看，来人不是别人，正是那天自己从江里救上来的那个张果保，旁边的那位妇女，不用问便知是他的妻子了。张果保看到气氛不对，有点惊慌失色，连说："不知道您家里办丧事，对不起！"

"没关系，'不知不为过'嘛！"叶乃盛说道。

"自从那天在'路头'一别回家，我就被家父派去蛤江（涵江）送货，昨天刚回厦门，今天带内人来您家里登门叩谢，感谢您那天救我一命，不意遇到您家里办丧，罪过！罪过！"张果保说完话连连作揖起来，又指着他妻子说，"这是内人李玉珍。"说完话顺便把那天叶乃盛借他的那身衣服还给了叶乃盛。

"快别客气了！'救人一命胜造七级浮屠'，这是应该做的！"叶乃盛说着，便把那身衣服交给张旺，停了一会儿，才说，"那天匆匆忙忙，尚未动问张兄家里宝号。"

张果保说："翔祺米行，做做二盘商生意呗！"

叶乃盛笑了笑说："真是'大水冲了龙王庙，一家人不知一家人'，你家是我家老客户，翔祺是从恒裕贩米出去的，咱们算是上下手。"又问，"翔祺伯是你的什么人？"

张果保答："岳父。"看了李玉珍一眼，改口说，"父亲。"

这时，又有一个人走近，叶乃盛迎过去，一看来人也不是别人，正是那天在"金山号"上"开讲"的那位有了点岁数的老伯，叶乃盛倍感亲切，赶忙过去打招呼，那人双眼一亮，拍了拍叶乃盛的肩膀说道："想不到你是叶家的人！好！自古英雄出少年，看你那天救人的光景便知你将来定大有出息。"看到张果保也在这里，他转口说，"你也来了！来谢恩的吧？"

这时，叶振元从大门里走了出来，要吩咐叶乃盛办一件事，一看到那个有了岁数的老伯，开口便说："敬亭兄，您老来了！有失远迎！"

卢敬亭便迎了上去，两人连连作揖对拜了一番。

卢敬亭指着叶乃盛问叶振元："这位是……"

"犬子，乃盛！"叶振元答道，转过身来对叶乃盛说，"快来拜见你敬亭伯！敬亭伯可是厦门商界的'智多星'啊！做'侨批'生意，开一间'万金'信局，专做南洋侨汇、侨信。不但厦门有总店，还在晋江、安海设分店。南洋一有汇款来，就在门前升起一面旗，那些侨眷便知南洋有人寄钱来了，兴高采烈地来信局看是谁家汇来的钱、寄来的信。大家很敬重你敬亭伯呢！"又说，"敬亭伯还会画画，特别擅长画水墨观音像，你不是爱画画吗？你可要多多向他请教啊！"

"过奖！过奖！"卢敬亭谦虚地说道，拍了拍叶振元的肩膀说道，"叶兄有福！叶公子不但相貌堂堂，且侠义心肠，那天不才亲眼看到他劈波斩浪海中救人的一幕，大受感动着呢！回家后我对内人说了，内人说可惜我家没生女儿，人家又已有了娇妻，否则定要招来做上门女婿呢！哈哈！"

"什么海中救人？"叶振元一头雾水，问道。

"你还不知道吗？"卢敬亭便把张果保推到叶振元跟前，接着说道，"那天被令郎从水中救起的人就是他！难道令郎回家来一个字都不提起吗？"便把那天发生在九龙江北溪上叶乃盛救人的事说了一遍，夸道，“真是‘新风清于老凤声’，你们叶家后继有人，将来一定更加兴旺发达!”

这时前来吊唁的人越来越多，叶振元父子俩忙着应接。叶乃盛悄悄地对张旺说：“你去把少奶奶请来，就说有贵客要见她。”张旺点了点头走了。叶振元陪卢敬亭进门去瞻仰太爷遗容，叶乃盛坚守岗位，还在大门外接待客人。不一会儿张旺陪江秀卿走了来。知道张果保夫妇俩是专程来感谢叶乃盛的救命大恩的，江秀卿便领着他们夫妇去自己房间里叙话。

过了二十多分钟，张果保夫妇要走，江秀卿便领着他们俩来向叶乃盛告辞。叶乃盛也不便多留他们，再三表示改天要登门去拜访张果保。道别的时候，张果保看了李玉珍一眼，鼓起了勇气对叶乃盛说：“叶家兄弟，刚才听内人说，嫂子已有三个月身孕，正好内人也有三个月身孕。小弟和内人的意思是想高攀，跟兄长、嫂子结为儿女亲家，以报答兄长对小弟的大恩大德。两家都生男，或都生女，也罢了；倘若一家生男，一家生女，就指腹为婚，将来让他们结为连理。未谙令兄、令嫂尊意如何?”

叶乃盛看了江秀卿一眼，见妻子正点着头，便爽快地满口答应了下来，张果保夫妇欢天喜地地走了。

忙碌了一整天，晚饭后大家在饭厅里坐下来议事，周玉书安排好了众人第二天的工作，众人拔腿正待要走时，叶雅云喊了起来：“都别走!”等众人转回来后，她对叶雅芬使了使眼色，叶雅芬便走了出去。叶雅云继续说道：“遵照太爷的遗愿，决定收金枝为二房，自今日起，叶府上下再不准叫她金枝，要称呼她为太嬷！大家听到了没有?”

众人答：“听到了!”纷纷议论开来，都说，“这是应该的!”

金枝原名叫什么，大家不知道，“金枝”这个名字还是她进府时太婆许瑞娘给起的。她为人随和，不计较，不多嘴多舌。她先是服侍太婆，太婆谢世后又侍候太爷。也真难为她一个女孩子家，喂饭喂药、端屎端尿，还替太爷擦身换衣服。起先她搭地铺睡在太爷床前，太爷病重了，她爬上爬下麻烦，索性和衣踡缩在太爷脚后跟打盹，太爷一有动静她便爬起来照料，现在收为二房，也算是“实至名归”，有了个名分了。

大家说话的工夫，叶雅芬和一个丫鬟搀扶着装扮得齐齐整整的金枝走了进来。众人站起来，齐声喊道："太嬷好！"把个金枝羞得脸红到耳根。

太爷入殓是在三天后。入殓的时候先做道场，请南普陀和尚来念经超度亡魂。身着袈裟的大和尚双手合十，"南无阿弥陀佛"一句一句地念着；他身后十多名小沙弥或叩磬，或打钹，或敲木鱼，跟着大和尚在灵堂内绕了一圈又一圈；孝男孝孙，连同两位姑爷通通披麻戴孝，身着绖服，跟在他们之后绕圈圈。起棺后，又有一大堆繁文缛节。金枝哭得如泪人似的，都迈不开步，要两个人搀扶着走。她算是太爷的未亡人，带着孝男孝孙叶振元、叶乃盛、叶乃鸿和两位姑爷走在最前头；叶雅云、叶雅芬和其他内亲随后。每到一站之前，一大帮人先跑去跪在路旁接棺，然后再急匆匆跑去下一站跪接……走在送葬队伍最前面的两个人一路撒纸钱，雪花似的纸片满天飞；其后是执绋队伍，执绋的都是社会贤达、商界翘楚。执绋俗称"拔龙须"，是一种很高贵的丧礼，只有"太爷级"或社会名流才配享用。执绋事先要用十几尺白绸布连接成一条长带，两头分别捆绑在棺木的木架子两端，执绋队伍由两个德高望重的长者带领，众人依次抓着白绸布走。卢敬亭跟叶家是世交朋友，他也参加执绋；张果保辈分小，可就不行，只能跟在棺木后面走。请来的中、西乐队一路上铿铿锵锵吹拉弹唱，响声冲天。直至把棺木运到薛岭墓地，大家看着棺木入土，掩埋好了，一家人才送客，回到叶家花园。这时大家都已筋疲力尽，连迈过门槛都似乎没有力气了！

当晚叶府假赖厝埕好清香酒楼答谢众亲友。席间卢敬亭满怀深情地对大家介绍叶朝根在台湾开辟草莱、艰苦创业的业绩，叶振元拉着叶乃盛、叶乃鸿站起来道谢。宴席的最后一道菜是吃"红糟肉"，就是用酒曲糟过的红烧腿肉，这道菜吃了，亲友们出门去就可以脱掉孝布，丧事才算结束。祝艳琴带着叶乃鸿坐在女眷席低着头夹菜吃饭，听着别人说话也不插一句话。叶雅云就坐在她身边，始终没好脸色给她看，她吃完饭拉着叶乃鸿坐轿子先回海后路住宅去了。

叶振元胡乱吃了几口饭，正待也要回海后路住宅去时，叶雅云把他叫住了，说是要开个小会，点了该到会的人的名字，叶振元只好作罢，大家到周玉书账房内坐定下来，等着叶雅云说话。

叶雅云先让周玉书报告这几年收入支出总账。周玉书报告了已收多少、待收多少、被欠多少……一一说得清清楚楚。

叶雅云听完了皱着眉头，从衣襟内袋里掏出一张纸细细地看着，忽然喊起来："等一等，怎么跟这张纸上的数字不相符?"说完话，便把纸片扬了扬对周玉书说道，"这可是你写给太爷的账单，太爷病重，没法过问，怎么几个月时间就少了五六百两银子呢?"

周玉书脸红起来，不吭声，双眼直朝叶振元看，实在脱不了干系了，他才嗫嚅着说道："老爷说在天津跟人做生意需要钱，预支出去的!"

叶雅云转过脸来问叶振元："这到底是怎么回事?"

"噢! 这也是生意上的需要嘛! 很快就会把钱赚回来的啊!"叶振元故作镇定地说道，额头上沁出了豆大的汗珠。

叶雅云提高嗓门厉声问道："这到底是怎么一回事? 钱支出去做什么生意?"

"这你就别问、别管了!"

"就是要问、要管!"

"是我当家，还是你当家?"

"你当不了这个家!"

"怎么，我是长子倒当不了这个家，你一个嫁出去的女儿倒当得了这个家?"

叶雅云又从衣襟内袋里抽出一张纸来，朗朗念道：

遗　嘱

一、我走了之后，恒裕号的全部生意交由我的长孙叶乃盛执掌。

二、我指定我的长女叶雅云、二女儿叶雅芬为监事，监理恒裕号进出款项。

三、我的长子叶振元不再参加恒裕号的经营，按月照支给他"月仔钱"。

四、金枝收为二房，她仙逝后与我、我的原配妻子许瑞娘三人同茔。

叶朝根

民国七年六月二十日

叶振元顿时懵了！原来老父亲早就立下遗嘱，且交给叶雅云保管，怎么自己一点也没看出来呢？他呢喃着："这不可能！这不可能！"

叶雅云点了点头说："完全可能！"

"你们有野心！你们串通一气来排挤我！"

"什么野心？是你自己不争气，让咱爸太失望了！"

"我就是不承认！"

"不承认也得承认！"

叶振元怒气冲冲扭头就冲出门去，周玉书知道他要回海后路的家，嘱咐轿夫快出轿去送。

天色昏暗，满天乌云密布，暴雨骤至，轿子冒着风雨艰难行进。叶乃盛想了一下，也叫了一顶轿子，吩咐把他也送去海后路。周玉书沉默了一下，说："少爷，这雨……"叶乃盛说："非去不可，走！"两个轿夫犹豫了一下，去抬来一顶轿子，叶乃盛上了轿，轿子便冒着暴风雨上路了。

到了海后路叶振元住的那幢楼房前，叶乃盛下了轿，正待要举手敲门时，发现大门虚掩着，推门而入，听到楼上祝艳琴正在跟叶振元大吵大闹："呜！呜！我真倒霉！看花了眼，嫁你这个死老头！本是想图点钱过日子，没想到现在你财权被没收了，成了一个穷光蛋了，往后我的日子可怎么过呢？呜！呜……"

"你唠叨什么啊！既有今天，何必当初呢？当初你可是说'不爱少年爱老头'，死硬要跟定我的啊！现在怎么要说出这种话来？你是存心要气死我吗？"

"我说什么话来？我说什么话来了？我当年可已是红了半边天的名角，厦门人谁不知道'小水仙'祝艳琴的名字？你硬是要娶我，要金屋藏娇，可现在金屋在哪里？在哪里？不是为了钱，谁还会'不爱少年爱老头'呢？你算了吧！”

“你要不乐意，你走吧！你走啊！”

“我才没那么傻呢！你给我一笔钱我就走！怎么？拿不出来了吧！穷光蛋！”说完话，一把抓过叶乃鸿边打边骂道，“你为什么要生下来呢？没你这个累赘，老娘我什么地方不能去？”叶乃鸿哇哇哭个不止。

“哎哟！气死我了！气死我了！”叶振元气得把头往墙壁撞。

叶乃盛推门进去，挡着叶振元，不让他继续撞墙，长跪在地哭诉着：“爸！别这样！别这样！真的别这样！”

“去！去找你那好大姑、好二姑！她们是你的保护神，你老爸没有用！穷光蛋！你尽管去攀高枝往上爬，别再来找我！”叶振元怒斥着儿子。

“爸……我不会抛弃你的！不会的，永远不会的！你毕竟是我的父亲啊！”浑身上下湿漉漉的叶乃盛在叶振元面前长跪不起。叶振元大受感动，伏下身子把儿子拉了起来，父子俩抱头大哭……

大手大脚花钱惯了的叶振元靠那点“月仔钱”是无论如何解不了渴的，他三番五次跑来账房要预支，周玉书不敢给钱，他就去找叶乃盛要钱。叶乃盛也想多少支些钱给他，便去找周玉书商量，周玉书说：“少爷，你大姑吩咐，没她和你二姑两人的签字，不许付款，我不敢出账。”叶乃盛只好去说服江秀卿，把她的几件首饰拿去大同路一家典当店当了，把钱给叶振元。但是这根本不是办法，叶振元花销大，杯水车薪解决不了问题，祝艳琴又吵吵闹闹，家里没一天安生日子。叶振元索性躲出去，三五天不回家来。祝艳琴领着叶乃鸿来叶家花园哭诉，被叶雅云斥责了一番，只好灰溜溜地走了。

这一年大年夜，叶家花园一家人正待围炉吃年夜饭的时候，左等右等不见叶振元来，却看到一个腰里别着一支左轮枪的警官带着七八个拿着长枪的警察冲入叶家花园。周玉书慌里慌张赶上前去，又是点头又是哈腰，问：“有什么事？”那个警官一把把他推开，厉声喊道：“叫你们老爷来！”周玉书赶快去把叶乃盛请了来。那警官瞟了叶乃盛一眼，说：“不是他，是叶振元！”周玉书说：“振元大老爷不住这里，住海后路。”叶乃盛忐忑不安地问：“到底找我父亲什么事？他犯了什么法了？”那警官理也不理，挥了挥手，说了一声：

"走!"带领那几个警察大摇大摆地走了。

叶乃盛放心不下，吩咐备轿，要到海后路去看个究竟，江秀卿挺着大肚子，过来问他："不吃完饭再走吗?"叶乃盛说："哪有心思吃呢!"上了轿走了。

警察扑了一个空，并没在叶振元家里找到他，倒是在开元路上角头好汉"玛瑙眼"陈金标开的鸦片烟馆里找到了他，当时叶振元正躺在烟床上吞云吐雾抽鸦片呢！警察把他押去厦禾路口警察局里关了起来。

叶乃盛随后赶到，听了消息后他赶去警察局询问，但是没有一个人肯告诉他真相。

连续几天，叶乃盛天天去警察局询问，都没能探听到消息，但是这一天警长却亲自接见了他。警长告诉叶乃盛关于叶振元的案情。原来叶振元私下里跟人合伙做贩卖鸦片的生意，鸦片是用木箱子装的，偷偷放在"金山号"舱里运去天津、牛庄一些地方出售。好在刚开始经营，数额还不算大，叶振元又不是主犯，警方同意通知嫌犯家属来警察局办手续交保赎人。叶乃盛问了一句："要多少钱?"警长说："八百块大洋。"叶乃盛吃了一惊，数目不小啊！但是救人要紧，他赶快回家来找叶雅云、叶雅芬商量。两人大骂叶振元是败家子，但是最终还是签了字，让周玉书出账。钱交上去了，人回来了。可是自这一天起，叶振元便彻底瘫了，在家里哼哼唧唧地叹气、骂人，祝艳琴也不大理他。农历正月十五吃元宵的时候，一粒元宵堵住喉咙口下不去，他一命呜呼，走了。

替叶振元治丧后，叶雅云做主要把叶振元养的那两个细姨打发掉，奇怪的是祝艳琴不愿意走。叶雅云问她："为什么不走?"她答："人家没有儿子我有，再说我是靠唱戏谋生的，这么多年不练功吊嗓，别说身段不行，连戏文怎样唱也早已忘得一干二净了！行行好，让我还住老地方，我替你们叶家把叶乃鸿拖扯大，好坏他也是你们叶家的骨肉啊!"叶雅云、叶雅芬只好同意了，按月给她"月仔钱"，其他待遇就全免了。叶乃鸿也有一份"月仔钱"交由他妈代领，他是叶家骨肉，"月仔钱"比他妈还多呢！祝艳琴是每月四十块大洋，叶乃鸿是每月五十块大洋。

这一天下午，叶乃盛正在大厅跟周玉书看账本对账，一个身穿黑衣裤、头戴黑布帽的汉子走了进来。张旺眼尖，在廊下喊："大爷，您来了!"那人也不答理，跨过门槛走入大厅。叶乃盛不知是怎么一回事，正待发问，张旺说："这位是七爷李茂七手下的人。"叶乃盛抬头端详来人，隐隐约约想起他正是那天在海澄抢劫张果保的两个海贼中的一人，皱着眉头说声："请坐!"那人也不回礼，在叶乃盛对面的太师椅上坐了下来，从上衣口袋里掏出一封信递给叶乃盛。叶乃盛拆开来一看，信上写道：

敬启者：

因兵荒马乱，须多添置枪支弹药，运营成本倍增，决定提高保护费标准，由每年每艘船五百块大洋增至八百块大洋，并一次性收三年之费。

李茂七

民国七年七月五日

叶乃盛让人带下去领赏，送出门。待那人走后，他才对张旺说："快去把大姑、二姑请来商议。"张旺走了。不一会儿叶雅云、叶雅芬走来。叶乃盛把那封信递给她们看。叶雅云一看就受不了，拍着信纸大声喊道："这帮土匪！什么兵荒马乱！还不是他们自己在作乱嘛！一收三年，三年后还不知时局怎样变化呢！不行！这保护费不交，看他们拿我们怎么办！大不了不经过海澄运货就是了。"

周玉书看了看叶雅云，缓缓地说道："大小姐，您有所不知。这海澄，历来是海盗出没、劫匪横行之所，官府虽多次清剿，都不见有多少效果。毕竟水圳石窟太多，捉龟走鳖，官兵水上来，他们跑上岸躲起来，官兵上了岸，他们又溜下水驾船跑了。自古官匪不分家，更有一些当官的，收了土匪的保护费，有情况先打招呼。猫鼠同盟，哪里剿得尽啊！老太爷在时我们每年都去拜码头，向李茂七交保护费，才保'金山'、'银远'两船北上运货不出麻烦。"他又看了看叶乃盛一眼才说，"依愚见，这保护费还是照交吧！好汉不吃眼前亏嘛!"

叶雅芬想了想说："咱们不走海澄这条道不行吗？"

叶乃盛笑了笑说："二姑，咱家做'郊行'生意，北郊线可全是由九龙江水道再转陆运，把货物运去上海、天津、牛庄一带的啊！不经九龙江不行啊！我在漳州帮我妈打理那几家店铺，是知道情况的！"

叶雅云说："保护费交就交，可是要摊入成本，提高出货价，让二手、三手替我们承担，做生意讲的就是一个'多得利'嘛！"

叶乃盛又笑了笑说："大姑，这话也不尽妥当。做生意讲的是一个'恕'字，'忠恕'嘛！没有好下家，我们进的货销不出去，损失就大了。我想这多出来的三百块大洋还是我们自己来消化，别往下摊。这样才能聚集住人气，生意才能做大、做好，尤其是眼下时局不太平，更应替别人多想想。"

叶雅云、叶雅芬不觉点头。叶雅云便说："阿盛，你是掌舵手，你跟周伯商量好了就可以，我们只监管出入账，看你有没有'贪污'就行，别的事就管不了那么多了！"大家不觉都笑了起来。

叶雅云、叶雅芬老姐妹俩走了。路上，叶雅芬对叶雅云说："姐，我看阿盛蛮行的啊！咱爸好眼力，硬是不让大哥接班，要阿盛当家。"叶雅云说："大哥原先倒也中规中矩的，做事情挺认真的，自派他去天津管北郊生意后，结交了一些浪荡子，心才野起来，做了许多错事，大伤咱爸的心，咱爸才下狠心不让他当家。古话说'三代敛积，一代倾空'。富不过三代，多是不孝子孙败了家的。"

叶雅云、叶雅芬走后，叶乃盛跟周玉书又埋头看起账本来。叶乃盛说："天津的断头账这么多，该派人去催收。"

周玉书想一想，说，"我去跑一趟吧！少爷刚接手生意，跟他们不熟悉。"

叶乃盛点了点头说："路上多加小心。张旺跟你去吧！彼此有个照应。"

半个月后周玉书、张旺回厦门来见叶乃盛。叶乃盛抬头一看，吓一大跳，两人一身脏兮兮的，形容憔悴，神情疲惫。原来他们到天津、牛庄后找不到那几个欠债人，那些人都躲起来，有的已收盘歇业，不做生意了，两人没能收到多少款，只好回来。

后来叶乃盛跟周玉书商量，把生意重点放在南郊线，减少北郊线的生意额。从台湾运来的大米、茶叶、樟脑这三大宗货，主要发送去南方湖州、汕头、广州。叶家生意大有起色，设在吕厝、斗涵的两个仓库，仓储充盈，设在升平路的门市，顾客盈门，多是下手米店来贩货的。

第二部

如烟往事话沧桑

叶文蔚根据陈兮雯提供的材料，很快就写出长篇小说《老家厦门》的第一部寄去给新加坡《南洋商报》的洪丽明，请她代转给陈兮雯，同时附了一封信，向陈兮雯询问了几个有关厦门的名词。大约半个月后，叶文蔚便收到由洪丽明转来的陈兮雯的回信和第二批材料。叶文蔚展开信笺轻声地读了起来：

文蔚贤侄：

收到由洪丽明转来的你写的长篇小说《老家厦门》第一部稿子时，正好我跟你伯父去夏威夷旅游回到家。我和你伯父都读了，很高兴。你伯父连夸你是才女，说这要是在古代，你不是班昭、蔡文姬，也是李清照、朱淑真、鱼玄机了。

来信问到几个厦门旧词语，“路头”、“郊”、“配料馆”、“料船头”以及“批”是什么意思。这都与海上贸易有关，见证了厦门是一个对外贸易港口。

“路头”就是码头，如鱼仔路头、岛美路头、典宝路头、得胜路头、后路头、桥仔头。“郊”就是批发货物的路线，如北郊、南郊、台郊。“配料馆”就是专门负责采购货物，发送到各个“郊”的机构。“料船头”是专运建筑材料去台南的郊行码头。至于“批”，实为“信”，因为在闽南语里，“信”读作“批”，新加坡、印尼、菲律宾等地华侨的书信和汇款就称为“侨批”。

还有一个问题，明朝的“厦门城”大概就只有今天古城东、西路以东的一个小范围罢了，靖山头、麻灶、崎岭、溪岸、海岸尚不列入其中。一些富豪建私宅，都建在城之外，故也称为“郊”，郊区吧。我们叶家最先建叶家花园选地沙坡尾，那地方就靠近海上巡检司曾家沃，也算是在郊区。

你问我跟你伯父的“罗曼史”，说来话长，我是他的妻子，但却不是他的梦中情人，另有一个女人一直在他的脑海内挥之不去。这些都写在寄去的材料里，你可以根据这些材料写作，希望很快能看到《老家厦门》第二部。

祝你成功！

陈兮雯

1985年8月25日

你伯父附笔问好！

1

“哇!”一声男婴中气十足的响亮啼哭声在叶家花园第二进第三房响起，时间是1920年农历六月初一七时二十分，这个男婴按太爷叶朝根的嘱咐，取名叶茂南。

叶家花园上下如滚开的一锅水，沸腾了起来！众人围在产房外，挤得水泄不通，叽叽喳喳地议论着，每个人的脸上都荡漾着笑意。有几个丫鬟试图挤进房间里去，以便尽早看一眼这个婴儿相貌。叶雅云堵在产妇的房门口嚷嚷：“走开！走开！‘六月天七月火’，天气这么热，你们要闷死少奶奶吗？”

叶乃盛正待要跨入房门，听到叶雅云这一喊，连忙停下了脚步，退了出来。叶雅云却对他喊道：“阿盛，不包括你，你可以进来！你是孩子的父亲啊！”叶乃盛满脸笑容地进入房中。

接生婆正在给初生儿“头洗”。只见她从一个铜盆里捞起一条湿毛巾，拧干后，伏下身子替正躺在床上哇哇大哭、蹬着两只粉红色的腿的男婴拭擦着，然后为他穿上小兜肚、衫裤，再用襁褓把他包得严严实实的，托了起来，放在江秀卿身旁。小家伙又哭了几声，才静了下来，慢慢地睡着了。

叶乃盛笑眯眯地对江秀卿说：“辛苦了，谢谢你给我生下了一个男孩！”又说，“这孩子多像你啊！”

江秀卿笑了笑，瞟了丈夫一眼，没说话。

叶雅云说：“男孩像母亲，女孩像父亲。”又说，“你们男人好舒服，不用忍受生孩子的痛苦！‘怀胎十月，一朝分娩’，顺利的话，肚子疼一阵就是了；不顺利的话，把人折腾得死去活来。我生鹏鹏时难产，整整五天生不下来，差点去见了阎罗王。嗨！这生孩子恰似过鬼门关，是‘性命搁在脚桶边’，生死一时间的事啊！”

叶乃盛走出房门来，对张旺喊道：“阿旺，你去张家报信，顺便问问他家少奶奶生了没有。”

张旺立马就走了。

约莫十五分钟后，张家的一个仆人从大门外喜滋滋地冲进来，对叶乃盛说：“叶家少爷，我家少爷吩咐我来向您报喜，今天上午七时二十一分，我家少奶奶顺产一女婴，取名张文婉！”

“好啊！同喜！”叶乃盛喜滋滋地说道，吩咐把来人带去账房领赏。那人兴高采烈地跟着走了。叶乃盛心里一盘算：这叶茂南、张文婉两人同年同月同日不同时生，叶茂南早张文婉一分钟出世，叶茂南是大哥，张文婉是小妹，真是老天爷的巧安排啊！

这时周玉书领着一位头戴蓝底白花头巾，身着蓝布衫裤，右手胳膊肘里挽着一个布包的二十五六岁农村少妇走了过来，对叶乃盛说：“奶妈来了！”

转过身来对那女人说，“你进屋去吧！”那位农村妇女便轻巧地走入产房，向大姑、二姑一一请安，然后放下包袱，走到床边，伸手就抱起那个初生儿，撩起自己的上衣，露出胸前两只圆浑浑的奶子就打算给新生儿喂奶。

叶雅云急忙喊了起来：“别！别！别喂奶！”

那位奶妈睁大着眼，不解地望着叶雅云，愣在那里。

叶雅云从奶妈手中接过孩子，把他放回床上，说：“孩子刚出生，在娘胎里吸收的营养还未完全消化，不要急着给他喂奶，等他三天，肚子空了再来‘开奶’喂他，孩子才不会积食。开始喂奶那天要‘洗三’，按老辈人说孩子都是上天送子娘娘送下来的，如果出生三天这家人没有好好对待他，送子娘娘便要把孩子收回去。‘收回去’是什么意思？就是夭折了！所以家家户户都要给孩子‘洗三’，给他洗澡、穿新衣服，才留得住他啊！”众人听得津津有味的。叶雅云又问奶妈：“你叫什么名字，孩子出生多久了？”

奶妈答：“在娘家做女孩子时叫阿妹，嫁到他家跟着姓吴。孩子是上个月的今日七时二十分出生的，正好一个月了。”

叶雅云说：“那就叫你吴妈吧！”又问，“你是哪里人？”

“南太武。过海就是了。”

“你丈夫是做什么的？”

“种田，种点菜，有时也下海去捞点鱼虾到集市上去卖。”

“你出来做奶妈，家里那个孩子怎么办？”

“有婆婆呢！喂他米汤、菜泥就是了。”

叶雅云吩咐带吴妈下去洗洗涮涮再回来。吴妈走了。过了一会儿她走回来，到江秀卿跟前嘘寒问暖，帮这帮那的，特别勤快。江秀卿心里高兴，脸上绽开了花。大家你一言我一语尽问吴妈关于南太武的一些事，她也一一答了。原来由于南太武跟厦门近，那里出“奶妈”，农家妇女生完孩子后，不少人就到厦门大户人家当奶妈了。

时间过得很快，转眼一个月过去，按风俗要给孩子做“弥月”祝贺。叶、张两家商量好了，两家合办“弥月宴”，订七月初一晚七时在开元路双全酒家二楼雅座办十桌，请双方的亲朋好友来同乐。

这一天傍晚，双方应邀前来赴宴的人陆续到了，叶乃盛、张果保各领着妻子在大门口迎接；两家奶妈分别抱着当晚“明星”叶茂南、张文婉站在一旁，两个孩子脖子上都挂着一只小金锁。叶茂南的小金锁上刻着“红运绵长”四个字；张文婉的小金锁上刻着“富贵花开”四个字。来客个个把两只金锁拿起来看了又看，免不了夸赞叶茂南、张文婉一番。知道两家订娃娃亲，更是连连恭维起来，又是“郎才女貌”，又是“天作之合”，又是“琴瑟和鸣”，又是“并驾于飞”，不一而足。说完话便给双方主人塞一个红包，或项链、或戒指、或纸钞，叶乃盛、张果保推让了一番，便也就笑纳了。

取代煤油灯的电灯把宴会厅照得明晃晃的。席上觥筹交错，笑语欢声，鱼肉鸡鸭上桌自是免不了的，最后大家还要分吃油饭。这油饭是用上等糯米蒸煮，上面搭配着一些虾仁、栗子、肉片、干贝，再浇上葱油花，还特别按每桌人数在盛饭的海碗四周排列上几粒染红了的水煮鸡蛋，以图取吉利、团圆、美满之意。最后还得上一道水果，一般是香蕉、菠萝。“蕉”在闽南语里与“招”同音，“菠萝”又称“旺梨”，两水果上桌寓意“招财进宝”、“兴旺发达”。

不过，许多人纳闷的是这么一个细节：说来奇怪，若是把叶茂南抱近张文婉身边，叶茂南就不停挣扎；若是把张文婉抱近叶茂南身边，张文婉就咯咯笑个不止。有人咬耳朵悄悄地说：“恐不是好兆头，琴瑟难谐，于飞难并。”

这年冬天的一个午后，一个手中抱着婴儿、农民打扮的中年人在叶家花园门口徘徊探望，不敢进来。看大门的仆人问他找什么人，他也不答，于是便去把张旺找了来。张旺一问，原来是吴妈的丈夫，从南太武过海来见妻子吴妈的。张旺急忙把他领进去见叶雅云。叶雅云叫丫鬟去把吴妈请来，不一会儿吴妈出来了，问那个男人：“你怎么来了？”

“妈走了，孩子没人照顾，我抱他来找你。”

“我看看！”吴妈接过她丈夫怀中的孩子，一看，孩子面黄肌瘦，穿的衣服也破烂。吴妈低声抽泣起来，两行泪顺着脸颊流了下来。

叶雅云说：“进屋吧，愣在这里干吗？”吩咐张旺带那位农民去饭厅吃饭。

吴妈手里抱着儿子坐在矮凳上发愣，叶雅云说：“快给孩子喂喂奶，想必是饿坏了，怪可怜的!”

吴妈颤抖着手撩起上衣，把儿子贴到胸前，那婴儿便“咕嘟、咕嘟”大口大口地啜吸起奶来。

叶雅云叹了一口气说：“也真难为你啊，吴妈！自己的孩子都饿成这个样子，你反倒来奶我家小少爷，把他留下吧!”吴妈感动得呜呜大哭了起来。

正好吴妈丈夫吃了饭回来，站在门外不敢进屋，一听叶雅云这句话，“咚”的一声，跪了下来叩头，连声道谢。

下午，孩子留下来，吴妈的丈夫回南太武去了。叶雅云做主，给孩子起了名字，叫吴清和。吴清和大叶茂南一个月。人前叶茂南、吴清和是主仆二人；人后两人兄弟相称，吴清和是兄，叶茂安是弟。叶茂南叫吴妈“阿妈”，吴清和叫吴妈“阿母”。这是后话。

按民俗小孩满一周岁时还要“抓周”，就是在一只竹箩里放置些物件让小孩去抓，以预测这个小孩长大了会从事什么职业。一般测男孩多放置书、笔、算盘、印章、钱币；测女孩多放置尺子、小剪子、花样、胭脂盒。叶茂南抓的是一把笔，大家断定他将来长大了一定从文。江秀卿高兴地说：“我儿子将来肯定有出息！会成为一个大学问家。”张家派人来说张文婉抓的是胭脂盒，叶乃盛说：“也好，女孩子会打扮才招人喜欢。”

斗转星移，时间如白驹过隙，转眼间五六年过去了，叶茂南、张文婉都已是稚龄小童了。当时已不时兴私塾读书，到处都在办新学，叶乃盛热心公益，以他祖父叶朝根的名义带头捐资，在鱼仔路头办了一所小学，校名取“十年植树，百年树人”之意，命名为“树人小学”。他把叶茂南送去读这间小学的附属幼稚园，学画图、写毛笔字。张文婉她妈李玉珍倒也想把女儿送去学校读读书，对张果保提了，张果保说：“嗨！女孩子读什么书？‘女子无才便是德’，何况已有了婆家，养大了一顶红轿子抬过去就是了，读什么书!”李玉珍只好作罢。张果保只请来一个废科举前最后一次科举中了秀才的老学究上门来教张文婉《女儿经》、《孝经》、《弟子规》之类的旧书，无非是让她懂点妇道人家规矩就是了。

叶、张两家常走亲戚，有时叶乃盛、江秀卿夫妇去张家走走，有时张果保、李玉珍夫妇来叶家看看。这一天傍晚，张果保夫妇领着张文婉上叶家花园来玩。四个大人忙着说话，张文婉溜到书房里要找叶茂南玩。叶茂南头戴一顶红顶心、红箍围的黑绸礼帽，身着缀满暗花的黑长衫，外加一件红色薄马褂，低着头正全神贯注地一撇一捺描着字。张文婉头盘双髻，上身穿着一件缀满白花的红色缎面绣花上衣，下身穿着一件杭绸藕色宽裤管的长裤，脚上趿着一双红色胶底珠花布鞋。她走进来说："茂南哥，院子里有许多红蜻蜓，你帮我捉一只吧！"

"没看我正忙着写字吗？"

张文婉扭头跑出去，一会儿她又踅回来说："茂南哥，院子里茉莉花开得很好看，你帮我摘下一朵，插到我头上好吗？"

"没看我正忙着写字吗？"

"就要你替我摘！就要你替我摘！"在家娇生惯养、"天字第一号"的大小姐张文婉撒起娇来，便去夺叶茂南手中那把笔。叶茂南不提防，"嗖"的一声，墨汁把描红纸画了一条大黑线。

"要你赔！要你赔！"叶茂南推开描红簿，大声嚷了起来。

张文婉吓坏了，"哇"的一声，号啕大哭起来。

叶乃盛、张果保四人闻声大吃一惊，急急忙忙冲入房门来。叶乃盛一看，断定是叶茂南欺负了娇客，"啪"的一声朝儿子左脸颊就是一记响耳光。叶茂南受了委屈，"哇"地放声大哭了起来。江秀卿赶快喊："吴妈！吴妈！"吴妈正在给小少爷洗衣服，双手来不及擦干，急匆匆就赶了来，把叶茂南领走。

张果保说："叶兄何必发这么大的火呢！孩子还小，不懂事，'田头打架田尾好'嘛！"叶乃盛说："这孩子太不懂事了！一点规矩也不懂。来者便是客，怎可以这样待客呢？"再待下去也真够尴尬的了，张果保、李玉珍夫妇俩带着张文婉告辞走了。

一送走客人，江秀卿急忙跑入吴妈房间来看叶茂南，吴妈迎面就嚷嚷起来："这老爷也够狠心的！太太您看，这'五爪龙'印！"

江秀卿伏下身子朝叶茂南左脸颊一看，果然脸颊上有一个巴掌红印记，即时眼眶就湿了，哽咽着对叶茂南说："你怎么动手去打女孩子呢？"

“我没打她！是她让人烦！一会儿要我帮她捉蜻蜓，一会儿要我帮她摘茉莉花，我正在写毛笔字，哪有那个闲工夫？她就来抓我手中的毛笔，结果把描红纸抹黑了，是她自己吓得哭起来的！”

江秀卿说：“妹妹喜欢你，她要你陪她玩会儿，你就陪陪她，写字什么时候不能写？”

叶茂南说：“我才不喜欢她呢！不爱读书识字，整天就知道玩、玩，我不喜欢！”

江秀卿说：“她将来可是要做你的媳妇的啊！你不对人家好点怎么行！”

“不要！不要！我不要她做我的媳妇！”说完话，叶茂南竟急得哭了起来。

吴妈拉着他的手连说：“别哭！别哭！男孩子不能掉眼泪的，这会被人笑话的！”又说，“咱不娶她，咱娶玉皇大帝的女儿做老婆。”

叶茂南问：“玉皇大帝是谁？”

吴妈说：“玉皇大帝是天上最大的官，他的女儿个个漂亮呢！”

叶茂南点了点头，用手背擦擦眼泪。吴妈赶快从腋下衣襟里扯下一条手帕替他把泪擦干。江秀卿放心地走了。

这天晚上睡觉的时候，吴妈带着叶茂南、吴清和小兄弟俩睡觉。吴妈躺在床中央，叶茂南、吴清和一左一右躺在她的两旁。吴妈轻声地问叶茂南：“还疼吗？”叶茂南点了点头。吴妈自己先就受不了，搂着叶茂南直哭个不停。叶茂南反倒不哭，静静地替她擦着泪，安慰她：“别哭！”又说，“阿妈，给我们讲个故事吧！”吴清和也一个劲地要吴妈说。

“讲什么故事？”吴妈问道。

“讲一个有关南太武的故事吧！”叶茂南答道。

吴妈想了想说：“我给你们讲一个南太武、北太武的故事吧！”说完话便侃侃道来：

从前有吕洞宾、铁拐李、何仙姑等八个大仙。这一天八人来到厦门，上了鼓浪屿对面的一座不知名字的山头。何仙姑对铁拐李说：“铁拐李，你有本事一脚跨过海，到对面那座山吗？”铁拐李答：“这有何难？”说完话，只见他双脚一蹬，腾云驾雾就跳过了海，落在海对面金门岛上那个也不知名字的山头上。因为用劲太大，在海两边的两座山头都被震得抖动了一下，还都留下了铁拐李一个大脚印。后来大家称厦门的这座不知名的山为南太武山，称金门的那座不知名的山为北太武山。不知哪一朝，有一位官员上了南太武山，看到山像一条巨龙入海的样子，便题了“苍龙入海”四个字，并请人把它们刻在南太武山上的一块巨石上。

叶茂南问：“这四个字现在还在吗？”

“在！在！我们家就住在南太武山下，从我家窗口看出去，就能看到那四个大字，哪一天有空，我带你去看看！”

吴清和一听急了，赶快说：“我也要去！”

吴妈伸出两臂搂着两人说：“去！去！两人都去。”

“妈，念一首闽南童谣给我们听吧！”叶茂南说道。

“对！念一首吧！”吴清和也说道。

“好！好！我来念一首《安童哥卖杂货》。”说完话，吴妈就轻轻地念了起来：

安童哥，卖杂货。
卖什么？卖针线。
卖什么？卖碗筷。
卖什么？卖花样。
卖什么？卖一只小老鼠钻到你的腹肚里。

吴妈一听，她的左右两边怎么都没有了声音呢？低头一看，两个小兄弟都睡着了。

吴妈自己却久久不能入睡，不断地轻轻抚摩着叶茂南脸颊上那个巴掌印记，悄悄地垂着泪……

第二天晚上，上床睡觉的时候，吴妈发现一直挂在叶茂南脖子上的那只小金锁不见了，问了叶茂南，他总不肯说。过了几天吴妈才在床头柜里找到了它，要叶茂南戴上，他只是不肯，吴妈没办法，只好把它交给吴清和，让他跟叶茂南在一起时，好好劝叶茂南把它戴上。吴清和倒是劝了多次，无奈叶茂南只是摇头，不肯接，吴清和也没办法，只好找来一块手帕，把那只小金锁包了起来，放到床架上那只樟木箱子里去。

这一年9月，叶茂南满七岁了，叶乃盛替他在树人小学一年级报了名，送他去读小学。学校开学那天上午，叶乃盛领着穿一身簇新长衫、马褂，戴着礼帽的叶茂南去树人小学。许校长在办公厅里瞥见了，急忙出来迎接，先把叶茂南送入教室，两人再去许校长的办公厅叙话。

“叶校董大驾光临，请多赐示。”许校长恭敬地说道。

“不敢！不敢！请对小子叶茂南多加教诲，以冀日后成才。”叶乃盛答道，又问，“学校现有多少位教职人员？几个班级？”

“全校共有二十位教职人员，共办十二个班级，从一年级到六年级，每个年级各两个班。”

这时有一名职员领着一位身着粗布衣衫、年龄三十七八岁的大嫂和一个衣衫补着许多补丁、年龄七八岁的小女孩走入办公室来，那职员对许校长说：“这位大嫂缠着我收留她的女儿入学，又不肯交学费，校长，您说怎么办？”

许校长才要开口问话，那大嫂已连连作揖，恳切地说道：“校长大人，我丈夫上个月刚刚因病过世，家里的一点钱替他治病抓药都花光了，我靠卖菜维持母女俩生活，收入少，没钱交学费。行行好，把这个孩子收留下来，让她跟着读书识字，将来不用像我们这样做睁眼瞎。学费我再补交。”说完话又连连作揖。

叶茂南对那女孩子端详起来，觉得倒也生得眉目清秀，似乎是个读书的料子，便笑了笑对许校长说道：“把她收下吧！免交学杂费。”

许校长点了点头，对那位大嫂说道：“快谢谢好心的叶校董吧。”

那大嫂拉着小女孩就要让她跪下磕头，叶乃盛赶快制止了她们母女俩。

叶乃盛临告别时对许校长说：“我今年多出四十两银子，作为学校收留贫苦人家子女的资助费。”

许校长一个劲儿道谢。

有一年厦门米业商会组织会员去春游。秘书长林博谦先到一步，站在通往万石莲寺的路口等着会员，陆续有会员姗姗来迟。叶乃盛一时雅兴，也带着叶茂南来参加，无非是想让他见见世面，交交长辈。张果保刚刚来了，一看到叶茂南便笑眯眯地对他说："茂南，你爸是会长，脱不开身，咱们先走一步到山顶去等。"说完话拉着叶茂南就走，叶茂南回头看了看叶乃盛，看到他父亲点头，便跟着张果保走了。

两人在"万笏朝天"巨石下方停下来。张果保看了看那块石头说道："这块石头好奇怪，像一块古代大官上朝时手中拿的奏板。"

叶茂南点了点头说："正是。这里的石块一块块都像笏，也就是奏板，所以才有'万笏朝天'的名字。我看一本书介绍说，当年郑成功海上起事，就是在这块石下把驻守厦门、金门两地的守门将郑联杀死，收编了他的军队的。"

张果保饶有兴味地看了那几块石头，点了点头，领着叶茂南顺着石径往前走去。两人到了镌刻有"放开眼界"的中岩寺门边。张果保看到那里竖着一块写着"澎湖阵亡将士之灵"八个大字的石碑，转过头来问叶茂南："这块碑是为什么人竖的?"

叶茂南脱口而出说道："这是蓝理捐金置产建将士亭时竖的。"看张果保不明白，又说，"蓝理是施琅手下的先锋，当年施琅率清军去攻打台湾时，跟台湾的郑经手下的干将刘国轩在澎湖激战，蓝理被郑军打来的一块小弹片打中了腹部，肠子都流了出来，他让人抬入船舱里简单地包扎一下，又冲上船舱作战。后来蓝理任福建提督时，怀念当年阵亡战士，便捐建了这座亭，立了这个碑。我还读到一则小故事，听说蓝理在杭州领兵时，有一次康熙皇帝来杭州时召见了他，令他当着众臣解开衣衫，康熙抚摩着蓝理腹部的伤疤，戏称他是'破肚将军'呢!"

张果保不觉笑了起来，定睛注视了叶茂南一眼，心中想道："他才十几岁，就如此博学多才，好啊!"但是又一想，叶、张两家是经商的，懂这些文史知识有什么用处？还不如学学经商之道，将来张文婉过门，两家联姻，两边的生意都要由他来操办的啊。便又问道："你爸有没有对你说做生意的道理?"

叶茂南点了点头答道："我爸有时也教我经商之道。有一次他给我说'陶米公'范蠡的经商诀窍。范蠡晚年写了一本叫《计然》的小册子，总结自己一生经商的经验，他的经验是贵出如粪土，贱取如珠玉，意思是当市场上东西很多时，要赶快把手中的货物如抛弃粪便般摔出去，而当市场上东西少了时，即要把手中的货物像珍珠宝贝般藏起来，不要轻易出手。他还说要'务完物'、'无悬市'，就是要把货物保存好，防止虫蛀鼠害，尽量使手中的资金加快周转，一个钱当两个钱、三个钱用。这些话我现在听起来虽然似懂非懂，可是将来必定能派得上用场。"

张果保连连点着头，说道："对！你可要好好记住，将来长大了运用好。"

叶茂南点了点头。

张果保又说："你怎么都不到我家里跟文婉玩呢？"

"没空。"叶茂南答道，皱了皱眉头，又说，"果保叔，您怎么不把文婉妹送去学校读书呢？"

张果保愣了一下，支支吾吾地说："女孩子家读什么书！"

叶茂南急起来说道："怎么女孩子就不能读书？我们班有一位女同学，她的父亲死了，她的母亲靠卖菜维持生计，她母亲就硬是送她来上学。"

张果保语塞，便转口问："你爸还告诉你什么经商之道呢？"

叶茂南答道："我爸说做生意要用一个字。"

"什么字？"

"恕。"

"恕？"

"对！就是说要待人以礼，重信守义，自己要赚钱，也要别人赚钱，大家好才是真正好，生意才能做大、做强、做长久。"

张果保急起来，说道："生意人像一群豺狼，人人说唯利是图，你死我才能活，怎么可以对人'恕'呢?！不对不对，你爸说得不对。"

叶茂南心中不舒畅，噘着嘴不说话。张果保也不再说什么。山风从山头吹过来，空气中漫散着花香味。从山下传来说话声，原来叶乃盛、林博谦一行人边走边说也到了，大家在亭子里歇脚。

叶乃盛笑着问叶茂南："你跟果保叔聊些什么?"

叶茂南答道："没聊什么，谈谈山上的石刻、碑名，又聊了点做生意的事。"

"噢！好啊!"叶乃盛高兴地说道，"你可要多向你果保叔学学，你果保叔生意经精着呢!"

叶茂南没有回答。

一行人沿着山路又进发了。大家到了"郑成功读书处"，眼前有四块岩石，两块相叠，一端黏合，一端张开，由另两块巨石顶成石门，构成笑口常开的景观，人们称之为"太平石笑"。张果保想借机当众炫耀他未来女婿叶茂南的才学，便对叶茂南说道："茂南，这块石头为什么称'郑成功读书处'?"

叶茂南不假思索地答道："当年郑成功驻守厦门时，常带着他的两个儿子郑经、郑聪来这里读书，有时还写写诗，所以后人便称这里是'郑成功读书处'。"

林博谦看了看叶乃盛，说道："会长有福，养了这么一位堪称俊才的儿子。"又看了看张果保说道，"果保，张、叶两家是一家人，你未来的佳婿才高八斗，可喜可贺。"大家都知叶、张两家结了儿女亲家，便一个劲地恭维起叶乃盛、张果保，张果保心里十分高兴……

叶茂南天生爱读书，每天下午放学回家不是写字做作业，就是背课文、念古诗，有空还学画画。有一天他正在家里聚精会神地在临摹一幅水墨观音像，叶乃盛走了进来，驻足一看，不禁吃了一惊，那纸上的观音不但样子像，连身上的飘带也画得流畅极了。后来叶乃盛便带着叶茂南去卢敬亭家里，让他拜师跟伯公卢敬亭学画。此后，每逢周日，叶茂南就上梧桐埕卢敬亭家里学画画，卢敬亭还把一本《芥子园图谱》借给他，叶茂南经常翻读，竖着右手食指比比画画。叶乃盛看了很高兴，对江秀卿说："当年我爸要我向敬亭伯学画画，没想到我没去拜师学画，我儿子倒拜了。"江秀卿打趣他："一代更比一代强。你满脑子都是生意经，算盘珠子拨得精，咱孩子可不能像你那样。要让茂南多读书，长大了做一个大学问家!"

1927年冬天，叶家有两喜：一是叶乃盛连任厦门市米业商会会长；二是江秀卿又生了一个女孩子，也按太爷叶朝根的嘱咐，取名叶茂茜。叶茂茜比叶茂南小七岁，请了一个同安奶妈来照顾。叶茂南很疼爱他这个小妹妹，经常抱她，逗她笑。

2

恒裕号经叶乃盛打理后大有起色，经营北、南、台三郊线路生意。虽然北郊线因“九一八”事变，日寇侵占我国东三省，华北告急，发往天津、牛庄的货物不能运抵北方港口，只能到上海卸货，业务受阻，但是南郊往汕头、广州一线，台郊往台湾的业务却没有受到太多的影响，有的货物，如台湾的樟脑，南方一些药厂需求量大，运货量反而较以前骤增。

跟许多生意人一样，叶乃盛富了，首先想到的也是“盖大厝”，他早就在找地打算建一座新的叶家花园了。清朝以前厦门岛上的港湾多，最大的五个海湾自北至南分别是筼筜古海湾、思明古海湾、公园古海湾、文灶古海湾和厦门港古海湾。叶乃盛请了名气很大的风水先生巫祯祥勘察一番，结果认为公园古海湾最为上乘，于是便在公园古海湾的溪岸桥仔头买地建新宅。溪岸是一条叫“带溪”的海岸线，桥仔头是这条溪上的一座木渡口，因年代久远，桥早就塌掉了，桥的两旁也已填地盖房，但名尚在。桥仔头附近的斗涵就有恒裕号的一个米仓，叫斗涵米仓。再往前去便是美仁宫袁厝、后保的美头山下筼筜古海湾了，它是厦门的一个渔港，厦门名景“筼筜渔火”说的就是这个港。叶家新宅采用中西合璧设计，进大门后一进还是红砖古厝结构，燕尾、马鞍背、花岗岩墙裙、红砖墙，墙上用青草石影雕上龙凤鹿麟、狮马鹊鹤一应吉祥物；二进、三进完全是西洋风格设计，罗马石柱、斗拱走廊、百叶窗。

大宅院落成后，叶姓家族举家迁入新居。叶乃盛特地去漳州叶园把他母亲杨锦霞请来同住；叶雅云、叶雅芬带着两姑爷和他们的子女也来长住“外家厝”。杨锦霞跟金枝同住一室，论辈分，金枝高杨锦霞一辈，杨锦霞该对她以“母”相称，论岁数，金枝小杨锦霞二十多岁。人说“三个女人一台戏”，现叶家有金枝、杨锦霞、叶雅云、叶雅芬四个女人，这台戏就更热闹了，闲暇无事，麻将桌一铺，女人们打麻将，忙得不亦乐乎。有时江秀卿也下场玩几局，但一有人替补，她就起来，到房间里去绣花，她替婆婆绣的一幅宝瓶观音像，观音的面相慈祥，手中的宝瓶造型秀美，杨锦霞看了高兴得很，逢人就夸媳妇手巧。

当时习惯以“厦门城”为中心。城以东至文灶、吕厝称“内街”；城以西至鹭江道称“外街”；吕厝再往东直至海岸是农村，称“禾山”，本地人叫“山场”，靠山的农地。杨锦霞住在桥仔头，属内街，叶府上下称她为“内街嬷”；祝艳琴还住在海后路，属外街，叶府上下称她为“外街嬷”。叶茂南算起来是叶朝根的长曾孙，大家戏称他是“桥仔头大鼎”，以示寄予厚望。

“外街嬷”祝艳琴带着叶乃鸿在海后路住，很少跟桥仔头叶宅的人来往。几年时间，叶乃鸿也长大了。大概是遗传基因的缘故吧，祝艳琴是唱戏的，叶乃鸿的乐感也特别好，爱弄弄乐器什么的，尤其喜欢南音。南音原是盛行于中原地区的一种乐种，后来中原失传，但却在闽南地区保存了下来。乾隆皇帝下江南时，李光地找了五位南音乐师为康熙弹奏曲子。康熙听后龙颜大悦，题了“御前清客，五少芳贤”八个字，从此这个曲种便在泉州、厦门一带流传开来，成了闽南地区一种出名的曲种，还流传去了台湾呢！叶乃鸿常去南田巷南音馆跟一帮乐友吹拉弹唱，他尤其擅长吹洞箫，在厦门南音界小有名气。

靠“月仔钱”过日子并不舒坦，祝艳琴要叶乃鸿做点小生意什么的，叶乃鸿便去做“过水客”。“过水”是指厦门至金门水道，因为厦门、金门“门对门”，两地距离很近，从厦门岛东的大嶝乘舢板去金门，海上距离只有一千八百米，早出晚归，十分便利。当时很多做小生意的往返两地，从厦门贩运同安马蹄酥、石码贡糖、厦门庆兰馅饼、安海橘红糕、海澄双哥润去金门卖；回过头来，顺手买点金门高粱酒，还有据说有镇邪禳灾作用的风狮爷、木雕小玩意儿来厦门卖。有一天叶乃鸿从金门贩了一些装白兰地酒的进口糖果来厦门卖，大受欢迎，半天就全卖光了。叶乃鸿靠做“过水客”赚点小钱，日子过得倒也挺滋润的。后来，由祝艳琴撮合，叶乃鸿娶了来厦门“混日子”的祝艳琴的老乡、江西吉安人柳月桂为妻，育有二子，大的叫叶茂平，与叶茂茜同年出生，小的叫叶茂安，小叶茂茜六岁。

不过叶乃鸿有一口气始终吞不下：同样是叶振元的儿子，叶乃盛执掌着恒裕号偌大的产业，要风有风，要雨有雨；而自己却身无闲钱，得靠跑码头，“贩浆沽酒”似的买卖那些不起眼的食品、小玩意儿。难道嫡出、庶出就该有这么大的差别吗？这也太不公平了吧！于是他去桥仔头叶宅找叶雅云讨公道，没想到被叶雅云劈头盖脸骂了个狗血淋头，叶雅云还说叶振元的死是叶乃鸿的母亲祝艳琴这只“狐狸精”害的，她没向祝艳琴讨人就不错了，不肯答应再多给叶乃鸿一个子儿。叶乃鸿又去找叶乃盛理论，叶乃盛笑了笑，摊开双手说：“我只是做一个‘执行者’，权不在手，帮不了你的忙。”叶乃鸿十分恼火，也曾想报复，给叶乃盛一个好看，譬如栽赃什么的，偷偷弄一箱鸦片放在“金山号”货舱里，再去报告警察来抓人。但他胆子小，光想想没敢真的做，只能依然去做他的“过水客”，厦门、金门两地跑。心里郁闷时，叶乃鸿便站到海后路他家窗前吹洞箫解闷，他最爱吹的一首古曲是《望明月》。海后路前面就是鹭江道，过往的行人多，许多行人往往驻足聆听，称赞一番。

3

1934 年，农历六月初一，是叶茂南十四岁生日，叶家照样要办一个家宴，招呼亲朋好友来一起庆祝一番。正当七大姑八大姨在赖厝埕好清香酒楼二楼大厅坐定下来时，卢敬亭领着一位年约五旬的男士和一位年近四旬的妇人从楼下走了上来，那两位男女一见到杨锦霞，就“咚”的一声双腿下跪，动情地喊了一声：“大嫂！”

杨锦霞一头雾水，正不知是怎么一回事时，叶雅云、叶雅芬已同时喊起了“二弟”。那位男士站起来，走到叶雅云、叶雅芬两老姐妹跟前，对她俩连哭带喊“大姐”、“二姐”，转过头来把他身后的那位妇人推到跟前，指着杨锦霞、叶雅云、叶雅芬告诉她：“这位是大嫂！这两位是大姐、二姐。”那妇人便依言分别跟三人打了招呼，那男人才又指着妇人说：“内人洪玉钗。”

众人邀两位客人入席，两人分别坐在杨锦霞左右两边。卢敬亭跟着入席，坐在杨锦霞正对面的位子上。

“敬亭，这到底是怎么一回事?”杨锦霞问道。

卢敬亭笑了笑说：“这还得从你家太爷叶朝根说起。太爷在世时曾经特别嘱托我代他寻找他当年过继给颜家，留在香港的老四叶振明的下落。当年你家太爷、太婆决意要回厦门时，振元、雅云、雅芬三兄妹都在他身边，独独最小的老四振明因自小过继给一个姓颜的台湾商人，没有跟父母一起回厦门来。后来这位姓颜的商人移居香港，振明被带去香港，便与叶家失去联系了。这事你家太爷一直记挂在心，他知道我是做‘侨批’生意的，线索多，特别交代我寻找，没想到我还没有找到，太爷自己倒先走了。后来我托香港的朋友去找，终于与振明接上了线，我把老家厦门的情况对他说了，振明便带着宝眷过来了。”

原来是这么一回事！亲人团聚，喜不自胜，大家互致问候，气氛十分融洽。叶雅云一一介绍在座诸人与叶振明夫妇认识，知道大哥叶振元已去世了，叶振明夫妇不胜唏嘘。

叶振明说：“我过继颜家后改名颜立国，听我颜爸爸说，这颜家祖先跟随‘开台先驱’颜思齐参加开发台湾，当然那是明末清初的事啰！所以我既姓叶，又姓颜；既叫叶振明，又叫颜立国。”大家啧啧称奇起来。

席间，杨锦霞问叶振明有几个子女，都做些什么事，想不到叶振明只是摇头，伤感地说：“膝下空虚，至今没有子嗣。”这倒使大家惊讶不已。

杨锦霞问：“不会抱养一个吗?”

叶振明答：“抱养一个倒也无甚不可，只是终究不是自家骨肉啊！将来我们走了，家产就落在外姓人手上了，于心不甘!”

原来当年在台湾时，叶振明过继过去的那一家，养父是做木材批发生意的，当年香港百业振兴，房地产发展很快，盖房需要大量木料，他们的生意越做越大，老夫妇俩去世后，留给叶振明一笔不小的家产。叶振明娶妻后，夫妻俩样样如意，就是有一事烦恼，那就是夫妻结婚多年一直没能养育一男半女！

大家安慰了他们夫妇俩一番，聊表同情。

这时叶振明看了看叶茂南，问他："茂南侄孙，今年几岁了?"

"十四岁了。"

"在哪里读书?"

"福建省立第十三中学，就是过去的玉屏书院。"

"几年级了?"

"初中刚毕业。"

叶振明便细细地端详起叶茂南来，但见叶茂南天庭饱满，地格方圆，聪明伶俐，粉雕玉琢，实在是一位大家子弟风范，心里很是喜欢。叶振明与洪玉钗两人低下头来小声说了几分钟悄悄话后，叶振明说："锦霞大嫂、乃盛贤侄、秀卿贤侄媳，我们俩商量了一下，想提一个要求，不知是否可以答应?就是想请你们把贤侄孙叶茂南过继给我们，做我的孙子!"

这怎么可以答应呢?叶茂南是"桥仔头大鼎"，叶家就等着他来接班挑大梁呢！怎么可以过继给他人呢?

叶振明看了大家一眼，笑了笑说道："你们有所误会！我们的意思不是要'夺嗣'，我们只是要求把茂南带去香港，在律师楼办一个公证，证明叶茂南是我们财产的合法继承人，将来我们走了，由他来继承我们的财产；否则，按香港的现行英国式法律，我们死后，一切财产便归香港政府所有，变成人家的'公产'，我们于心不甘啊！茂南同时还是你们的大儿子、大孙子，不过是'双祧'罢了!"

这就是说，叶茂南既是叶乃盛、江秀卿的儿子，同时又是叶振明、洪玉钗的孙子。

叶乃盛低头跟江秀卿耳语了一阵，又走过去跟杨锦霞商量了一番后，杨锦霞说："这事就这么定下来吧，把叶茂南过继给二叔。'双祧'，两头兼顾，请卢敬亭老先生做见证人。"她对叶茂南说，"快拜见你新祖父、新祖母!"

叶茂南便离席，伏在叶振明、洪玉钗跟前连叩了三个响头，喊两位："阿公！阿嬷!"叶振明、洪玉钗满脸堆笑，喜不自胜。叶振明从上衣口袋掏出一个红包，递给叶茂南，算是给了见面礼；洪玉钗拉开手提包，取出一沓事先准备好的"红包"分发给在座的诸位亲友们。

这一天本是生日宴，反倒成了“认亲会”。

散席以后，叶乃盛吩咐张旺带人去码头把客人的行李箱拿回家来，又招呼等在酒家门外的一排自家黄包车。每辆车有两个座位，车夫等人上了车，边按喇叭边踩车，一辆辆黄包车便沿着开元路经浮屿、厦禾路向溪岸方向驶去。

到了桥仔头叶宅，叶振明走入大门，上了一进台阶，一眼便看到大厅正中高悬着的他父亲叶朝根、母亲许瑞娘的画像，他赶快上前几步，“咚”的一声，跪了下来：“爸！妈！不肖儿叶振明没能在你们身边尽孝，请你们原谅！”说完话，连叩了三个响头，洪玉钗也在丈夫身边跪下来叩头。

拜见父母遗容后，大家分宾主坐了下来，叶振明环顾起大厅的布置、装饰。只见厅右侧墙壁上挂着四幅用酸枝镶着框的春兰、夏荷、秋菊、冬梅四时花卉条屏；画两旁是一副清代泉州人、状元吴鲁的行书对联，上联是“梅将铁石作心肠”，下联是“腹有诗书气自华”。再看左侧墙壁，也挂着四幅用酸枝镶着框的图画，分别是卢敬亭画的厦门二十四景中的“虎溪夜月”、“白鹿含烟”、“洪济观日”、“筼筜渔火”四幅写实国画，画两旁也是一副对联，上联是“厦庇五洲天下客”，下联是“门收万顷鼓天浪”，嵌了“厦门”两个字。叶振明不禁点头称好。

大家闲聊了一会儿，正好张旺他们也把行李箱取回来了，叶乃盛就把客人带到二进左边一间房间，请叶振明、洪玉钗夫妇早早安歇，叶振明不觉又夸赞房屋建得好来。

第二天，叶振明、洪玉钗想去南普陀寺拜佛许愿，要叶茂南陪他们去，叶乃盛、江秀卿满口答应了，吩咐周玉书派两辆黄包车把他们三人送去。叶振明带着叶茂南坐一辆车，洪玉钗自己单独坐一辆车，一路上叶振明跟叶茂南边浏览景色边聊天。叶茂南落落大方，谈吐文雅，很受叶振明称赞。不一会儿，到了南普陀，两部车停了下来。叶茂南领着叔公、叔婆走到南普陀寺大门口，指着门额上“南普陀寺”四个字说：“南普陀始建于唐代，距今已有一千两百多年历史了。五代时称泗州院；宋代时称无尽岩，后又改称普照寺；明末毁于兵火；清康熙年间由统一台湾班师回来、任福建水师提督的施琅重建，因与浙江普陀寺同祀观音菩萨，才改称为南普陀寺。”说完话他指着寺庙大门外两石柱说，“这副对联将南普陀寺开基的年代与地理位置说得清清楚楚。看，上联是‘经始溯唐朝与开元而并古’，下联是‘普光被厦岛对太武以增辉’。就是说南普陀最早建于唐代，与泉州的开元寺一样古老，又说佛光普照厦门岛，跟南太武山相辉映。”

叶振明饶有兴趣地打量起叶茂南，问道：“你对南普陀的历史怎么这么熟悉?”

叶茂南答：“做每件事都要用心嘛！我是厦门人，特别把南普陀的材料记下来，免得被人笑话。”

叶振明连连点着头说：“难得你这么用心。”洪玉钗也点头称赞。

三人走入山门，看着风调雨顺四大天王和布袋和尚的塑像时，叶茂南又一一作了介绍，叶振明、洪玉钗又连连点头。

顺着右回廊，三人走入大雄宝殿。叶茂南又对叶振明、洪玉钗介绍了释迦牟尼“竖三世”、“横三世”的前世今生故事。三人便过去买了香烛，点燃后跪在地上的蒲团上拜了拜，然后去观音阁瞻仰千手观音雕像，又一样买了香烛跪拜一番，各自许了愿后，才走出佛殿，在右边一个莲池的护栏上坐下来休息。

从南普陀寺后的五老凌霄上吹下来的和风拂过脸庞，他们很感惬意。

叶振明问叶茂南：“你在学校里哪门功课读得好?”

“文理科都还可以。不过我特别喜爱历史，爱记那些历史英雄人物的生平故事，有时还背诵他们写的一些诗句。”

“都有哪些诗词佳句?”

叶茂南便侃侃念道：戚继光“一年三百六十天，都是横戈马上行”；俞大猷“丈夫不羁旅，何以慰苍生”；岳飞《满江红》中“兵安在，膏锋锷。民安在，填沟壑。叹江山如故，千村寥落。何日请缨提锐旅，一鞭直渡清河洛。却归来，再续汉阳游，骑黄鹤”。

叶振明听后心中暗暗思忖着：这是一个十四岁的初中毕业生啊！他不但能记着许多古诗词，又有爱国、爱民之心，不简单！便又看了叶茂南一眼，心底里连称道："奇才！奇才！"三人又坐了一会儿，看着络绎不绝的善男信女参禅拜佛。

看看时间近午了，他们才走下山，到寺庙门口坐黄包车返回桥仔头叶家大宅。

三天后，叶振明夫妇要回香港，对叶乃盛说他们需要带叶茂南去香港律师楼办公证，叶乃盛踌躇了一下，知道办公证非本人在场签字画押是不行的，而且只两三天便可回来，便答应了。叶乃盛领着叶茂南向亲友们告别，别人倒还可以，唯独吴妈受不了，紧紧地拉着叶茂南的手，好像一放手他就会飞走不回来似的。叶茂南说："阿妈，我去了就回来，你老人家就放心吧！"吴妈才松开了手，又是吩咐了一通才罢。

傍晚时分，泊在鹭江道太古码头的荷兰渣华轮船公司"芝沙连加号"客轮前，叶振明夫妇俩带着叶茂南准备上船。叶乃盛把叶茂南叫到一边又叮嘱了许多话，叶茂南一个劲地点着头……

这时一位商人模样的五十多岁男子，一手提着一只布褡裢，一手抓着长衫下摆急步流星地赶来，大家一看，是卢敬亭。卢敬亭气喘吁吁，歇了一会儿才解开那只布褡裢，拿出几本画册，大家一看有任伯年、仇英、郑板桥的画，还有八大山人朱耷的画。卢敬亭对叶茂南说："这些画你带在身边，有空临摹，你很有绘画天分，好好学，将来肯定是一位国画家。"

叶茂南千感谢万感谢接了过去；叶乃盛也一个劲地道谢。

叶振明夫妇俩带着叶茂南上了轮船。"呜——"长笛一声，轮船缓缓地离港，驶远去了，消失在夜雾之中，送行的叶乃盛、江秀卿和其他亲人才依依不舍地离开码头回府。

叶乃盛他们才回到家里坐定，便看到张果保兴冲冲地进来。刚坐下来，他就喜滋滋地说："我来报一宗好生意，有钱大家一起赚！"说完话便打开随身带着的一只小木箱，"哗"的一声，往八仙桌上倒出来一大堆银元，"做大米、黄豆、玉米这样的农产品生意，利润薄，非做大宗的赚不了钱；不如开钱庄，买卖银元赚钱来得快，利润又厚，一进一出，黄金万两！我在镇邦路租了一爿店面，两层楼，楼下接待客人做买卖，楼上办公。你我各出资各占一半股份，利得‘二一添作五’，怎样?”

当时厦门市面上流通的本国、外国银元有很多种类，清末民初以来，最常见的是西班牙、墨西哥、印度、荷兰、法国的“番银”，后来又有日本、美国、安南以及秘鲁、玻利维亚银元，本国的银元即有光绪十五年（1889）清政府在广东铸造的“龙洋”，袁世凯当大总统时铸的有袁世凯头像的“袁大头”，和民国初年铸的有孙中山头像的开国纪念币。银元携带方便，又不容易仿造作假，商号爱用。张果保特别从银元堆中挑出三个，说：“这是墨西哥‘鹰洋’，这是西班牙‘洋人头’，这是荷兰‘马剑’，成色好、足重，商场人士爱用!”按规定兑换银元归国家办的银行，民间不能流通，但因图方便，兑换比例又略高于银行，商场人士喜欢私底下交易，于是专做银元买卖的钱庄便应运而生，这些钱庄大多集中于厦门镇邦路一条街上。

“这不是做黑市生意吗?”叶乃盛听张果保说完，问道。

“嗐，什么‘黑市’、‘白市’！能赚钱就行嘛!”张果保有点不高兴起来，板着脸孔说，又把桌上那些银元拢近来，扫入那只小木箱里，盖了箱盖。不知怎么，张果保忽然想到没见到叶茂南身影，便问叶乃盛：“茂南呢？初中毕业了，是出来帮你打理生意，还是继续上学读高中?”

叶乃盛一时没防备，脱口说：“让人带去香港一趟。”说完话便把二叔叶振明来访，定要自己把叶茂南过继给他，以及带叶茂南去香港办公证的事一五一十和盘托出。

“嗖”的一声，张果保猛地站了起来，双眼怒睁，大声喝道：“你这在骗谁啊？你是怕日本人把战火烧到厦门来，未雨绸缪，先把儿子送出去，‘狡兔三窟’，图日后有个照应。叶乃盛啊叶乃盛，我们可是说好了，你儿子叶茂南跟我女儿张文婉可是指腹为婚，订了娃娃亲的啊！这是尽人皆知的一件事。叶茂南这一走，我女儿可怎么办呢？你让我这张老脸往哪里搁呢?”

叶乃盛笑了笑说：“果保兄，你言重了！你听我说，事情不是如你想的那样啊!”

张果保正在气头上，什么话也听不进去，便不再听叶乃盛解释，提着那只小木箱，头也不回地走了。

过后，叶乃盛反复想了想，倒觉得张果保说的话不无道理，万一战事紧，厦门与外界断绝交通，这可如何是好呢？他很为自己答应叶振明带叶茂南去香港一事忐忑不安，心里直打着鼓，只盼望叶茂南早一天平安回来。可是他总不见儿子回来。这一年中秋节那天早晨，他才接到叶茂南从香港寄来的一封平安信，信上说：

父亲母亲大人膝下：

孩儿到了香港第二天，叔公就领我去香港华泰律师事务所办了一个财产继承权合约。叔公说我是一个“读书料”，替我在美国弗吉尼亚大学工商管理系中国班一年级报了名，准备送我去美国深造，主修工商管理、兼修国际金融。叔公说弗吉尼亚大学是美国第三届总统杰弗逊创办的，与俄亥俄州立大学、纽约州立大学、密歇根州立大学并驾齐驱为“美国四大商校”，学费昂贵，但叔公说他付得起，只要我肯努力读书就行。他又说，弗吉尼亚大学出来的学生很多成了美、欧各国跨国公司的总裁、首席执行官，有的还当上美国政府的财长呢！你们接到这封信的时候，我已到美国了，要赶学校开学上课，望父母双亲、诸位亲友不以不肖为念。男儿当自强，男儿志在四方，孩儿会努力求进，勤奋读书的，将来好成为一个社会栋梁，以报父母双亲养育之恩和诸亲友的眷顾之情。

就此搁笔。

恭请

福安！

不孝儿叶茂南叩上

民国二十二年七月二十六日

这真是始料不及的一件事！儿子才十四岁，这一去也不知何年何月才能见面。叶乃盛把信又读了一遍，心里一急，两行老泪便顺着脸颊簌簌地落了下来。叶乃盛把这个消息告诉江秀卿，她也懵了，两人商量了一下，决定封锁消息，不告诉第三人，尤其是张果保夫妻。但是纸包不住火，他们怎么能守得住呢？叶茂南两三年总不露脸，他能不起疑吗？夫妻俩想到这，不由叹气起来。

在厦门，中秋节不但要合家团圆赏月，而且按民俗要“博状元”。这种风俗仅厦门一地才有。据说它的发明者是明末清初“反清复明”主帅郑成功的“理兴官”洪旭。有一年中秋节，洪旭为了给士兵们解闷，根据明代一种叫“状元筹”的玩意儿加以改进，发明了“博状元”，设状元、对堂、三红、四进、二举、一秀六个等级。玩的时候每人用骰子在海碗里摔，按各种点数等来断定博中了什么级别的月饼，那场面十分热闹。周玉书指挥几个轿夫在天台上摆了五桌，晚饭后叶家上下的人按每十人一桌博起“状元”来。叶乃盛、江秀卿所在的主人桌最终是金枝以“状元插金花”（四个“四”、两个“一”）夺了头筹。叶乃盛心不在焉，还在想叶茂南出国留学的事，手气不好，只博得几个一秀、二举的小饼。忽然杨碧霞闷闷不乐起来，叶雅云对叶乃盛、江秀卿使眼色，悄悄地告诉江秀卿：“你妈想你爸呢！”原来叶振元在世最后一年博了“状元”，也是四个“四”加两个“一”，“状元插金花”。睹饼思人，不意阴阳两界，难怪杨碧霞要伤心。江秀卿赶快过去抚着杨碧霞的肩，劝了她好一会儿，杨碧霞才高兴起来。

散席后，大家下了天台各自归寝。“海上生明月，天涯共此时”，天空如洗，没有一丝游云，明月高悬，四处是“叮叮当当”的摔骰子声和欢快的吆喝声。叶乃盛更加思念远在异国他乡的儿子，鼻头一酸，簌簌泪下，顿湿衣衫，江秀卿看了忙安慰他。良久，叶乃盛才止哭，深深地叹了一口气，上床睡觉。睡梦中叶乃盛梦见儿子叶茂南大学毕业归来，父子俩相见格外高兴。

一星期后张果保上门来要“女婿”，问叶乃盛把叶茂南藏到哪里去了，叶乃盛强颜欢笑，赔着笑脸东解释西解释，张果保只是不听，气呼呼地走了。此后叶、张两家就疏远起来了。

4

弗吉尼亚大学新学期开学前三天，叶振明亲自送叶茂南去美国上学。在飞机上，祖孙俩低着头轻声交谈。

叶振明说："我已在香港汇丰银行替你存了一笔钱，作为你在美国求学期间的生活费，每个月5日汇丰银行纽约分行会通知你领款。"

"好!"叶茂南心头一热，感激地望着叶振明。

叶振明又说："在美国你要好好读书，将来好大展宏图。中国是农耕社会，农业是根基，工商业历代一直受到压制，发展不起来；而欧美国家自十六七世纪工业革命以来，工商业迅速发展，他们把世界其他地区当成他们的原料供应地和市场，到处侵略弱小国家。因此中国人要想强大起来，在世界之林占有一席之地，就需要学习人家的制造业，学习工商管理和现代金融业，'以夷制夷'，走振兴的道路。"

"是!"叶茂南十分佩服这位叔公的观点。

叶振明又说："华盛顿领导独立战争，建立美利坚合众国，搞议会制。两次世界大战的战火都没烧到美国国土，许多有经济基础的中国人把他们的子女远送去美国的大学留学，美国的大学也抓住机会办中国班，你算是赶上。你要勤奋学习，努力向上，多掌握一些知识技能，不要辜负我和你父母亲的期望。"

叶茂南使劲点了点头。

祖孙俩到了弗吉尼亚大学，去新生入学接待处办了入学手续，领了宿舍房间钥匙。叶茂南忙着整理随身带的一些东西，叶振明一个人到学校里四处溜达，学生食堂、澡堂、图书馆，最后信步走到以杰弗逊名字命名的"杰弗逊大礼堂"前。礼堂前如茵绿地，边上栽种着一排高大的华盛顿棕树，棕树的前面竖立一尊杰弗逊的全身铜像。杰弗逊光着头，一身西装，戴着领结，右手拿着一本《独立宣言》紧贴胸膛，左手过肩，指着前方，仿佛他刚刚宣读完宣言，正在高呼"自由、平等、博爱"口号，带领人民奋勇向前冲似的。草地两侧各有一排铁长椅。叶振明驻足看了看，才回宿舍去看叶茂南，又千叮咛万嘱咐一番，才赶去搭当晚夜班机回香港去了。

学校开学典礼在杰弗逊礼堂举行。校长艾克逊，一位谢顶、微胖、笑容可掬的中年男子，在雷鸣般的掌声中登上讲台发表演说。

艾克逊在介绍了校主杰弗逊生平后，又主要介绍了弗吉尼亚大学校风，他特别强调学生要独立思考，努力掌握现代科技和企业管理知识，做一个“思考着并行动着的人”。

这一届弗吉尼亚大学工商管理系中国班共招收二十名学员，其中十九名为男生，一名为女生。这名女生来自上海，名叫薛涵秋，她父亲薛远志是上海复旦大学历史系教授。

薛涵秋长得靓丽，生性活泼，自然成了这个小班级中众男生的心中偶像，男生们都十分喜欢她，想尽办法要跟她接近，以博得她的芳心。男生中有一位叫钱通海的，长得高高、瘦瘦的，十六七岁，比叶茂南、薛涵秋大一两岁。他家在无锡市内开了一家纱厂，又在惠山山脚的大街上开了一间钱庄；他的一个姑丈在南京国民政府当财政次长。钱通海自以为自己家官商两道咸通，必能赢得薛涵秋的芳心，故频频对薛涵秋献殷勤，不时约会她，要带她去游泳池游泳，或去电影院看好莱坞猛片，甚至直截了当对她说：“我读完书回去就到南京政府做事，你要是跟我好了，将来就是一个官太太，怎么样？咱们交个朋友吧！”但被薛涵秋婉拒，因此他心里悻悻然的。

也不知怎么，薛涵秋特别喜欢“厦门小子”叶茂南，经常主动地找机会接近他。晚自修时，她先去图书馆阅览室占了两个位置，等叶茂南经过时，招呼他坐到自己的身旁，跟自己一起温习功课做作业。公共场所两人不便大声说话，便把话写在纸片上交谈，谈到惬意时，两人相视而笑。这一切自然让一直在一旁窥视他们俩行动的钱通海妒火中烧，他心想：“好啊！你这个薛涵秋，我诚心诚意三番五次邀你，你总不领情，断然谢绝了，转身却对那个厦门小子频送秋波，这也太瞧不起人了吧！”他复一想：“根本的原因还是那个叶茂南在作怪，没有这个厦门小子，薛涵秋自然会青睐于我的啊！”于是他下定决心要给叶茂南一点颜色看看。

这一天夜自修结束后，叶茂南在图书馆门口与薛涵秋互道晚安，正要回宿舍去，才走到杰弗逊礼堂边时，从那几棵华盛顿棕后闪出三个人堵住了他的去路。叶茂南不禁停下了脚步，问道：“钱通海，你想干什么？”

“啪”的一声，钱通海右手打开了一把自动刀，刀刃闪着白光，他的两个同伙也围了上来。

钱通海晃了晃手中的自动刀，学着叶茂南的语气说："'你想干什么？'我想杀了你！"说完话把那把自动刀在空中比画了一下。

叶茂南说："我跟你既无冤又无仇，你为什么要杀我？"

钱通海说："我让你离薛涵秋远一点！"

叶茂南冷笑了一下说："都是同学，互助互学，有什么不可以的？"

钱通海"嘿嘿"笑了两声，转过头来对那两个同伙说："你们来告诉这小子有'什么不可'吧！"

两人中的一个说："钱通海喜欢薛涵秋，你这小子闯出来搅局，薛涵秋才会移情别恋，钱通海让你走开点！"

叶茂南说："这就怪了！现代社会交友自由，你钱通海有权结交异性朋友，我叶茂南为什么就不行！"

"不行就是不行！"钱通海气急败坏地嚷嚷了起来，"薛涵秋是'公主'，不是什么人都可以结交的。我再一次警告你叶茂南，你给我离薛涵秋远些，不要让我再看到你对她献殷勤的熊样子！"

"我如果还要跟她来往，你能拿我怎么办呢？"

"我让你长点记性！"说完话，钱通海又把手中的自动刀晃了晃，左手握拳猛地朝叶茂南的脸上打了过去。

"哎哟"一声，叶茂南捂着脸，身子踉跄着往后退了两步，重重地跌倒在地，他手中拿着的书包掉在一旁，课本散落一地。这一拳打中叶茂南的右眼，叶茂南感到右眼眶灼热、刺痛。

钱通海他们三人哈哈大笑着走了！

叶茂南捂着右眼"哧哧"吸着气。

不久有人经过，惊诧地问道："叶茂南，你怎么坐在这里？"

叶茂南抬头一看，是同寝室的室友王希平，他是广东番禺来的，平时与叶茂南谈得来。叶茂南说："钱通海打我！"

"为什么？"

"不为什么！"

“不为什么他为什么打你?”

“因为薛涵秋。”

“因为薛涵秋?”

“对！他怪我跟薛涵秋走得太近。”

“这就怪了!”王希平说，“人人都有交友的自由，同班同学互相切磋学问，为什么不能走得近呢!”说完话王希平瞥见叶茂南右眼渗出血来，喊了起来，“哎哟！你右眼出血了！快！我送你去医务室敷药!”他把散落在地的那些课本捡起来，放入书包里，再搀扶着叶茂南去医务室看医生。值夜班的美国大夫替叶茂南清理创面，敷上药，用眼罩把他的右眼蒙了起来，王希平搀扶着他，回寝室去了。

第二天上午第一节课是史蒂森教授上的《各国货币制度》，叶茂南觉得很重要，坚持去听课。他才跨入教室门槛，“哗”的一声，同学们都笑了，说：“叶茂南成了独眼龙。”钱通海瞟了他那两个同伙一眼，窃笑了起来。薛涵秋坐在教室靠内的一排座位上，听到笑声扭头一看，便看到叶茂南脸上蒙着一只眼罩，不禁吃了一惊，比比手势问他是怎么搞的，叶茂南不便回答，只摇了摇头，到他的座位上坐了下来。

这时史蒂森教授夹着皮包走了进来，走上讲台开始讲课。只见史蒂森教授托了托眼镜，拉长声调说道：“我们上一节课介绍了英国的银行业沿革、金融体制、金融市场，同学们已经知道英国的发钞行英格兰银行、存款银行、贴现行、商人银行、国民邮政储汇体系及它们的操作方法。今天我们来学习关于美国的金融制度……”

薛涵秋一直惦记着叶茂南的眼伤，对叶茂南比比画画打哑语。史蒂森教授终于发现了，便皱皱眉头对薛涵秋喊道：“薛涵秋同学，我刚才说的是哪一个国家的金融制度?”

薛涵秋站起来答道：“英国!”

全班同学哈哈大笑了起来。

艾蒂森摇了摇头说：“你说错了！你前几次上课都很专心，今天怎么搞的？心不在焉!”

史蒂森说的“心不在焉”是用中文说的，说得不流利，又引起哄堂大笑。史蒂森并不生气，挥了挥手让薛涵秋坐了下来。

不一会儿下课了，同学们纷纷走出教室，薛涵秋赶紧冲到叶茂南跟前着急地问道：“到底是怎样把眼睛碰伤的？这么不小心，我看看!”说完话，她伸过手去就要摘下叶茂南右眼的眼罩。叶茂南不禁吃了一惊，赶快把右眼挡住，悄悄看了看四周，有几位同学看到了这一幕，装着鬼脸朝叶茂南笑，叶茂南脸红了起来。

下午放学后，薛涵秋趁众人不注意，偷偷塞给叶茂南一张纸条，纸条上写着：

晚上七点我在杰弗逊礼堂前草地等你!

这天是周末，晚上图书馆不开放。叶茂南吃完晚饭后如期去赴约，刚走到杰弗逊礼堂前的草地，便看到薛涵秋已先到了，坐在一张铁长椅上等他。叶茂南跑过去，坐到她的身边。薛涵秋说了声：“我看看!”便不容分说地把叶茂南右眼上的眼罩摘了下来，借着月光看了一下，惊叫了起来：“哎哟！都青肿了，这要是把眼珠子打出来可怎么办呢?”瞟了叶茂南一眼，问道，“你怎么这么不小心呢!”

“不是跌倒的，是被人打的。”

“谁？谁打你?”

“钱通海。”

“他为什么要打你?”

“因为你!”

“因为我？为什么?”

“他不准我靠近你!”

薛涵秋从坐椅上站了起来，月光照在她的脸庞上，叶茂南分明看到她柳眉倒竖，杏眼怒睁，一脸气愤神色。薛涵秋大声地说道：“他哪来的权力，管山管海，管到我跟谁来往！难道我薛涵秋没有决定自己跟谁来往的自由吗?

这个卑鄙的小人！他以为他老爸在南京政府中当了一个芝麻官，别人就得俯首帖耳任由他摆布？错了！”

薛涵秋叮嘱了叶茂南好多话，两人才各自回宿舍去。

班里只有薛涵秋一个女生，她与高年级的女生同住一个寝室。当薛涵秋推开寝室门时，房间里静悄悄的，只有二年级一位江苏苏州来的、名叫高雅娴的女生坐在灯下看书。薛涵秋问了一句：“她们都哪里去了？”

“你忘了今天是星期几了？是星期六啊！”高雅娴头也不抬，双眼盯着书答道。

“她们去哪里？”

“去参加派对，各自找相好的男生调情，喝啤酒、跳舞。”

“你怎么就不去？”

“人家是名花有主，我是田里苜蓿，没人看得上，自然不去。”

薛涵秋拿了毛巾、脸盆去盥洗室洗了脸再回来，一个人无精打采地坐在床沿上发愣。高雅娴偶尔抬头一看，皱着眉头问：“你今天怎么了？看你一副失魂落魄的样子。”

薛涵秋叹了一口气，便把叶茂南因为跟自己亲近被钱通海打伤眼睛的事告诉了高雅娴，又说自己不知道该怎么办才好。高雅娴想了想，故意卖关子说她有“秘方”治“男人吃醋”，只要薛涵秋愿出高价购买，她就说出来。薛涵秋搂着高雅娴的双肩，撒娇道：“好姐姐，咱们同是江苏人，你告诉我吧！你要我怎么谢你都行，事成后我请你到意大利餐馆吃一顿饭吧。”

高雅娴轻轻地捏了捏薛涵秋的脸庞说：“都是这张脸蛋害人！谁叫你长得这么漂亮？结果害别人挨打。”说完话便把薛涵秋拉到自己身边让她坐下，才问道，“你什么时候过生日？”

“正好是下周六，我满十五岁了。”

“你可以贴一张告示，邀请全班的男同学开‘派对’祝贺你过生日。我敢断定他们没有一个会不来参加的。你可以收到很多礼品，不吃亏，然后你如此如此……”

薛涵秋顿时眉开眼笑，亲了高雅娴一口，连说：“好主意！”

高雅娴怔怔地望着薛涵秋，又说：“你的头发要好好梳理，才能显得高雅大方，迷死人。这样吧，到了那一天，我来替你梳妆打扮一下吧！”

第二周星期五上午，同学们走入教室时，在教室后壁告示栏上便看到薛涵秋在星期六晚上开生日派对的告示。

同学们骚动了起来，许多人交头接耳悄悄谈论着该送什么礼物给他们心目中的“公主”。薛涵秋特别对钱通海说：“钱通海，你可要带头赏光啊！”钱通海受宠若惊，连说：“一定的！一定的！”

星期六晚上，薛涵秋打扮一新，早早就来到一家中餐馆，站在大门口等候她的同班男同学来为她庆祝生日。她的头发高盘在顶，用一条红缎带绾着，显得十分秀雅；她的全身穿着一件橘红色缀花旗袍；双腿着肉色的长筒丝袜，脚蹬一双红皮鞋，显得格外雍容美貌。陆续有男同学走进来，见面时他们纷纷对薛涵秋说：“祝你生日快乐！”随即便把自己为她准备的礼物拿给她。礼物五花八门，有蝴蝶结、胸针、丝巾……钱通海送的礼物是一只梅花女表，薛涵秋照收不误，请叶茂南帮她也把礼物放在她身后的一张桌子上的纸箱里。大家欢天喜地走入大堂里。服务员早就把大堂布置了一番，墙壁上贴了一行字：“祝你生日快乐！”大家围成两排坐了下来，用英语唱起了《生日快乐》歌，然后吃饭，喝饮料，气氛十分热烈。薛涵秋待大家情绪安定了下来，站起来说话：“感谢同学们对我的厚爱，今天是我非常快乐的一天，愿我们大家友谊地久天长！我们学校是《独立宣言》起草人之一杰弗逊创办的，现在我要问大家一句话：杰弗逊在《独立宣言》里是怎样对全世界人民说的？”

男生们异口同声答道：“人人生而平等，他们都被造物主赋予某种不可让渡的权利，其中包括生命权、自由权和追求幸福的权利。当任何形式的政府损害这种目的时，人民有权去改变或废除它。”

“好！说得好！每个人都拥有‘生命权、自由权和追求幸福的权利’！”薛涵秋点了点头，忽然，她愤懑地高声喊了起来，“可是钱通海要剥夺我的这些权利，他三番五次骚扰我，被我拒绝后竟迁怒他人，把叶茂南打伤，请问大家，我薛涵秋是不是也拥有上述大家说的‘生命权、自由权和追求幸福的权利’？”

大家异口同声答："应该拥有！"

高雅娴喊道："钱通海必须对薛涵秋赔礼道歉！"

大家接着喊道："钱通海必须对叶茂南赔礼道歉！"

钱通海一震，环顾了周围同学，看到他们人人脸上都是愤怒的表情，很心虚，只好站起来对薛涵秋说："请原谅我的无礼！"随即鞠了一个躬；又对叶茂南说："请原谅我的无礼！"又鞠了一个躬。

薛涵秋说："这件事就到此为止。我们是同班同学，大家要团结友爱，再不能动不动就打人！"

大家齐说："对，不能动不动就打人！"

聚会结束时，钱通海正准备走出去，薛涵秋把他叫住，对他说："今天由你埋单，你同意不同意？"钱通海愣了一下，强颜欢笑地说："同意！同意！我埋单。"跟着服务员去柜台交钱。钱通海真是"偷鸡不成，反蚀一把米"。

薛涵秋请叶茂南帮忙把那只纸箱抬入她的寝室。薛涵秋走到高雅娴跟前，不由分说"噗"的一声朝她的左脸颊吻了一口说："谢谢军师！"说完话开心地哈哈大笑了起来；又伏下身子去打开那只纸箱，把同学们送的那些礼物一一拿出来给高雅娴看，特别把钱通海送的那只梅花女表盒在高雅娴面前晃了晃，再打开盒子拿出那只手表，用右手食指勾着表带说："钱通海送的！"得意地哈哈大笑了起来。

高雅娴故意擦了擦脸颊，瞟了叶茂南一眼说："吻我干吗？有那个疯劲，还不如去吻你那'小檀郎'！"弄得叶茂南腼腆起来，满脸绯红。

高雅娴接着说："事情还没有完！"

薛涵秋诧异地问道："还没有完？为什么？"

高雅娴说："中国有一句古话，叫'欲盖弥……'什么的？"

叶茂南接口说："欲盖弥彰。"

高雅娴说："对！对！欲盖弥彰，但是要倒过来，'弥盖欲彰'。"看薛涵秋听不懂，便又说，"你可以把这些礼物留下中意的、用得上的；把用不上的，包括那只梅花女表拿去出校门二里路那个星期日旧货市场变卖；然后以钱通海的名义再举行一次晚会，请同学们来参加，在会上宣布你跟叶茂南已结成‘金兰契’，从今往后谁要是对不起叶茂南，就是对不起你薛涵秋。我敢断定此后钱通海他们再不敢对叶茂南无礼了!”

薛涵秋连说：“好主意！好主意!”又对高雅娴吻了一口，上牙咬着下嘴唇，哧哧直笑……

这年暑假，叶茂南、薛涵秋结伴去位于欧洲西南部法国与西班牙交界处的安道尔旅游。一路上两人尽情地呼吸着山地清冽的空气，欣赏着雪松、赤桦在阳光照射下的茸茸美色，聆听着牧羊人吹的悠扬的短笛声，很感惬意。

在科马佩德罗萨山下的一座小山包前，薛涵秋提议两人分别从东西两个方向爬山，到山头汇合。叶茂南担心薛涵秋独自一人会遇到危险，踌躇着不肯答话，但是薛涵秋却执意要这样做，对叶茂南说：“就这么定了吧！我往东，你往西。”说完话她拔腿就往东跑去，不一会儿她的身影就消失在山石后了。叶茂南没办法，只好往西抬腿走去。一路上叶茂南老惦念着薛涵秋安全，边走边四处张望，希望能看到薛涵秋的身影。

半个多小时后，叶茂南终于满头大汗、气喘吁吁地攀爬到了那个小山包的山头，一个人坐在一棵雪松下的青石上，抬头望着头顶上悠悠飘过的白云。放眼远眺，近午时分，阳光照耀着那郁郁葱葱的青山和掩映在树影中的许多红色屋顶的哥特式建筑物；成群的广场鸽响着鸽哨从头顶掠过，落在教堂屋顶大十字架上。这里全无战争的喧嚣，恍若一个世外桃源!

叶茂南静静地等着薛涵秋的到来，好对她说一声：“怎么样，到底是谁爬得更快?”可是时间一秒一秒地过去，两个小时后红日经天了，叶茂南仍然没有见到薛涵秋爬上山头来的身影，他不禁紧张了起来，便沿着山的东边下山。一路上他不时停下来，双手合拢大声喊道：“薛涵秋!”可是没有听到回应。叶茂南更着急了，加快步伐拼命向山下冲去，远远的他就瞥见有一只小棕熊在一个山洞口嗷嗷吼叫。叶茂南的心揪紧了，下意识地断定薛涵秋在洞里!他不顾一切地猛冲了下去，俯身捡起了许多石块，下死劲地朝那头小棕熊砸去。有两块石块击中了那只小棕熊，小棕熊龇牙咧嘴凶吼起来，但最终放弃对抗掉了头，迈着蹒跚的步伐走远了。叶茂南冲到那个洞口喊道：“涵秋，我来了!”搬走了堵洞口的一块石块，果然薛涵秋正躲在那个洞里。听到叶茂南的喊声，她大叫一声："茂南，吓死我了！"伸出一只手让叶茂南帮她爬出了洞口。薛涵秋一出洞口，情不自禁地紧紧搂抱着叶茂南呜呜大哭，断断续续地说道："茂南，我再也不离开你了！"

原来薛涵秋离开叶茂南往东走不到十分钟就被那只小棕熊盯上了。慌乱中薛涵秋瞥见路的左侧有一个山洞，急忙钻了进去，搬起一块石头堵死洞口，盼望着叶茂南及时来救她。果然叶茂南赶走那只小棕熊，把她救了出来。

回家的路上，两人搭乘一辆夜行的邮递马车。两人背靠背地坐在邮包上，彼此感受着对方的体温，看着从车窗掠过的城市夜景。情窦初开的他们品尝到少年男女初恋的那份青涩、朦胧的爱意。

大二开始，放寒暑假，薛涵秋、叶茂南约好去中国人办的餐馆打工挣钱交学费。薛涵秋当服务生，穿着制服替客人登记菜单；叶茂南到厨房里打下手，帮掌勺师傅配菜、端盘。薛涵秋有客人给的小费，叶茂南没有，薛涵秋、叶茂南结伴出游时，往往由薛涵秋多出点钱。

两人结伴旅游的地方不少：美国大峡谷国家公园里有他们的足迹；法国巴黎凯旋门前有他们的身影；丹麦哥本哈根他们朗读了安徒生的《美人鱼》；希腊雅典卫城他们浏览过雕塑绘画；德国科隆他们参观大教堂；意大利比萨他们登上斜塔……旅途中两人一路走一路唱着外国名歌，有时是舒伯特的《听，听，云雀》，有时是门德尔松的《如果我在草地上》，有时是德沃夏克的《念故乡》……叶茂南唱："听，听，云雀在天空唱，那伏波已经出现。"薛涵秋接唱："他的金箭闪耀在水波上，落在花丛前面。"然后两人合唱："摇曳的金盏花，开始睁开那金色的眼睛，一切都在嘤鸣交响，可爱的人儿快起来，起来，起来，快起来！"叶茂南浑厚宽广的男中音，伴着薛涵秋明丽圆润的女高音，十分动听。

5

1937 年 7 月 7 日爆发卢沟桥事变。把侵略中国当成"根本国策"的日本军国主义侵略军借口一名士兵失踪，要求进入卢沟桥桥头的宛平县城搜查，遭到中国守军的拒绝，便于当晚八时突然向卢沟桥发动进攻，中国守军忍无可忍，奋起自卫。驻防在卢沟桥一带的二十九军原是冯玉祥的旧部，这支部队擅长刀术，每个战士都带着一口大刀，战士们用枪、刀同敌人搏斗，经过四小时激战，从敌寇手中夺回一度失守的铁桥。在永定河畔整整战斗了一整天，几百具日军的尸体横卧在卢沟桥桥头。卢沟桥的炮声激发了全国人民的抗日热情，事变发生的第二天，中国共产党向全国发出通电，呼吁："平津告急！华北告急！中华民族告急！"在全国人民的压力下，国民党南京政府于当年8月中旬发表《自卫宣言》，全国抗日开始。

1937年8月13日，日寇在上海发动"八一三"事变。事件起因是8月9日驻上海日军一中尉率一士兵，不顾中国士兵的劝阻，乘军用汽车企图冲入虹桥中国军用机场进行挑衅。机场的中国守军忍无可忍，开枪将日军官兵击毙。日军暗中准备，突然于8月13日悍然向中国驻军发起大规模进攻。中国军队在张治中等将军的率领下，在上海和全国人民支持下，奋力抵抗，双方在上海、杭州激战。到11月11日淞沪地区的中国守军全部撤退，上海沦陷。

日军占领上海后，立即兵分三路直扑南京。12月13日南京沦陷。日军占领南京后，在其华中派遣军司令松井石根和第六师团长谷森夫的指挥下，制造了骇人听闻的"南京大屠杀"，杀害中国军民三十多万人。

地处中国东南沿海的厦门的百姓们天天听着前方传来的坏消息，心情无疑是沉重的，大家担心不知哪一天日本人就打过来，厦门也像北京、天津、上海、南京那些大城市一样沦陷了，这可如何是好呢？

这一天是1938年元旦，午后时分，叶乃盛刚吃完午饭，正在大厅低着头看周玉书送给他的账本，忽然听到有人喊了一声"爸"。他不觉抬头一看，竟然是自己日思夜想的儿子叶茂南笑容可掬地站在自己面前！这不是在做梦吧？叶乃盛又定睛看了看，这哪里是在做梦，儿子真的就站在自己的面前啊！只见他头戴一顶白色礼帽，全身着白色西装，系着一条蓝色领带，脚蹬一双白皮鞋，手提一只藤箱子，俨然一副少年绅士模样。再一看，儿子身后，还有一个人，是一位妙曼女子，她身材中等偏高，头戴一顶巴拿马红缎帽，身着红色西装，脚蹬一双红皮鞋，年龄与叶茂南相仿，也是十七八岁的样子。叶乃盛不禁问道："这位是……"

"噢！是我大学的同班同学，薛涵秋。"叶茂南答着，"薛宝钗的'薛'，涵养的'涵'，秋天的'秋'。"又说，"她是上海人，她父亲薛远志是复旦大学的教授，现在上海沦陷了，她回不去，跟我来厦门小住几天，看看厦门风光。"

"噢！是这么回事啊！"叶乃盛点了点头，原本揪紧的一颗心放了下来，不觉便对眼前这位青春年少的女子仔细端详了起来。这要依小说家言，这女子自然是生得：春山含翠，莲脸生波；慧眼灵秀，桃腮带靥；移步摇柳，婀娜多姿。不过叶乃盛觉得她身上还另有一种中国大家闺秀、小家碧玉所不及的东西，不只是她长得高挑、丰满、白皙，且在她身上有一种来自大洋彼岸洋人少女的飘逸、高雅的风度，这在厦门称之为"大幅美人"，薛涵秋就是这么一位"大幅美人"！

这时知道大少爷叶茂南回来的消息，府上那些女眷纷纷跑来。大家见面时，除了与叶茂南互问别情之外，自然便问起这位女郎是谁，叶乃盛代叶茂南答道："阿南在美国留学的同班同学，上海人，父亲是大学教授，现在战乱，上海回不去，她跟阿南来厦门玩玩，住几天就走。"

众人连连点头。

最高兴的当然是叶茂南那个小妹妹叶茂茜，这一年她已十一岁了，渐懂人事，见了薛涵秋特别高兴，帮她提箱子，一定要领她去自已的房间同住。

这天晚上，叶家上下喜气洋洋，大家在饭厅吃了一顿既庆祝元旦，又为叶茂南接风的"合家欢"家宴。薛涵秋很讨大家喜欢，叶雅云、叶雅芬、江秀卿连连夸她漂亮聪明又有教养。叶雅芬拉了拉叶雅云的衣襟说："这个女孩子跟阿南倒蛮般配的啊！"叶雅云白了她一眼说："快别这么说，阿南跟张文婉是从小就订了娃娃亲的啊！"叶雅芬便不再开口说话。

第二天，吃了早饭后，叶茂南便来叶茂茜的房间，要带薛涵秋到处走走看看。叶茂茜本想也跟他们一起去，话到嘴边又缩了回去。薛涵秋进内屋去换了一身嫩绿色便装，胸口别了一只银胸花，放下头发，长发披肩，脚蹬一双球鞋，跟着叶茂南走出了门。

路上，两人商议了一下，打算用三天时间逛遍厦门。第一天，先去鼓浪屿；第二天，游厦门本岛；第三天，过高集海峡去集美。薛涵秋早就听父亲说过有位爱国侨领陈嘉庚倾资办教育，在集美办小学、中学和航海、财经专科学校，在厦门曾厝垵办厦门大学，她对陈嘉庚的故乡集美心仪已久。

今天是第一天，游鼓浪屿。两人从厦门坐轮渡到鼓浪屿黄家渡码头。上了岸，叶茂南说："这座码头叫黄家渡，是1928年由爱国华侨黄仲训用十万两银子建造的。厦门历来是华侨出入口岸，许多华侨在海外拼搏，赚了钱后，就回厦门来建大厝，或投资社会公益事业。厦门的发展，华侨做了很大的贡献。"

"噢！原来是这样！上海是不是也靠华侨投资建起来的呢？"薛涵秋问道。

"上海又不同。上海地处长江下游，是江浙门户。长江中下游是中国经济最发达的地区，外国资本、民族资本集中于此，所以'五口通商'以后，上海一跃成为'五口'之首。当年签订中英《南京条约》时，'五口'顺序是广州、厦门、福州、宁波、上海。广州居首是自然的，清政府历来开放广州，海关就设在广州，总理各国事务的衙门也在广州；厦门居二，说明当时厦门对外贸易地位显要；福州是福建省省会，原先清政府想用泉州取代福州，英国人不肯，所以福州也成了'五口'之一；上海居末，还在宁波之后，这说明当时上海港还不大起眼。"又说，"你知道上海称'沪'何意吗？"

薛涵秋摇了摇头。

叶茂南接着说："沪，就是用碎石在海滩上围一个堰，水满之时鱼藏其内，水退后，鱼跑不出去，渔人可以轻而易举捕之。上海称'沪'，说明原本它只是一个小渔港嘛！"

薛涵秋问："上海、厦门哪一个先建县？"

叶茂南答："厦门。厦门原属同安，晋太康三年，也就是282年就已建县；上海原属淞江，元至正二十九年，就是1291年才设县，算起来同安比淞江早一千零九年设县。"

薛涵秋又问："江、浙、闽三省，哪一省先'立国'？"

叶茂南答："那自然是吴、越的江苏、浙江啰！早在战国时代，江苏省的吴国、浙江省的越国就已先后是战国七强之一了，当时的福建全境却还属蛮荒时代呢！后来有一支越人过长江入福建，开辟草莱，披荆斩棘，定居下来，史称'闽越人'；汉武帝初年，这些闽越人先是去打建在浙江的东瓯国，后又去广东打南粤国，两国先后向汉武帝求助，汉武帝派兵入闽把闽越国灭了。晋代'五胡乱华'，晋国的士大夫阶层三次'衣冠南渡'入闽，带来中原文化，现在的闽南语被称为语言'活化石'，就是因为它保留着大量当年中原汉人古音韵哩！到了唐代，朝廷派陈政父子入闽镇压福建南部的反叛势力。平叛后，陈政的儿子陈元光向唐王朝奏将泉州、潮州之间的一块地方称作'漳州'，设立漳州府，以纪念他们是由河南洛阳的漳河流域迁入福建南部地区的。唐王朝准奏并封陈元光为漳州知府。后来闽南人把陈元光称为'开漳圣王'，这比五代十国的闽王王审知被称为'开闽圣王'还要早一百三十八年呢！"

叶茂南说话的时候，薛涵秋始终不插话，专注地听着，一双好看的眼睛一眨不眨地注视着叶茂南。等叶茂南说完了，她才动情地说道："茂南，我父亲要是能见到你，他一定会非常高兴的！我父亲是研究历史地理的专家，专门查证历史上那些王国的疆域、土地原来是哪些地方，叫什么名字，后来又是怎样变迁的等等，他的那个书房满墙壁都是地图，有许多地名经他考证，一一加以订正，古籍出版社出版司马迁《史记》，书中的每一幅战争路线图都请他加以鉴定呢！"她又问叶茂南，"你对历史这么有兴趣，为什么没去读历史系或者中文系，却读财经系呢？"

叶茂南笑了笑说："身不由己啊！我叔公是生意人，他既然要我继承他的财产，当然要我读商科，多懂些经商之道啊！哎，中国人与外国人就是不一样。中国历代帝王都瞧不起商人，士农工商，商居末位；西洋国家就不一样了，他们是靠工业革命、海外贸易发家的，商不但不被小觑，还被尊为首业！其实没有农业不行，没有工业不行，没有商业贸易业也同样不行。社会发展，社会经济生活缺哪一方面都不行啊！怎可以分谁贵谁贱呢？"

薛涵秋点了点头说道："我父亲也是这样的观点。他不要我读文史类，要我读财经、金融类，希望我将来做一个财经学者。有一次他读李贽的文章后对我说，李贽对商人的看法很正确。李贽说：‘不言理财者，决不能平治天下。商贾挟数万之赀，经风涛之险，亲勤万状，所挟持者重矣！’”

叶茂南说：“这个李贽是福建泉州人，是明代万历年间的一个进士，因为坚持一些变革思想，被斥为‘旁门左道’抓了起来，后来在监狱里自杀了！”

薛涵秋看了看眼前甚为繁忙的厦门港，问道：“厦门港是怎么发展起来的呢？”

叶茂南说：“厦门港作为一个商港，也不是一夜间就发展得今天这样繁荣的。闽南有三港，宋代的泉州后渚港是海上丝绸之路的起点站；明末清初的漳州月港，在海澄，因为港湾海面成月状，所以才称为‘月港’；清末至民国的厦门港，在曾厝垵到沙坡尾一带。泉州港、月港先后淤塞，厦门港便取代了两港。”

薛涵秋深情地看叶茂南一眼，说：“你怎么什么都知道呢？”

“我喜欢看书啊！”叶茂南答道。

随后，两人又去爬日光岩，站在水操台上看港仔后大海。叶茂南指着宽阔的海面给薛涵秋说三百多年前郑成功以厦门、金门为据点抗击清军，最后率军去台湾的故事，薛涵秋听得津津有味。下了日光岩，两人沿着晃岩路，从一座房屋边的一条石梯拾级而下，便看到了一口井，叶茂南又给薛涵秋介绍说：“这是郑成功当年开凿的水井，人称‘国姓井’，因为郑成功被朱明朝廷赐姓‘朱’，人称他为‘国姓爷’。”两人在山脚下一间小吃店各吃了一碗鼓浪屿名小吃鱼丸汤后，又去菽庄花园海上四十四桥凭栏远眺。

叶茂南说：“这个园子是台湾人林尔嘉建的。居住于台北板桥的‘板桥林家’祖辈从龙溪白石堡去台湾。世代经商，业有所成后，林家第三代人林维源在板桥建了一座‘板桥别墅’。中日甲午战争后中日签订《马关条约》，台湾被划归日本，林家不愿做亡国奴，举家来厦。第四代人林尔嘉在鼓浪屿港仔后置地，按台北板桥别墅式样建菽庄花园。”

正在涨潮的海水拍击着堤岸，溅起丈把高的水柱。阳光洒在薛涵秋的身上，把她的全身镀成金黄色，海风轻拂，把她的头发吹飘了起来，叶茂南在一旁看着，更觉得薛涵秋很美。

叶茂南动情地说："涵秋，你真美！"说完，他亲热地抓起薛涵秋的一只手轻轻地摩挲。

"是吗？那就把我永远留在你的身旁吧！"薛涵秋深情地看了叶茂南一眼说道，没有把自己那只手抽回来，任凭叶茂南握着。

"那是一定的！我明天就去告诉我父亲，把你留下来！"

薛涵秋亲昵地瞟了叶茂南一眼，莞尔一笑。

后来两人又去鹿礁路的旗仔尾山脚，看鹭江两岸的"龙虎两山锁鹭江"的景致。两人才在海边礁石上坐下来，叶茂南就念起了一首诗来：

劫火当年遍鹭洲，独有古庙碧江头。
山分龙虎东西峙，水接台澎日夜流。
万里舟车频辐辏，四时风月足观游。
欣知圣世人烟盛，高下层楼压蜃楼。

薛涵秋翕动着朱唇轻声跟着念，说："茂南，你给我解释解释，我不大听得懂。"

叶茂南便耐心地给她解释起来，什么是"山分龙虎东西峙"，什么是"水接台澎日夜流"，什么是"万里舟车频辐辏"，什么是"高下层楼压蜃楼"……薛涵秋听后又是连夸叶茂南聪明好学，知识渊博。

回家路上，两人走入龙头一家小店铺里闲逛，这里出售泉州木偶头、漳州布袋人物、海螺壳、珠绣制品等。叶茂南买了一只珠绣手提包送给薛涵秋，以纪念两人此次的鼓浪屿之行。

两人从水仙宫码头上岸时，叶茂南指着水仙路路口一块大石壁上"海天一色"四个字对薛涵秋说道："这块石后有一座庙叫'水仙宫'。厦门人认为天有'天仙'，地有'地仙'，水有'水仙'，这座宫是祭祀水仙的，即主祀治水的大禹，陪祀的有战国时期的伍子胥、屈原，唐代的李白、王勃。主祀大禹是不消说的，他治水十三年，把肆虐的洪水镇住了，功大盖天；陪祀伍子胥等四人是因为这四个人之死也都与水有关。伍子胥屈死后尸体被扔进水中，屈原投身汨罗江，李白醉酒吟诗落水而死，王勃省亲途中翻船溺水身亡。水仙宫码头可是清朝时代朝廷命官从这里搭船去台湾任职的渡头呢！那些大官从五通上岸，骑马或者坐轿到了这里，再改乘大帆船去台湾。一任三年，三年回来都会升官，所以倒有不少人想去搏一搏呢！”又说，“明天游厦门本岛，虎溪岩、白鹿洞、紫云岩、太平岩这些就近的景点是一定要去一一参观一下的！”

薛涵秋道：“听你的安排！”

没想到“三天旅游计划”第二天就搁浅泡汤了！

张果保很快便知道叶茂南带着一个上海姑娘回厦门的消息。这还了得！叶茂南跟张文婉既是指腹为婚，换了信物小金锁的人，这就算是两人已被月老在脚上拴了红线、成了夫妻的了！叶茂南怎么可以再去跟别的女子如此亲密接触呢？于是，张果保去叶府兴师问罪。

到了桥仔头叶宅门口，张果保径直往大厅走去，老远就对叶乃盛气势汹汹地嚷了起来：“这是怎么搞的？叶茂南已有未过门的妻子，却又跟别的女人到处乱跑，这成何体统？”

“噢！没什么大不了！那女孩子是阿南在美国留学的同学，上海人，上海沦陷回不去，跟阿南来厦门看看，一两天就走！”叶乃盛答道。

张果保一屁股在叶乃盛座位对面的酸枝太师椅上坐了下来，又说：“男女授受不亲，叶茂南不能跟那个上海姑娘单独在一起，两人出门时，你们要派一个人跟着，不能让他们太亲近。”

叶乃盛笑了笑说：“果保兄也太落伍了！现代社会社交自由，男女两个人一起出去玩玩，看看风景，平常得很，怎么有必要派人老跟在人家身后呢？这不太侮辱人了吗？”

张果保说：“反正你们要对他们两人严加防范，别让他们越轨出了丑事！”说完话他站了起来要走，走到厅门口，又回过头来对叶乃盛说了一句，“快把那个女孩子送走！”

当天晚饭后叶乃盛把叶茂南找了去，问他：“那女孩子什么时候走？”

“爸！我正要告诉你，我们俩刚刚商量好了，我们准备先订婚，等过一两年再正式结婚。”

这真是一个晴天霹雳，把叶乃盛震懵了！他不觉说道：“你再说一遍，我没听清楚。”

“我说我打算娶薛涵秋为妻。”

叶乃盛惊诧：“那张文婉怎么办？你们俩是父母指腹为婚的啊！”

叶茂南看了叶乃盛一眼，皱皱眉头说：“爸，这都什么时代了，还搞封建的那一套！现代社会婚姻自由，男女平等，婚姻是以爱情为基础的，没有爱情的婚姻就算不得是美满的婚姻，男女双方都得不到幸福。我跟张家那个姑娘，从一开始我就不乐意，是你们大人自己瞎忙乎硬加给我的，我从来也没有喜欢过她。不喜欢怎么做夫妻？这不是很别扭吗？”

叶乃盛气得浑身发抖：“气死我了！气死我了！”

叶茂南以一副不在意的口气说：“气也是您自找的！”

“啪！啪！”气急了的叶乃盛朝儿子的脸颊上左右开弓，连打了两个耳光。

叶茂南捂着脸，噙着泪花说：“你打我！小时候你打我，现在我十八岁了，长大成人了，你还打我！告诉你，你这样做是犯法的行为，你知道不知道？”

叶乃盛瘫倒在太师椅上。

吵闹声惊动了门外的人，张旺赶快跑去告诉叶雅云、叶雅芬，老姐妹急急忙忙跑来。其他人也来了，把大厅围得水泄不通。吴清和闻讯也跑来，在门外探头探脑的。叶乃盛一眼瞥见他，喊：“吴清和，你进来！”吴清和怯生生地走近叶乃盛，想不到气昏了头的叶乃盛迎面就给他一巴掌，骂道：“你从小就跟少爷在一起，你是哥，他是弟，你没带好他！”

叶雅云说：“这关他一个下人什么事了！你这是黑猫偷吃罚白猫，劈柴连木砧板也一起劈了！”又对吴清和说，“还不把少爷带回房间里去休息！”

吴清和便领着叶茂南回房间去了。

叶雅云又对杨锦霞他们说：“嫂子，你们也散了吧！”

杨锦霞他们也回房间里去了。只有江秀卿留了下来，四人商量着，都认为关键在于薛涵秋，只有赶快把她送走才能确保无事。叶雅云说："这事我去办吧！"

晚饭后，叶雅云去叶茂茜房里跟薛涵秋聊天。她故意告诉薛涵秋，叶茂南要办喜事，女孩子是小时候就订婚的一位富家女，明天就是大喜的日子，问薛涵秋是不是要留下来喝叶茂南的喜酒再走。薛涵秋吃惊不小，说要见叶茂南一面。叶雅云说："不必了！按风俗，明天要做新郎官，今天就不能再见别的未婚女子。"停了一会儿，她又说道，"再说这门亲事是茂南自己愿意的，他要不点头，我们还不敢替他办呢！"薛涵秋一听，气坏了，断定叶茂南爽约了，转身提起那只藤箱，收拾了一下自己的随身衣物，立马就走出门。叶茂茜想过去拦住她，被叶雅云喝了一声，愣愣地站在那里不敢动。

天空正下着雨，薛涵秋没有带雨伞，冒着雨往码头跑去，想搭船随便到哪个地方去安身再说。叶茂茜很着急，却只能耐着性子等叶雅云又唠唠叨叨说了半天话走了后，才急忙去告诉叶茂南。叶茂南一听急了，撑着一把伞，带了吴清和立马就往码头跑去。雨雾蒙蒙的，没有看到海面上有船只往来，两人在码头上转了一圈又一圈，失望地往回走。才走几步，吴清和看到码头栏杆边地上有一只珠绣手提包，便捡起来给叶茂南看。叶茂南一看，正是昨天送给薛涵秋的那一只，立即放声大哭，断定薛涵秋是跳海轻生了……

怕夜长梦多，又生变故，叶、张两家商量着马上给叶茂南、张文婉两人办喜事。

江秀卿怕儿子想不开，去叶茂南房间跟他谈话。

江秀卿说："儿啊！我知道你想念薛涵秋，可是人死了不可复生，你就别想她吧！好好跟张文婉成亲过日子吧！"

叶茂南气冲冲地说："活不见人，死不见尸，怎能断定她就死了呢？"

江秀卿愣了一下，才又说："我看张文婉温顺可爱，你就把爱薛涵秋的那份心多放在她身上吧！"

叶茂南说："我对她没多少了解，我从来没喜欢过她。"

江秀卿笑了笑说道："没多少了解没关系，结婚了，两人待在一起不就互相了解了吗？我跟你父亲结婚也是凭别人介绍的，婚前彼此也没多少了解，我们不也生活得好好的吗?”

叶茂南皱皱眉头说:“那都是旧时代的人的做法，现代人互相交往的机会多，不是彼此非常了解，谁愿意做夫妻捆绑在一起呢?”

江秀卿叹了一口气说:“这些我都知道，可是你也该想想我们啊!你不知道，你去美国读书的四年间，你父亲是多么想念你啊!再说这几年你父亲内外操劳，人苍老了不说，身体也一天不如一天，你要不听他的话跟张文婉结婚，他会气坏的。再说张家那头也不好交代，你知道张果保那人可不是好对付的啊!你跟张文婉是指腹为婚的，他怎么会善罢甘休呢?儿啊!你就听妈一次劝吧!”说完话眼泪簌簌落下。

叶茂南皱皱眉头，说:“都是你们乱作主张，弄得我好为难。我答应也不是，不答应也不是。”

叶、张两家请算命先生选了黄道吉日，张家吹吹打打把张文婉送了过来。张家送的嫁妆很不少，珠宝首饰、绸缎被面、布匹衣服、金银财宝，一应俱全;张果保还特别去弄一个西洋自鸣座钟来，正点时有一个洋人马戏团小丑会从洞里出来报时。拜堂时，叶茂南像木头人似的，要司仪一再提醒才拜天、拜地、拜父母，然后夫妻对拜。叶家在好清香酒楼办酒席款待男女双方众亲友，一对新人给亲友敬酒，散席后入洞房。大家走了，房间里只剩下叶茂南、张文婉一对新人。叶茂南孤坐在房间里一张红木长椅上，全无上床睡觉的意思;张文婉坐在床沿上，也不敢先睡。鸡叫头遍，东方既白，两人还是如此。按风俗，新婚夫妇第二天一早要双双拜见父母，给父母请安，感谢养育之恩，无奈叶茂南不肯动，张文婉只好又陪他坐了一天。第二天、第三天，叶茂南仍然全无跟妻子圆房的意思，张文婉万分委屈，伤心地啜泣了起来，断断续续地说道:“我，我知道，你心里想着她。但是你也应该想想我啊……我又没对不住你的地方啊……”

当时张文婉只知道叶茂南带了一个女孩子回厦门，并不知道她的姓名。

叶茂南说:“明知我爱的不是你，你为什么要来我家呢?”

“我也是没办法啊!我不到你家来，我爸会气坏的。你不为我想，也该想想两边的父母，给他们一个欢喜啊……”

叶茂南仍然不吭声，张文婉也不再说话，新房里只有放在五屉桌上的那个陪嫁过来的西洋自鸣座钟“嘀嗒，嘀嗒”的行走声。也不知什么时候，叶茂南在那张红木长椅上迷迷糊糊地睡去，抬头一看，便看到薛涵秋正从大门外款款走进，向自己屈膝一拜，说道：“茂南大喜，我来给你贺喜！”叶茂南着急地喊道：“不是的！不是的！我根本不爱她，我爱的是你啊！”“哈哈……”薛涵秋瞟了他一眼，头也不回，边笑边往门外走去了。叶茂南急得大喊：“薛涵秋，等等我！”张文婉被喊声吵醒了，便下了床来把叶茂南摇醒，问他：“你怎么了？一定是做了一场噩梦吧！我听你在喊什么‘薛涵秋’，这人是谁？”说完话，跑去倒了一杯水让叶茂南喝。

叶茂南念叨着：“不！不！薛涵秋没有死！薛涵秋不会死！我不能！”

张文婉睁大眼睛直勾勾地看着叶茂南。

叶茂南反倒觉得不好意思起来，说：“我的一颗心被她填得满满了，再没有空隙去接纳别人了！你不知道，在美国留学的四年里，我们两人相亲相爱，建立了多么深厚的感情呢！你原谅我吧！”“咚”的一声，他直通通地跪在张文婉面前。

张文婉说：“可是，她不是跳海轻生了吗？”

叶茂南说：“生不见人，死不见尸，怎么能说她已死了呢？让我再等等她吧！”

张文婉泪流如注，任由它湿了枕巾，湿了被褥……

后来两人约定，自即日起，在人前，两人是恩爱夫妻，在人后，各管各的事，互不干扰。

按风俗，新婚夫妇结婚后第四天要双双回女方家里办酒席招待女方的亲朋好友，叶茂南只好跟张文婉回娘家。张果保看到女婿、女儿回来，高兴得咧着嘴直笑。酒席在厦门港“大字酒”办。席间觥筹交错，亲友们频频举杯祝新婚夫妇早生贵子。李玉珍看张文婉脸上的表情，总觉得不自然。回门后当天新郎不能在女方家里过夜，好让人家母女相聚说说体己话，叶茂南当晚就回叶宅。散席后母女俩在一起时，李玉珍一再追问女儿：“叶茂南是否真对你好？”张文婉点着头，但眼泪却止不住流下来，哭得很伤心。李玉珍把女儿揽入怀里，也跟着垂泪。母女俩哭了一阵子后，李玉珍说："人家是留洋回来的，你没读什么书，他会觉得不般配，但婚已结了，他只好认了。你要对他好一点，多体贴他，时间久了，他自然就会对你好起来的。"又压低声音说，"你要是能怀上了，为他家生下一男半女的，他叶家还不把你当王母娘娘供着吗？"说完话亲昵地捏了捏女儿的手。张文婉直点着头。

第二天傍晚张文婉才回叶家大宅来。此后，张文婉倒是老想找话题跟叶茂南搭讪。今天说兜仔尾纪家大爷才死了七天，他的三个儿子就因分家产闹翻了，老二、老三联合起来，用火钳把老大的脚踝打伤，抬到医院去急救；明天说美头山的陈大姆的儿子、儿媳妇小两口吵架，儿媳妇一赌气跑回娘家不回来，陈大姆的儿子上门去了三次也没能把她接回家……无奈叶茂南低头只顾看书，哼哼呵呵不大搭理。话不投机半句多，更不要说两人真做夫妻了！张文婉常一人在房间里呆坐出神。

一个星期后，叶乃盛把叶茂南叫去，对他说："你已经成亲，就是大人了，该多担当些养家糊口的责任。自今日起，恒裕号的事归你执掌。我也老了，该享享清福了。最近一年来我常觉得体力大不如前了！"说完话他便走去保险柜前，从柜子里拿出当年太爷临终前特别交代要给太孙的那只田黄石印章，说："这是你太爷留给你的。"

叶茂南接过印章。

叶乃盛说："听你爷爷说，印章上刻的'旷宇天开'四个字是当年台湾首任巡抚刘铭传为台北至基隆铁路狮球岭隧道开通题的词，意思是说狮球岭的开通是靠天助才成功的。为表彰你太爷做好供应米粮的后勤工作的功劳，刘铭传特地请人用田黄石刻了这一只印章赠送给你太爷作纪念。自古以来，黄金有价，田黄无价，尤其是方形田黄石印章，更被称为是'田黄之王'呢！你可要把它保管好！"

叶茂南回屋把那只印章交给张文婉，张文婉把它放入床架上一个樟木箱里。

6

江湖上有一句老话“英雄不问出身”，商场上也有一句老话“认钱头不认人头”，意思是说你只要钱多，便是商界泰斗、生意翘楚，人家才不管你是靠什么方法赚钱发财的呢！

叶乃盛不愿意跟张果保合伙做钱庄生意，张果保便去找了一位姓温的台湾商人合作，两人各出了钱合办起一家钱庄，这家钱庄按张果保家做米商的宝号，也取名“翔祺”。翔祺钱庄开业的时候，张果保认识的人都请，独独不请亲家、厦门米业商会会长叶乃盛。

做银元交易的生意是市场越不景气越好做，因为人人担心纸币贬值成了一张废纸，总是想要尽早把它们换成金、银等贵金属制品，以求保值。故翔祺钱庄一开手就顺风顺水，大缽大缽进钱。第二年，张果保又与那个姓温的台湾商人合伙办了一个典当行，一样取名“翔祺”。做典当是“做棺材生意”，人哭他笑，都是走投无路才来典当的，到期拿得出钱来赎的人不多，典当的东西就归典当行所有。张果保的生意“更上一层楼”，张果保发起财来，在商界里的名气甚至在只做大米、干果生意的叶乃盛之上。

有一家开瓷器店的泉州人，专做贩运德化细白瓷、同安珠光瓷销日本、东南亚各国的生意。现在中日交战，日军封锁了去南洋各国的海路运输，瓷器销路大受影响，这个人负债累累，把一辆雪佛兰汽车做抵押品，向翔祺典当行借款还债，借期届满没钱赎车，被张果保把那辆雪佛兰“吃”了下来，只是一时没有司机。有人介绍叶乃鸿跟张果保认识。当时叶乃鸿嫌做金门“过水”生意出门在外日晒雨淋，出门朝朝难，不如在家好，不去跑“过水”生意，赋闲在家。张果保出钱让他去受训学汽车驾驶。叶乃鸿这个人头脑灵光，一学就会，考完驾照后，就当起了张果保的司机。坐在汽车驾驶室里，叶乃鸿猛按喇叭要行人让路，人人都知道这是开翔祺钱庄、翔祺典当行的大老板张果保的私家汽车，急忙让路，坐在汽车后座的张果保向车窗外看，好生得意！

不过张果保倒也并非事事顺心，有一桩心病老是烦着他。原来张果保、李玉珍夫妇俩自有了张文婉这个女儿后，李玉珍就不再生育，这可急坏了张果保。他几次涎着脸跟李玉珍商量要娶一个细姨，李玉珍死活不同意，逼急了便要寻死觅活。张果保原先是李玉珍她爸李翔祺手下的伙计，李翔祺只生三个女儿，没生儿子。靠李玉珍她爸提携，不但把女儿李玉珍嫁给他，还让他执掌翔祺米店，因此他不敢对李玉珍太蛮横，只是心里着急。这一天夫妇俩又聊起子嗣的事，张果保言辞恳切，说他年纪一天一天大了，没有一个“接班人”怎么行，请求李玉珍“批准”他娶一个细姨来生子。李玉珍想了想，后来去跟她姐商量，把李玉珍她姐的一个比张文婉大三岁的儿子过继了来，取名张佳滨。

张佳滨跟在张果保身边学生意，以便将来接张果保的班，执掌家业。不过张佳滨总不是自家骨肉，张果保无论如何还想“拼”出一个自己的“种”来，便偷偷在外面结识红颜知己，其中最投契的一个是大生里畅春楼的当红歌妓段红绫，张果保跟她打得火热。这一切李玉珍自然一概不知，她一个女人家，“阃”以外的事怎么去打听呢？所以张果保跟李玉珍倒也相安无事，只是对张佳滨是瞒不了的，张佳滨常以此事对张果保相威胁，扬言要把事情告诉李玉珍。因此张果保与张佳滨面和心不合，像开钱庄、典当的这些事，张果保都不让张佳滨插手，只让他管管米店的事。

这天上午，厦门米业商会在中山路口的厦门商会二楼会议室开会，讨论要事。早一步到会场的会员们互相打招呼，找座位坐下来闲聊，谈论的话题自然都是当下时局。

“日本人占领南京城后到处杀人，不但杀军人，也杀普通老百姓，后来干脆挖了一个大坑，把许多无辜的民众活埋了。南京尸横遍野，血流成河啊！”一个身材瘦削的青年人说道。

“是啊！我也听说了。日本兵把许多手无寸铁的普通老百姓用绳子绑着，拉到城墙上，用机关枪扫射，尸体抛入长江，把江水都染成红色的了。日本人真可恶！”一个身材矮胖、戴着近视眼镜的中年男子答道。

“不知会不会打到厦门来？”又一个身材较矮、长着一对圆溜溜眼睛的青年人忧心忡忡地问。

“我看会的！说不定哪一天日本人就打过来，把厦门占领了！”先前那个中年人斩钉截铁地答道。

于是，说话的三个人眼里都流露出惊恐的神色。

这时，有一个人从大门外走进来对大家说道：“世界反法西斯大联盟已形成，中国抗日统一战线已行动起来了，中国战胜日本侵略者，把他们赶出中国只是时间问题！9月3日我们就曾狠狠地教训了日本侵略者啊！那天凌晨，日本‘羽风’、‘若竹’等三艘驱逐舰来厦进犯胡里山炮台、白石炮台和曾厝垵飞机场，我们的军队从屿仔尾炮台发炮首发炮就命中了‘若竹号’。接连两炮又有一炮命中。‘若竹号’受到重创，丧失了战斗力，其余两舰虽击炮支援，但无法阻止‘若竹号’下沉颓势，后来在三架日本战斗机轰炸、扫射掩护之下，那两艘战舰掩护‘若竹号’仓皇逃走。事后旅居新加坡的华侨领袖陈嘉庚先生特别以新加坡福建会馆主席的身份致电指挥这次战斗的黄涛师长，电文说：‘敌视厦门如囊中之物，肆扰无忌，传三日来攻已为贵师击退，全侨感奋。’我说大家要振作精神，别忧心忡忡，日本侵略者是可以打败的！”

先前说话的那三个人都盯着他看，只见说话的这个人是一位梳着三七分发型、面孔白皙、年纪二十出头的青年。三人都不曾见过，不觉同时问道：“请问，你是……”

话音刚落地，有人兴高采烈地答道：“他是小婿叶茂南，留美刚回来，读美国名牌大学呢！”三人扭头一看，答话的是张果保；在他身后走进来的是米业商会会长叶乃盛和秘书长林博谦。这时张果保转过来看了叶乃盛一眼，又补充了一句：“他也是叶会长的大公子。”

于是，包括说话的那三个人，在座的人都向叶乃盛恭维起来：“叶会长好福气，养了这么一位好儿子！相貌既好，学问也好，还有满腔爱国情怀！”叶乃盛赶快说：“不敢当！不敢当！还望诸位多多提携！”

张果保本意是要人恭维自己，没想到反让叶乃盛拔了头筹，他心里怅然，再不说话了。

林博谦双眼扫视了在座的诸位，看看人大约都到齐了，便对大家说道：

“今天把大家找来，是想讨论一下开仓赈灾的事。现在请叶会长说话。”

叶乃盛站起，说：“随着战事越演越烈，日本人的铁蹄践踏着中国大片国土，大批难民涌入南方各地，最近厦门市面上常发生难民抢米风潮。有会员建议开仓赈灾，给灾民发‘领米证’，每周两天下午凭票领米，以免发生灾民抢米闹事，造成损失。我跟林秘书长商议了一下，决定开个会员会议，讨论讨论。今天开会就是想听听大家高见，做出一个决定。”

叶乃盛话音刚落，张果保就接话说道：“我认为开仓赈灾完全没有必要！我们是生意人，又不是政府，‘不吃盐巴不咸口’，何必去操那份心呢？钱又不是好赚的！我们出来赈灾，政府官员做什么呢？该不会是回家去抱老婆睡大觉吧！”

大家一听，哄堂大笑。

林博谦赶紧说道：“大家别笑，谈谈你们的意见吧。赞成赈灾的可以说话，不同意赈灾的也可以说话，各抒己见嘛！”

“我认为必须开仓赈灾！凭米票领米这个办法好，细水长流，灾民才不会闹事，一闹起来，抢了米，我们损失更大。现在最重要的是要赶快派人去市政府联系，由政府出面从公家粮库调米来赈灾才有可能解决问题。”

大家寻声望去，发言的人正是坐在后排的叶茂南。大家议论纷纷。

张果保看了一眼叶茂南，大声地说：“绝对不能开仓赈灾，大家公决，采取统一行动！”

叶茂南还想开口说话，叶乃盛脸孔涨得通红，喝道：“这里没你说话的份，出去！”

叶茂南边走边说：“出去就出去！”又说，“多少人流离失所，多少人倒毙于路边，我们不援之以手，怎么忍心呢？恻隐之心，人皆有之啊！”

叶乃盛在众人面前被儿子抢白了一场，觉得丢脸，悻悻然的。

最后达成共识：不开仓赈灾，会才散了。

第二天一大早，饥饿难熬的灾民涌向厦门市各米店，猛烈地敲打着一家家米店店门、木窗，怒骂：“奸商！囤积居奇，见死不救，禽兽不如！”

灾民们也去猛锤恒裕米店的店门、木窗，人声鼎沸。

吴清和问叶茂南："怎么办？"

叶茂南想了一下，咬咬牙说："开小窗，发米票！"

吴清和便领着米店职员，到小窗口去对外喊道："排队！排队！给你们发米票，凭米票可以来领米。"

灾民们一听，高兴地排起了队，等着领票取粮。后到的灾民看队伍很长，便跑去其他的一些大门紧闭的米店猛敲店门。张果保开的翔祺米店当然也不例外，灾民们在店门外嚷道："奸商！为什么不开门？恒裕号都在发米票领米，你们为什么不发？"

张果保躲在店门后，一听这话气得吹胡子瞪眼睛："这个叶乃盛，两面派，带头破坏决议！"

晚上灾民们走了后，张果保立马到桥仔头叶宅去对叶乃盛兴师问罪。一见面，张果保就气呼呼地嚷了起来："你这个会长是怎么当的？一边跟大家订协议，不得开仓赈灾；一边又指使你儿子带头发米票领米，两面派！"

叶乃盛一脸诧异，皱皱眉说道："没有啊！"

"怎么没有？"张果保厉声喝道，"你自己去问你儿子！"

叶乃盛赶快叫吴清和去把叶茂南叫来。不一会儿，叶茂南走来，叶乃盛劈头盖脸就喊了起来："谁叫你开仓赈灾的？"

"我！"

"你？"

"是的，是我！"

"你怎么有权做这样的决定？"

"怎么没有？您不是让我执掌恒裕号吗？"

"你……"叶乃盛无言可答，气得浑身发抖。

张果保撂了一句话："明天马上停止！否则我可就不客气了！"头也不回地走了。

第二天，恒裕米店照样发米票领米。灾民们涌向厦门市其他米店，敲门砸窗，还扬言要放火烧店，有的果真搬来一些木柴，堆放在店门口。那些米店的老板们怕真的激怒灾民，只好纷纷开小窗，按恒裕米店的办法给灾民们发米票领米。

灾民们也去翔祺米店敲门要求发米票领米。这一天张果保没来米店，张佳滨在。他先是任凭灾民们怎么敲门也总是不理，后来实在被敲得受不了，便发发狠对伙计们说："发！发米票！总不能见死不救啊！米仓里的米烂掉，却眼睁睁看灾民饿死，于心何忍！"伙计们还不敢动手，张佳滨睁大双眼喝道："动手啊！出问题我承担啊！"那些伙计才去开小窗发米票，灾民们领了米票才离开。

这天傍晚，张果保气急败坏地跑来翔祺米店，一踏入店门他就嚷嚷："谁叫你们发米票的？"

"我！"张佳滨答道。

"你？谁给你权利的？"

"你！你不是让我管米店吗？"

"你！你！"张果保气得直发抖，走近张佳滨身旁，恶狠狠地说，"我打你个满地找牙！""啪"的就是一巴掌甩过去，把张佳滨打得倒退三步，一个踉跄跌倒在地，血水从他的嘴里沿着下颌流了下来。张佳滨捂着脸说："你打我！"

"打还是轻的！再这样下去，我就把你赶走！不识抬举的东西！"

伙计们纷纷劝架，张果保这才骂骂咧咧地抬腿走了。大家扶张佳滨起来，坐在椅子上。"呸"的一声，张佳滨嘴里吐出一颗带血的门牙，他咬了咬牙根，狠狠地说："一点亲情也不讲！混账家伙！"

第二天清晨大家起床时，一看张佳滨不见了，赶快去告诉张果保。张果保急匆匆跑来翔祺米店，吩咐伙计们查查少了什么没有，都说什么也不少，只少了一个张佳滨。张果保这才放心地走了。

晚上张果保回到家里，把事情经过告诉李玉珍，怪李玉珍出馊主意，把她姐的儿子弄到自己的家里来是引狼入室。李玉珍一听就受不了，大声嚷嚷："你不说自己待人不好，把人逼走，反倒来怪我！我听伙计们说，你没好脸色给人家看，动不动就呵责人家，还动手打了他，人家怎么受得了呢？做人总得有良心啊！他跟你经营那个米店可没少遭罪。那一次押货去漳州，半路上遭海盗抢劫，他被枪托砸了腰，治了三个多月没治好，至今还留下后遗症，遇到阴雨天气腰部还疼呢！我姐对我都说了好几回了呢！你没出钱给人家抓药疗伤，人家也没计较。现在你又把人逼走，人不见了，你让我怎么去对我姐、我姐夫交代呢?”说完号啕大哭起来。张果保直摇头，唉声叹气。

张佳滨走了，翔祺米店没了主心骨，事无巨细，伙计们坐等张果保的指令。几个人闲暇无事，关起店门打牌赌钱，肚子饿了，开仓取米煮饭吃，反正是米店，米有的是。张果保又要经营翔祺钱庄，又要经营翔祺典当，哪有闲工夫再去过问翔祺米店的事呢？又正当兵荒马乱年代，运粮船半路上常遭哄抢，血本无归，有时店员还被打伤，不敢外出送粮，都蹲在店里吃便饭。这哪里行呢？张果保实在没办法，只好把翔祺米店的存米低价转让出去，把那些店员遣散，把翔祺米店关了，专心经营能大把大把赚钱的翔祺钱庄、翔祺典当。张果保自我调侃说他这样做是“壮士断臂”。

7

1938年5月初，厦门保卫战打响了！

5月3日夜，日海军少将宫田威武率日军第二联合特别陆战队鬼冢、福岛、志贺、山冈四个大队三千多人，分乘四艘运输船，由佐世保出发，在台湾海峡与日海军少将大野一郎率领的日军第五长舰队会合后，于9日驶抵金门料罗湾。10日凌晨，日军十一艘登陆艇、三十余艘木船由大、小金门之间的水道驶入厦门五通海面两千五百米处投锚；从日军“能登吕号”航空母舰上起飞的十余架飞机向厦门沿岸工事猛烈轰炸；一小时后日海军陆战队近两千人从厦门何厝、泥金、凤头强行登陆，抢占滩头，向两侧延伸。我军奋起抵抗，但因伤亡过重，被迫后撤至云顶岩、金鸡亭、江头二线阵地待援。时任我军第七十五师副师长兼厦门警备司令的韩文英率领预备队向二线阵地增援，途中遭日飞机扫射，韩文英腿部受伤，第二百二十三旅参谋长楚怀云遇炸身亡。十一时三十分，日军攻占江头，继之向莲坂、梧村猛攻，韩文英坚持不退出阵地，忍疼督战。当日下午日舰队突破我守军炮台封锁线进入厦门港，控制厦门海面。韩文英致电福建省主席陈仪报告战况，陈仪命漳州师部急派一部驰援厦门，我军一度收复莲坂等地，敌军退至江头。11日黎明时分，日军对莲坂我守军进行反扑。一部分日军突入美仁宫一带，与我守军展开激烈的巷战；一部分日军在黄厝、塔头再次登陆，向白石炮台猛攻。我军伤亡惨重，第四百四十五团团长水清浚身负重伤，一营长宋天成阵亡，韩文英在激战中胸部又被炸弹弹片所伤，他嘱厦门警备司令部作战科长骆永亮代为指挥作战后才不得不下令担架把他抬离前线阵地。当日下午四时，日军陆战队在筼筜港，与已攻占美仁宫和厦门港的日军相策应，向市区穿插。12日晨，日军向仍孤守胡里山炮台的我海军发动猛攻，九时炮台失守，当日大批日军开入市区，厦门沦陷！

日军攻入厦门后，在城郊五通、何厝、莲坂等地烧杀掳掠，无恶不作，制造了一起起骇人听闻的惨案。其中最令人发指的是，日寇将数百名被俘的中国军人和壮丁绑赴鹭江码头集体枪杀后，把尸首抛入大海中，顿时鹭江海面血红一片。据不完全统计，日本侵略军攻占厦门的三天时间里共杀害我军民两千六百多人。

在厦门保卫战中，厦门人民与驻军同仇敌忾，支持战士杀敌，有的人还到前方劳军。叶茂南带领吴清和押着四辆板车，载着大米到莲坂韩文英指挥部慰问。韩文英当时已身负重伤，躺在指挥部一张担架床上，边接听前方电话对前线部队下指令边与叶茂南交谈。

韩文英问："请问先生尊姓大名，宝号叫什么？"

叶茂南答："叶茂南，恒裕米号。"

韩文英说："噢！知道知道！府上叶朝根开垦台湾可是立了大功的。我的弟兄们吃的米也是你们恒裕米店供应的。"又问，"先生是叶朝根的什么人？"

叶茂南答："嫡重孙。"

韩文英笑了笑说："这么说你是米业商会会长的叶乃盛的儿子啰！很好！很好！久仰！久仰！"

这时炮声大作，火光冲天，前方告急电话又响了，勤务兵把电话机拿到韩文英跟前让他接听。韩文英"噢噢"点着头说话，下着命令："请你们把部队撤至美仁宫一带。”转过头来，对叶茂南说，“叶先生，这里危险，请你们快速离去，以免发生不测。我代表前方战士再次对叶先生的义举表示感谢!”

叶茂南带着吴清和他们告别离去。

占领厦门之后，日本人成立日伪厦门特别市政府，以取代原治安维持会。厦门特别市政府由亲日分子李思贤任市长，在原来“厦门城”里的大楼办公，大楼前竖了一根水泥柱，柱上写着“厦门特别市政府”七个大字。日伪厦门特别市政府是抗日战争时期日本竭力推行“福建自治”的一个傀儡政权。

这一天午后，张果保在他新盖的南荞别墅吃完午饭，坐在太师椅上休憩片刻后，又吃了一杯冰糖燕窝汤，正准备去他在镇邦路的翔祺钱庄时，“嘟嘟”，从街角驶来一辆日本人的吉普车。车到了南荞别墅大门口，从车上跳下来一个戴着大佐军衔肩章的全副武装的日本军官来，见了张果保，他敬了一个军礼，“嗨”了一声说：“大日本厦门城防司令部副司令琢本太郎有请张果保先生前去晤谈，车子停在门外，请!”张果保猛地一听，不禁怔了，心想：我平时并不曾与日本人有何来往，为何城防副司令要“请”我去呢？但也无可奈何，便跟着那个日本军官往门外走。李玉珍在屋里听见动静，探头一看，不禁惊慌失色，大喊：“果保，你犯了什么法，他们要抓你呢?”张果保摇了摇头说：“没什么！去了就回。”头也不回地出门上了车。

吉普车驶过思明南路，拐进镇海路，经过望高石，再进入原本国民党政府的海军司令部，在院子里左拐右弯，驶至虎头山上欧式混凝土结构的三层楼房麒麟别墅门口才停了下来。那个日本大佐先下车，站在车边，恭候张果保下了车，领他走到三楼靠右一间房间门口，推门把张果保送了进去。

屋里空无一人，张果保一颗心怦怦直跳，也不知是凶是吉，忐忑不安。房子临海，从西窗望出去，鹭江对岸的鼓浪屿风景一览无遗，正对着的是鼓浪屿龙头山，旁边则是鼓浪屿最高峰晃岩，山脚下错落有致地坐落着各种风格迥异的外国建筑物。除了华侨建造的“华侨厝”外，有一些是“五口通商”以来在厦门设领事馆的美、欧、日各国在“万国租界”鼓浪屿上建的办公楼宇……

“嘿！让果保君久等了!”忽然有人进屋对张果保打起了招呼。

张果保慌慌张张地站起来，抬头一看，一名肩戴准将军衔，双手戴着白手套，着日本军装的高级军官走了进来，在他的身后是那个正在与张果保合作开翔祺钱庄做银元买卖生意的合伙人温志甫。

“你?”张果保惊讶地站起来问道，“你怎么会在这里呢?”

“哈！哈！哈!”那个日本高级军官放声大笑，对张果保说，“坐！坐！今天是朋友相会，无须紧张。”

待张果保坐下来，那个日本高级军官才说道：“果保君有所不知。”他指了指温志甫，“温先生不是外人，他是大日本皇军厦门特高课课长，日本名叫龟山四郎，跟张先生可是老搭档了。龟山君已多次对我提起过张先生，我知道张先生精通生意经，是一位成功的商人，故想与张先生结识，合作办点事。”

“什么事?”张果保不禁脱口而问。

“请龟山君来说说吧!”那个高级军官转头看温志甫一眼说道。

温志甫便说：“琢本太郎副司令是大日本华东战区海军司令宫田的副手，原先任日本国驻厦门领事馆领事。琢本太郎副司令的意思是想找几位厦门的生意人来合伙，大家合作办一家银行，厦门劝业银行，当然这其中要找的人就包括张先生。”

“办银行？厦门劝业银行?”张果保惊诧地自言自语。

“是的!”温志甫说道，“厦门特别市业已成立，我们打算成立一家发钞银行，发行新币，以作为在厦门以及周边地区流通的‘法币’，取代目前在市面上流通的其他货币，同时开展银行业的存款、贷款、汇款业务。这可是一本万利的事啊！张先生长期务商，不会不知道银行对于一国、一省、一市的作用吧!”

张果保真是一头雾水，连说：“不！不！我不谙此道，我只会做做贩运大米、换换银元的生意，从来不知道办银行是怎么一回事。”

琢本太郎插话说：“张先生，先别说‘不’字，回去考虑考虑，想通了再来告诉我。”看到张果保双眼正浏览着屋子里一个装满瓶瓶罐罐的花梨木立柜，琢本太郎又说，“这都是我收集来的你们中国的宝贝。”

温志甫阿谀说：“战前，琢本司令是日本东京大学的考古专业毕业生，对中国的铜器、瓷器、玉器情有独钟，收藏颇丰。”

琢本太郎走过去开了柜门，拿出一件景泰蓝竖瓶来，对张果保说道：“这是景泰蓝宝瓶，明景泰年间明代宗朱祁钰的皇宫御品，十分宝贵，价值连城。”又拿出一个白瓷观音接着说，“这是你们福建德化制瓷大师、‘瓷圣’何朝宗亲手所制的细白瓷观音像，也很宝贵。你们福建有一句话‘天下少山高戴云，世间无瓷白德化’。这其中的‘戴云’，就是福建最高山戴云山，‘白瓷’就是德化细白瓷。”说完话又再拿出一只瓷壶和四只瓷杯，把它们放在桌上，问道，“张先生，知道这些瓷器是哪里生产的吗？”

“哪里生产的？”张果保双眼看着琢本太郎反问道。

“就出产在你们的同安，叫珠光窑品。”看看张果保完全不懂，琢本太郎接着说道，“明末这种瓷器自海澄月港传运去了日本，日本东京有‘茶汤之祖’美称的村田珠光法师特别喜欢用这种瓷器泡茶饮水，后来他的信众们争相效仿，也跟着用这种瓷器泡茶，故在日本便称这种瓷制品为珠光瓷，听说至今同安还有烧这种瓷器的窑。”

忽然，琢本太郎不屑地看了张果保一眼，骄横地说：“我们大和民族是世界上最优秀的民族，在这世界上能与大和民族并驾齐驱的，也就只有日耳曼民族了。所以我们大和民族应该做大东亚的主人。昭和天皇应该成为大东亚的共同天皇。我们就是为了天皇才进行‘武运长久’的圣战的。”停了一会儿，琢本太郎又说，“凡是支持圣战的，我们就把他们当成朋友；凡是反对圣战，甚至阻挠圣战的，就是我们的敌人，死拉死拉的有！”

张果保不觉打了一个寒噤，脑海里满是日本人明晃晃的刺刀，他怕极了，唯唯诺诺，不敢吭一声。

回家路上，张果保一路走一路想着：琢本那么爱古董，要去找一两件来献给他，只要他喜欢，我有了“保护伞”，在生意场上就吃不了亏。

琢本太郎又派人来问张果保“合作”的事想得怎么样，张果保想来想去，觉得自己文化低，又不懂金融，不敢答应下来，便想另找一个人代替。正好张文婉回家来，张果保对她提起这事，张文婉说：“爸！你真是的！现摆着一个人不找，找谁呢？”

“谁？”

“叶茂南啊！”

张果保眼睛一转，大声地喊了起来：“对！对！这真是‘踏破铁鞋无觅处，得来全不费工夫’！茂南留洋不正是兼修国际金融吗？况且叶家也出得起这个股本，办银行找他不正是‘鞋子对上脚’吗？还是咱女儿机灵！”

“本来嘛！”张文婉撒娇道。

张果保说：“事不宜迟，我陪你回去！”便挂电话让叶乃鸿把那辆雪佛兰开来接他们父女俩去叶家大宅。不一会儿，叶乃鸿把车开来了，把父女俩送去桥仔头叶宅。

张果保才一脚踏入大厅就对叶乃盛喊道：“快把茂南叫来，有喜事相告。”

叶乃盛问：“什么事？”

张果保说：“茂南来了再说！”

叶乃盛叫人去把叶茂南叫来。

不一会儿，叶茂南走了进来，张果保便把日本人想办一家银行，自己打算推荐他担任这家银行的经理的“喜讯”告诉了他。

叶茂南听了张果保的话，不屑地撇了撇嘴，说：“原来是这么一件事！”心想：在张果保看来做生意不分国别，他认为跟日本人合作做生意没什么不对头的地方。“我还以为是什么天大的大喜讯呢？”看了张果保一眼，他大声地说，“岳父，你这不是要我做汉奸吗？”

张果保急起来，嚷嚷：“怎么说得这么难听呢？我又没让你拿枪去帮日本人杀人，生意人就是做生意嘛！美国人、英国人、荷兰人能在厦门办银行，为什么日本人就不行？”

叶茂南说：“日本是侵略者啊！我们不能助纣为虐，做日本人的帮凶啊！现在中日两国正在交战，帮了日本人就对不起自己的祖国、人民啊！”

张果保自知理亏，又说不过叶茂南，便嚷嚷：“不跟你说了！不跟你说了！”气呼呼地走了。

第二天，张果保还是向琢本太郎推荐叶茂南到劝业银行做事。他对琢本太郎说叶茂南在美国留学时，主修工商管理，兼修国际金融，懂行。琢本太郎派那大佐连续三次登门拜访，请叶茂南“出山”，无奈叶茂南只是不肯答应。琢本太郎把叶茂南恨得不得了，骂道：“八格牙鲁！这个叶茂南胆子也太大了！”第二天他便派人到桥仔头叶宅把叶茂南带走。叶家上下一片惊慌。

叶茂南被押入琢本太郎的办公室，琢本太郎挥挥手让卫兵走开，满脸堆笑地对叶茂南说：“叶先生，让你受惊了！你是我的座上宾啊！坐！坐！”

叶茂南一脸正气，坐下来，静静地看着琢本太郎，不说话。

琢本太郎又笑了笑说：“我听张先生介绍，知道叶先生是美国名牌大学毕业生，专攻工商管理，兼修国际金融。正好，我们准备筹办一家银行，来支持大东亚共荣圈建设，想请叶先生出来执掌。所以才把叶先生请来叙叙。想必叶先生不会介意吧！”

叶茂南说：“敝人才疏学浅，恐不堪重任。再说你们日本人开银行，为什么不在日本开，而跑到我们的国土上来开呢？”

琢本太郎说：“厦门已设立特别市，需要有一个银行来办理存款、汇款、抵押汇款等银行业务啊！我已经说了，这完全是为了支持大东亚共荣圈建设的啊！”他看到叶茂南一脸凛然正气，不禁心里不痛快起来。

站在琢本太郎身后的温志甫沉不住气，厉声地说：“叶茂南，你不要敬酒不吃吃罚酒，琢本先生完全是为你好，才这样礼贤下士，耐心地跟你谈话的，你不要不识抬举。”

琢本太郎挥挥手说：“别没礼貌。我一向爱惜人才。对有知识的人要礼让三分。”又对叶茂南说，“我们是朋友，是朋友就应该相互支持。”

叶茂南不屑地说道：“我不可能跟你们做朋友，就好像羊不会跟狼交朋友一样。”

“你……”温志甫按捺不住，喊了起来。

琢本太郎又挥了挥手，制止他：“和气一点，和气生财啊！”

琢本太郎又说：“反正事情既急又不急，叶先生还是从长计议好好想一想，哪一天想好了，你就来找我，我会始终欢迎你的。”说完话他按了按桌上的铃，便有一名卫兵来把叶茂南押出去。

温志甫说："副司令官，你对这个叶茂南也太客气了。"

琢本太郎说："不能这么说，我们是要人家出来做事的，他要是心里不愿意，被硬逼着做事，将来随便找一个机会报复，我们的损失就不是小数目了。金融是管经济命脉的机构啊！"又说，"先把他与外界隔绝起来，杀杀他的傲气再说，等他醒悟。"

"是。"温志甫答道。

叶茂南始终没有"醒悟"，答应跟日本人合作做事。

后来，琢本太郎和日伪厦门特别市市长李思贤几个人商量了一下，由日伪厦门特别市财政局局长殷雪圃联合亲日分子陈长福、金馥生等出资合作办厦门劝业银行，并于1940年2月16日在中山路365号宣布开业。厦门劝业银行注册资金三百五十万元，日伪厦门市政府出资八十万元，其余向亲日商人集资，张果保也出了点钱入股。

在厦门，日本办的台湾银行早在1900年就在厦门设分行，但是因信用不佳，业务不振，在外资、侨资、华资银行林立的厦门，不受欢迎，业务量不大。1909年，更因买办施范其携款潜逃，发生挤兑，市面上拒用台湾银行发行的钞票，台湾银行被逼关门歇业。现在日本人又要办劝业银行，这等于是把刺刀架在人家脖子上硬要人去上当！劝业银行发行的纸币分伍角、贰角、壹角、伍分四种，版面设计以厦门的景点为记。纸币本身是没有价值的，一国发行纸币需要以黄金、白银等贵金属或硬通货如美元、英镑等做"押仓"，才能发钞。琢本太郎、李思贤开硬弓，什么押品也没有就要发行劝业银行纸币，纸币一上市就遭到市场人士的拒用。还有一条，各国发钞都是以一国的货币发行银行代政府发行的；厦门只是一个市，以一市名义发钞，这在货币史上堪称绝无仅有。劝业银行发行的钞票遭市场人士拒用，人们争相持有银元，这倒大大刺激了镇邦路一带的钱庄业的发展，张果保的翔祺钱庄业务兴隆，日进斗金，张果保心里喜滋滋的。

其实温志甫是一个日籍浪人。1894年中日甲午海战以中方惨败告终，中国与日本签订丧权辱国的《马关条约》，日本人占领台湾后，就大举搜罗台湾的地痞流氓、土匪多达数万人，这些人入日本籍，披着经商、办报、船务各种合法外衣，蛰伏于福州、厦门两地，往来于福建沿海各地，搜集情报、资料，甚至于强行窜入国民党厦门市政府，把政府官员的照片拍摄下来送去台湾存档。其中最强悍的一支日籍浪人，自称“十八大哥”的，其嚣张气焰更甚。温志甫就是这个日籍浪人组织中的一员。日籍浪人在厦门的活动受日本驻厦门总领事馆统一指挥，该领事馆管辖的范围除厦门外，还包括泉属和漳属的二十多个县，并扩大到广东潮汕地区，属员最多时达两百多人，不但设有馆本部，同时设警察署。警察署名义上是管理日侨居留民的户口及民事纠纷，实则是一个专门从事特务、间谍活动的机构。厦门沦陷后，在日本人指挥下，这些日籍浪人身份公开化，他们中的许多人摇身一变成为日本占领军特高课的中坚分子，狐假虎威，四处危害民众。厦门人对这些为虎作伥、甘做日本侵略军忠实走狗的日籍浪人深恶痛绝。

这一天，琢本太郎的妻子带着他们的三岁男孩来厦门探亲，琢本太郎想带她去看看戏。琢本太郎似乎对中国的戏剧有浓厚兴趣。在北平时，他爱听京剧；在上海时，他爱听越剧；现在是在厦门，他问张果保厦门有什么地方戏剧。张果保说：“厦门的地方戏曲有南音，戏剧有高甲戏、歌仔戏。”琢本太郎说：“南音光唱不演，不好看；高甲戏调门高，听起来不舒服；歌仔戏台湾也有，我看过，蛮好听的，你陪我去听听歌仔戏吧!”张果保受宠若惊，特地叫叶乃鸿通知新世界大戏院好好排一场歌仔戏，招待琢本太郎。厦门金燕升歌仔戏班主姚玉堂答应了下来。

星期六晚上七时，琢本太郎带着他的妻子、儿子和手下几个人去厦禾路新世界大戏院看戏，李思贤知道主子看戏，也带他的同僚来作陪。张果保带着叶乃鸿，欢喜得搔耳抓腮，吆吆喝喝，十分神气。

金燕升歌仔戏班先演一出《杨八姐游春》的折子戏。说的是北宋名将杨业的第八个女儿杨八姐带着一个丫鬟踏青出游，欣赏春天美景的情景。演杨八姐的那个女演员不但人长得俊俏，唱念做也甚是了得，琢本太郎双眼色迷迷地盯着那个女演员看了又看，甚是满意的样子。坐在他后座的张果保欢喜得不得了。

接下去又是一个折子戏《五子哭墓》。这个戏说的是这么一个故事：有一家人，母亲逝世后留下五个未成人的孩子。其父续弦再娶，后母进门后百般凌辱前妻留下的这五个子女。五兄妹约齐到生母坟头哭诉苦情，唱腔十分凄惨。

琢本太郎听了觉得不对劲，皱皱眉头对温志甫说：“不对啊！这是在影射支那人被大日本统治的啊！这不是在污蔑‘圣战’吗？怎么搞的，你事先没看节目单吗？”

温志甫紧张起来，搪塞说：“是张果保一手安排的。”

琢本太郎便不吱声。

下一个戏是全本《忠义图》，说的是宋朝名将岳飞率领岳家军英勇抗击入侵中原的金国侵略者，奸相秦桧一心想主和，假传圣旨，连下十二道金牌把岳飞从抗金前线调回来，又设计陷害，在风波亭把岳飞和他的长子岳云处死。秦桧及他的同谋者死后受万众唾骂，人们铸他们的铜跪像安放在杭州岳飞坟前，到岳飞坟前祭奠岳飞的游客常对这些铜跪像吐痰辱骂。

琢本太郎知道这又是有人在借古讽今，辱骂日本，不免怒火中烧，站起来骂道：“八格牙鲁！走！”招呼妻儿和手下人气冲冲地离去；温志甫紧跟其后，对张果保、叶乃鸿狠狠瞪了一眼；李思贤等一帮汉奸也赶快站起来，跟着走……

“砰！砰！”从台角闪出两个黑影，朝琢本太郎背后开枪。

“游击队来了！游击队来了！”戏院里大乱，看戏的人往大门、边门冲。琢本太郎的警卫队把守大门，开枪反击。两位抗日游击队员匆忙跳到后台，正不知从哪走，一个正在卸妆的男演员指指化妆室边一个暗门，把他们推进去。两人刚进去，琢本太郎的警卫队就到了，到处搜查了一会儿，没找到人，怕琢本太郎和他的妻儿有闪失，又急匆匆掉头跑过去。

当天晚上厦门全城戒严，搜查抗日游击队，但没有搜到。

叶茂南还被琢本太郎关押着，未放出来。张文婉心急如焚，她平时曾听张果保说过琢本太郎喜欢收集古董，灵机一动，想到叶茂南托她收藏的那只田黄石印章，便把它拿去交给张果保，让他送给琢本太郎，企盼日本人能放人。张果保正为看戏遇到的这一场劫难忐忑不安，不知如何是好，见了那只田黄石印章，便急匆匆地拿去送给琢本太郎。琢本太郎接过田黄石印章，双眼一亮，把玩了一番，觉得刻工精美；翻看印面，看到“旷宇天开”四个字，知道这是当年刘铭传题在狮球岭隧道口的字，便晓得这个田黄石印章价值不菲，就收了下来。但他并没有当面表示要放人，张果保也不敢多问，告辞走了。

8

丈夫不在身边，张文婉觉得恍惚失意，茶饭不思。这一天午后她洗了澡，顿觉肚子饿，想叫张旺到外街思明北路“庆兰饼家”买一盒馅饼，到桥亭“双虎饼铺”买一盒马蹄酥吃。喊了两声也不见张旺来。也是合该有事，正好吴清和从她的房门口经过，便停下脚步，隔着房门问：“少奶奶叫张旺做什么？”

“要他替我去‘庆兰’买一盒馅饼，去‘双虎’买一盒马蹄酥。”张文婉答道。

吴清和说：“张旺出去办事，我跑一趟吧！”说完话他走入房间里来。

洗澡时张文婉把她一直挂着的那只小金锁放在桌上，吴清和不经意看到了，问了一句：“少奶奶也有一只小金锁？”

张文婉诧异地问道：“你看到谁也有？”

“少爷有。他托我代为保管。”吴清和答道，扭头“咚、咚”便跑去吴妈房间里，脱了鞋上床，从床架上那只樟木箱里拿了当年他用手帕包着的那只小金锁来。吴妈问他：“你手上拿的是什么？”他也没应声，又跑回张文婉的房间里，把手帕打开来，把小金锁放到桌上。

张文婉把那只小金锁拿起来放在手心，只见一只小金锁上刻着“富贵花开”，一只小金锁上刻着“红运绵长”，不觉便问道：“少爷什么时候嘱托你代为保管的呢？”

“时间不短了，就是小时候你们俩闹别扭那一天呗！”

“啊！算起来有十二三年了！”

吴清和向张文婉要了点零钱跑出去替她买点心。张文婉又把那两只小金锁拿起来端详，她越看越有气，觉得叶茂南对自己太绝情了，把个叶茂南恨得牙痒痒的；复一想，叶茂南那只小金锁现在已换了主人，归吴清和了，这或许是天意，老天爷是想让自己跟吴清和成一对吧！张文婉不觉便回想起吴清和的模样来，觉得他倒也长得清清爽爽的，眉宇间透出一股机灵劲，虽说是一个下人，但难说将来没有发达的一天。这一想，她不禁叹了一口气，自言自语起来："做这样有名无实的夫妻要到何时才是个了结呢？倒不如……"

自此之后，张文婉便有意"谋算"吴清和，让他落入自己设下的"圈套"。

这一天清晨，张文婉在房间里独处，瞥见吴清和远远走来，便脱去外衣，躺在床上。等吴清和走过房门口时才对他说："清和，你进来一下，我有话吩咐！"吴清和不知是计，信步走入房间里，一眼看到主母身上穿着一件低胸、无袖的睡衣躺在床上，连被子也没盖，急忙退了出来。张文婉喊道："进来啊！怎么又走了呢？"吴清和头也不回地赶快跑了。

张文婉一个人生闷气，一挥手把并排放在桌上的那两只小金锁扫落在地，鼻头一酸，哽咽了起来……

隔了几天，傍晚时分，张文婉看到吴清和远远走来，又把他喊住，说有要事托他去办。吴清和站在走廊里不动。张文婉连声说道："进来啊！不会难为你的啊！"吴清和半信半疑，只好慢慢地进来，问了声："少奶奶有什么吩咐？"张文婉过去把房门先闩死了。吴清和急得满脸通红，反过身就要去拉门，张文婉按住他的手，把他拽到床边，侧着头，双眼直勾勾地看着他，问他："你长这么大见过女人的身子吗？"

"没有！"

"你想不想女人？"

吴清和老实地点了点头，满脸绯红。

张文婉便背过身子，把身上的睡衣脱了下来，光着上身反转过来猛地抱紧了吴清和，死劲地把他往床上拉。吴清和大吃一惊，浑身颤抖，连说："少奶奶，别这样！少奶奶，别这样！让人看见了不好！"张文婉说："有什么不好？没有人会看见的！”说完，张文婉十指尖尖，轻轻地替吴清和宽衣解带起来。吴清和身体内一股激流从脚底涌了上来，直上脑门，他再也抑制不住自己的欲望了，一把把张文婉抱到床上，猛一用劲，把她压在身子下。这时张文婉说：“等一等……这是我的第一次，你可要珍惜啊！”

“他……难道……”吴清和不解地问道，惊诧得两眼圆睁。

张文婉腮如桃花，点了点头……

“你们结婚都快两年了，难道他……不行吗？”

“不是不行，是不愿意。他心里只有他那个薛涵秋，根本不把我放在眼里，更不要说心里了！”

吴清和又猛地扑到张文婉身上，紧搂着她……

事后吴清和兴奋地说：“感谢少奶奶的恩典。”

张文婉瞟了吴清和一眼，娇嗔：“还叫少奶奶？”

吴清和笑着说：“那就叫老婆吧！感谢老婆的恩典！”

张文婉满意地点了点头，送吴清和离去。

男女之间的事，有第一次便有第二次。张文婉与吴清和约定，晚上她把房门虚掩，让吴清和后半夜偷偷过来相会。吴妈有些诧异，问吴清和：“究竟什么事，晚上总要出去？”吴清和说：“老爷有特别任务交给我，不得对任何人说。”吴妈信了，也不多问。

这一天叶乃盛外出应酬下半夜才回家，走过张文婉的房间门口，看见黑灯瞎火的媳妇房间里有窸窣响声，很感诧异，默想起来：茂南不在家，媳妇会不会……便吩咐一个跟班去喊张旺，又叫一个丫鬟前去敲门，自己站在一旁看。张文婉和吴清和没提防有人喊，猛一听到敲门声，不免慌张了起来。张文婉把吴清和塞入床底，穿好衣服，开了灯，开了门。张旺赶来，叶乃盛领他进房间。张旺四下搜索，后来从床底下把赤身裸体的吴清和拖了出来，让他穿好衣服后拉出房间去。叶乃盛命令把吴清和捆绑在二进的一根罗马柱上，问他：“说！多久了？”

吴清和咬紧牙关不答。

张文婉说：“不怪他，怪我，是我自己愿意的！”

叶乃盛看也不看张文婉一眼，喊了一声："拿皮鞭来!"

张旺便去拿来一根鞭马用的皮鞭，叶乃盛接过来，下死劲就往吴清和身上抽。张文婉扑过来护着吴清和，不让叶乃盛打人。叶乃盛正在盛怒之时，一把把她扯开去，张文婉一个趔趄，跌倒在地，从地上爬起来后被两个老妈子紧紧抓着两只胳膊，动弹不得。叶乃盛又挥动皮鞭死劲地抽打着吴清和。起初，吴清和还能一声声惨叫，后来渐渐没了声音，任凭叶乃盛抽打，没一点反应。

这动静早已惊动了叶府上下，叶雅云、叶雅芬、杨锦霞、金枝都来了；江秀卿、吴妈也来了；随后叶茂茜也跑来了。吴妈一看心里便明白是怎么一回事，她扑到吴清和身上号啕大哭起来，边哭边说道："逆子啊逆子！你就是打八辈子光棍也不该做下这样丢人的事啊！伤天害理啊!"哭了一阵子后，她回过头来指着叶乃盛说，"你这个老爷也太绝情了！不看僧面看佛面，孩子有错，你做老爷的要教训教训可以，可也不能这样把人往死里打啊！我吴妈来你叶家一晃二十年，把少爷拉扯成人，没有功劳也有苦劳啊！你就这样对待我吗?"说完话她坐在地板上，右手拍着地又呼天抢地大哭起来。

这时天空电闪雷鸣，不一会儿"噼噼啪啪"便落起雨来，风雨中有一个人浑身湿漉漉地跌跌撞撞冲入门来，大家一看是叶茂南。叶茂南一看现场，问道："这是怎么一回事?"

"你去问你媳妇!"叶乃盛答道。

叶茂南大概明白了，"扑通"一声双腿跪地，匍匐到张文婉眼前，对张文婉说道："都怪我！是我对不起你!"

张文婉放声大哭了起来。

叶茂南又匍匐到吴清和跟前，抱着吴清和的双腿说："清和哥！都是我不好!"再爬到吴妈跟前，大声喊道，"阿妈！是我害了清和哥!"也号啕大哭起来。吴妈和在场的女人们都垂着泪。叶雅云对张旺说："还不赶快给吴清和松绑!"张旺赶快给吴清和解掉绳子，几个人把吴清和放在一张竹披床上，吴清和紧闭双眼，泪水顺着脸颊流了下来。

叶茂南站了起来，一脸严肃神色，对众人说道："我跟张文婉共同生活两年了，但是我们一天也没有做过夫妻，我们是在演戏给大家看，张文婉完全有权利另找他人为夫。我宣布，自即日起，我，叶茂南，跟张文婉解除夫妻关系。”

江秀卿掩面“呜呜”地哭了起来，说：“当时就不该指腹为婚结这门亲啊！”

大家都看着张文婉，等她的表态，“哇”的一声，张文婉放声大哭！

叶雅云问张文婉：“你愿意嫁给吴清和，和他做夫妻吗？”

张文婉抽泣个不停，说不出话，只是连连点着头而已。

叶乃盛怒气冲冲地喝道：“成何体统，叶家的脸面往哪里搁？”

这时一直不吭声的叶茂茜开腔说道：“爸！您太落伍了！封建思想还那么重！大哥根本不爱文婉姐，他爱的是涵秋姐啊！强扭的瓜不甜！今天这事全怪您一个人！”

江秀卿擦了擦眼泪接话说：“死丫头，人小鬼大！女孩子家懂得什么？”

叶茂茜嚷嚷：“什么‘懂得了什么’？男女两人互相不愿意，又怎么做夫妻？一开始就是你们做大人的自作主张，包办婚姻。什么指腹为婚？都什么时代了！自然会酿成今天这个局面。”

叶乃盛似有所悟，不觉点了点头。

叶雅云问吴妈：“你们打算怎么办？”

吴妈朗朗地说：“文婉，扶起清和，咱们马上回南太武去，一家人和和睦睦过日子比什么都强！”

叶雅芬问张文婉：“你愿意跟他们母子俩去南太武吗？”

张文婉点了点头。

吴妈、张文婉进房间整理了随身衣物，分别打了个包袱带着走出来。张文婉一手挽着包袱，一手搀扶吴清和。还好吴清和只是伤了皮肉，没伤到筋骨，虽然有点疼痛，走路却无大碍，两人踉跄着走出去。吴妈随后也走了出去。叶雅云包了一包钱要塞给吴妈，吴妈说什么也不肯收，转过身来搂着叶茂南“呜呜”地哭着，随后放开叶茂南，抹了抹脸上的泪水，紧走一步赶上前去，不一会儿，母子三人便消失在雨夜的浓雾之中。叶家大小直叹息、摇头……

琢本太郎从来还没有遇到像叶茂南这样敢于违抗他的命令的人，人虽然放了，心里却愤愤不平，三天两头派人来叶宅，问叶茂南想好了去厦门劝业银行做事没有。

叶乃盛担心日本人会加害于叶茂南，劝叶茂南尽早离开厦门，去外地避避风头。叶茂南说："我走了，这个家怎么办？"叶乃盛说："好活歹活，总得活下去啊！你现在是人家的关注点，你先走吧，家里的事你就别管了！日本人要报复，也不能对所有的人报复，走一步是一步，大不了死了就是，走啊！快走啊！"说完话塞给叶茂南一包钱。

当时日本人封海不封江，只封锁厦门对外的海路运输，不完全封锁内河航运，有限度开放厦门与漳州、石码的内港货船往来，以保证从漳州、石码、海澄、浮宫、白水运来的大米、蔬菜及其他杂货能运抵厦门，来支持他们的所谓"圣战"。

一个月黑风高夜，叶茂南提着他的那只藤箱子，在张旺护送下，到第一码头偷偷上了一艘载货来厦门后要返回石码的货船，逆九龙江而上，趁着夜雾，离开了厦门，到了石码。

张果保终于知道叶茂南、张文婉做假夫妻，张文婉又被逼离家去南太武那个偏僻地方的事。这还得了！于是，张果保一趟趟跑来桥仔头叶宅拍桌子、瞪眼睛向叶乃盛要女儿，要跟叶家算账。叶乃盛自知理亏，起初还总是赔笑脸道不是，后来实在被逼急了，也跟着拍桌子、瞪眼睛，一点不肯相让，两人扭打起来，被周玉书一再劝架，两人这才住手。张果保悻悻地走了，到了家里，李玉珍问话，他也不答，一个人闷头闷脑生气。

李玉珍很感诧异，一再追问之下，张果保只好把事情和盘托出。李玉珍放声大哭，第二天就逼张果保带她去南太武见女儿。两人从第一码头搭船去了南太武，才一踏入吴妈的家门，李玉珍就冲着张文婉连喊："苦命的儿啊！"张文婉也直哭个不停，断断续续地说道："你们为什么要攀这门亲呢？"李玉珍说："不就是贪叶家是大户人家，有根基嘛！"张文婉说："人家不爱，大户人家又有什么用!”说完话又哭。张果保在一旁也垂泪，直摇头。李玉珍要带张文婉回厦门，张文婉看了看吴清和，又看了看张果保，看到父亲没表态，便说：“我不回去！嫁鸡随鸡，嫁狗随狗，我就在南太武住下来。”李玉珍劝说无效，狠狠地瞪张果保一眼，也不留下来吃饭，冒着午后的太阳跟着张果保返回厦门。临出门时，李玉珍悄悄塞给张文婉一包钱。吴妈和吴清和站在门槛外再三叮嘱“亲家走好”。吴妈一再安慰张文婉，张文婉才不哭，静了下来。

张果保对这件事无论如何不肯善罢甘休，发了狠说：“你不仁我不义，无毒不丈夫，叶乃盛往后你可别怪我张果保心狠啊!”他跑去琢本太郎那里告叶乃盛违抗皇军命令，竟敢把皇军要的叶茂南偷偷放走，罪莫大于此矣！张果保始终没有向琢本太郎说出自己与叶家的姻亲关系。琢本太郎本还心存一丝希望，希望叶茂南能回心转意接受他的要求，现在一听，这个叶茂南竟被他父亲叶乃盛放走了，顿时火冒三丈，猛拍桌子，怒不可遏地连声大喊：“八格牙鲁！这个叶乃盛死拉死拉的大大的有!”他马上派温志甫带人抓叶乃盛。温志甫一听要他去抓人便来劲了，带了五个日本兵开着吉普车就到桥仔头叶宅把叶乃盛抓来见琢本太郎。琢本太郎双眼朝叶乃盛瞪了瞪说：“你的，大大的坏!”对温志甫扬了扬下巴，挥了挥手，温志甫便把叶乃盛押去审讯室。

在审讯室里，温志甫指挥日本浪人打手一次次鞭打叶乃盛，要他说出他儿子叶茂南去哪里了。叶乃盛被打得浑身是血，有气无力地说：“我，我也不知道啊!”“不说，再打!”温志甫又指挥打手再打，叶乃盛呼天抢地大喊，后来竟没了声音。

叶乃盛被日本人抓走，叶雅云、叶雅芬大惊失色，急急忙忙跑来跟杨锦霞、江秀卿商量。没有什么办法，只有破财消灾！四人是妇道人家，不便抛头露脸，只好把叶雅云、叶雅芬两人的丈夫，两姑爷请了来，由他们俩去找李思贤、殷雪圃商量，请他们两人向琢本太郎求情。李、殷两人知道叶乃盛与张果保是姻亲，平时张果保凭着自己财大气粗，一味巴结日本人，不把他们放在眼里，他们对此不满很久了，现在看到有机会杀杀张果保的嚣张气焰，又有好处得，便满口应承了下来。两人把叶家的厚礼拿出一半两人分掉；剩余的一半才送去给琢本太郎，并告诉他叶、张两家的姻亲关系。琢本太郎一听恍然大悟，连声说道："哟西！这个张果保大大的坏！想借刀杀人，我差点上了他的当！"琢本太郎把厚礼收下，下令把叶乃盛放了。

叶家当晚就把叶乃盛抬回去了，一家上下看到叶乃盛遍体鳞伤都哭了，江秀卿更哭得像泪人似的。张旺过海到鼓浪屿请专治跌打损伤的黄进步来家里看病，用云南白药给叶乃盛敷伤。一个多月后，叶乃盛才能下地走路，后来才慢慢伤愈，但落下一身的伤，腰疼得厉害。自此叶、张两家反目成仇，老死不相往来。

张文婉跟着吴妈、吴清和回南太武家里后，感到样样不习惯。张文婉在娘家是娇生惯养的大小姐，父母亲视若掌上明珠，鱼肉鸡鸭是不断的，高兴的话还可吩咐仆人去街上买精美的点心吃，根本没吃过苦。现在突然到了一个农村地方，一日三餐无非是清粥小菜，见不了一丝荤。再说住的环境就那么一间三房一厅的大石屋，石窗下就是猪圈、鸡窠，粪便的臭味直冲入屋来，晚上蚊虫嗡嗡叮咬，叮得人身上尽起红疙瘩。至于出外的交通，南太武是龙海县的一个小岛，四面环海，要过海来厦门只有每天上下午的两趟小火轮，张文婉感到非常不方便。她整天闷闷不乐，晚上跟吴清和在一起总是不言不语的；吴清和知道妻子心里的苦，小心翼翼不敢去触霉头。更深人静，月光如泻，有时张文婉半夜醒过来，看了看睡在自己身旁，累得一动也不动的丈夫，觉得挺可怜的，也会捅他一下，吴清和醒过来，看张文婉一眼，他"懂局"，一阵心头喜，便挺起身子，把张文婉揽入怀中……

这一天清晨起来，张文婉直感恶心，想呕吐，却吐不出什么来。吃完早饭后，吴清和跟他爸出门去地里干活，张文婉悄悄把情况告诉吴妈。吴妈一听咧开嘴笑了："你这是有了！"张文婉说："什么'有了'？"吴妈搂着她的身子说："有喜。怀上了！"吴文婉满脸绯红。吃完晚饭后，吴妈便把这个好消息告诉了吴清和，吴清和顿时笑逐颜开。晚上小两口在一起时，吴清和二话不说，抱着张文婉热吻起来。

有了身孕后张文婉想回娘家养胎，吴清和送她回厦门南养巷张宅。李玉珍一见宝贝女儿回来，高兴得合不拢嘴，知道女儿有了身孕，更咧嘴直笑，吩咐厨子炖枸杞乌鸡汤给女儿补胎，又交代张果保买燕窝、白木耳、冬虫夏草，张果保屁颠屁颠忙着去张罗。十月怀胎足，张文婉生了一个男婴，张果保、李玉珍都晋级成了外公、外婆，别提多高兴啦！

吴清和知道妻子生了男孩当然高兴，过海来接张文婉回家。李玉珍还想留女儿多住一段时间，张果保说："让人家夫妻团圆吧！"张文婉跟吴清和回南太武去了。吴妈和吴清和当然也高兴，大家把个张文婉供奉得像王母娘娘似的。

这一年冬吴清和和张文婉、吴妈商量了一下，把张文婉的私房钱和吴妈在叶家积攒下来的一点钱凑起来，买了南太武山下十多亩荒地，招聘工人来开荒种菜，送到厦门集市出售；又花了点钱把祖宅修缮了一番，人畜分离，把猪圈、鸡舍移离住宅，且扩大了规模，雇工来养鸡、养猪，卖鸡蛋和猪崽赚钱。吴清和到厦门送货时常带点鸡蛋、猪肉上南养巷去孝敬丈人、丈母娘。吴家的日子一天好过一天，张文婉也安下心来做起吴家的家庭主妇，除了料理一日三餐外，她的精力主要还是放在哺育那个新生儿身上。

9

叶茂南到石码后，租了一间民房住下来，一日三餐也在房东家搭伙。一时找不到什么合适的工作，他静下心学画画。他把当年卢敬亭送给他的那些画册拿出来临摹，又外出写生，画技大有长进。后来他写信给他在龙岩县适中镇的一位朋友，请他代为觅一个教职。一个星期后那位朋友托人带信来，告诉叶茂南适中中学缺一位语文教师，问他是否愿意去应聘。叶茂南哪有不愿意的呢！接信后第二天他穿着西装、系着领带，提着他那只藤箱子就搭车赶去。道路因战乱失修，车又破旧，一路上汽车颠簸得厉害，到了和溪和奎洋交界处，"嘣"的一声，汽车后轮轮胎爆胎，大家只好下车各奔东西。

叶茂南在路口向人问了客栈在哪里，想歇一歇等下一班车来了再走。他信步向前走去，在一个岔路口上，"扑通"一声，被绊马绳绊倒在地，正待要爬起来时，一只大脚已踩在他的背上。一个人跳过来把叶茂南掉在身边几米远的那只藤箱子翻开来要看看箱子里装着什么宝贝，一看尽是一些随身换洗的衣服，不禁对叶茂南骂道："他妈的！我当你是南洋客，没一千，也有八百，没想到是一个穷光蛋。"忽然他看到了那只珠绣手提包，便拿过来拉开拉链"检查"，看到提包里空空的，什么也没有，便狠狠地把它摔入箱子里，对他的同伙说："走！把人送给七爷做'礼品'吧！"这时那只踩在叶茂南背上的大脚才松动，让叶茂南爬了起来。叶茂南一看，眼前是两个理平头、身着黑布衫裤、肩上荷着长枪的"山里人"，一看便知是杀人越货的土匪喽啰。两人把叶茂南裤袋里的一些钱搜走。

两个土匪喽啰把叶茂南的双手反剪到背后，捆绑着，又用一条黑布蒙了他的眼睛，其中一个提着那只藤箱子，猛推了叶茂南一下，把他带着往一座山的山头走去。

到了山头上，土匪喽啰把蒙在叶茂南眼睛上的黑布解开，同时给他松绑。叶茂南一看，满山头披红戴喜，好像是谁准备办喜事一样，红艳艳一片。正诧异，不知此山何山，此地为何地，因何如此布置一番时，一个头戴红呢帽、身着簇新的红色绸布衣衫、年龄四十七八岁的男子从山顶上走了下来。那两个喽啰逢迎地说："七爷，给您老人家送来祭酒的'货'，恭祝您新婚快乐！"

"好啊！你们俩蛮能干的嘛！把'货'押进牢房里，等良辰一到先行杀祭，好带来好运！不过你们千万别让薛涵秋知道。"

这时有一个女人的声音高喊起来："什么千万别让我知道？"又惊叫道，"叶茂南！你怎么会到这里来？"

叶茂南回头一看，顿时惊呆了，双唇翕动，也高声喊道："你怎么在这里？"环顾了四周后又问，"这里是什么地方？"

原来他面前这个女人不是别人，正是两年前那个雨夜从叶家出走的薛涵秋！她还是那么年轻貌美，身上还穿着那件红色西装，只是那身西装已旧了许多。叶茂南哽咽道："两年了！我无时无刻不在想念着你呢！你怎么会流落到这个地方来呢？"

薛涵秋也不答话，转过身去对那个被叫做"七爷"的土匪头目说："七爷！噢，七哥！这就是我平时对你说过的我在美国留学时的同学，厦门桥仔头叶宅的叶茂南少爷。我们已经整整两年不曾见面了，你让我跟他单独叙叙旧，了却彼此一段情，再送他下山，我就回来，好吗？”

“但是……”七爷踌躇了好一会儿才说道，“不会耽误吉时吧？”

薛涵秋娇媚地瞟了七爷一眼，说道：“耽误不了！就一会儿工夫，我很快就会回到你的身边的，绝不耽误你的好事！怎么样？答应我吧，我的新郎官！”

七爷想了想，说道：“派两个弟兄跟着，保护你！”

薛涵秋说：“嗨！他斯斯文文的一个人，又不是老虎，难道会把我吃了吗？谁也不许跟！”

七爷点了点头，说：“谁也不许跟！”

薛涵秋大大咧咧地向山边走去，叶茂南提着那只藤箱子紧随其后。薛涵秋把叶茂南带到一块巨石后，从这里远眺，能看到山下一条夕照下的溪流上闪烁着粼粼亮光。薛涵秋突然转过身来，挥手朝叶茂南脸上“啪”的一声，掴了一个耳光，怒喝道：“陈世美！你为什么答应了我，却又跟别的女子结婚，娶她为妻呢？你害得我好苦啊！”说完话放声大哭起来。

叶茂南捂着脸委屈地说道：“事情哪里是你想的那样呢？”于是，他便把自己与张文婉两人如何被指腹为婚、如何被逼结婚、如何做假夫妻骗双方大人、张文婉又如何与吴清和私通被赶出家门，以及自己不愿与日本人合作，拒绝担任日伪劝业银行要职，被迫离家出走等等事情一一说给薛涵秋听。

薛涵秋这才知道自己错怪了叶茂南，伸手要来摸叶茂南的脸庞，叶茂南赌气把她的手拨开。过了一会儿他问：“这是什么地方？”

薛涵秋说：“这地方叫奎洋，属南靖县。我们身后的这座山叫仙公山，山下那条江叫船场溪，流到南坑改称荆溪，最终流到靖城，汇入九龙江北溪。现在这一带被李茂七占山为王霸占了，成了他的老巢。”

“但是，你是怎么到这里来的呢？”叶茂南急于要知道两人别后的情况，边说边开了藤箱子，从里面拿出那只珠绣手提包对薛涵秋说，“这是那天我在码头上拾到的，你为什么要跳海轻生呢？又是谁从水中搭救了你呢？”

薛涵秋双眼一亮，接过叶茂南手中那只珠绣手提包，哽咽着说：“说来话长！这都是命啊！”便把这两年来自己的经历说了出来。

那天夜里，薛涵秋听叶雅云说叶茂南背弃自己，要跟另一个女人结婚，一气之下离开叶家，跌跌撞撞地向码头方向走去。人生地不熟，举目无亲，她不知道自己该去哪里，投奔什么人，一个人在码头上徘徊。

忽然，她听到阵阵发动机的声音，便往海面望去，隐约看到有一艘小火轮从南太武方向驶来。薛涵秋拼命高喊：“船员，这里有货要运！”不一会儿那艘小火轮果然驶近码头来。薛涵秋对船上的人问：“你们要去哪里？”船舱里走出一位五十开外的船员模样的男子反问道：“我们要去汕头送货，你要去哪里？”薛涵秋灵机一动说：“我正要去汕头拜访亲友，顺便搭你们的船走，我给你们钱。”那男子嘱咐船里人把火轮靠岸。当时正退潮，海平面很低，也不知道薛涵秋哪来的勇气，她猛地就从岸上往火轮上一跃，跳落在船甲板上，匆促间，她身上带着的那只珠绣手提包掉在码头上了。薛涵秋在船舱里找了一个地方坐下来，借着微弱的夜光，她看到舱里有许多装得鼓鼓的麻袋，又看到船舱里还有一个二十多岁的青年男子，他是那船员的儿子，见到来了一个女子，他的两只眼睛闪烁着亮光，直朝着薛涵秋看，薛涵秋转过头望着海面不搭理他。

船到了汕头，已是第二天傍晚时分，那个船员对薛涵秋说：“汕头到了！你该给钱走人了！”薛涵秋怔了一下，双眼泪流，抽泣了起来，说道：“老伯，我在汕头举目无亲，我是从家里逃出来的啊！”当时常有年轻女子为了逃婚什么的离家出走，那老伯也不感到奇怪，便说：“那你说怎么办呢？”薛涵秋说：“我先在你家歇几天，再另找住处，我给你们房租。”说完话，她便从口袋里掏出些钱交到那老伯手上。

就这样，薛涵秋跟着船去送了货，再跟他们父子两人回到他们的住处。举目一看，这是一座两房一厨房的棚屋。那老汉指着左边一间小房间对薛涵秋说：“你住北屋小房间，我们父子挤南屋那间大房间吧！”薛涵秋连声道谢。大家熟了，薛涵秋询问起来，才知道，老伯叫许金水，他的儿子叫许木生，父子俩相依为命，往返于汕头、厦门，替人运货赚点工钱度日。

当天晚上，薛涵秋一路奔波累了，倒床便呼呼睡去。半夜三更她忽然觉得胸口发闷，像是被一块大石头压在身上，喘不过气来。她猛地抬起双手想把那压在身上的大石头推开，竟发现是一个人压在自己的身上，定睛一看那人正是许木生。薛涵秋大喝一声："你干什么？"许木生没提防，被推下了床。声音惊醒了许金水，他披着上衣冲入房间，一看便知道是怎么回事，便冲过去猛掴了许木生一巴掌，对薛涵秋连连赔不是，说："没惊吓了你吧？姑娘！"转过头来他对许木生喝道，"还不快给我滚出去！"许木生捂着脸，不情愿地走了出去。

许金水、许木生父子俩经常需要出门送货，薛涵秋一个人留在家里不稳当，许金水说："姑娘，你只好女扮男装做船员，跟我们一块走！"薛涵秋想想说得也是，也没什么其他好办法，便接过许金水拿给她的一身许木生的粗布衣服去换了。她女扮男装，又戴了一顶斗笠，俨然一个男子。不过她总是随身带着她那只藤箱，没外人的时候还自己一个女儿身。自薛涵秋住入许金水家第一晚发生那件许木生非礼薛涵秋、又被他爹打了一个耳光的事以后，许木生再不曾骚扰过薛涵秋，两人相处倒也平安无事。空闲时候，薛涵秋反倒主动帮许木生干点事，织一件毛衣送他。但薛涵秋却排解不开对亲人的思念。更深人静，薛涵秋独自一人躺在床上，从窗棂往外一望，看到天上的那轮明月，特别想念远在上海的父母亲，不知他们是否健在人世，生活如何？薛涵秋当然也想到了叶茂南，她暗暗在心里骂道："陈世美！既答应了我却又跟别人结婚，害得我一个人颠沛流离，吃尽苦头！"她咬了咬牙，下决心，要是遇到叶茂南，一定先打他一个耳光再说……

这一天，薛涵秋跟船去石码运货，船刚开到海澄就遇到劫匪，两个土匪喽啰持枪抢劫，把许金水他们三人用绳子都捆了手，押上岸去见李茂七。三个人站在李茂七大厝的大厅里，李茂七绕着三人转圈圈，对许木生"嘿嘿"两声冷笑，又对许金水"嘿嘿"两声冷笑，挥了挥手，喽啰便把许金水、许木生拉出去，"砰砰"两声，结束了他们父子俩的生命。大厅里只剩下薛涵秋一个人未处理。

李茂七绕着薛涵秋转了三个圈圈，忽然他站到她跟前，猛地一用力，把薛涵秋的上衣扯开来，露出胸衣，又用枪顶了顶她头上的斗笠，薛涵秋一头黑发如瀑布般从头上撒了下来。李茂七仰天哈哈大声，说道："瞒得了别人，可瞒不了你七爷我！你是一个大美人！"说完话把手中的枪放在桌上，便替薛涵秋松绑，扑过来紧紧抱着薛涵秋欲强行求欢。薛涵秋拼命挣扎，把李茂七用力一推，李茂七不防备，一个趔趄跌倒在地。薛涵秋随即抓起桌上的那把手枪，把枪口顶着自己的太阳穴说："你再过来我就开枪！"李茂七连忙直摇着手说道："别！别！别开枪，我依你就是了！这么美的一个大美人要是死了多可惜！我李茂七从来不威逼女人，这男女的事要你情我愿才有意思。等你哪天想好了，愿意了，咱们再来。"转身喊道，"汝姑啊！你把新来的美人带下去休息。"便有一个四十多岁的女人进来把薛涵秋带去一间房间里休息。

那女人跟薛涵秋聊天，薛涵秋便把自己的身世一一道来。那女人倒甚为同情薛涵秋的处境。原来那女人是李茂七的发妻陈汝姑，李茂七虽然聚啸山林，杀人越货，干尽了坏事，可到了家，倒也甚听这个女人的话。当晚，李茂七在陈汝姑房间里歇，两人聊起薛涵秋来。陈汝姑对李茂七说："你也积点阴德好不好，人家是上海人，父亲是大学教授，她刚刚跟男朋友从美国留学回国，因为上海沦陷回不去，男朋友又要跟别的女孩子办婚事，她举目无亲，搭了船去汕头，女扮男装刚到海澄地界，便被你手下的兄弟掳了来。茂七啊！对读书人你可别乱来啊！"李茂七说："可是我以前要过的女人都是一些不识字的农村女人，我也想换换口味，尝尝这肚子里有洋墨水的女人是什么滋味啊！"那女人说："这也得人家愿意啊！你要是一逼，人家脖子一抹死了，你不是什么都得不到了吗？我看她性子很刚烈呢！"李茂七连连点着头。

第二天，李茂七对薛涵秋说："你要多长时间才肯回心转意跟上我？"薛涵秋想了想说道："从今日算起，一年为期，一年时间一到，你办婚礼，我就嫁给你！"李茂七说："一年太长了吧！"薛涵秋说："非得一年不行，少一天我都不依。"李茂七说："一年就一年！"

当时九龙江沿江两岸匪患为祸，有十多个海盗团伙藏于江濑水圳里，神出鬼没抢劫过往船只。为了保证九龙江黄金水道向厦门运送货物的安全，琢本太郎请求宫田司令派舰队清剿几次，抓到的海盗一律格杀，把头颅一个个挂在石牌坊门楣上示众。那些海盗团伙在海澄待不下去，只好移师内地。李茂七带领他的队伍闯到南靖县奎洋仙公山安营扎寨，薛涵秋也被挟持上山，专门住一间房间，日夜有人把守。

李茂七每天晚饭后都会到薛涵秋房间来跟她谈话，有时他也会发“慈悲”，允许薛涵秋走出房间在山头上转转，放放风。李茂七说他这样做是要跟薛涵秋培养感情，博得她的好感，还不时送她金戒指、耳环什么的，但薛涵秋总是婉言谢绝，倒是吩咐替她买一些书来看。有一次两人闲聊时，李茂七问起薛涵秋在美国读书的事，薛涵秋谈起与叶茂南外出旅游的事，谈到两人到安道尔旅游，自己遇到小棕熊，赖叶茂南救援才脱离危险。李茂七听了心里头很不是滋味，暗忖：“原来他心中有一个叶茂南，所以才不肯答应我啊！”交谈中，李茂七也说了他的身世。原来他家本是南靖县汤坑一个富有人家，一个月黑风高夜遭从灌口青龙寨来的土匪洗劫，一家人都惨遭不测，独他一人因外出办事未归得以死里逃生。为了报仇雪恨，他聚集了一些人，以海澄为据点，专门对过往船只下手抢劫。薛涵秋听完李茂七的话后一再劝他不要再继续干这种杀人越货、伤天害理的事。李茂七说：“开弓没有回头箭，这辈子就这么过，来生再说吧！”人们常说“爱情的力量是伟大的”，这句话也适用于李茂七。有一天喽啰掳了一个商人押上山来，李茂七在他跟前绕了三圈，挥挥手，正要让人把他拉出去毙掉，正好薛涵秋放风回来看见了，对李茂七喝道：“把他放掉！”李茂七还在犹豫，薛涵秋提高嗓门喊：“把他放掉！”想不到“混世魔王”李茂七竟然顺从地下令：“把他放掉！”

在李茂七的心中，说什么他也想不通薛涵秋怎么会那么痴心地爱上叶茂南那个书生，不就多读点书嘛！绣花枕头有什么好呢？乱世重武不重文，有枪就是草头王。他下决心要露一手，博得薛涵秋的芳心。这一天清晨，薛涵秋刚起床洗涮，一个喽啰跑来告诉她：“七爷请你去一趟。”把薛涵秋领入林子里的空地。薛涵秋抬眼望去，空地左右各竖着五根长竹竿，竹竿顶端各绑着一只公鸡，正在诧异时，只见李茂七全身着黑衣，骑着一匹红鬃烈马从那一头缓缓地过来，到了薛涵秋跟前时，双手作揖，说道：“我来为你表演骑射节目。”说完话转身，从腰里掏出两把左轮枪，双脚紧夹着那马，吆喝了一声：“驾！”纵马飞驰而去。“砰砰！”他双手双枪向一对一对竹竿上的那些公鸡各打一枪，那十只公鸡还来不及喔地啼叫一声便气绝，殷红的血沿着竹竿流了下来，滴在地面上。围着观看的众喽啰连连喊好。一个喽啰正要过去替李茂七勒住马，李茂七说道："慢!"转过身来对薛涵秋讨好地笑道，"余兴未尽，再献一个丑。"命人在空地上一字儿摆开插了二十支小黄旗，待准备好了时，他才纵马驰去，一脚套在马镫里，一脚跨在马背上，伏下身去一一拔起那二十支小黄旗，全场又是一阵欢呼声。薛涵秋不觉也跟着鼓起掌来，李茂七高兴得直笑。

这一天正是薛涵秋答应李茂七"一年为期"要跟他结婚的日子，早两天，李茂七就涎着脸来问薛涵秋："我的大美人，后天便是一年为期的日子，怎么样?咱们可以办婚礼吗?"薛涵秋一直等不到叶茂南的消息，叹了一口气说："好吧！你去准备吧!"吉时就在当晚八时整，薛涵秋早就偷偷藏了一把枪，打算成亲时趁李茂七不防备，一枪先把他打死，再开枪自尽。想不到苍天有眼，在这个紧要关头让自己与叶茂南相见，她真是感慨万千，不觉便号啕大哭起来。叶茂南也放声大哭，两人情不自禁地紧紧搂抱在一起。

李茂七嘴里虽说不派人跟，实际上却指使一个喽啰暗地里跟着看动静。那喽啰一看叶茂南、薛涵秋两人哭抱在一起，急急忙忙跑回去向李茂七报告。李茂七不听犹可，一听顿时火冒三丈，跳起来大骂薛涵秋"狐狸精"，说话不算数，又大骂叶茂南胆大包天，竟敢在自己的眼皮底下调戏他的未婚妻。于是李茂七提着一把手枪，急匆匆地从山头上冲下来。薛涵秋一眼瞥见，急忙把叶茂南推开，嚷道："快跑!"又转身抓起身边放着的那只珠绣手提包对叶茂南说，"代我把它送给你将来的妻子，送上我对你们的祝福!"叶茂南接过那只珠绣手提包，问道："你怎么办?"薛涵秋说："别管我！快跑啊!"叶茂南拼命往山脚冲去，回头一看，李茂七就要追上来了，"扑通"一声跳入船场溪中，李茂七赶到，站在江边往江中连打三枪。薛涵秋大声喊道："回来！放他走!"李茂七只好转回来，才刚走到薛涵秋跟前，没想到她从裤袋里掏出了一把手枪。薛涵秋对准自己的太阳穴"砰"的一声开了枪，顿时鲜血直冒，倒在地上。

李茂七赶上前把她抱起来，连声说："你为什么要这样呢？你为什么要这样呢?”

薛涵秋苦笑了一下，说道：“对不起，七哥，我实在是不能做你的妻子!”喘着气，断断续续地说，“老话说‘放下屠刀，立地成佛’，眼下日本人的铁蹄正践踏着祖国大地，多少人家破人亡，流离失所！每一个有良心的中国人都会拿起武器来杀鬼子的。你就听我一句劝，把队伍拉下山去投奔政府军，参加抗日杀鬼子，换来你的新生吧!”

李茂七哭泣了起来，连连点着头。香销玉殒，薛涵秋就这样含笑离开了人世……

叶茂南在水中听到“砰”的一声枪响，见到薛涵秋为让自己能脱身才开枪自尽，他心里难受极了。

据说后来李茂七果真率领他的队伍到漳州去投奔了政府军，参加抗日，不过在一次军队内讧火拼中，他中弹身亡，是否属实，就不得而知了。

10

“醒过来了！醒过来了！看，他终于醒过来了!”

叶茂南直挺挺地躺在一个关帝庙内的一张杉木床上，睁开双眼便看到大堂南墙上竖着的一尊龙眼木雕刻的关公立像，又看到面前正站着一位双眼大大的、梳着两条小辫子、身着蓝制服、年龄十七八岁的大姑娘，刚才的喊声正是她发出的。叶茂南再环顾自己的四周，又看到屋子里还有七八位男女青年，他们也都一样穿着一身蓝制服。

“这是什么地方？你们是谁？现在是什么时候了?”叶茂南从床上挺起上身问道。

“现在是早晨八九点钟。这里是靖城，我们是厦青团团员。”大眼睛姑娘答道。她周围的那几位男女青年不约而同地点了点头，亲切地望着叶茂南。

“什么叫‘厦青团’？我没听说过。”

“‘厦青团’全称是‘厦门青年战时服务团’。我们都是从厦门来的青年。先生，你是哪里人？怎么会掉入溪中呢?”一位年纪稍大些的女青年问道。

叶茂南凝神默想了一会儿，隐隐约约记起昨天发生的事。

昨天傍晚他跳入船场溪后，李茂七虽对他开了三枪，所幸三枪均未打中。叶茂南顺流而下，中途他解下脖子上的领带，把那只手提藤箱捆好，挂在胸前，双手紧抓着，随波逐流，任由溪水把自己往下游带去，再后来他便不省人事了。看来自己是被眼前的这几位厦青团团员救上岸来的。叶茂南在心中算了一下，自己大概是从奎洋落水，经过船场、南坑，到了靖城。

叶茂南笑了笑说道："我也是厦门人，要去龙岩县适中中学应聘中学教职，半路上车子坏了，被土匪劫持上山，后来跳溪才得以逃脱，没想到中途晕厥过去，以后的事我就全不知道了。谢谢你们救了我！谢谢！"

这时有一位三十多岁的男子走入庙里说道："这里好热闹啊！你们在谈什么啊？"

"团长，我们刚刚从溪中救起一位遭土匪抢劫的厦门人。"那位大眼睛姑娘答道，说完话，她让出了地方，让那位团长走近叶茂南的床铺。

团长握了握叶茂南的手说道："你好！我叫范常铭，你叫什么名字？"

"叶茂南！"

"欢迎你，叶茂南先生！你准备去哪里？我们送你去！"

叶茂南苦笑了一下说道："偌大一个世界我却没地方可去了！我就跟着你们吧！你们到哪里，我就跟着到哪里。"

"欢迎！欢迎！"范常铭带头鼓掌，大家跟着也鼓起掌来。范常铭转过身来对大眼睛姑娘说："江春燕，你去老耿那里替叶茂南先生领一身制服来！"

江春燕点头答应了往外走。大家又跟叶茂南闲聊，问这问那的，叶茂南一一作答。

不一会儿，江春燕拿着一身厦青团的蓝制服回来，递给叶茂南。

范常铭说："大家集合，我有话说。"

厦青团团员们都走了出去，在庙前石埕列队。叶茂南赶快把身上的湿衣服脱下来，换上蓝制服。这时他听到了从前面传来的嘹亮的《厦青团团歌》：

我们是钢铁的一群，

担当起救亡的使命前进。
武装不愿做奴隶的人们，
把战斗的火力冲向敌人的营阵。
不怕艰苦，不怕牺牲，
为着祖国的解放，为着领土的完整，
誓把宝贵的生命去跟敌人死拼！

叶茂南站起身往外望。范常铭回头来看到，连忙说道："叶茂南同志！快到队伍中来！"

叶茂南走出关帝庙大门，腼腆地跟大家点头打招呼，站到队伍里，大家热烈地鼓起掌欢迎他。

晚饭后，范常铭领着叶茂南沿着船场溪边散步边说话。夕照下的溪水静静地流淌着，蕉园里的香蕉宽阔的长叶上闪烁着光，四周静谧，农舍屋顶的烟囱升起袅袅炊烟。

范常铭介绍了厦门青年战时服务团的情况。厦青团是为了进行抗日救亡组织起来的一支进步队伍，成立于1938年5月9日，也就是日本鬼子5月10日打响侵略厦门第一枪的前一天。成员中有海员、工人、职员、中小学教师和学生等。厦青团共有九个工作队。其中第九工作队是儿童救亡剧团，应陈嘉庚先生的邀请，目前他们正在南洋各地巡回演出，向侨胞宣传抗日救国道理；其他八个工作队在海沧集结后，分头出发到福建省内地各县做宣传抗日、发动民众的工作。他们这个工作队是第三队，又称第三分团，主要在漳州、靖城一带活动。

叶茂南看了看范常铭，心里明白厦青团是共产党厦门地方组织领导的群众团体，但他没有说出口来。

彼此熟悉以后，范常铭常对叶茂南谈时局。范常铭对叶茂南说："这一块是漳州平原富庶的土地。可是土豪劣绅横行乡里，国民党苛捐杂税多如牛毛，老百姓备受压迫，日子过得很苦。"又说，"西安事变以后，蒋介石虽然同意联合共产党抗日，但始终把共产党看成心腹之患，还是坚持'攘外必先安内’，把消灭共产党当成第一要务，因此，我们不能掉以轻心，革命的道路始终是十分艰辛的啊！”

叶茂南点了点头说：“跟你们在一起，我懂得了很多革命道理，我明白谁是坚决抗日，谁是假装抗日。”

这之后，叶茂南跟随厦青团辗转于南靖、龙山、和溪一带。厦青团团员上街演讲、写标语、出墙报，教老百姓识字、唱歌，又同当地民兵一起站岗、放哨、巡逻，很受老百姓的欢迎和拥护。叶茂南满腔热情地投身其中，他感到前所未有的快乐。范常铭知道叶茂南会作词谱曲，便请他写一首。叶茂南写了一首《团结起来打日本》：

团结起来打日本，
拯救国家和人民。
我们热血在沸腾，
我们拳头捏得紧。
厦青团要做先锋队，
齐心协力把日本鬼子赶出去！

叶茂南把这首歌谱了曲后，厦青团每到一地便教老百姓唱了起来。

厦青团在福建省西部、南部各县声名大振，老百姓都知道厦门来了一支抗日救亡队伍。

这一天，国民党省政府委员林知渊来漳州视察，看到共产党组织、带领的厦青团如此活跃，深得民心，心中十分害怕，回福州后他特地向陈仪作了汇报，提醒陈仪要防止共产党势力渗透到民众中去。陈仪便下令各地限制、打击厦青团，派员到漳州对范常铭说：“省政府要组织一个南洋华侨慰问团，特邀厦青团也去唱歌演戏。”并说，“为了统一步伐，省政府命令厦青团去沙县受训。”范常铭知道这是国民党的调虎离山计，不肯就范。两天后，国民党第七十五师副师长韩文英派兵包围厦青团住处，强迫他们去沙县，遭厦青团反抗。国民党军队整整包围了三天，后强行武装押解厦青团团员五十二人上卡车去沙县。

在沙县，厦青团成员被编成一个“特别训练班”，直属福建省“保训处”下的一个军训处管理。

这一天，厦青团团员被逼在沙县中学大操场上列队操练时，韩文英前来视察。厦门保卫战中，叶茂南运粮去莲坂劳军时见过韩文英一面，他便悄悄出列，跑到韩文英身旁，对韩文英行了一个军礼，问他：“韩师长，您还记得我吗？”

“你是什么人？”韩文英皱皱眉头，一副高傲神色反问着。

“我是厦门人！韩师长还记得厦门保卫战吗？当时您身负重伤，坚决不下战场，指挥战士一次次反击日军的进攻，多么英武啊！厦门人视您为英雄，对您多么尊敬啊！我也亲自押运大米去莲坂劳军，见过您！”

韩文英定睛看了一下叶茂南，点了点头，没有吭声，挥挥手让叶茂南归列，又观察了一会儿操练，才扭头带着警卫走了。

当天傍晚，韩文英派他的副官到宿舍来请叶茂南、范常铭两人去叙事。叶茂南抬头一看，韩文英的副官不是别人，正是张果保那个螟蛉子张佳滨，他被张果保打落的那颗门牙还没有补上呢！算起来，张佳滨是叶茂南的大舅子，两人不觉便谈起老家厦门叶、张两家的那些事来，都对张果保的为人颇感气愤。交谈中，叶茂南问张佳滨怎么到国民党军中做事，张佳滨说他离开翔祺米店后，成了一个国民党兵。韩文英在厦门保卫战中身负重伤，部队撤来漳州的路上，他因懂得一些中医岐黄之道，便替韩文英敷伤治病，得到韩文英的信任，后来便当起了韩文英的副官。

叶茂南对张佳滨说道：“我听说你是被张保果打跑出来的，是吗？”

张佳滨点了点头说：“是的。这个老家伙，我替他把一个翔祺米店打理得好好的，他却恩将仇报，一拳便把我的门牙打掉了，一点情义也不讲。”停了一会儿，他又悄悄地说，“这老家伙还做手脚，在大米中掺水。用海碗盛水，放在米里，用不了几天，这些碗内的水就被吸得光光的。”

叶茂南问：“几碗水又能增加多少重量呢？真是唯利是图。”

张佳滨说：“就是嘛！一点蝇头小利他也贪。”又说，“他对外都说大米是从恒裕米业贩来的，这更卑鄙，栽赃嫁祸害别人。”

叶茂南说：“怪不得我看到有人对我爸抱怨大米受潮变质。原来是他张果保捣的鬼。”

张佳滨又说：“张果保还想拆你们叶家的台，跑去台湾找你们家的那几家供应商，要他们不要跟你们叶家做生意，出大价钱要他们跟翔祺米店做生意。要不是他没有自己的船，租船费用大，早就把你们叶家的生意夺去了。”

叶茂南问：“这都是什么时候的事？”

张佳滨说：“也就在厦门沦陷前呗！”

叶茂南又问：“你跟他去吗？”

“去！”张佳滨答，“我是人在屋檐下，不得不低头。当时我在他手下经营那个米店啊！”

叶茂南笑了笑，转换话题说：“你在韩师长面前多为我们美言几句吧！我们完全是为了抗日救亡才组织起来的。我们教民众识字、唱歌，宣传抗日救国大道理，这没有错吧！我们并没有任何不轨行为，为什么要把我们关起来整治呢？”

张佳滨点了点头说：“韩师长也是箭在弦上，不得不发的啊！省主席陈仪催办厦青团的事很急呢！”又说，“等会儿你们两位见到韩师长时，可恳切陈情。记住，他是一个军人，有生死予夺的权力啊！”

叶茂南、范常铭点了点头，跟着张佳滨去见韩文英。

叶茂南、范常铭两人踏入韩文英师部小客厅，韩文英站起来打招呼：“来！来！随便坐坐，咱们聊聊，叙叙旧。”

叶茂南、范常铭在韩文英对面的红木长椅上并排坐下来，张佳滨给他们沏茶。

韩文英说：“厦门保卫战虽然最终以我军失败，厦门沦陷告终，但是厦门民众支持我军杀敌的热情，我印象深刻。你们到内地来宣传抗日救亡打鬼子，这本也是无可厚非的事，只是上峰有命令要解散厦青团，军人以服从命令为天职，我作为一个下级军官不得不执行啊！希望二位体谅，加以配合，顺顺当当把事情解决了，我韩文英也好交差！”

范常铭问："韩师长的意思是要我们怎么办？"

韩文英说："漳州青年战时服务团的事你们不会不知道吧！我是非常不愿意看到那样的一个场面再发生啊！"

韩文英说的漳青团的事是这样的：1938年6月5日深夜，国民党七十五师武装人员突然包围了漳州芗剧团，逮捕了剧团团长柯联魁，随即把他杀害。第二天，他们又捣毁了漳青团团部，逮捕了该团骨干和群众三十多人。6月14日，他们又公开杀害在平和小溪领导救亡活动的中共漳州中心县委委员林路。

韩文英只是慑于厦青团在民众中的巨大影响，又知道厦青团在南洋很有知名度，才采取"区别对待"政策，用集训、劝说方式，没有采取断然措施捉人、杀人的。韩文英心里希望范常铭能领会他的一番"苦心"。

告别韩文英后，范常铭、叶茂南回宿舍，范常铭对团员们说了见韩文英的情况，大家情绪激昂，纷纷抗议国民党的行径。后来范常铭派人向上级党组织作了汇报，要等待指示，再行定夺。

军训又进行了半个月才结束。上级党组织为了避免损失，指示厦青团团员分散到闽西、闽北偏远地区去当民众学校教员。1939年2月，厦青团第一至第八工作队实际上解散了，只剩下第九工作队——儿童救亡剧团仍在国外继续进行抗日救亡宣传活动。

叶茂南随范常铭到龙岩县一所中学当教员，范常铭教高一国文、修身，叶茂南教高二几何、物理，两人同住一间房。彼此熟悉了，叶茂南才知道范常铭是平和县人，到福建农学院林木系读了两年，因抗战学校停办，他加入厦青团四处进行抗日救亡活动。叶茂南也将自己的身世一一告诉他。范常铭常跟一些人聚会商量事情，每一次那几个人一来，范常铭便让叶茂南坐在大门外望风放哨，叶茂南知道这是共产党的地下组织在商讨要事，他乐意帮忙。

这一天半夜三更，突然开来一部卡车，从车上跳下来七八个荷枪实弹全副武装的国民党兵，他们一脚踹开校门就径直往范常铭、叶茂南的寝室冲，不容分说便把范常铭、叶茂南拉走，推上卡车。叶茂南张眼一看，被抓上车的还有另外两个人，正是平时来范常铭这里开会讨论事情的人。卡车开入国民党龙岩县党部，四人锒铛入狱，叶茂南单独关在一个牢房里，其他三个另行关押。

第二天过堂，由一个长得肥头大耳的国民党官员审讯，问的一些事，叶茂南全不清楚，他是在门外放哨，并不知房间里范常铭他们在讨论什么。那个胖子挥了挥手让人把叶茂南带下去。更深人静，叶茂南常常听到范常铭被严刑拷打逼供的声音，他对国民党的行径深恶痛绝。有几次范常铭被押着从叶茂南的牢房走过去，叶茂南看到他满身是血。他双眼看着叶茂南，默默地点了点头，叶茂南心里明白，范常铭是叮嘱自己要坚强，要挺住。他受到巨大的鼓舞。

一个月后张佳滨来牢房里看望叶茂南，狱卒打开牢门的铜锁，把叶茂南放了出来。张佳滨告诉叶茂南："你一个读书人，不要参与政治。市党部的人本来是要连你一起枪毙的，是韩文英阻止他们，放了你一马。"原来范常铭他们三人是中共龙岩地方组织的头头，正在商量发展组织，壮大抗日队伍的事，被国民党密探发现，国民党把他们抓了起来。后来叶茂南才知道，他被释放的当天，范常铭他们三位中共党员被韩文英下令杀害了。叶茂南无声抽泣，连声念道："国难当头，山河破碎，同室操戈，相煎何急？"

后来叶茂南经人介绍又到龙岩的另外一所中学任教，直至抗战胜利。

11

当时太平洋战争尚未爆发，日本尚未对美宣战，占领厦门的日本侵略军对被称为"万国租界"的有美、英、法、意、日等多达十三个国家在那里设有领事馆的鼓浪屿尚不敢染指，厦门一些名门望族为了安全起见，纷纷举家迁入鼓浪屿避难。叶乃盛也决定去鼓浪屿暂避，便把周玉书、张旺两人留下来守叶宅，其他仆人、丫鬟、老妈子统统辞退。早一个月，叶雅云、叶雅芬两姐妹已带了她们的丈夫、子女搬出桥仔头叶家大宅，回原来的住处去住了。叶乃盛带着太婆金枝、母亲杨锦霞、妻子江秀卿和女儿叶茂茜一家五口迁入鼓浪屿，在黄家渡租了一间华侨房屋住了下来。当时因为战争，许多华侨早已离开厦门去南洋，岛上空房子不少哩！临行前的一个晚上，叶乃盛领着周玉书、张旺把恒裕号的账本、黄金、白银和一些外钞用五只陶瓮装着，埋在屋后空地，只带了一些钱，打算暂避风头，等局势安定了再回来。

日本人封锁交通，在厦门渡口设岗哨，对过往行人搜身，还要大家对哨兵行礼才能通过。有一次杨锦霞回老宅去拿点东西，过渡口岗哨时，没有对哨兵行礼，那个哨兵开口便骂："八格牙鲁！"端起枪就要用刺刀扎人，杨锦霞呆了，站着一动也不敢动，有人提醒她："快行礼！快行礼！"她才赶快行了礼。过后她整整卧床病了一个多星期，再也不敢过江了。

叶家一家人坐吃山空。叶乃盛跟江秀卿私底下悄悄议论，叶茂茜在一旁听到了，很着急，跑去对金枝说了，两人商量着想办法出去做工，赚点钱来帮补家用。

叶茂茜、金枝两人先是去丹麦人安理纯和他的妻子玛佳莉办的美华女子学校做清洁工，打扫校舍兼煮饭、做菜，倒也赚了几个钱。有一天上午，叶茂茜提着一只菜篮子到龙头菜市场去为学校食堂买菜，看到路边墙上贴了一张广告，她凑近前看，原来是美国人办在河仔下的救世医院要招几名见习护士，面试合格即录用，待遇从优。买菜回来，叶茂茜便悄悄地对金枝说了此事，想让金枝一个人做两份工，扫地兼买菜、做饭，她自己去救世医院报名应试。金枝点了点头说："你去吧！我忙得过来。"两人便一起去向安理纯的夫人把情况说了，安理纯夫人同意了，叶茂茜赶快跑去救世医院报名应试，结果她被录用了。

叶茂茜头戴护士帽，身着护士服，跟在一位老护士身后，看她怎样按医嘱给病人打针、服药、换药。叶茂茜机灵，一个月下来护士的工作样样都学会了。老护士要走的时候对叶茂茜说："医务人员要博爱、爱人，每一条生命都是上帝派来这个世界的，我们都要爱惜，帮助他们把病治好，好好活下去！"叶茂茜连连点着头。自这一天起，叶茂茜算是"出师"了，开始独立完成护士工作。

当时日本人在鼓浪屿鹿礁路也办了一家博爱医院，但这家医院专门替日本人和与日本人亲近的一些汉奸看病，不接受平民百姓；救世医院是只要是病人都收，都替他们看病、治病，来就医的病人不少。

这一天深夜，叶茂茜一个人在医院里值班，忽然“咯吱、咯吱”声响，几个人用门板抬着一个年纪二十七八岁的男病人进门来。叶茂茜站起来想问个究竟，有一个三十多岁的中年人阻止了她，对她小声说道：“小妹妹！别出声，你悄悄地把约瑟夫院长请来，病人病得不轻啊！”说完话眨了眨眼睛，又轻轻地捏了捏叶茂茜的手。叶茂茜似乎有些明白什么，便不说话，跑去敲住在医院后院的约瑟夫的家门。约瑟夫问了情况后，连忙穿好外衣，跟着叶茂茜赶来门诊部，让人把病人抬入急诊室里。

病人的左腿上部用毛巾扎着，血不断渗出来，约瑟夫顺手拿起一把剪刀把病人左裤管剪开来，俯下身子，用手轻轻地在伤口周围摸了摸，病人“哎”了一声，约瑟夫皱皱眉头说：“马上动手术。”说完话，让叶茂茜帮他穿上白罩衣，在水龙头前认真地洗了手，再套上医用橡胶手套，让叶茂茜打下手，他用药钳在病人伤口处探寻着什么。因为日本人的封锁，医院的药品须凭日本人“配给证”供应，药品严重不足，医院里的麻醉药用完了，病人没上麻醉药，疼痛得满头冒冷汗，把下嘴唇都咬出血来，身子被两个人紧紧按着，也没敢喊出声来。“哐当”一声，约瑟夫从病人的左腿伤口内夹出一颗子弹头，放到一只腰形的搪瓷盆里，随后约瑟夫替病人清理创口，敷上了药，让叶茂茜替病人把伤口包扎起来。整个过程，在场的人没有一个人说话。叶茂茜正想请人把病人抬入病房，约瑟夫摇了摇头说道：“送到我家里去吧！”那些护送病人来的人便把病人抬入约瑟夫家后房间一个隔板后藏了起来，然后握了握约瑟夫的手，又对叶茂茜挥了挥手，告辞而去，消失在夜雾里。

此后几天，叶茂茜总是按时拿药到约瑟夫家里替那位病人换药，换完药后又端着碗喂他稀粥或地瓜汤。病人勉强能下地后，叶茂茜每天晚上踏着月色准时来到约瑟夫家，悄悄地扶着病人在院子里学走路。两人熟了，那位伤员问叶茂茜：“你叫什么名字？”

“叶茂茜。”

“家住哪里？”

“厦门桥仔头。”

“怎么会来鼓浪屿?”

“被日本人逼的!”

“是啊！是被日本人逼的!”伤员说道。停了一会儿，他咬了咬牙，语气十分坚定地说道：“总有一天我们要把日本鬼子赶出中国！中国人民是不可战胜的!”

叶茂茜点了点头，看了看那位伤员一眼，心里完全明白他是什么人了，但她没说出口来。

几个星期后，病人伤口愈合，勉强可以出院了，他告别了叶茂茜，对她说：“小妹妹！感谢你对我的照顾！咱们胜利后再见!”叶茂茜心里一直惦记着他，她知道，这个人一定是一位肩负特殊使命的人，他不是一个普通的人!

又有一次，有一位左臂受伤的青年人来救世医院住院疗伤，突然温志甫带着几名日本宪兵气势汹汹地闯进医院大搜捕。温志甫他们的皮鞋声已在医院二楼走廊西头响起，叶茂茜知道要转移已来不及，灵机一动，便把那位伤员从床上拉起来，把他藏到落地的蓝窗帘后，然后她假装正在替新病人换白床单，还故意拍打着床垫，把灰尘打得满屋子飞。温志甫从门外瞄了一下，怕细菌传染，走过去了，这位伤员躲过劫难，没有落入日本鬼子的魔掌。

其实不说，叶茂茜心里也知道，这些人是抗日志士，他们正在为民族的解放与日寇展开殊死斗争。

这一年冬天的一个上午，叶茂茜坐轮渡去厦门玉屏路一家日本人开的西药房，要按厦门特别市医政处批的条子给医院买药品，忽然一辆日本军车呼啸着从她的身旁驶过。叶茂茜一眼看到站在军车上的那几个犯人中，有一位正是自己曾经护理过的那位左腿中弹受伤的青年人，叶茂茜顾不得买药，跟在车后狂奔。她一直追到虎园路口，站在路边远远地看着。军车停下来，几位被五花大绑、遍体鳞伤的人被日本兵从车上押下来，拖到一堵石墙下并排站着。“砰，砰!”几声枪响，他们被日本城防司令部特高课课长温志甫指使的日本宪兵枪决了。叶茂茜抑制不住内心的痛苦，无声暗泣。后来得知，被日本枪决的那几个人是赫赫有名的厦门抗日铁血团团员，他们在一次执行爆炸任务时不幸被捕，受尽了日本侵略者严刑拷打，但咬紧牙关没有出卖同志，最后被日本人杀害了。

偷袭珍珠港事件发生。1941年12月8日，美国总统罗斯福发表战争咨文称：“昨天，1941年12月7日是一个必须永远记住的耻辱的日子，日本人袭击了我军珍珠港阵地。”接着，美、英、法等二十个国家同时宣布对日宣战。

珍珠港事件后，驻守厦门的日寇终于撕开假面具，于12月8日跨过鹭江占领了鼓浪屿，原先还能游离于日本魔掌之外的这个小岛也沦陷了，住在鼓浪屿的中国居民顿时深陷苦难之中。日本兵上岛后大肆搜捕，到处抓抗日分子，谁一旦落入他们的魔掌，便立即被枪杀。他们还把盟军国家的人集中起来，其中有的秘密送去五通的日本警察驻地杀害，尸体就埋在海边地里。日本人在鼓浪屿海岸沿线挖掘了掩体，构筑工事，军舰游弋在鼓浪屿海域。

安理纯夫妇也没有躲过劫难，夫妇两人被赶去集中营，他们夫妇办的美华女子学校被迫停办，成为日军的兵营，住进许多日本兵。金枝回到黄家渡家里来。日本人还不时闯入救世医院，借口搜捕抗日分子，干扰医院的正常秩序，约瑟夫多次提出抗议也没效果。叶茂茜对日本人的野蛮行径深恶痛绝。

这天下午，温志甫又带领着几个荷枪实弹的日本宪兵闯入救世医院。叶茂茜在8号病房正准备为一位年轻产妇打针，看到日本人进屋来，很气愤，高喊了一声：“出去！这是产科病房。”温志甫愣住了，随后回过神来，“啪”的一声，往叶茂茜脸上打了一个大巴掌，叶茂茜手上的针筒被抖落在地，碎了。许多医生、护士、病人赶来，围在房门口高喊：“不许打人！”约瑟夫闻讯也急匆匆赶来。温志甫自知理亏，领着那几个日本宪兵灰溜溜地走了。众人鼓起掌，约瑟夫连声称赞叶茂茜是“好样的”。

屋漏偏逢连夜雨。这年冬天，黄家渡一家瓷器店老板敬祀神明烧纸钱，把灰烬扫到门后，半夜死灰复燃，大火沿着木门往上烧，蔓延成整条街着火。叶乃盛一家人从睡梦中惊醒，慌乱逃离火场，大家只穿着短衫裤，其他东西来不及拿，全被烧得一件不留，叶乃盛只好带着金枝、杨锦霞、江秀卿、叶茂茜去慈善机构益同仁办在内厝沃的难民所暂且栖身，一家人苦不堪言。

张果保没多大本事，只会阿谀奉承，拍马溜须，不要说琢本太郎看不上他，就是厦门特别市的市长李思贤等一帮人也鄙视他。几年时间他也没有在特别市政府里混上一官半职，他经常唉声叹气，自认为“屈才”，闲暇没事，便拈花惹草，在外面嫖娼宿妓不回家，其中最属意的是那个“老相好”，厦门港大生里畅春楼段红绫。

这天晚上，张果保想去会会段红绫。刚走入段红绫会客的那个小客厅，便一眼瞥见先来一步的温志甫带了他手下的几个人正在戏耍段红绫。只见温志甫端起一瓶松�堂药酒，向桌上的一只高脚玻璃酒杯里倒了大半杯酒，端起酒杯对段红绫说：“喝!”

“爷！我醉了，饶了我吧!”段红绫哀求着，大概她已被灌了不少酒。

张果保看到她双眼迷惘、两腮通红，说话舌根硬、语音含混不清，心里着实痛惜，很想走进去替段红绫求情，让温志甫放她一马。但是他想了想，终究没进去，只是站在门外睁大着双眼注视着段红绫，心里如打翻了五味瓶，酸甜苦辣辛都有。

“喝!”温志甫又斟了一杯酒，逼段红绫再喝一杯。

“爷！我醉了！饶了我吧!”段红绫又哀求着，说道，“我给你们几位爷们唱一首小曲乐一乐吧!”说完话，她便不成腔调地唱了起来：

小寡妇，长得俊，布衾难耐五更寒。夜夜独眠叹孤单，两眼汪汪泪不断。泪不断，思官人，骂一声短命鬼，抛下奴家忒凄凉，奴家夜夜梦难圆……

“好!”温志甫那些跟来的日本特务狂呼乱叫，起哄取乐，温志甫却仍不肯放过段红绫，连说：“唱曲子归唱曲子，喝酒归喝酒，曲子唱完了，酒还是要喝的!”说完又端起酒杯凑到段红绫嘴边硬逼她喝下去。段红绫左推右闪，就是不肯喝。温志甫火了，搂过段红绫的脖子，“咕噜，咕噜”就往她的嘴里灌。段红绫拼命挣扎，用手去推温志甫手中那只玻璃酒杯，酒溢了，溅了温志甫一身。“哐当”一声，酒杯掉到地板上，打碎了。温志甫怒不可遏，朝段红绫脸上“啪、啪”左右开弓扇了两个大耳光。

张果保再也忍不住了，急步走进来，赔着笑脸对温志甫说：“温先生，男人打女人有失风度的，放掉她吧！”

温志甫看了张果保一眼说道：“她是你的什么人，值得你出来为她求情？不会是你的相好吧！”说完话，他眨眨双眼，哈哈大笑起来，他的那些随从也跟着大笑。

“正是！她是我的相好。”张果保涨红着脸，一本正经地点了点头。

“你家里不是有老婆吗？怎么又在外面养了一个呢？”说完话，温志甫把桌子一拍，带着他的那些人走了。

日本人一走，受尽委屈的段红绫“哇”的一声，扑到张果保怀里放声大哭起来，她的后背随着哭声抖动个不停。

“忍着点！忍着点！他们是日本人啊！”张果保哄小孩似的拍打着段红绫的后背，轻声地说道。

这天晚上，张果保自然在段红绫房间里过夜。段红绫躺在张果保的怀里，说道：“带我走吧！咱们离开这个鬼地方，你到天涯海角我也跟着。算命先生说我有旺夫相、生子命，你不是只有一个女儿，螟蛉儿子又跑了吗？我给你生一个儿子吧，不然有一天你双脚一蹬，走了，谁来接你的家产呢？”

张果保深深地叹了一口气说道：“到处是日本人的天下，能跑到哪里去呢？睡吧！睡吧！我怜香惜玉，我来哄哄你，疼疼你，补偿补偿你的损失吧！”

段红绫佯嗔地用手指戳了戳张果保的额头说：“没种！日本人的小尾巴。”

张果保才不管什么尾巴不尾巴呢，他把段红绫揽入了怀中……

鸡鸣头遍，张果保还沉湎于他的温柔乡。忽然，“砰！砰！”一阵急促敲门声把他跟段红绫都吵醒了。妓院老鸨去开门，叶乃鸿急匆匆地推门走进来，边走边问：“张爷在吗？”

“什么事？”张果保听声，知道叶乃鸿大清早来找他一定有急事，赶忙穿好衣服从段红绫的房间里出来。

“哎呀！大事不好了！”叶乃鸿说道，“日本人来抄家了，翔祺钱庄出事了！”

“到底怎么了？”张果保皱着眉，着急地问道。

“日本宪兵砸开翔祺钱庄的大门，把所有的银元都没收了，说这是为民除恶，打击黄牛!”叶乃鸿说道。

“黄牛”是当时人们称呼专做兑换外币生意的人的一个贱称，张果保着急起来，急急忙忙坐着叶乃鸿开的那辆雪佛兰走了。

到了镇邦路翔祺钱庄，张果保一看，大门洞开，屋子里被砸得乱七八糟，再看这条街上的其他几家钱庄，也一样遭了殃，他不禁放声大哭起来。

这是日伪一个“一石三鸟”的妙招。他们借口打击银元黑市买卖，一是要剪除地方上的银元交易，证明他们在为中国百姓“除恶”，二是要用没收来的银元充实日伪厦门特别市政府的财源，三是还可保证他们办的劝业银行的业务能做下去，多赚钱。

张果保一夜破产。闽南方言称人走投无路有一句话叫“猴咬断绳”，张果保从此再也没什么“戏”可唱，真的是应了这一句话。

第三部
隔山隔水难隔情

叶文蔚把《老家厦门》第二部文稿寄给《南洋商报》的洪丽明后半个月，很快就收到陈兮雯寄来的一封信和第三批材料。信是这样写的：

文蔚贤侄：

我每天都如望断秋水一样盼望收到你寄来的《老家厦门》文稿，今天上午下去保安室一查问，他们给了我一个邮包，正是你托洪丽明转来的第二部文稿，真是喜出望外！

你伯父和我一样，迫不及待地想读你的大作，我们把文稿分成两部分，两人各看一部分，再互相交换。

说实在的，你真的是有一支生花妙笔，那些零碎材料经你这位大记者一整理，加上描述，便成为感人至深的佳作了！

你伯父终究是一个性情中人，十足的“情痴”。我看他读到他与薛涵秋邂逅相逢的那一段时，竟伏案“呜呜”地放声大哭；我受到感染，也泪流满面。都说“男人有泪不轻弹，只是未到情深处”，不是锥心的伤痛，他们是不会轻易落泪的。哭得如此凄惨，这情有多深？这爱有多深？

如果真有来生，叶茂南果真能与薛涵秋相逢，我愿意“让路”，让他们相亲相爱做夫妻，爱到地老天荒！

好了，不多说了，收到第三批材料后，还是请你好好地把它们写出来，按老办法把文稿寄给我。不过，我们是1966年“十年动乱”开始后不久离开厦门来香港的，后来又移居台南，故从1967年5月至1985年4月这十八年厦门方面的情况，我们就不知道了，只能提供我们在香港、台湾的一些情况。还请你把厦门诸位亲友的一段段故事补上去。文稿写完了，“暗号照旧”，请你依老办法把文稿寄洪丽明转给我！

陈兮雯

1986年2月26日

1

“日本投降了！”

“抗战胜利了！”

一个激动人心的消息在全中国传播，中国沸腾起来了！

1945年8月15日中午，由日本昭和天皇裕仁签署的《终战诏书》在分别送达美英中俄四国首脑后，正式对外播发。

日本投降的消息传到厦门，厦门人民欢呼雀跃，奔走相告，郁积于胸的郁闷气一扫而光，到处是欢庆的队伍，那些过去耀武扬威、趾高气扬的日本侵略者龟缩着脑袋，从他们住宿的房子里眼神惊恐地看着眼前这一切。

8月29日下午，驻厦日军首领宫田威武、琢本太郎接到国民党政府军特使送达的要他们立即到石码向政府军投降的通知；9月28日，国民党驻厦海军在鼓浪屿海滨饭店举行受降签字仪式；10月30日，国民党厦门市政府在思明西路柏原旅社接受侵厦日军投降，之后国民党派员来厦门接收被日本人改名为“东亚码头”的原英商太古码头。那里有许多等着搭运输船离开厦门的日本侵略军官兵，队伍中不时能看到身穿和服的日本婆娘和张着一双惶恐眼睛的日本儿童。

琢本太郎忙得团团转，对谁都得先“嗨”一声，毕恭毕敬地鞠躬。这一天深夜他才抽空回麒麟别墅，一屁股坐下来，大大地舒了一口气。温志甫坐在房间里等他，一见他走进来，便站起来行了一个军礼，等着指示。琢本太郎说：“连夜整理行装，明天中午回日本。”

“嗨！”温志甫双脚一并又行了一个军礼，转身出去张罗。不一会儿他领着五名日本兵进屋来包装柜子里那些古董，装入一只只大木箱。“哐当”一声，一个日本兵一失手，把一只奶白色的窄口瓶掉落在地上，继之又是“咔啦”一声，一块石头从柜子里掉落在地，滚动一阵才停下来。琢本太郎站了起来，走过去“啪”地给那个日本兵掴了一大巴掌，说道：“这是钧窑品啊！”“嗨！”那名日本兵低着头不敢动弹。温志甫走过来又给他打了一巴掌。琢本太郎缓缓地俯下身子，把那块石头捡起来，擦拭了一下，自言自语：“哟西！像这么大的一个田黄石印材罕能见到。”说完话，又小心翼翼地把它放入办公桌上一只黑色皮包里。这块石头正是被琢本太郎攫去的那块刻有“旷宇天开”四个字的叶家传家宝田黄印章。

待温志甫和那些日本兵忙完走了后，琢本太郎疲惫不堪地瘫在沙发里，喃喃自语：“圣战！圣战！……我们战败了，我们战败了！”窗外传来锣鼓声、口号声，厦门人彻夜欢呼胜利。琢本太郎身子抖动个不停，说：“我们战败了！我们战败了！”

第二天中午，琢本太郎等一批日本文职官员登上前来接应的“大丸号”悄悄地离开厦门。船离港那一刻，琢本太郎隔着鹭江沮丧地望了望对岸的鼓浪屿，在那个蕞尔小岛东南一隅那几幢日本领事馆楼房里，他度过到厦门后的最初的四年，由一名三秘晋升为领事，再成为日本侵略军副司令官。可是现在这一切都谢幕了！琢本太郎又想，要是没有这场战争，他也该大学毕业，留校当助教，再升讲师、教授，或者参加考古队，发掘古墓，也该是一位考古专家了，可是这一切已成为不可能了！现在他是一个败将，有何面目见天皇，见家人呢！

叶乃盛听到日本投降的消息是由叶茂茜带来的。当时他正坐在难民营门外的一张破椅子上，一个人静静地晒太阳，闭目养神。叶茂茜从大门外喜滋滋地冲进来，大声地对他高喊："日本无条件投降了!"叶乃盛一听立即跳了起来。难民营里的难民们围着叶茂茜争先恐后问情况。叶茂茜把日本投降的经过一五一十地告诉他们，他们个个喜形于色。叶乃盛大声地向房里喊道："秀卿，收拾收拾回家去!"一个劲地念叨着，"漫卷诗书喜欲狂，青春作伴好还乡。"

"怎么回去？轮渡被日本人停航，还未开通啊!"江秀卿答道。

"噢!"叶乃盛很扫兴，又坐回那张破椅子里。

直至10月27日，国民党派员接收了厦门船坞，叶乃盛才带着金枝、江秀卿、叶茂茜一家四口人搭渡轮回厦门桥仔头叶宅。回老宅时少了一个人，杨锦霞已经去世了。自从那一天回鼓浪屿，在轮渡因不知要对日本哨兵行礼被扇了一下耳光，又被用刺刀吓唬了以后，杨锦霞受惊致病，三个月以后便离开人世，遗体被葬在鼓浪屿美华山冈的乱坟堆里。

叶乃盛一行四人上了码头，从中山路步行过钟楼脚、斗西路口，等走入桥仔头叶家大宅时，已是个个精疲力倦，气喘吁吁了。

叶乃盛抬头一看，桥仔头叶家已非昔日旧模样。围墙顶上长着许多狗尾巴草，正在风中摇摆着；墙壁都是苔藓，水浸过的印渍斑斑点点；几进大厅的那些酸枝椅桌、各房间的木门也不知被什么人拿去，门户洞开；院落里火烧过的痕迹触目可及。这已几乎成了一座废园！叶乃盛大有"待从头收拾旧山河"之慨!

"周玉书！张旺!"叶乃盛喊了起来。

"周玉书！张旺!"叶茂茜也跟着喊。

好一会儿，张旺才从二楼下来，一看叶乃盛他们来了，嗫嚅着说："老爷！太太、大小姐，噢，还有二太婆，你们回来了!"

"门板哪里去了？还有，院落里怎么尽是灰烬呢?"叶乃盛问道。

"噢！门板被日本人拆去盖工事了，酸枝椅也被他们搬走了。院子里的灰烬是那些难民们跑来煮饭留下的。"张旺答道。

"周玉书呢?"叶乃盛没见到周玉书的身影，着急地问道。

“病倒了！我刚刚正在给他喂药汤。”张旺答道。

叶乃盛放下手中的包袱，跟着张旺就上二楼去看望周玉书，叶茂茜紧随其后，也跟着进屋，江秀卿、金枝则回她们住的房间整理东西。

周玉书看上去病得不轻，形销骨立，脸色蜡黄，见叶乃盛进屋来，想爬起来迎接，挣扎了一阵子，又无力地躺了下来。叶乃盛连忙制止他：“别动！别动！”转过头来问张旺，“请医生看过了吗？”

“没有！”张旺摇摇头答道，“哪里有医生呢？”

是啊！政府的公立医院都已关门，私人诊所的先生都避难去漳州、石码，还没回来呢！

“什么症状？”叶乃盛问张旺。

“不停地拉稀便，黏黏糊糊的。”张旺答道。

“痢疾！”叶乃盛脱口而出说道，对叶茂茜挤挤眼暗示要她赶快离开，然后才又对张旺叮嘱了一些事，要他去找人来维修房屋。

叶茂茜刚挪了几步，走到二楼走廊时，一眼便看到一个蓬头垢脸、胡子拉碴、身着黑色中山装、手提一只藤箱、年龄二十四五岁的男子从大门口进来。叶茂茜定睛一看，惊喜地大喊：“哥！”

叶乃盛闻声探出头来一望，果然是叶茂南回来了，便对张旺嘱咐了几句，急匆匆地下楼来。父子、兄妹历尽劫难之后骤然相见，不胜唏嘘。三人同去楼下的大厅，各找位置坐下来。叶乃盛对叶茂茜说：“快请你太嬷、母亲来。”

“这几年你都去了哪里？日子是怎么过的呢？”叶乃盛问道。

叶茂南说：“那天夜里我去了石码，后来有人介绍我去龙岩适中中学教书，不承想，半路汽车爆胎，我下车找旅馆时被土匪喽啰抓走，后来逃出来，参加厦青团宣传抗日，厦青团被解散后去龙岩做了几年老师，一听说日本投降了，便回厦门来。”

江秀卿、金枝跟着叶茂茜赶来，自是悲喜无限。叶茂南忽然焦急地问道：“阿嬷呢？怎么没有见到她呢？”

“你祖母走了！”江秀卿说道，便把杨锦霞被日本兵吓出病，医治无效的事说给叶茂南听，叶茂南直垂着泪。

“哥！你后来再没见到涵秋姐吗？难道她真的是跳海自尽吗？”忽然叶茂茜问道。

“对啊！那个薛涵秋真的离开了人世吗？我一直很牵挂！我们真的很对不起人家啊！”江秀卿也说道。

于是，叶茂南便把自己在南靖奎洋仙公山遇到薛涵秋，以及薛涵秋为了掩护自己安全离去，开枪自尽把匪首吸引过去，自己才得以逃脱的事说给大家听，大家大受感动，个个垂泪。

叶茂茜对叶乃盛大声说道：“爸！从今往后，您可得好好吸取教训，别再封建脑筋想问题了！您看，由于您的固执己见，害了大哥、涵秋姐、文婉姐，还有清和哥四个人。不但活活拆散了大哥和涵秋姐的美满姻缘，还让文婉姐遭罪，清和哥挨打！”

叶乃盛面有愧色，连连点着头，唏嘘不止。

“今后，你打算做什么？”叶乃盛擦了擦眼泪，问叶茂南。

“随便哪一家银行谋个职位做做呗！我知道中南、新华、实业、通商四家银行都将从永安迁回厦门复业，我是留美商科学士，兼修过国际金融，应聘一个襄理或副理应该不成问题吧！”

叶乃盛点了点头，转过头来对叶茂茜问道：“你呢？作何打算？”

“我想报考厦门大学教育系。”叶茂茜答道。

“啊！你想三级跳还是四级跳？没好好念过初中、高中，就去读大学？”叶乃盛睁大双眼，惊讶地问道。

“还读初中、高中？都几岁了？”叶茂茜说道。

是啊！叶茂茜这一年十八岁了！十八岁的女孩子怎么好意思再去读初中、高中呢？看来只有凭同等学力去搏一搏，直接读大学了。叶茂茜瞟了父亲、大哥一眼说：“我打听过了，因为失学的人太多，厦门大学放低门槛，文科招生只考作文、修身、历史、地理，及格的就录取。”又撒娇道，“反正我不管，作文包在爸身上，修身、历史、地理包在哥身上，明天就拜师，关起门来补习。我就不信同样是咱爸咱妈的孩子，我哥十四岁就能漂洋过海去美国留学，我十八岁了，反倒连个中国的大学也考不上？”

“好！好！一言为定！”叶乃盛说道。

叶茂南也点头答应了。

第二天上午，叶雅云、叶雅芬带着他们家人来桥仔头叶家大宅看望，劫后余生，大家都很高兴；听说大嫂杨锦霞逝世了，大家又很悲伤。周玉书拖了半个月，病终究没治好，撒手西归了；他一生没娶妻，没有一男半女，叶乃盛嘱咐张旺去舨寮棺材店买了一具薄板，把他葬了。

叶茂南打听到中南、新华、实业、通商四家银行陆续搬回厦门来了，便分别去报考管理职务，一边在家里等通知，一边帮叶茂茜补习功课。这一天午后，一个政府官员模样的人来家里，把叶乃盛请去谈话，一家人很吃惊，以为出了什么事了！没想到傍晚时分，叶乃盛喜滋滋地回家，一见面就对江秀卿喊道：“是喜事，不是坏事。”

原来香港招商局厦门分局代表政府接收了日伪轮船十艘、汽船三艘，准备恢复厦门—福州、厦门—台北、厦门—涵江（蛤江）、厦门—上海四条航线货运业务，知道恒裕号老板叶乃盛长期做北郊、南郊、台郊生意，有经验，便请他去晤谈，要请他“出山”主持招商局厦门分局的日常工作。叶乃盛推说自己年事已高，精神不济，不便应承，推荐他的儿子叶茂南代替自己任职，说他是美国弗吉尼亚大学工商管理系毕业的，懂经营之道。招商局厦门分局那位头头同意了，请叶乃盛回家后转告叶茂南，约叶茂南第二天去见面。叶乃盛问叶茂南肯不肯答应，叶茂南踌躇了一下，点了点头，同意了。

香港招商局是国民党南京政府交通部派驻香港的一个机构，专门经营国际、国内航运业务。第二天叶茂南准时去见面，双方一拍即合，对方对叶茂南的学历、能力、谈吐很称赞，叶茂南也愿意干，便答应了下来。他被委任为香港招商局厦门分局副总经理，第二把手；总经理由香港总局的干部兼任，不来厦门办公。真是好事成双，半个月后，“金山号”、“银远号”两艘当年被日本人拖走的火轮物归原主，还给恒裕号，叶茂南跟叶乃盛商量了一下，决定把两艘火轮租给招商局厦门分局，参加货运。叶茂南上任半个月后，陆续收到中南、新华、实业、通商的招聘通知书，也有聘他为副总经理的，也有聘他为襄理的，叶茂南已有招商局这头的职务，便全都婉谢了。

儿子另谋高就，叶乃盛老马出山，把恒裕米业张罗起来，恢复经营，但他身上有伤病，体力大不如前，很感吃力，勉强支撑着。

生活安定下来后，一家人的热门话题便是“桥仔头大鼎”叶茂南的终身大事。叶雅云作为叶茂南的大姑婆，同是姓叶亲骨肉，尤为积极给叶茂南介绍对象，但每一次都被叶茂南婉谢了！大家心里自然明白：叶茂南一直在想念着那个薛涵秋啊！叶乃盛十分自责，说自己当年没有同意叶茂南和薛涵秋的婚事是犯了一桩不可饶恕的错误，有时一急，他便老泪纵横。

叶茂南真的是一直在思念薛涵秋！在他的西装上衣内口袋里始终用一个信封装着那年他和薛涵秋大学毕业时照的两张相片，他时不时便拿出来看看，看着看着便落下泪来。这一天，叶茂南从报纸上看到上海复旦大学迁回上海邯郸北路220号恢复办学，心里一震，便写了一封信寄去上海复旦大学历史系办公室，请他们代转给薛涵秋的父亲薛远志教授。信中叶茂南详细介绍了他与薛涵秋在美国弗吉尼亚大学相爱以及后来发生的事。一个月后，叶茂南收到薛涵秋的母亲黎缇维代薛远志写的回信，信中说他们知道薛涵秋不在人世的消息，很伤心！薛志远悲痛得病了一场，不能亲自执笔回信，所以才由她代笔询安，感谢叶茂南对薛涵秋的关爱，特别邀请叶茂南有机会时去上海一晤，还留了他们在复旦大学教师宿舍的地址。叶茂南双手颤抖，边读信边簌簌落泪，他是很想去上海见见薛涵秋的二老双亲的，但是招商局这头工作实在太忙，他抽不开身，结果一直没有成行。

这一天午后，叶茂南在分局食堂里吃完午饭，正坐在自己的办公室稍事休息时，一位职员领着卢敬亭来见。叶茂南急忙从座位上站起来打招呼：“敬亭伯，别来无恙？不知什么风把您吹来？有何见教？”

“谈不上见教，是来做信使的，鸿雁传书罢了！”卢敬亭边说边从他的公文包里掏出一封信递给叶茂南，这才在叶茂南办公桌对面的椅子上坐下来，一边便观察起叶茂南的办公室来。办公室正对着门的白壁上挂着一幅叶茂南仿徐悲鸿画的奔马图，画面上是一匹正在狂奔的马，栩栩如生，神态逼真。卢敬亭连连称好。对面白壁正中也有一幅画，画着一株虬根错节的老梅树，树枝上朵朵梅花竞相怒放，春意盎然，画两旁是清末年间左宗棠写的一副对联。上联是“数笏石存山意思”，下联是“一帘花得月精神”。卢敬亭又夸起好来，心里想：左宗棠一生讲究经世致用，以诸葛亮自许，自称“老亮顿首”，也太骄狂了；但是他倾心办洋务，担任闽浙总督时创办福建船政局，建成中国第一家近代造船厂，功垂后世，倒也是值得大书一笔的啊！卢敬亭又想：叶茂南在自己的办公室挂左宗棠写的对联，说明他心目中对左宗棠十分敬重，以他为榜样，也想干出一番事业来。香港招商局是搞船务运输的，不正与左宗棠造船有缘分吗？这么一想，卢敬亭不觉便抬起头看了看叶茂南那带着坚毅神色的脸庞，又低下头啜茗，等待叶茂南读完信再交谈。

信是叶振明写来的，信上说：

茂南吾孙：

自香江一晤，倏忽六载。日寇侵华，江山阻隔，骨肉分离，音信杳无；所幸国际反法西斯大联盟终于战胜了，百姓从此可望新生。香港—厦门邮路一通，我即托万金信局打听吾孙消息，并作书联系，未谙吾孙近日身体可好，在何处高就，不胜远念！望吾孙接信后从速作书寄来，以慰襟怀。至祈！

中国光复后，百废待兴，百业待举，正是商界人士大展宏图之时，然我年事已高，力不从心，如吾孙能及早来香港，协助我打理公司，前景可冀，未谙意下如何，盼速作复，以宽悬望。那年随同你来港的那位薛小姐，端庄秀丽，谈吐大方，真我佳孙媳啊！倘能做伴同来，足慰我与你祖母平生啊！

祖父叶振明

民国三十三年九月三日

你祖母洪玉钗附笔问安。

卢敬亭等叶茂南看完信后，问道：“怎么样，他都说了些什么？”

叶茂南便把信递给卢敬亭看，满脸愁云，说道：“父母高堂尚在，恐不便作远行；况且这头刚刚被委以重任，忽然辞职亦有失信之嫌啊！”说完话他低着头写复信，写好后递给卢敬亭，请他代转给叶振明。在信中，叶茂南安慰了叶振明，告诉他自己一时半会还脱不开身，有机会会想办法去香港帮他的。卢敬亭接过信告辞走了。

当时海路刚刚开通，对外进出货物多，海运特别忙，船期往往排不过来，叶茂南执掌招商局厦门分局的业务，调度船只、发运货物，常常忙得误餐晚回家。

这一天晚上六点钟，叶茂南忙了一整天正想早点回家去，走进来一个国民党官员模样的人，紧跟在他身后的是两名荷枪实弹的国民党宪兵。那官员一进办公室就高声问道："哪一位是叶茂南先生?"随即在叶茂南正对面的沙发上坐下来，那两个宪兵站在他身后。

"我是!"叶茂南答道。

那个官员从随身公文包里拿出一份国民党厦门市党部文件，抖了抖说道："决定征用你们公司的所有船只赶运军用物资去上海。"说完话把那张纸递给叶茂南。

叶茂南浏览后把文件还给那官员，镇定地说："我公司主要职责在于运输民生急需品，以保证市面供应。再说我公司是一个分公司，一切物资运输船只安排须由香港总公司审批后方能执行，恐难听命。"

"你敢违抗军令?!"那官员勃然大怒，猛拍一下沙发扶手。叶茂南正待要再进一步申辩时，那官员已厉声喊道："拿下!"两个宪兵把叶茂南拽住押上停在公司大门外的吉普车上，待那官员上车后，吉普车扬长而去。

公司襄理宋之声见大事不好，赶快打电报去香港招商局报告。第二天香港报纸发消息把事件捅出去。原来国民党厦门市党部几个头头想发国难财，勾结国民党警备区司令，要把日军来不及运走留下来的军需品偷偷转运去江浙倒卖牟利。消息传回厦门，舆论大哗，由"万金油大王"胡文虎创办的《星光日报》刊登了一位名叫陈兮雯的记者写的消息，这件事惊动了国民党厦门市市长黄天爵，他下令立即放人。

叶茂南被放出来后径直回公司。公司众同人夹道鼓掌欢迎公司副总经理回来。第二天受《星光日报》总编指示，陈兮雯到公司来采访叶茂南，打算采写一篇人物专访，进一步对叶茂南和他的公司的工作成绩加以报道。

陈兮雯走入叶茂南办公室，向叶茂南说明来意，叶茂南抬头一看便惊呆了。面前这位陈兮雯小姐年龄二十上下，面容姣好，笑靥迷人，婀娜多姿，身着一件蓝底红花的旗袍；更奇的是她的一颦一笑都与薛涵秋如同一个模子里印出来似的。叶茂南在心底暗暗惊叹！两人交谈时，叶茂南直勾勾地望着陈兮雯看，倒使陈兮雯觉得不好意思起来。

采访结束送客出门后，叶茂南又一个人细细回忆、品味，自言自语："陈兮雯和薛涵秋简直是一母同胞的姐妹。"但是复一想，陈兮雯明明说自己是鼓浪屿人，绝不可能与上海人薛涵秋有什么血缘关系！叶茂南一头雾水。

陈兮雯采写的《谋划在胸，成绩骄人》的通讯稿在《星光日报》第一版见报后，陈兮雯特地来给叶茂南送报并致谢意。

作为回礼，叶茂南做东在桥亭大三元请陈兮雯吃晚饭。这天晚上，陈兮雯穿了一身黑色天鹅绒晚装，叶茂南更觉得面前的陈兮雯是惊鸿照影，端庄大方！席间两人天南海北，无所不谈，但谈得最多的话题还是中国的琴棋书画和历史上的名诗人、名词人的逸事趣闻，尤其是李清照、朱淑真、鱼玄机等女作者的事。送陈兮雯回家后，这天晚上，叶茂南竟意外地失眠了！叶茂南倚着床板，拿那张薛涵秋的照片出来看，与陈兮雯的模样一一加以比对，觉得两人真的像极了！

此后，两人又约会了几次，彼此都有相见恨晚的感觉。陈兮雯家住关隘内瓮菜河，那里离思明戏院、中华戏院都近。当时一出由赵丹、周璇主演的反映城市下层民众生活的影片《马路天使》正在厦门各影院热播，一票难求。陈兮雯跟思明戏院售票员认识，特地去弄来两张夜场票，邀叶茂南一起去看。不巧，一进影院大门，就碰到报社同事洪丽明和她的未婚夫也来看戏。洪丽明对陈兮雯眨眨眼，窃窃笑着；陈兮雯满脸通红，热到耳根了。

第二天《星光日报》报社同事们都知道陈兮雯有男朋友，闹着要她请大家吃喜糖。陈兮雯分辩，说那男子只是一般的朋友，但大家只是不信。

既然两人的关系同事们都知道了，陈兮雯索性公开了，下班时等叶茂南来接她，坐着三轮车，一起去大同路口一家新开的咖啡店听留声机播放百代唱片公司录制的曲子。看着黑胶唱片在盘子上转，歌声从大喇叭里传出来，两人很感惬意，轻轻地跟着哼了起来。要是放的是舞曲，两人也会下舞池学人跳西洋交际舞，边跳边说悄悄话。有时星期天，两人也骑自行车去禾山郊游。路过梧村、双涵、莲坂，到了吕厝，放眼望去，田野里一片金黄，丰收在望，清风拂面，倍感凉爽。两人不禁轻声哼唱起《马路天使》中的那首主题曲：

天涯呀海角，
觅呀觅知音。
小妹妹似线郎似针，
郎啊，串在一起不离分。
哎唲哎哎哟！
郎啊，串在一起不离分！

傍晚回到家里，叶茂南还沉浸在愉悦之中，他不禁回想起当年在美国弗吉尼亚大学求学期间，放寒暑假时自己与薛涵秋结伴出游的情景，两人也是一路走一路唱，沉浸于爱的氛围之中。“扑哧”一声，他笑出了声，连说：“有意思！我又回到爱的怀抱之中了！”

有时叶茂南去港仔后陈兮雯家约会她。两人来到海边的观海亭看海。陈兮雯也爱读外国名著，叶茂南就给他说哈代的《苔丝》、达芙妮的《蝴蝶梦》、勃朗特的《简爱》和司汤达的《红与黑》。

叶茂南和陈兮雯两人惺惺相惜，彼此之间有一种挥之不去的情愫。一个是迄今未娶，一个是至今未嫁；一个是俊才，一个是靓女。两人订下白首之约，并分别把这个消息告诉双方父母。叶乃盛、江秀卿自然是欢喜无限的，叶雅云、叶雅芬更不用说，叶雅云连声喊：“阿弥陀佛！”她可以不再因为出馊主意，拆散叶茂南和薛涵秋的婚事而自责了！在电话公司当小职员的陈兮雯父母见女儿能找到一位商界风云人物做乘龙快婿，甚为满意。两家商量要把两人的婚事给办了，于是在厦门思明南路南轩大酒家连摆三十桌，请陈兮雯的好友洪丽明和她的未婚夫来做傧相。厦门市政界、商界人士及两家亲朋好友赴宴，香港招商总局也派人来贺喜。这件事成为当时厦门的一段佳话。

当晚叶茂南、陈兮雯一对新人被双双送入洞房后，两人又海誓山盟，说了一大箩筐的情话。谈话间，叶茂南告诉陈兮雯自己与薛涵秋那段不了情缘。叶茂南说到在美国弗吉尼亚大学，薛涵秋设计“惩处”打人的钱通海，让他出洋相时，陈兮雯乐得哈哈大笑；说到他跟薛涵秋去安道尔旅行，薛涵秋被小棕熊盯上，差点出事时，陈兮雯紧张得揪住叶茂南的肩膀，连问后来怎么样；说到薛涵秋出走，把一只珠绣手提包掉在码头上时，陈兮雯连问：“跳海轻生了吗?”说到在奎洋仙公山上，薛涵秋为掩护自己，把李茂七引走，开枪自尽时，陈兮雯再也抑制不住自己的感情，伏在叶茂南怀里抽泣个不停。叶茂南拍了拍她的肩膀，轻轻地把她推开，开箱把薛涵秋留给他用来转送给新人的那只珠绣手提包拿了出来，送给陈兮雯，陈兮雯含泪接了过去。

叶茂南先睡着了，陈兮雯却睡不着，一个人静静地默想着。一轮新月挂在天空，月光透过窗户照入房里，地面上晃着亮光。床边点着的馥香堂安息香在空气中漫散着，略带甜丝丝的香味。陈兮雯想起古书上说天有九重，一重天夹着一重气。日在第六重天，远而在外；月在第九重天，于人最近。月有阴晴圆缺，人有悲欢离合。她抬头往窗外望了好一会儿，低下头看了看在自己身边熟睡的这个人。这个人是自己的“檀郎”，自这一天起，她将把自己的一切与他联结在一起，荣辱与共，同甘共苦。陈兮雯不知这个人会给自己的一生带来什么，幸福还是灾难？她全然没办法卜知。叶茂南跟张文婉的事，陈兮雯当然也知道了一些。她是很佩服叶茂南的行动的。既然不是真心相爱的婚姻，就不能苟且行事，叶茂南跟张文婉解除婚约，让张文婉离开叶家是对的，陈兮雯很赞成。陈兮雯不觉又想起薛涵秋。不知怎的，她有一种女性自卫本能。她想，薛涵秋在叶茂南的心中一定还占着一个很大的空间，这会影响叶茂南对自己的全身心的爱吗？须知道爱情是不能与别人分享的啊！陈兮雯要的是叶茂南完完全全、百分之一百的爱啊！陈兮雯下意识地看了看叶茂南一眼，叶茂南一定在做美梦，咧着嘴笑了。陈兮雯轻轻地把他推过去一点，好腾出足够空间让自己躺得舒服一些。慢慢地她也进入梦乡了。

陈兮雯嫁入叶家后，叶茂茜可是最高兴的一个人。姑嫂俩一起上街，很亲密，大家说她俩不像是姑嫂，倒像是姐妹。第二年，陈兮雯辞掉《星光日报》的工作，专职做起家庭主妇，在家侍候公婆、照顾丈夫。

2

叶茂茜如愿以偿考入厦门大学教育系，成为一名大学生。

1945年9月3日上午，从长汀搬回曾厝垵原址办学的厦门大学举行了抗战胜利后第一学期开学式，接替萨本栋任校长的留法细胞学家汪德耀上台发表了热情洋溢的演讲，勉励学生为国家的振兴努力读书，将来做社会栋梁，博得全场师生热烈的掌声。一位身材颀长、动作矫健的学生跳上讲台，挥动双臂指挥大家齐唱聂耳作曲的《毕业歌》，“今天是桃李芬芳，明天是社会的栋梁”的嘹亮歌声激励着莘莘学子。坐在教育系方阵的一年级新生叶茂茜深受他的动作所感染，专注地看着他，悄悄地问身边的一位女同学：“那人是谁?”那位女同学答道：“你不知道吗？他叫许国峰，广东大埔人，历史系三年级学生，学生自治会宣传委员。在长汀，他不但教大家唱歌，还作词谱曲，多才多艺呢!”叶茂茜又看了那人一眼，记住了他的模样。

散会后，叶茂茜正待要回宿舍，猛然间听到有人在她身后喊了一声：“茂茜!”

叶茂茜回头一看，是她父亲叶乃盛的同父异母弟弟叶乃鸿的大儿子、堂哥叶茂平，便惊喜地喊：“茂平!”

叶茂茜问他读什么系，叶茂平说他读的是中文系，他也是以同等学力考入厦大的。叶茂茜又问起叔叔叶乃鸿、婶婶柳月桂的起居平安，叶茂平告诉她自己的父母亲安康，又说他弟弟叶茂安今年也十二岁了，打算去省立厦门中学读初中一年级，他们一家人还住在海后路那栋楼房，他祖母、“外街嬷”

祝艳琴这几年身体大不如前，常闹病等等。叶茂茜便也将她家的情况告诉了叶茂平。叶乃盛与叶乃鸿是不来往的，但双方的子女倒比长辈宽厚，还是有点交往的。两人又说了一些其他事，才分手。

1946 年 12 月 24 日发生了震惊全国的一件事——两个美国水兵强奸北平大学女生沈崇事件。

这一天晚上九时，北平大学福州籍女生沈崇到平安戏院看完《民族至上》电影后，独自一人走回家。当她刚走到东单路口时，被两名从路边闯出来的美国水兵挟持到一个学校的操场里强奸了。第二天，12 月 25 日，北平亚光通讯社首先在报端披露这件事，北平、天津、上海等大城市的报纸或转载、或派人采访加以报道，引起全国人民对美军在中国的行径的义愤。北平市治安当局十分恐慌，北平行辕负责人发表谈话，竟称这一事件“纯属法律问题”；北平大学训导长陈雪屏也发表言论称：“该女生亦有不是之处，为什么女人晚上要上大街，而且还是一个人?”出国刚回来的北平大学校长胡适亦说“对美军抗议实属不智”。这更激起爱国进步学生的不满。学生们说：“中国女学生为什么不能在自己的国土上自由行走？美国兵为什么要跑到别人的国土来施暴?”北平、天津、上海、苏州、杭州各大中学校进步师生立即组织示威请愿大游行，抗议在华美军暴行，要求政府把美国兵赶出中国去。

消息传到厦门，厦门大中学校学生群情激昂。厦门大学学生要求学校学生自治会出面组织游行呼应，但是由三青团骨干分子把持的厦大学生自治会不肯出面组织声援游行。许国峰和其他几位厦大学生发起成立抗暴会，并于 1947 年 1 月 7 日联合厦门市各中学举行厦门市大中学校师生的游行请愿活动，声援北平、上海、苏州、杭州等十六所大学师生的正义行动。

许国峰手拿着一面小纸旗，站在游行队伍最前面振臂领呼：“美国军队从中国领土滚出去!”学生们跟着高呼：“美国军队从中国领土滚出去!”游行队伍进入市区后，沿着镇海路进入公园南路 2 号国民党厦门市政府大院里。许国峰代表厦门市大中学校师生向国民党厦门市市长黄天爵递交了抗议书。事后，厦门大学抗暴会又致电美国总统杜鲁门，要求撤回驻华全部美军，电文在上海出版的《密勒氏评论报》全文刊登。1 月 15 日，厦门大学抗暴会又以快邮代电致电南京国民党政府，要求政府代表全国人民意志，责令美军迅速离开中国。

叶茂茜、叶茂平都参加了这一次示威请愿活动。不知怎的，叶茂茜对许国峰很有好感，觉得一个进步青年就是要像许国峰这样关心政治，投身于反对反动政府黑暗统治的斗争中才算有出息；否则脱离实际，两耳不闻窗外事，一心只读圣贤书，只能称为书呆子，将来毕业后是不可能有什么大作为的。因此叶茂茜心中有一种隐隐约约的情感，希望能有机会跟许国峰来一次促膝长谈，以增进彼此的了解，但她不敢对许国峰开口，两人也一直没能单独见面。

1947年5月20日，京、沪、苏、杭四市十六所中等以上学校六千多名进步师生会集南京，联合游行请愿，首次提出“反饥饿、反内战、反迫害”口号，要求国民党政府立即废止《中美通商条约》，把美国军队赶出中国。《中美通商条约》又称《中美通商船舶条约》，是南京国民党政府反共反人民，积极准备打内战，跟美国政府签订的一个条约。条约中的条款出卖中国主权的程度，较之当年袁世凯政府与日本签订的二十一条有过之而无不及。为了镇压学生运动，国民党南京政府出动大批军警，逮捕了四百多名参加游行示威活动的学生，制造了震惊中外的“五・二〇”惨案。由中国共产党领导的全国学联决定于6月2日举行全国大中学校总罢课游行请愿行动，以示抗议。

厦门大学抗暴会决定响应全国学联的正确决定，在6月2日这一天组织厦门大中学校罢课游行。抗暴会在毗邻厦门大学的南普陀后山召开筹备会议，由各系各派出五名进步学生参加会议，共同商讨活动方案。叶茂茜、叶茂平都是他们系的代表之一。大家甫坐定，许国峰站起来说道：“人都到齐了就开会吧！今天请大家来是讨论响应全国学联号召，在6月2日举行厦门市大中学校师生抗议南京国民党政府制造‘五・二〇’惨案的事。现在先请抗暴会主席沈向其给大家讲话。”

许国峰话音刚落，一位理平头、国字脸、身着黑色中山装的中等个子的青年便站了起来：“同学们！南京国民党政府首脑蒋介石一心想要消灭共产党。日寇侵略中国以来，他始终奉行‘攘外必先安内’的政策，不准东北军对日抵抗，致使日寇长驱直入，中国大片国土沦丧。‘西安事变’后，蒋介石被逼签署了与共产党合作，联合抗战的《双十协议》，中国人民经历了八年抗战，终于把日本侵略者赶出中国。在这一场世界反法西斯斗争中，中国人民的贡献是巨大的，连美国总统罗斯福也说：‘没有中国战场牵制日本的百分之八十的兵力，日本很可能占领全南洋，早就打入欧洲跟德国希特勒会师，把世界占领了！’但是正当中国人民想过安定生活的时候，蒋介石又跟美国签订《中美通商条约》，允许美国人在中国全境内居住、旅行、经商，可以在中国购置、保有建筑、产业，美国商品可以不受任何限制在中国倾销，美国船舶可以在中国开放之任何口岸、领海内自由航行、停泊。蒋介石的目的就是想让美国人出钱、出枪炮，他出人，进攻中国共产党领导的解放区，消灭共产党。有消息称，自 1945 年至 1946 年 6 月美国用飞机、军舰将蒋介石军队十四个军共四十一师以及八个交通警察总队五十四万多人，运送到华南、华东、华北、东北各地。在完成战争准备后，国民党当局立即撕毁停战协议，于 1946 年 6 月 26 日悍然向解放区发动全面进攻，打起内战来了！”沈向其停了一下，看了看大家的反应，才继续说下去，“这一次南京国民党政府制造震惊中外的‘五·二〇’惨案，说明南京国民党政府已完全背叛人民，沦为人民的公敌了。我们厦大抗暴会决定响应全国学联的号召，在 6 月 2 日上午举行全市大中学校学生游行请愿活动。今天在座的都是学生骨干，回去后请你们发动周围追求进步的同学，参加这一次行动。”

沈向其说完话坐了下来，许国峰又交代了一些注意事项，告诉大家要如何避开各校的训导主任、教官、三青团骨干分子的监视，暗地里串联，发动更多追求进步的师生参加活动。到会学生交换了一些意见看法后散会，大家分别悄悄地离开南普陀后山，回校做发动工作。

国民党厦门市政府得知厦门大学抗暴会正在发动厦门大中学校师生，准备在 6 月 2 日上午举行游行活动，十分恐慌，厦门警察局局长谢桂成、厦门海军要塞司令部司令滕云在国民党厦门市长黄天爵的统一部署之下，派出大批军警，要在 6 月 2 日实施全市大戒严，准备对学生动武。中共厦门地方组织为避免流血事件的发生，及时指示厦门大学抗暴会把上街游行请愿活动改为校园集会。6月2日上午八时起，厦门大学校园大操场上，各系师生东围成一圈，西围成一圈，唱歌、听讲座。这边唱："山的那边哟好地方，穷人富人都一样。讲民主哟讲政治，大家快乐喜洋洋！"那边接唱："轰轰轰，我们是开路的先锋！轰轰轰，我们是开路的先锋！"厦门大学王亚南、卢嘉锡、熊德基等进步教授应邀为师生作报告，演讲马克思的"劳动价值学说"、"明末清初以来中国人民反抗外来侵略的斗争史"。围在厦门大学通往市区路口的那些荷枪实弹的国民党军警一头雾水，不知道学生们搞的什么名堂，怎么就不上街游行了呢？

中午时分，校园集会结束，学生们纷纷去食堂吃午饭。叶茂茜吃完饭，在食堂大门口遇到也刚吃完饭出来的许国峰，她终于鼓起勇气对许国峰打招呼："许国峰，能跟你说几句话吗？"

"什么事？"许国峰停下来问道。

叶茂茜扭头走出食堂，顺着校园里的一条鹅卵石小径，向厦大海滩走去，许国峰默默地跟在其后。

两人在海边凤凰树下的两块石凳上面对面地坐了下来。凤凰木开满了红艳艳的花，知了直叫唤着。这里视野开阔，往西望，能一览无遗地看到鼓浪屿的海面。天空湛蓝湛蓝的，初夏的正午太阳高高挂在天空中，太阳的四周没有一丝云彩，周围一片寂静。这时海面上"突突突"驶过来一艘快艇，艇上站着几名身着制服的美国水兵，不知正在说些什么有趣的事，几个人都仰天放声狂笑了起来。许国峰皱皱眉头，轻蔑地看了他们一眼，说道："美国佬！"又说，"鼓浪屿内厝澳有一个美国的军械修理所，这些美国兵是那个修理所的人。"停了一会儿，他看了看坐在他对面的叶茂茜一眼，才轻声问道，"找我有事吗？"

"也没什么多要紧的事。"叶茂茜答道，不知怎的便满脸绯红了起来，嗫嚅地说，"我觉得自己觉悟不高，想请你多多指教！"

"噢！是这么回事！"许国峰看了看眼前这位略显拘谨的大二女生，似乎明白了什么，便问道，"你家里是做什么的？"

叶茂茜答道："我家里是开店铺的，做对外贸易生意，主要是贩运大米供应市面，同时也做干果、白糖生意。我父亲叶乃盛是厦门市米业商会会长，我哥哥叶茂南现在是香港招商局厦门分局的副总经理。”

“噢！是他啊！”许国峰大声地说，“你大哥可是社会上无人不知的名人啊！他对国民党反动派顶得好！这些劫收大员，不顾人民死活，想把日本人留下来的物资拿去变卖发财，太可恶了！”接着又问，“厦门沦陷时期，你们家有没有举家内迁去避难呢？”

“没有！”叶茂茜摇摇头说，“我哥哥叶茂南，为躲避日本人的追捕去内地避难，我父亲叶乃盛带领我们一家人去鼓浪屿避难，生活很艰难。我去救世医院做小护士赚钱帮补家用，受了日本人的不少气！”于是，便把自己掩护抗日志士，为他们换药疗伤和被日本特高课人员温志甫打耳光的事说给许国峰听。

许国峰气愤地骂：“日本人是豺狼，尽欺负中国人！恶有恶报！最后不是战败了，成为不齿于人类的狗屎堆吗？”

叶茂茜问道：“听说你是广东大埔人，你怎么会来厦门报考厦门大学呢？”

许国峰说：“我家里是大埔渔民，靠捕鱼为生。日本人侵略中国后，一家人生活不下去，我四处流浪，后来听说由爱国侨领陈嘉庚创办的厦门大学搬入长汀续办，便到长汀来报考厦门大学历史系一年级，抗战胜利后随学校来厦门。”

叶茂茜说：“抗战八年，现在终于胜利了，老百姓正盼望过几天太平日子，就不知道能不能。”

许国峰说：“蒋介石万变不离其宗，根本目的就是想消灭共产党，与人民为敌，我看不用多久，他一旦准备好了就会进攻解放区的。”

两人下午都有课，许国峰说：“咱们该回校了！”

两人沿着原路走回来，到了学校大门口，许国峰伸出手与叶茂茜握手道别，说：“保持联系！”

叶茂茜也说：“多联系！”

一路上叶茂茜一直在想许国峰是不是共产党员，从他说的话判断，她觉得他是。

中共厦门地方组织指示各学校地下党通过民主选举，把学生自治会领导权从三青团骨干分子手中夺过来。一时在厦门大中学校掀起民主选举学生会领导的热潮，地下党推出的候选人都以高票中选。新选出的厦门市各大中学学生自治会为学生们办图书角、消费合作社，还办工人夜校、农民夜校，宣传革命道理，教工人、农民识字。整个厦门市都沉浸在这种热烈的气氛中。

1948年5月，厦门大学学生自治会决定在5月28日这一天发动一次全市大中学校联合行动反对美国扶植日本游行。厦大和各中学学生自治会先在厦门大学操场上举行“控诉美国扶植日本罪行大会”，熊德基教授在会上作了主题演讲，介绍美国杜鲁门政府违背《开罗宣言》、《波茨坦公告》，姑息养奸，扶植日本军国主义势力的种种行径。他演讲后，许国峰上台来对大家说：“教育系三年级学生叶茂茜，抗日战争时期在鼓浪屿救世医院当一名小护士，饱受日本特务的欺负，现在请她上台来控诉日本鬼子的罪行!”

叶茂茜便走上讲台。她才开口说了一句“日本鬼子打我”，便激动得双眼泪流，说不下去了。

许国峰大声鼓励她：“叶茂茜同学，别哭！把事情经过慢慢说出来!”

叶茂茜掏出手帕擦眼泪，平静地把那一次她在救世医院值班，正在为一位年轻的临产孕妇打针时，日本特务温志甫带日本兵闯入病房搜捕抗日分子，与她争执起来，猛掴了她一巴掌的事说给大家听。

台下学生们群情激昂，振臂高呼：“打倒日本帝国主义!”“反对美国扶植日本!”

5月28日上午，厦门市大中学生反对美国扶植日本联合大游行开始，队伍沿着曾厝垵、思明南路、镇海路行走，要去公园南路的中山公园内集会。游行队伍来到海后路，停下来等英华中学师生从鼓浪屿渡海过来时，正好遇到黄天爵的汽车经过，学生们一哄而上，纷纷把游行的标语、传单贴在黄天爵坐的汽车的车头、玻璃窗上，在一阵嘘声中，黄天爵的汽车慌乱地开走。黄天爵回到办公室大发雷霆，咬牙切齿，大骂厦门学生被赤化。

游行队伍到了国民党警备司令部附近的望高石，暴雨骤至，许国峰站在一块大青石上对大家说：“狂风暴雨算得了什么?! 这是天洗兵。”说完话，带头唱起《跌倒算什么》，全体同学齐唱："跌倒算什么，爬起来再斗争。"厦门大学中文系女生朗诵高尔基《海燕》："在苍茫的大海上，狂风卷着乌云。在乌云和大海之间，海燕像黑色的闪电，在高傲地飞翔。……这勇敢的海燕，在怒吼的大海上，在闪电中间，高傲地飞翔，这是胜利的预言家在叫喊：'让暴风雨来得更猛烈些吧！'"大家高呼："让暴风雨来得更猛烈些吧！"叶茂茜参加了游行，备受革命洗礼。

参加这次游行的厦门各大中学师生总人数达两千多名。自南向北，全国各城市大中学校纷纷举行反美扶植日本大游行活动加以响应。

3

"三大战役"后，国共两党的力量对比发生根本性变化，解放军由守势转为攻势，毛泽东称这是"小米加步枪"战胜"飞机加坦克"。自此国民党政府在军事、政治、经济三个方面都面临覆灭绝境。

在国统区内，蒋介石国民党政府推行币制改革，滥发纸币，企图借机搜刮民财，支持打内战。自 1948 年以来国民党政府中央银行发行的法币就大幅度贬值，8 月厦门市面上人士已拒收五千元面额钞票。8 月 13 日国民党政府开始发行金圆券，取消法币，以金圆券一元折合法币三百元收兑，引起市面恐慌。但这却给专做银元、美钞兑换的厦门镇邦路的钱庄业扩张的良好机会，镇邦路一带的钱庄业又繁荣了起来。

抗日战争胜利后，国民党政府入驻厦门时曾着手清理日伪厦门特别市政府人员，日伪厦门特别市市长李思贤等被捕，锒铛入狱。张果保因在厦门沦陷期间与日伪政府过从甚密，受市民举报，也被捕，后因他并不曾在日伪政权中任过一官半职，只是合作做点生意，旋即被放，赋闲在家。现在一看发财机会来了，张果保又在镇邦路原址把翔祺钱庄复办起来。翔祺钱庄门庭若市，不但有商号前来交易，一些国民党政府的政要也偷偷派下属持金圆券前来贱价兑换成银元，以防货币贬值。张果保贱价收取金圆券，转而"卖给"银行，赚取利润，两头获利。由于客观上的需求，1949 年 2 月底，接替黄天爵任国民党厦门市市长的李怡星主持会议，决定开放厦门钱庄业，条件是各钱庄须按月缴纳一定数额的金圆券以作为厦门市警察设备费用。自此，厦门的钱庄业由地下堂而皇之走上地面，放开手做起生意来。张果保又钵满盆满发了起来，天天坐着他的那辆雪佛兰上下班，神气十足。

当时开钱庄的往往兼做外币买卖，张果保也做。张果保花钱收买了中央银行厦门分行秘书课一个译电员，约好外币牌价一有变动升了值，他就打电话告诉张果保买进；两人还商量好了暗语，“金针”代表美元，“白木耳”代表英镑，“香菇”代表法郎，“紫菜”代表港币……此后那个职员一打电话来说：替我买一些“白木耳”或者买一些“金针”，张果保就赶快去中央银行或农民银行买进外汇。市面上的人看到了，往往跟进，也跟着买。中央银行厦门分行的一个职员很感诧异，心想那个译电员家里又不做“郊”生意，怎么总要交代别人替他买干果呢？又想了想，怎么买这些干果的时候总是在外币牌价变动的时间里呢？于是他便去向林瀚文经理反映，林瀚文要他不要声张，故意把一份假电报拿给那个译电员译。那个译电员不知是计，译了电文后就给张果保挂电话，交代他买十斤“金针”，结果被捉个正着，一审问，他和盘托出，被炒了鱿鱼革了职。张果保这才收摊，不再买卖外钞赚差价。

做钱庄、炒外钞的生意会赚也会亏，一夜致富也能一夜亏光，要把神经绷得紧紧的，张果保往往弄得筋疲力尽，便去寮仔后一家盲人按摩馆请盲人按摩师为自己踩背。张果保光着背，全身只穿一条短裤衩伏在木床上；一位盲人按摩师让人牵入房来，脱掉鞋袜上了床，双手抓着床顶上两根铁条，双脚踩在张果保背上，顺着脊梁、臀部、腿部或轻或重踩着。张果保“哎哟，哎哟”直叫唤，惬意极了。

1949年4月21日，毛泽东主席、朱德总司令对中国人民解放军发布“向全国进军”命令，组织横渡长江的渡江战役。渡江战役自4月21日零点开始，人民解放军二野、三野百万雄师分三路渡江，打破了蒋介石企图“划江而治”的幻想。英勇的中国人民解放军于4月23日解放南京，5月3日解放杭州，5月27日解放全国最大城市上海，国民党之彻底失败已成定局。

国民党反动派“前线吃紧，后方紧吃”，转而疯狂镇压国统区内的共产党和民主党派。福建省境内的共产党地下党组织遭到了巨大破坏。厦门地下党组织接到上级组织从香港派人前来传达的指令，组织厦门地下党员、团员和部分进步师生去安溪、南安、永春、德化、同安等内地城镇建立根据地，开展游击战争，配合人民解放军入闽作战，解放全福建。中共厦门地下组织做了严密的布置：五百多名地下党员、团员和进步师生分批潜入安溪等地；另有部分人留在厦门继续坚持反对国民党反动统治的斗争；还有部分人被派去广东潮汕地区参加东江纵队战斗。临别时大家互相嘱言："天亮了，我们就回来！"

这一天是星期一，上午，叶茂茜从桥仔头叶宅回厦大，一进校园便看到许多学生东一堆、西一群在议论。她靠近一问，才知道许多平时活跃在校园里的学生骨干分子在一夜间"蒸发"不见了。消息灵通人士说："他们去安溪打游击了！听说他们的口号是'天亮了，我们就回来'。"叶茂茜发现许国峰、叶茂平都不见了，她心里想着：他们一定也是去安溪了！她喃喃自语："天亮了，我们就回来！天亮了，我们就回来！"她盼望这一天早日到来。

后来国民党军队霸占了厦门大学、侨师校舍，两所学校先后停课。叶茂茜只好留在家里看看书，找陈兮雯聊聊天，打发日子。

1949 年 9 月 16 日午后，叶茂南坐在他的办公室休息，一个洋装打扮的中年人从门外走进来，对叶茂南使了一个眼色，等叶茂南把屋子里其他人打发走了，他才从贴身衣裳的内口袋里掏出一封香港招商局的电报递给叶茂南，叶茂南接过来一看，电文如下：

速来港，有要事相商。

叶茂南说："让我回家准备一下。"

"没时间了，快艇停在沙坡尾，立即走！"来人说道。

叶茂南跟着来人悄悄地走出去，到沙坡尾登上快艇，快艇如利箭似的，劈波斩浪，消失在茫茫的大海里。

当天晚上，陈兮雯左等右等不见叶茂南回家来，打电话去他办公室问，一直没人接。第二天一大早，她急忙跑去香港招商局厦门分局问，竟然没有一个人知道公司副总经理叶茂南究竟去哪里。陈兮雯回家来跟叶乃盛说了，叶乃盛想了想说："会不会被国民党挟持去台湾呢?"那段时间，国民党厦门市政府正在把厦门市商界的头面人物分批挟持去台湾。陈兮雯哭得像泪人似的。

叶茂南到了香港，上了天星码头，前来接他的一位香港招商局干部把他带去北角英皇道一座楼房稍事休息，对他说："先住下来，晚上开会才请你来。"同时宣布纪律：不得外出；不得见人，包括在香港的亲友。叶茂南猛一抬头，便瞥见房间对面约莫五十米处便是他叔公叶振明的家。那一年自己随他们二老来香港律师楼办公证，大学毕业那年又领着薛涵秋来香港看望他们二老，都是住在那里的啊！叶茂南甚至能够清清楚楚地看到叶振明、洪玉钗的身影，能听到他们说话的声音，但他始终不敢出声与他们俩打招呼说话，纪律是铁的，不能违反啊！

第二天清晨，叶茂南被领去登上停泊在维多利亚海港里的一艘名为"海辽号"的客运海轮见船长。叶茂南一脚刚踏入船长室，一位头戴大盖帽、身着白色制服的中年人就伸手来与他握手，自我介绍说："方枕流，方向的'方'，枕戈待旦的'枕'，潮流的'流'。欢迎你，叶茂南同志!"方枕流对叶茂南说，"我们决定起义投奔解放区，特邀你随船同往。"原来在中共厦门地方组织派员策反下，香港招商局决定弃暗投明，由方枕流先率"海辽号"舰起义。叶茂南担任招商局厦门分局副总经理职务以来工作出色，为了即将成立的新中国航运人才建设的需要，特别决定请他来港参加这一义举。叶茂南听了方枕流的话，激动不已。

1949年9月19日傍晚，"海辽号"未拉汽笛就悄悄起航。早一天，方枕流已安排一位船员把船名"海辽"两字改写成"安东尼"三个字，一路上"海辽号"是以"安东尼号"名义航行的。"安东尼号"不与任何电台联系，并实行灯火管制。九时，轮船驶离香港后，方枕流通知全体船员在甲板上集合，这时方枕流才正式对大家宣布"海辽号"决定起义奔赴解放区的消息，船员个个喜形于色。叶茂南坐在驾驶室里，看着方枕流驾驶、下命令。方枕流那坚毅的神色，指挥若定的动作，深深地镌刻在他的脑海里，给了他很大的激励。当时最担心的就是怕被国民党发现，派飞机来轰炸，因此航线迂回，航速缓慢，日歇夜行。

9月28日清晨，历经八天，“海辽号”终于顺利地抵达已解放的大连港口。当解放军派人来接收时，全体船员激动得高呼：“毛主席万岁！中国共产党万岁！”人人热泪盈眶。叶茂南感动得落泪。

10月24日，毛主席发电报给方枕流和“海辽号”全体船员，以示嘉奖：

“海辽轮”方枕流船长和全体船员同志们：

庆贺你们在海上起义，并将“海辽轮”驶达东北港口的成功。你们为着人民、国家的利益，团结一致，战胜困难，脱离反动派而站在人民一边，这种举动，是全国人民所欢迎的，是还在国民党反动派和官僚资本家控制下的一切船长、船员们应该效法的！

在“海辽号”首举义旗成功带动下，1950年1月15日，香港招商局的另外十三艘海轮也宣布起义，到了解放区，入列解放军，成为中国人民解放军第一支海上运输船队。为纪念“海辽号”这一义举，中国人民银行在设计发行第二套人民币时，特将“海辽号”船形图案作为五分纸币的正面图案。

1949年8月23日福州战役的胜利，为我军迅速解放全省创造了有利条件，十兵团主力继续南下，肃清闽南漳泉地区之敌，尔后再向厦门、金门两岛进击。这时蒋介石重新调整了指挥系统，撤销了福州绥署和第六兵团建制，由汤恩伯任福建省主席兼东南军政长官公署厦门分署主任，统一指挥刘汝明八兵团、胡琏十二兵团和李良荣二十二兵团，并把兵力收缩防卫厦门、金门、漳州及潮汕。解放军十兵团挥师南下，首先解放泉州、漳州地区和平潭、湄洲湾、南日岛。10月10日，二十八军、二十九军一部先后渡海攻占大、小嶝岛，紧接着发动对与厦门岛一海之隔的集美的进攻。

集美是爱国侨领陈嘉庚的故乡，陈嘉庚一生倾注办学，办了厦门大学、集美学校和航海、财经、水产养殖等多种学校。国民党在集美学校周围挖壕沟、架电网、埋地雷，在围墙上堆沙包，架起枪炮。开战前我军接到中央军委副主席周恩来的指示：我军在解放集美时，要尽力妥善保护校舍，宁可多流血，也要避免用火炮。本来用火炮完全可以摧毁敌人阵地，因只使用轻型武器，增加了伤亡，但最终解放了集美。

4

1949年9月21日至30日，中国人民政治协商会议在北京召开，会议期间收到三野十兵团司令员叶飞、政委韦国清、副政委刘培善、政治部主任陈铁君代表十兵团全体指战员打来的电报，表示三野十兵团将尽快解放厦门、金门，作为对政治协商会议的献礼。中华人民共和国中央人民政府在北京天安门城楼宣告成立之前两天，毛主席问陈毅："叶飞他们打厦门的事进行得怎么样了？能不能在10月1日前解放厦门？"10月1日下午，在开国大典阅兵式上，毛主席又一次对陈毅、粟裕说："陈老总、粟司令，厦门、金门什么时候可以解放啊？那可是解放台湾的基地啊！"为此，陈毅、粟裕从北京回上海当天就给在福州的叶飞、韦国清挂去电话，嘱咐抓紧时间攻下厦门、金门。

10月2日叶飞接到陈毅、粟裕的电话后彻夜未眠，一个人在办公室里思考作战方案。让叶飞感到头疼的有两个问题：一是运载工具，厦门是一个海岛，四面环海，没有船不能进攻；二是指战员不熟悉水性，他们都是北方人，许多人从未见过大海，更不要说在海上作战。10月3日，当第一缕晨曦射入房间时，叶飞伸了一个懒腰，挂电话给新近刚被任命为中共福建省委书记的张鼎丞，建议马上召开碰头会，研究作战方案。又吩咐警卫员马上把韦国清、刘培善、陈铁君三人请来开会。不一会儿张鼎丞他们四人陆续到来。叶飞兴奋地对他们说："我考虑了一个解放厦门的军力调配方案，请大家议一议。"他接着说，"厦门之战将是解放战争中我军第一次海岛之战。虽然我们刚刚解放的平潭岛也是一个海岛，且面积大于厦门，平潭面积三百七十一平方公里，厦门面积一百三十一平方公里，但是就敌军的防御力量，或者城市的经济和对外交往的重要性来说，平潭不能与厦门相提并论。因此这将是一场恶战，且是一场大恶战。”叶飞皱皱眉头又说，“指战员斗志昂扬，都想尽快投入解放厦门的战斗，眼下最棘手的是三个问题：一是须尽快弄清厦门守敌的防御设施布置情况；二是须尽快征集渡海船只，解放平潭后我们征集了一些船只，但是经试验，这种船船底都过于扁平，一下海就被海浪掀翻，根本不适合在海上作战；三是须尽快把指战员赶下海去泅水，解决指战员晕海、不会游泳的问题。”

陈铁君说：“可是指战员们都是旱鸭子，这可怎么办呢？”

叶飞笑了笑说：“我想了一个办法，就是赶工制作一些三角木架，让指战员套在身上，下海练游泳。至于是什么样的游泳姿势就不用管了。小时候我在南安乡下生活，小伙伴下河玩水，大家根本不知道什么叫蛙式、自由式，更不要说蝶式了，只知双手往前掏，双脚齐踢水，大家戏称是‘狗爬式’。我看战士们只要学会这种狗爬式就不会沉下海去。”

大家连连点头，都说：“可以试试！”

叶飞紧接着又说：“至于渡海的船只，我让作战参谋去征集几艘海沧渔船来试试看，完全可以用！只是船头窄了点，可是这不要紧，只要在船头横搁上一块门板，放上装沙的麻袋，战士们就可以伏在沙包后射击了。”

大家又连连点头，都说：“可以试试！”

叶飞深情地说道：“我是从厦门走出去的，这一次是打回老家去了！”

叶飞原名叶启亨，出生在菲律宾奎洋省的一个华侨家庭里，父亲是福建人，母亲是菲律宾人。叶启亨五岁那年由他父亲带回南安老家读书。1928年7月，年仅十四岁的叶启亨到厦门的福建省立第十三中学读初中时参加了中共地下党组织，担任过厦门市共青团代书记。1933年9月，受组织的派遣，年方十九岁的叶启亨到宁德参加创建闽东革命根据地和福建工农红军时才改名为叶飞，后队伍编入新四军。历经数十年的南征北战，叶飞成长为我军一名优秀的高级指挥员。

叶飞又说：“前天厦门地下党派人送来一张国民党军队的海岸线兵力、火力布置图，很有用处。”

这时，叶飞的机要秘书送来一封信，叶飞拆开一看，高喊起来：“真是及时雨，太好了！”便把那封信递给张鼎丞。张鼎丞伏着细看，其他人围过来看。这是一张五万分之一的军用地图，图上标明了厦门岛全岛国民党军队修建的一个个碉堡位置。刘培善算了一下，鼓浪屿面对海澄方向的有四十个，鼓浪屿轮渡码头两侧有一百二十个，高崎对着集美有四十个，总数为两百个。刘培善说：“这张图跟我军侦察员去厦门观察到的一些情况相吻合。”

张鼎丞说：“厦门的地下党工作很出色，从 1946 年 4 月响应全国学联号召，组织抗议美国兵侮辱北京学生沈崇的‘五·二〇’事件开始，组织了多次反美、反蒋学生游行活动。今年元旦以后又分批组织大中学校地下党员、团员去安溪、南安、永春、同安和泉州一带参加游击战争，还把安溪解放了，建立了全国第一个由共产党组织的民主政权。为了支援解放大军解放厦门，现在他们正积极征集‘支前粮’，日夜兼程运送到我部队宿营地。同安、海沧的地下党还正在发动渔工支前，许多人是连人带船报名要求支前的。”

叶飞感动地说：“人民，人民，我们的正义战争之所以能节节胜利，完全是靠人民的大力支持啊！”

到会的同志都点了点头。

会开完，大家走了，张鼎丞却没走，他问叶飞：“你身上的旧伤怎样了？”

“什么旧伤？”

“你当年在福安县狮子头村被国民党特务开枪打的旧伤啊！”

“噢！是这个。没好也没坏，老样子，都几十年了。”

“别大意，毕竟子弹还在胸部呢！”

叶飞点头，心中荡着一股热浪。

张鼎丞说的是这么一件事：当年叶飞在省立第十三中学搞学运被国民党发现了，经组织上安排，他去福安县暂避，在福安县一个客栈准备与地下党接头时遭到特务的袭击，身中三枪，后来经抢救，取出了两颗子弹，尚有一颗因靠近胸动脉不敢动，一直留在身上。

张鼎丞告辞走了，叶飞又把几位作战参谋找来商量具体作战方案，一个被叶飞自己称为“一生只用过两回”的一着“险棋”被理出了头绪并付诸实施。

这一天下午三时，十兵团司令部在泉州的集团军本部召开作战方案审议会。当作战参谋走上讲台把落地蓝帷幕拉开后，叶飞开始介绍起解放厦门作战方案。

叶飞说："厦门本岛东南部多山，沿岸多沙滩、断崖，此处虽便于登陆，但易受金门方面国民党军队的炮火袭击。西北部为低矮丘陵地，地势开阔，沿岸多淤泥、峭壁，登陆虽不易，但便于进攻。与厦门本岛一水之隔的鼓浪屿，岸陡、多礁石，易守难攻，是厦门西南的屏障。根据中共厦门地下组织送来的国民党军队兵力、火力布置图和碉堡群分布图分析，我断定敌军防务重点在厦门东部沿海一带和鼓浪屿，西北、西南部相对薄弱，因此我考虑用声东击西战术，以佯攻鼓浪屿造成敌人错觉，使其调动纵深机动部队驰援，我军主攻方向即放在岛北部的高崎至石湖山一带的滩涂烂泥带，强攻登陆。"

叶飞舒了一口气又说："当然这是一着险棋，稍有不慎，被敌觉察，加强高崎至石湖山一带防务，我们的方案将受重挫。当年我在鲁南指挥部队突围时曾用一个师的兵力首先东进，调动敌军追赶，然后主力部队再突然向西部突围，结果成功了。这一次是第二次使用这一险棋了。"

会场上一片寂静，大家都在思考。

叶飞问道："我布置的战士下海游泳的事落实得怎么样了?"

二十九军参谋长梁灵光说道："司令员，您布置的任务正在实施。战士们天一亮就下海练习，有空您去嵩屿海域看看，海上人山人海的。您说的那种三角木架挺管用，套在身上人不会下沉。有些指战员还学会摇橹。我自己也学了，会摇了。"

叶飞听了很高兴，连连夸起好来。

会后，叶飞把梁灵光留下来，对他说道："厦门解放后，准备派你担任第一任的厦门市市长。"

"我?!"梁灵光吃了一惊，看了看叶飞，摇摇头说，"恐怕不成。我能力有限，难以担任这么大的责任。怎么会想到要由我来当这个市长呢?"

叶飞说："就因为你是闽南人，又曾经在地方上工作过，有行政方面的经验。"

原来陈嘉庚在北京参加政协会议时对周恩来说："厦门是一个重要的对外贸易港口，从厦门去南洋的华侨多，他们都说闽南话，听不懂北方话，厦门解放后配备市长时最好选一位闽南人。"周恩来把陈嘉庚的建议向叶飞传达。

梁灵光是福建永春人，会讲闽南话，就这样被叶飞选中了。

叶飞接着又说："中央已把林一心从黑龙江调来福建，准备安排他担任中共厦门市委书记，调任张维兹任厦门市副市长，做你的助手，你们党政一把手、二把手要分工合作，配合好。"

"是！"梁灵光站起来行了一个军礼，满怀信心地走出去。

梁灵光走后，叶飞挂电话给三十一军九十一师师长高锐。叶飞说："高大胡子，这一次厦门战役，你们九十一师可是开第一炮的啊！攻占鼓浪屿的任务准备交由你们师承担，你打算交由谁去完成啊？"

高锐在电话中答道："报告司令员，我想交由'济南二团'二七一团和二七三团完成。"

叶飞高兴地说："好！好！济南二团团长王兴芳可是一位敢打硬战出了名的山东汉子啊！我放心！"停了一会儿他又说，"你们师文工团要下去慰问部队指战员，鼓舞斗志啊！"

高锐答道："已经分路下去了，正在各团巡回演出。"

叶飞说："好！"

已是午后时分，叶飞才记起，从清晨到现在，自己未进一餐。

5

1949年10月7日清晨，鼓浪屿外海海面上的晨雾尚未散开来，一艘叫"华联"的军舰在几艘巡洋舰护卫下，从基隆跨越台湾海峡驶进厦门，停泊在鼓浪屿港仔后离岸仅两公里的海面上。随后一艘快艇从曾厝垵白石炮台向港仔后急驶过来。快艇靠近"华联号"船舷，一名肩戴上将军衔的国民党军官带着两名侍卫上船走入船舱。

"校长好！"那位上将一脚踏入船舱里便立正行了一个军礼。

“恩伯好！过来坐在我身旁。”蒋介石笑容满面地招呼。

汤恩伯随即向船舱里的蒋介石侍卫室主任俞济时、东南行政长官公署部长林蔚、中委谷正纲以及蒋介石的大儿子蒋经国一一点头致敬，这才端端正正地坐到靠近蒋介石的那只靠背椅上。

蒋介石亲切地问道：“恩伯别来无恙吧？肝痛的事检查结果出来了吗？”

汤恩伯回答：“托校长的洪福，恩伯粗安。肝检查报告还没有出来。”

蒋介石拍了拍汤恩伯的肩膀说：“抓紧搞清楚！抓紧搞清楚！身体健康要紧，党国不能没有你！”又说，“福州失守后，我交给你三件任务：一是确保厦门；二是收复福州；三是肃清福建省境内的共产党势力。但是共匪来势太猛，现在我们又有了台湾基地，因此我已改变主意，不必死死守厦门。厦门能守即守，不能守就走。但是有一条始终不变，就是不能太便宜了共产党！对于共产党分子抓一个杀一个，同时要留给共产党一个烂摊子，炸掉电厂、水厂、电台，把厦门的工商业者‘送’去台湾，不要让他们跑去香港。”看了汤恩伯一眼，蒋介石又说，“这一仗无论是打胜仗还是打败仗，你都来台湾，我替你请美国著名的医生看病，好好治一下。”

“谢谢校长！”汤恩伯激动不已，站起来说道。

蒋介石挥了挥手，让汤恩伯坐下来，才说道：“1946 年 10 月我带美龄视察台湾，我发觉台湾基本上尚可称得上未被共产党渗透，是一片净土，今后倘积极加以建设，便可成为一个模范省。我断定第三次世界大战迟早是要爆发的，到时候，只要美国人伸手援助，我们肯定能光复大陆。”

汤恩伯连连点头，谷正纲、蒋经国他们也连连点着头。

停了一会儿，蒋介石又问：“毛森来厦门以后工作做得怎么样？厦门大学学生闹得太不像话了！厦门的共产党也闹得太凶了！你告诉毛森，只要证实是共产党，抓到一个杀一个，决不手软。”

这天下午蒋介石在白石炮台召开国民党驻地部队团以上干部会议。蒋介石对大家说：“厦门固若金汤，总兵力多达三万人。厦门是一个海岛，共产党没有海军，不可能插翅从天而降。大家不要担心，要在汤主任的统一指挥下守住厦门。”

当天傍晚时分，“华联号”离开厦门，蒋介石回台北去了。

“军统三杰”之一的毛森是于 1949 年 8 月间被蒋介石点将来厦门，接替由国民党福建省主席李良荣兼任的厦门警备司令部司令的。到厦门后他开始大逮捕、大屠杀，厦门陷入腥风血雨的白色恐怖之中。

1949 年 8 月 31 日午夜两时许，毛森带着军法处处长魏光清和十名全副武装的宪兵，开着吉普车，突然闯入厦门大学，来找校长汪德耀，宣布要逮捕“共党分子”、机电系学生修省等人，遭到汪德耀的斥责，但他们仍闯入博学楼抓走修省，同时抓走张逢明、陈炎千、陈绍裘等十五名厦大学生和职员。魏光清又带领便衣到思明北部的“老协成”抓走厦大教育系学生周景茂。汪德耀三次致书毛森，再三申明修省、周景茂等学生是品学兼优的好学生，愿以个人名誉为他们担保，请求毛森放人，但毛森置若罔闻。9 月 19 日凌晨，魏光清带人闯入地下党党员刘惜芬家里把她抓走。厦门解放前夕，这些被捕的共产党员、爱国人士经汤恩伯下令，全部被杀害。

1949 年 10 月 15 日，解放厦门岛的战斗打响了。

这天深夜，我军一阵炮击后，一声令下，三十一军九十一师二七一团、二七三团指战员，作为“济南二团”的第一梯队，将事先征集来的木帆船拖过九龙江下游三角急流带后，解开缆绳，让木帆船顺流而下。霎时间嵩屿海面上千帆竞发直指鼓浪屿。几十架国民党飞机从空中对船只俯冲扫射，多名船工、战士中弹身亡。骤起的北风把许多帆船的桅杆吹倒，许多船一度偏离了航道，后才又汇聚。二七一团团长王兴芳沉着应对，指挥船队冒着敌人密集的炮火前进。“噗”的一声，一颗子弹击中了王兴芳的头部，他让通讯员给自己简单包扎一下，又指挥战斗，高呼：“同志们，为人民立功的时刻到了，冲啊!”船队奋勇向前。终因失血过多，这位勇敢的山东汉子倒下了。战士们高呼：“为王团长报仇!”船队向目标驶去。

黄正川、张锦娘夫妇连同他们的三个儿子分别驾驶着两艘木帆船。离旗山一百米处，在船后摇橹的黄正川中弹倒下，他的大儿子接替他，后也中弹倒下。继之另一艘木帆船上摇橹的张锦娘也中弹倒下，二儿子、三儿子相继中弹倒下。他们一家五口全部牺牲。有几艘木帆船抢滩成功，一名战士登岛把红旗插在旗山上，但很快便遭敌军反扑，牺牲了。

鼓浪屿一战造成了汤恩伯的错觉，认定解放军主力放在攻打鼓浪屿方面，下令将其预备队一个师投入鼓浪屿的防守，并将位于厦门腰部的机动部队都调来加强防守。叶飞知道消息后喜出望外，连说："正中下怀，险棋可以成功了!"

16 日傍晚，二十九军八十五、八十六两个师和九十二师的五个团分乘两百五十艘木帆船、机帆船、汽艇于澳头、集美—鳌冠、郭厝一线起航，向厦门本岛北部沿岸进发。其中九十二师由西段的东渡至石湖山间沿海岸线登陆；八十五师由中段的高崎至西侧的西湖山、衣屿间登陆；八十六师由钟宅至花屿间登陆。稍后在厦门本岛中部地带，八十五师二五四、二五五两个主攻团也相继渡过浅滩，攀上峭壁登陆，一举攻下神山、殿前。在海滩作战中，部队携带的小钢炮、机枪没地方架设，战士们把船头的木板放在烂泥上，再俯身用身体做垫，让炮手、机枪手发射，许多人沉入烂泥中，牺牲了。小钢炮炮筒进了水，战士们把水倒出来再发炮。一场场激战，人民解放军控制了厦门岛的大部分地区。至 16 日黄昏，国民党厦门守军防御全线崩溃，残部纷纷向厦港、黄厝、曾厝垵一带海滨溃逃。

下午六点许，汤恩伯从白石炮台仓促出逃，在黄厝海滩，他用报务机直呼军舰前来接应。适逢退潮，来接应的军舰派出的登陆艇靠不了岸，汤恩伯急得团团转，仰天长叹："我汤恩伯要死在沙滩了!"解放军的炮弹打过来，击溅起丈把高的一个个巨浪，汤恩伯东躲西避，狼狈不堪。后来开始涨潮，登陆艇驶过来了，汤恩伯上艇，驶向军舰，上了甲板。毛森坐着吉普车赶来，见势不妙，一把夺过副官手中的报务机对汤恩伯说："汤老板，你不能撂下我不管啊!"汤恩伯才叫驾驶员停下来，放登陆艇来接毛森，等毛森登上了军舰，他才下令："起航!"大批溃退下来的国民党兵蜂拥而至，眼看着汤恩伯、毛森他们离去，大骂一番。早一小时，我方话务员已截听到汤恩伯准备逃走的消息，一支小分队前去追捕，因不熟悉路径，走错路，晚到一步，才让汤恩伯逃脱。

17 日上午十时许战斗结束，国民党厦门守敌三万多人中，除汤恩伯、刘汝明、毛森等高级将领逃脱去台以及国民党一六六师三千余人逃往金门外，其余的人，包括少将师长李益智等两万多人无一漏网，其中被击毙、击伤者两千余人。

“厦门解放了!”

“天亮了!”

17日中午，中国人民解放军部队入城，厦门人民涌上街头热烈欢迎。大街小巷上，人们边扭秧歌边唱：

解放区的天是明朗的天，
解放区的人民好喜欢。
民主政府爱人民啊，
共产党的恩情说不完啊，
呀噢依哟一个呀嘿！

第二天，10月18日上午，由福建省军事管制委员会主任叶飞兼任主任、黄火星等为副主任的厦门市军事管制委员会挂牌办公；同日，以梁灵光为市长、张维兹等为副市长的厦门市人民政府也挂牌办公。两机构在厦门市公园南路2号原国民党厦门市政府大院里办公，对厦门实行军管和政权接管工作。

战争硝烟刚刚散开，叶飞就迫不及待地去发生过激战的地点视察。一行人登上鼓浪屿旗山顶，高锐汇报了山下海面上刚刚发生过的强攻登岛战斗的情况。叶飞深情地说：“江山是战士们牺牲自己打出来的，这座山是英雄山，以后旗山就叫英雄山吧。”叶飞一行人去集美。在集美学校，叶飞说：“集美学校完整无损，我对陈嘉庚先生可以有一个交代了。”叶飞还去了石湖山、神山、高崎等地，深情地怀念牺牲的指战员。

当时厦门的经济极度困难，百废待兴，迫在眉睫的是如何养活二十万厦门居民。厦门本岛稻田少，以往的粮食全靠龙海县和台湾供应，现在遇到极大困难，怎么办？梁灵光、张维兹联名致电回福州的省军管主任叶飞，希望支持解决。叶飞立即作出批示，部队缩衣节食，把军粮腾出来支持厦门人民。

一车车大米从集美和嵩屿两处集中，渡海运入厦门，解了厦门人民的燃眉之急。

国民党飞机一次次从台湾起飞到厦门轰炸、扫射。1949 年 11 月 11 日，国民党飞机竟然对集美学校疯狂轰炸，造成了集美中学校长黄宗翔等师生和村民二十九人遇难，集美中学主楼坍塌。当时陈嘉庚正在武汉参观考察，立即发表谈话谴责："蒋政府乃我民族败类之最。卖国贼尽其如何狠毒轰炸，绝无关乎毫发轻重，第愈暴露其遗臭。"国民党潜伏下来的特务四处活动制造凶案。金融市场混乱，黑市买卖外币盛行。受国民党的封锁，厦门对外往来完全中断。军管会、市政府集中力量着手清理国民党军政人员，同时狠抓社会治安和稳定金融两项工作，两机构制订《金融管理条例》，宣布人民币为统一流通的唯一合法货币，禁止黄金、银元、外币黑市买卖，重拳打击镇邦路一带地下钱庄活动，又组建裕康船务行，租用美联太古公司一艘五百吨级轮船"永兴号"从香港运来生产急需的原材料，把厦门的土特产茶叶、纸箔等输往海外，恢复了生产，度过了新中国成立初期那段艰难日子。

在那些日日夜夜里，叶茂南食宿在公司，联系货源、安排运力，全身心投入工作。有几次他坐的三轮摩托经过桥仔头叶宅门口，他也没有下车进家门看看。陈兮雯打趣他是"又一个治水的大禹，三过家门而不入"。叶茂南一脸憨笑。

"天亮了，我们就回来！"现在天亮了，当年去安溪等地上山打游击的厦门大中学校地下党员、团员和进步师生随解放大军回厦门来了。

这一天上午，叶茂茜经过中山公园南门时，迎面便遇到叶茂平，两人都喜出望外，亲热地打起招呼来。交谈中，叶茂茜才知道叶茂平确实是一位中共地下党党员，受组织安排去安溪打游击，现在才回厦门来，分配在厦门市军管会文教组工作。叶茂茜忽然想起了许国峰，便问："许国峰呢？我想他一定也是去安溪参加打游击的吧！怎么他没有回来呢？"

"……"叶茂平怔了一下，没开腔。

有一种不祥的预感在叶茂茜脑海里闪过，她着急地摇晃着叶茂平的胳膊肘，说道："到底怎样？你倒是说啊！"

叶茂平叹了一口气，说道：“许支队长牺牲了！他把他年轻的生命永远留在南安诗山山上了！”

“啊……”叶茂茜惊讶得睁大双眼，说不出话来。

叶茂平便把许国峰牺牲的经过告诉叶茂茜：地下党员、团员队伍抵达安溪以后，许国峰参加游击大队领导班子工作，后担任南安支队队长，到南安任专员，开展地下斗争工作。当时南安诗山有一支土匪队伍被国民党收编后，有意“反水”投奔共产党。许国峰带两名游击队员前去联络起义的事，没想到那个土匪头子又想反过去，再投靠国民党。许国峰他们三人才到达土匪窝点的那个山头，便被土匪头目下令卸下武器，捆绑了起来，关在土牢内。第二天这个土匪头目押着许国峰他们三人，整队下山去国民党县党部，许国峰他们三人被国民党兵严刑拷打，许国峰一句话也不说，最后他们三人被乱棍活活打死了！过了三天，厦门去安溪一带打游击的大中学校地下党员、团员就接到了随军回厦的命令陆续回厦门来，可是许国峰却永远留在南安了！

叶茂茜抑制不住自己的感情，放声大哭起来：“‘天亮了，我们就回来’，可是现在天亮了，许国峰你却永远不能回来！”

新中国成立、厦门解放大大鼓舞海外的侨胞。被毛泽东誉为“华侨旗帜，民族光辉”的陈嘉庚于1949年10月21日，即厦门解放之后第四天，就以南洋华侨总商会主席名义致电福建省人民政府张鼎丞主席，电文说：“闻厦门解放，从此台湾门户洞开，犁庭扫穴，逆厥巨魁，当在指顾。”1950年5月21日，陈嘉庚先生离开他侨居长达六十年的新加坡回国。当时中央给他安排北京市马匹厂40号一套房子，但被陈嘉庚婉谢，他回到他的家乡厦门集美定居。他说：“我是厦门人，厦门是我的家。我是要回家乡参加建设的。”那一年陈嘉庚已是七十六岁高龄。为了表达对人民解放军解放集美的感谢之情，陈嘉庚出资在集美建鳌园，园里高立着由毛泽东主席题写的“集美解放纪念碑”的花岗岩石碑。

1953年6月17日，厦门成立厦门海堤工程指挥部，组织数千名民工，移山填海，修建高崎至集美的海堤。1955年10月，海堤竣工，从此厦门岛与大陆连成半岛。1957年12月，鹰潭至厦门铁路竣工通车。鹰厦铁路是华东地区的一条重要干线，不仅在经济上作用显著，而且在政治、军事上也有重大意义。

1961年8月12日零时十五分，陈嘉庚因病在北京逝世，享年八十八岁，他的遗体安葬在集美鳌园，他永远和他的故乡土地在一起。

6

1950年元旦傍晚时分，一位身着解放军军装的中年人走入桥仔头叶宅，大家一看立即呼叫了起来。来人不是别人，正是叶茂南！大家围过来对他问长问短，都说："叶茂南是解放军，了不起！"

叶茂南却笑了笑说："这一身军装明天脱下来后，我就算复员了！"

"为什么？"叶茂西惊讶地问道。

叶茂南告诉大家，他奉召去香港，参加香港招商局"海辽号"起义，到大连后全体人员加入中国人民解放军，随"海辽号"投入紧张的战略物资运输工作；因为厦门要组建对外贸易公司，领导上考虑到他家里长期从事"郊"生意，海外有亲友从事贸易生意，条件好，便改派他回厦门参加筹建厦门市对外贸易公司工作，所以第二天他一到市军管会报到后，就算是复员了。

叶茂西问叶茂南："哥，你参加起义，一路上紧张不紧张？怕不怕？"

叶茂南答："怕倒不怕，紧张是有的。担心蒋介石知道后派飞机来轰炸，夜行都不点灯，船长全凭经验行船。船长方枕流是陈嘉庚办的集美航海专科学校毕业的学生，很沉着镇定。为安全起见，船开离沿海线后，在外海绕着走，所以才晚了几天到大连。"

叶茂西又问："你见到毛主席、朱总司令了吗？"

叶茂南答："本来起义人员是要去北京见毛主席、朱总司令的，因为两位领导人实在太忙，安排不出时间，毛主席发来嘉奖电报以示慰问和奖励。"

大家又谈了好一会儿话，才高高兴兴地去饭厅吃晚饭。

晚上，叶茂南、陈兮雯夫妇俩独处时，恩爱无比，正所谓"久别胜新婚"啊！

新中国成立初期，中国共产党和人民政府为了保障供给，发展经济，实行对粮食、棉花、大豆等主要农产品的统购统销政策，由国家统一价格收购、销售。恒裕米业是做大米生意的，不能直接下乡去收购，只能做国营粮油企业的代购代销业务。1956年元旦对北京市私营工商企业进行公私合营之后，在全国范围内开展私营企业公私合营。

恒裕米业并入厦门市粮油食品公司，叶乃盛被安排担任公司副总经理；但是叶乃盛很少去“视事”，公司开重要会议才去。在家闲暇无事，叶茂南看书看报打发时光，一张报纸从头到尾读了好几遍，心里头很窝囊，想到恒裕米业没了，内心感到对不起叶家先人，他心绪不宁。张果保是开钱庄、典当行的，这是不允许的，他只好收摊做“寓公”待在家里，坐吃山空，日子难挨，后来便把南荞巷的那幢别墅和那辆雪佛兰都卖了，老妈子、丫鬟也辞退了，“光杆司令”一人，带着李玉珍搬回大埔头27号旧厝去住，没事时便到玉沙坡的沙坡尾去看渔船入港，买一些鲜鱼回家来干煎或熬汤，配松筠堂药酒；喝完酒就唱芗剧《渔歌》：“碧蓝的天，碧蓝的水，天水一色紧相连……”李玉珍嫌他吵，他也不管，李玉珍直唠叨个没完没了的……

陈兮雯诞下了两个男婴，分别取名叶诗贤、叶诗斌。当然，这是后话。

叶茂茜在厦门大学教育系读满四年，大学毕业后，被分配到办在鼓浪屿田尾路的厦门师范学校当一名光荣的人民教师。学校校舍就在英国、日本原领事馆内，树木繁多，鲜花遍地，风景很美。厦门市人民政府又盖了一幢两层楼，称同安楼，作为教学大楼让师生上课用。当时中小学校复办，急需教师，学校除正常招收三年制新生外，还特别办了一年期的速成师范班。叶茂茜先是被派去教速成班兼做班主任，后来又被改派去普师班教教育学和语文教育法。

田尾路位于鼓浪屿港仔后、大德记两海湾之间，从教学楼沿柏油路走不了三百米就是大海。每天傍晚吃完晚饭后，师生们喜欢沿着田尾路散步、聊天、看海。学生们邀叶茂茜老师一起走，一路上大家唱《贝加尔湖》、《红梅花儿开》、《喀秋莎》、《山楂树》等一些苏联歌曲，但更多的时候，师生们同唱一曲《一条小路》：

一条小路曲曲弯弯细又长，一直通往迷雾的远方。我要沿着这条细长的小路，跟着我的爱人上战场。

纷飞的雪花掩盖了他的足迹，没有歌声，也没有脚步声。在那一片茫茫银色的原野上，只有一条小路孤零零。

有时叶茂茜也应邀给全校师生做专题报告，介绍苏联教育家马卡连科办“高尔基公学”，收留因战争而流落各地的难童，把他们培养成社会有用人才的故事；有时她参加学校文学社活动，给同学们介绍盖达尔的《鼓手的命运》和奥斯特洛夫斯基的《钢铁是怎样炼成的》等一些苏联优秀文学作品，大受学生们的欢迎。

白天热热闹闹日子还好过，到了晚上，批改完作业后，叶茂茜上床睡觉就顿感惆怅。想到自己都已二十七八岁了，“个人问题”尚未解决，未免心里就急了起来。虽然陈兮雯也曾替她介绍了几位男朋友，但叶茂茜总觉得不如意。不是嫌人家文化程度比自己低，不乐意俯就，就是嫌人家家里是工商业者成分高。更有一条，她觉得这些人看上去总不顺眼，全不如心目中的许国峰那样风流倜傥，英俊潇洒。陈兮雯抱怨道：“像这样高不成，低不就，到猴年马月才能谈成!”叶茂茜撇撇嘴答道：“谈不成就不谈呗！总不能随便凑合啊!”以后陈兮雯也就懒得去管她了。

师范学校的女教导主任李明霞是山东人，参加抗美援朝后转业来厦门师范学校做行政工作，她知道叶茂茜还没有对象，便把她当年在志愿军中的一位营长、转业后在厦门杏林工业区任主任兼工委书记，名叫刘宏业的介绍给叶茂茜认识。当时厦门人称呼北方人是“北贡”，“贡”在闽南话中是“大”的意思，如大炮叫“大贡”，北方人人高马大，自然便是“北贡”了。没想到这一次一拍即合，两人很快就坠入爱河，确定了关系，订下了婚约。两人到民政局去办结婚登记，分糖果请客，叶茂茜把铺盖搬去刘宏业的单身宿舍里，两人就算成夫妻了。

成亲那天晚上，两人亲密地闲聊。叶茂茜问刘宏业山东老家还有什么人，刘宏业说他在山东老家除爸妈、弟妹外，还有一个童养媳，自己出来参军，还没来得及成亲。叶茂茜一听愣住了，心里想：我这不是做了人家的侍妾吗？顿时“哇”的一声大哭起来。刘宏业一见也愣住了，手足无措，急忙解释说：“我们那里时兴养童养媳，男孩子七八岁时家里便给他‘娶’一个十七八岁的女子来家里住，实际上是给家里增添一个劳动力，等两人长大了再完婚。但也有没结成婚的，以姐弟相称，各自婚嫁。我还来不及跟她圆房就出来参军打仗，不算结过婚啊！”叶茂茜说：“可是她名义上还是你媳妇啊！”刘宏业无奈地说：“那你说怎么办？我到办公室去睡，明天咱们去民政局解除婚约吧！”说完话，他挟着一床铺盖抬腿就往门外走。叶茂茜擦了擦眼泪说：“算了！你回来！”等刘宏业走回来，叶茂茜猛扑过去把他紧紧地搂住，刘宏业腋下挟着的那床铺盖掉到地上他也顾不得俯下身子去捡，一把便把叶茂茜抱了起来，放到床上，一次次地热吻着她。事后，叶茂茜对刘宏业说：“你还是得回山东老家一趟，解除与那个女人的婚约！”刘宏业顽皮地说：“知道了，我的娇妻！”

跟一位当共产党大干部的人结婚，叶茂茜顿觉腰杆子硬了起来！原来自己的家庭出身是工商业者，跟农村中的地主、富农差不了多少；现在有一个共产党干部当丈夫，她说话、做事声音也大了许多。叶茂茜想参加中国共产党，在学校里努力争取表现，做事雷厉风行，她嗓门又大，说话声音响，慢慢的，便有了一个“小钢炮”的绰号。

1956年9月，中国共产党召开“八大”；继之又开展整风运动，要大家“知无不言，言无不尽”，大鸣大放。在厦门市外贸公司任副总经理抓业务工作的叶茂南起初不把这些当一回事，认为自己是业务干部，何必去管政治的事呢？有一天他去市财贸办参加生产工作会议，市财贸办一位领导对大家说：“我们党开门整风，大家对共产党制订的路线、方针、政策有什么意见、看法，都可以提出来。”正好叶茂南看到《光明日报》上发表了民盟中央领导人章伯钧、罗隆基关于“办政治设计院”的建议，便在一次鸣放会上结合自己当年去美国留学看到的美国议会制度说了一些个人看法，说：“美国议会有共和党和民主党两党，共和党的标志是一头象，民主党的标志是一只驴，这四年‘象’当权，后四年‘驴’当权，很有趣哩！”与会的人从不曾听说什么

“象”啊“驴”啊的说法，大家要叶茂南多说说，以增长见识，叶茂南便绘声绘色地又说了美国竞选总统、工人罢工游行等事给大家听。

1957年7月《人民日报》发表评论员文章《这是为了什么》之后，全国开展起反对资产阶级右派分子反党、反社会主义斗争的“反右斗争”。一时间全国各地掀起揪斗右派分子热潮。外贸公司党委开会时，有人说：“叶茂南散布美国议会两党轮流执政，是对章、罗联盟的呼应，应该定为右派分子。”但也有人说：“叶茂南业务工作能力强，平时又不大关心政治，讲几句错话，批评教育就是了，别给人家戴右派分子帽子。”市财贸办一位领导说：“跟章、罗言论都不谋而合了，还不划为右派分子，谁还是右派分子呢？”叶茂南就这样被定为“反党、反社会主义右派分子”。

这天晚上，叶茂南又被批斗，散会后他回家来，一进家门就放声大哭，说道：“我被定为右派分子了！”

叶乃盛一听，大为震惊，不觉从坐椅上站立起来，呆呆立着，说不出一句话来。

陈兮雯闻声从房间里跑出来，也惊呆了。

正好叶茂茜在学校里参加批斗右派分子后回娘家来，一听自己的哥哥是右派分子，便来气了，连连拍着桌子，大声斥责叶茂南：“你为什么要反党、反社会主义？你为什么要反党、反社会主义呢？”

叶茂南一脸泪水，直摇着头说道：“没有啊！我没有啊！”

叶茂茜又斥责道：“没有？没有人家怎么会把你打成右派分子？”

叶茂南便把自己在大鸣大放中谈了美国议会“象”、“驴”之争的事说了出来。

叶茂茜一听，双手一拍，大声地喊：“这不是跟章、罗一唱一和，要轮流执政吗？共产党为了建立新中国，打江山牺牲了多少人啊！好，现在几个人跳出来要夺权，要跟共产党轮流坐庄，这不是要江山改变颜色又是什么呢？这还了得！你还说你没有反党、反社会主义？”又说，“我们那个学校就定了八个右派分子，要说他们的言论还不及你严重。叶茂南，我可告诉你，我要跟你划清界限，跟你决裂！从今日开始，我叶茂茜再没有你这个哥哥了！”又说，“父亲是私营企业主，哥哥是右派分子，家里又有海外关系，有一个叔公在香港经商，你们叫我在人面前如何抬得起头来呢？我的入党申请又怎么会被接受呢？”说完话气呼呼地抬腿就走，叶乃盛、江秀卿要留她，她理也不理。

此后，叶茂茜要与“资产阶级家庭”划清界限再不回家，叶家有婚丧喜庆请她来，她勉强来了，事情一完就走，不在家过夜。江秀卿叹气说：“我这个女儿是白养的！”

几天以后，叶茂南被免职，送去在海沧的厦门第一农场监督劳动，后来因为公司原来的业务都是他经手的，别人接不上，才又把他调回去，但是他不能签单作决定，经手的业务必须上报给市财贸办同意才能办理。因为事无巨细都得上报，工作太烦琐，市财贸办领导嫌麻烦，一位干部说：“算了！还是让叶茂南去办吧！我们哪能管得那么具体呢？”“右派副总经理”叶茂南又当起厦门市外贸公司这个“家”来，不过他天天提心吊胆，怕出差错再挨批挨斗。

正好这时叶振明又接二连三来信，说他年事已高，不能做事，请叶茂南务必尽快移居香港接家产，执掌、打理生意；并说他已去中华人民共和国对外贸易部派驻香港的华润公司问了，只要叶茂南凭香港这边寄去的身份证明，证明叶茂南是他们的过继孙子，厦门市公安局出入境办事处就会批准他移居香港。陈兮雯很想尽早移居香港，劝叶茂南几次，无奈叶茂南只是不肯答应，陈兮雯便跟卢敬亭联系，让他私底下偷偷地跟叶振明联系，提出移居香港的申请。两人同去海后路邮局坐着等叫号，由卢敬亭跟叶振明通话说了这事。

在这场反右斗争中，厦门大学中文系毕业后分配去厦门市文联任秘书的叶茂平也没有幸免于难，因为他写的一篇刊登在文联刊物上的散文《我爱花中君子玉兰花》有“不良思想倾向”。文章说：“我爱玉兰花。她不像‘天香真国色’的牡丹恣意炫艳；也不像‘红艳如火’的木棉光有花，没有叶，脱离群众，妄自尊大。不像‘献媚取悦’于人的夜来香那样专门夜里放出香气讨好人；也不像‘如火如荼’的芦花那样大片大片开花，粗俗不堪。”这还了得！牡丹被武则天贬去洛阳，照样开花，多么有骨气！木棉又称“英雄树”，多么高尚啊！芦花更不用说，“如火如荼”，多用于形容革命气势雄伟、波澜壮阔啊！事情还没有完，叶茂平后来又在鸣放会上说：“胡风怎么会是反革命呢？他是党派去跟鲁迅联系的人啊！从同安走出去的鲁藜更不能说是‘胡风分子’，他只是寄诗作在胡风办的《七月》上发表而已，又没跟胡风本人见过面！”又是一个“这还了得”！“胡风反革命集团案”是中央定性立案的，叶茂平胆敢把矛头指向党中央，罪莫大于此啊！于是他也被打成右派分子，且其性质又较一般的右派分子要严重一些，已有“现行反革命”的言论，被送去厦门盐场干重体力劳动。

晒海盐要在海水涌来之时把海水截流下来，再让海水在太阳曝晒下慢慢把水分蒸发掉，最终才能晒出晶白细盐来。海水进闸时汹涌澎湃，浪头很高，简直势不可当。有一次叶茂平正在盐场里铲盐，海水冲过闸门，倒灌进来，叶茂平差点被海水卷走，还好，几位盐场工人发现了，奋力救助，叶茂平才挽回一条命。

7

1966 年的一天清晨，叶茂南与往常一样，诚惶诚恐地走入厦门外贸公司，迎面便看到几十个外贸造反派职工敲掉仓库的门，把一箱箱准备运送到码头发运去香港的外贸出口商品抬上一辆解放牌大货车。叶茂南大惊失色，问：“你们要干什么？你们要干什么？这些货下午就要装船运去香港的啊！”那些人理也不理他。“呼”的一声，解放牌汽车发动起来，一个猛冲开走了。叶茂南跟在车后拼命追。叶茂南跑到鹭江边海关码头附近，远远地看到那些人把那些木箱子打开来，把箱子里装着的那些纸箔、漆线雕佛像拿出来，一股脑往海里扔。叶茂南惊惶失措，大喊：“这是要出口换外汇的，你们不能这样做啊！”那些人也不搭理他，直到把车上载的十多箱货全扔光了，才开着车扬长而去。纸箔浸了水很快沉下海，漆线雕佛像则在海面上漂着。海上的一些舢板船很快就划过来，你争我夺，把漂浮在海面上的那些武财神、文财神、土地公捞了上来，划桨而去。叶茂南满眶泪水，瘫倒在码头上，号啕痛哭，说道："你们不能这样做啊！这些工艺品都是要出口去换回宝贵的外汇的啊！没有外汇咱们就不能买回国家建设急需的物资啊！你们这样做，国家要因此受多大的损失啊！"

第二天，外贸公司造反派做出决定："右派分子、走资派叶茂南每天清晨必须跟单位的历史反革命分子、资方人员一起站在大门口，头戴高纸帽、手敲搪瓷脸盆示众。"自此两个多月，叶茂南天天站在外贸大厦门口戴高帽、敲脸盆示众。叶茂南有泪也只能往肚里流。陈兮雯挺着即将临盆的大肚子，每天傍晚站在大门口等叶茂南回家才放下心，替他拿着高帽、脸盆，两人一起进屋。

1967年1月3日，上海《文汇报》被造反派夺权，揭开被称为"一月风暴"的序幕，全国各大中城市出现革命造反派批斗"走资本主义道路当权派"的热潮，厦门市市委、市政府领导干部被一队队红卫兵轮番拉到大街上去批斗，游街示众。已升任中共厦门市委秘书长的刘宏业也在其列。有一次批斗会上，因刘宏业开口分辩了几句，惹火了一个造反派头头，他斥责刘宏业"认罪态度不好"、"气焰嚣张"，叫一个红卫兵用铜头皮带抽打，坐"喷气式飞机"时又把他的脊椎压得脱臼，刘宏业被抬回家去。叶茂茜哭得如泪人似的，这时刘宏业却忍着疼痛对叶茂茜说道："赶快通知你大哥走！他去香港接家产的申请已经批下来了，再迟一步，连去香港的通道也封闭了，就走不了了！"

"香港不是资产阶级乐园吗？怎么能去呢？""小钢炮"叶茂茜诧异地睁大眼睛问道。

刘宏业苦笑了一下，说道："什么资产阶级乐园？这几年来，美蒋封锁大陆，实施禁运，我们香港转口贸易对突破这种封锁起了很大作用，香港有功啊！再说，叶振明夫妇都已是耄耋老人了，再迟一步，他们俩走了，他们的财产就只好上交给港英政府了，这不成了'资产流失'吗？快去啊！"

叶茂茜似懂非懂，赶快跑去桥仔头叶宅，劝说叶茂南快去香港。叶乃盛、江秀卿、陈兮雯也一再劝说叶茂南。叶茂南咬了咬牙说："好吧！走！去香港！"

当天下午，叶茂南就在陈兮雯陪同下去厦门市公安局出入境办事处办理移民香港的申请手续。几天后就批准了下来，但是只批准叶茂南、陈兮雯夫妇两人和叶诗斌的申请，叶诗贤已超过十六岁，是成年人，不能随父母同行。叶茂南、陈兮雯把他嘱托给父母双亲代为照料，并给叶诗贤加了一个别名：叶陆生，以示他是他们俩留在大陆的儿子。

几天以后，叶茂南、陈兮雯夫妇俩一大早就去集美乘车到广州，再改乘广州—深圳的客车，来到深圳与香港交界的罗湖桥畔，准备过关去香港。叶茂南回眸看了看桥头上迎风飘扬的五星红旗，潸然泪下。陈兮雯对抱在手中的叶诗斌说："我们马上要到香港了，你要成为一个'香港人'了。"

叶茂南、陈兮雯随着去香港的人流进入中国海关，办理了出境手续，两人一步一回头，缓缓地沿着罗湖桥走入香港新界的港英政府海关，就这样，他们俩到了"资产阶级乐园"香港。

到香港已是万家灯火时分，叶茂南、陈兮雯立即乘坐双层巴士去北角英皇道看望叶振明、洪玉钗两位老人。两位老人见到叶茂南、陈兮雯，便知道陈兮雯是叶茂南的妻子，很高兴，又争着抱叶诗斌，连连喊着"重孙，乖孩子"。叶振明马上挂电话给一家家政公司要请一个菲佣，很快就有一位二十多岁的菲律宾女子上门来照顾叶诗斌。叶振明、洪玉钗两人不敢问叶茂南当年他从美国留学回来带来香港见面的那位上海姑娘薛涵秋哪里去了，叶茂南也不便说给他们听，所以他们不知薛涵秋的事。

第二天上午一大早，陈兮雯对那位菲佣交代了一些事后，叶振明、洪玉钗夫妇俩就带领叶茂南、陈兮雯逛香港。对叶茂南来说，这是他第三次到香港，第二次他带着薛涵秋来香港是 1938 年，而今，1967 年，二十九年后他带着妻子陈兮雯来香港，心中感慨万千。而对于陈兮雯来说，这是她第一次到香港，她觉得样样都新奇。一行四人先去铜锣湾老市区看停泊在那里的游艇。叶振明说他年轻时也爱玩游艇，驾驶着游艇在大海上游弋，很来劲，现在人老了，那艘游艇也卖掉了，如果叶茂南有兴趣玩游艇，他要买一艘送他以作为见面礼。叶茂南赶快道谢，说他暂时还不想玩游艇。接着他们乘隧道车上太平山。在老衬亭上，四人俯瞰维多利亚海湾，只见海湾里高楼林立，宽阔的海面上，巨轮进出港湾，往返于香港、澳门的双体水翼船乘风破浪，两轮对开，船后拖着长长的水花。

洪玉钗说："这个亭子命名'老衬亭'，内中还有一个小故事呢！有一个女子失恋了，三更半夜跑到这个亭子来，准备跳崖自杀，正好有一个商人生意失败也上山来准备跳崖自杀，他一看那女子一脚在亭外，一脚在亭内，便大声喊道：'别！别做傻事。'那女子听了，没有跳下去。两人坐在栏杆上聊起来。那商人问那女子为什么要轻生，那女子便把自己的悲伤事告诉他。那商人问：'没恋爱之前你是怎样生活的？'那女子想：对啊！原来我不也生活得很快乐吗？何必为失恋这件事犯愁轻生呢？她便反问商人他又是为什么来这个亭子，那商人便把自己做生意失利，欠了人家一屁股债的事说了出来。那女子说：'未欠债前你是怎样生活的呢？'那商人想：对啊！一切都可以重来嘛！决心东山再起做生意。后来人们便把这个亭子命名为'老衬亭'，意思是只有傻瓜才会想死。"

叶茂南对陈兮雯说："'老衬'两字，在上海话便是'戆大'，都是'傻瓜蛋'的意思。"

陈兮雯哈哈大笑起来，叶振明、洪玉钗、叶茂南也笑了。

叶振明说："香港和澳门自古以来就是中国的领土，原来分别属于广东省新安县和香山县，均为珠江口的小渔村。香港原先是珠江口一个香料转运港，故有'香港'之名，1840年中英鸦片战争后，英国政府与清朝签订《南京条约》，威逼清政府割让香港岛，后来又增加了九龙、新界一大片土地，租期九十九年；与此同时，葡萄牙政府也强逼清政府签订条约，把澳门'租'给葡萄牙。到1997、1999年香港、澳门的租期届满，中国一定会收回香港、澳门的！"叶振明满脸自豪神色，使叶茂南、陈兮雯很受感动。

洪玉钗接话："我听人说当年英国人发现香港时假说要借地方晒被海水打湿的衣服，香港人才让他们上岸来的，想不到上岸后他们就不走了。"

接着他们四人下山登上快艇去鲤鱼门看香港维多利亚海湾入港点，在海上餐厅吃午饭。下午时分，本想去香港最大的离岛大屿山云窝看风景，想不到叶振明突然觉得心脏不舒服，气喘吁吁的，大家只好提前回家。

晚饭后，洪玉钗、陈兮雯到菲佣保姆房去看叶诗斌。叶振明则领着叶茂南去他的书房聊生意场的事。

叶振明从抽屉里拿出一个茶叶罐，从中取出一些茶放入茶几上的一只紫砂壶内，开了开关，用电热水壶烧开一壶开水，往小种壶里冲水。片刻后他再拿起茶壶分别往两只紫砂茶杯倒茶，招呼叶茂南品尝。叶振明说：“这是厦门外贸公司出口的海堤牌铁观音茶。我是从华丰国货公司买回来的。香港市面上的茶品种繁多。就说从大陆来的茶，除了福建的铁观音外，还有云南普洱、太湖碧螺春、安徽毛峰等等。但我一直还是喝铁观音，在铁观音茶中又特别对厦门海堤牌铁观音茶情有独钟。你不知道，我一喝海堤铁观音便会想起厦门，有一缕浓浓的思乡情呢!”

三杯茶下肚，叶振明话匣子开了，他说：“人越上岁数越念旧，会常常回忆起自己小时候的事。小时候我们住在台北市艋舺。‘艋舺’这两个字的意思是一种捕鱼的小船，那地方有一个集市，许多平埔人驾驶这种船出海捕鱼，把鱼货送到集市上卖。我父亲、你曾祖父叶朝根常年在外，很少回家，子女全靠你曾祖母照顾。渔船一回来，她就赶着帮人卸货、送货，根本没闲工夫照顾我们四个子女，都是你爷爷和你大姑婆两个大的负责照看我和你二姑婆两个小的。有一次吃晚饭，忽然我碗里的稀饭全变成红颜色，我说：‘大哥、大姐，我吃红粥，是荇菜粥。’你大姑婆一看，原来我鼻孔出血了。你大姑婆急忙拿手帕帮我止血。还有一次，我头上长着一个疙瘩，后来便化脓，疼得很，你爷爷和你大姑婆急忙把我带去一个诊所看医生。那个医生说得马上开刀把脓挤出来。都是孩子懂什么，我们就让医生动刀，手术后护士用白纱布把我的头包扎起来。回家来，你爷爷和大姑婆被你曾祖母打了一顿，怪他们两人乱作主张。上次我回厦门知道你祖父已去世，我伤心得不得了！手足情深啊!”

叶振明问：“我听兮雯说你被打成右派，有这个事吗?”

叶茂南点了点头。

叶振明动情地说：“你别懊恼。就当有时被母亲错打了，别放在心里，你该做什么还做什么。”

叶茂南又点了点头。

叶振明踌躇了一下，又问："那年随你来香港的那位女同学后来到哪里去了？你不是跟她……"

叶茂南便把自己如何被指腹为婚跟张文婉结亲、薛涵秋如何一气之下出走、后来又如何与薛涵秋邂逅，以及薛涵秋为了掩护自己而开枪自尽的一些事告诉叶振明。

叶振明唏嘘不已。

叶振明说："事情都过去了，你别伤心。"又说，"那几年，台湾白色恐怖非常厉害，动不动就抓人、杀人，经常有人被特务盯上，'请'了去，就失踪了，再不会回来了，说是'戡乱时期'啊！"

叶茂南问："您现在还做木材生意吗？"

叶振明说："早就不做了！我过继来颜家时，颜家是做木材生意的，从台湾贩运木材来供香港的建筑商盖房屋用，但是现在有水泥、钢筋，谁还用木材盖房子呢？所以我接手颜家生意后就做起水泥、钢材、沙石的建材生意，但市场竞争很激烈，难操胜券，前几年我已收摊，改做酒店业了。我把多年经营所得拿出来，又向银行贷款借了点钱，在新加坡圣淘沙办了一家'振明酒店'，规模不算大，也只有三百多个床位吧！今年元旦刚开业。"

叶茂南心中思忖着：生意场有一句老话"做熟不做生"。他一向是做贸易生意的，并未涉足酒店服务业，年纪又这么大，振明酒店由谁打理呢？他便开口问叶振明："您人在香港，圣淘沙那头您常去检查、监督吗？"

"没有啊！我是从猎头公司那里请来一位名叫浅野三郎的日本人专权负责的啊！"说完话他便"咚咚"跑去开保险柜，拿来一个文件夹，从中抽出三份文件递给叶茂南看。叶茂南低头一看，一份是叶振明写给猎头公司委托他们介绍一位总经理的《委托书》，一份是叶振明与浅野三郎签订的《协议书》，还有一份是叶振明给浅野三郎的《授权书》。叶茂南翻看了一会儿，下意识地往那份《授权书》上拍了一下。

叶振明赶紧问道："有问题吗？"

叶茂南没有回答，翕动双唇，又把那份《授权书》默读了一遍才说："不对啊！”

“什么不对啊？”

“你看！你看！你这上面写的这几句话。”

那几句话是这样写的：

本人郑重授权浅野三郎先生全权代表本人处理振明酒店的人事、财务、公关及对外投资等一切事宜。

叶振明看了又看，一脸诧异地问：“这样写有错吗？”

叶茂南说：“您有授权没制约。凡权力都必须制约，否则就权力无边了。根据这个授权书，浅野三郎可以任意任免下属而无须经您点头同意；财务方面他可以决定任何一笔支出，无须经您批准；公关方面，他可以巧立名目去交际应酬乱花钱……最要害的是这一条‘对外投资’，他可以随时以‘对外投资需要’，不经您的同意就把经营所得，甚至振明酒店的资本金抽逃出去，搞自己的私人项目。”

叶振明愣住了，一激动，他的双手便微颤起来，豆大的汗珠从额头沁了出来。

叶茂南接着问：“一般情况下这个浅野三郎多长时间来香港述职向您汇报工作？”

“没有来啊！但每个月 15 日他固定会打越洋电话来向我报告情况。每一次他都说‘一切正常，筹建顺利’。”

“财务报表每个月都送来给您过目吗？”

“没有。他总是说筹备阶段、试营业阶段就不必呈报财务报表，等正式营业，走上正轨，自然就会按季上报的。”

“不对啊！”叶茂南喊了起来，“这内中有猫腻啊！按财务管理，一个公司只要有资金开支发生就得编制财务报表，不但要上报给董事长，还得上报给税务部门的啊！不是等正式营业才上报的啊！”

“嗡”的一声，叶振明脑袋一片空白，木然地呆坐着一动也不动，叶茂南过去搀扶着他，把他送入房间，交给洪玉钗，才又对叶振明安慰道："您别急！等我去圣淘沙一趟，住下几天实地察看一下振明酒店，找浅野三郎谈话，一切就明白了。"

叶振明连连点着头，在洪玉钗、陈兮雯的帮助下上了床，躺下来休息。

晚上，叶茂南和陈兮雯在一起时，陈兮雯问叶茂南："叔公怎么啦?"茂南摇了摇头说："振明酒店的财务漏洞可能不小呢！等我去圣淘沙一趟了解了解情况，一切就了然了！"两人又谈了一些话才睡。

接连几天，叶振明领着叶茂南访亲会友。叶振明做东在半岛酒店宴请他平时多有交往的一些商界人士，把叶茂南介绍给大家认识，向大家宣布由叶茂南接替自己，担任他办的振明投资有限公司的董事长、法人代表。大家夸叶茂南年轻有为，前途无量。

8

一星期后，叶茂南带着叶振明的一封亲笔信，到启德机场搭乘港龙航空公司从香港飞往新加坡的班机去圣淘沙。临行时他和叶振明告别，叶振明紧紧地抓着他的手，激动地说："茂南啊！你们能来香港我就有希望了！这一次你去圣淘沙，如果真查出浅野三郎搞小动作瞒天过海，损害公司利益的话，你就当场宣布把他免职，不要有半点犹豫！"叶茂南连连点着头。

圣淘沙位于新加坡岛之南，与新加坡岛隔海相望，面积仅三四平方公里。圣淘沙在马来语中意为"静谧祥和之地"，当时正兴起一股开发热潮，要把它开发成为世界旅游度假圣地。

叶茂南到新加坡机场时已是上午八时许了。他下机后，乘渡轮上了圣淘沙，再叫了一辆的士，赶去振明酒店。

站在酒店大门口，他抬头一看，酒店为三层楼房，欧洲建筑风格。大门两旁立着八根罗马柱，屋顶为哥特式尖顶，楼前有一个绿草如茵的草坪，周围栽种着棕榈树，海风一吹，长长的树叶婆娑摇曳，十分浪漫。叶茂南走入大堂，在总台办理了入住手续，不乘电梯，走楼梯到自己的房间，稍事盥洗一番，换了一件蓝色衬衫，这才下楼来。他走入紧挨着大堂的咖啡屋，点了一份立顿红茶和一份三明治，边进早餐边观察着登记入住的客流情况。因为酒店开业有优惠价，入住的情况倒也不错，有许多来自世界各地的度假客来入住。观察了入住情况后，叶茂南上二楼西餐厅、中餐厅走走看看，看到就餐的人不少，场面热烈。他再上三楼的台球馆、健身房、迪斯科舞厅一一观看一番。这时叶茂南对振明酒店的经营情况已有了一个大体印象，觉得总的说来，运作良好。

叶茂南信步走入总经理室，对一位身着酒店服的日本女子说他刚从香港来，受董事长叶振明之托，要见浅野三郎总经理，谈一些要事，请她向浅野三郎通报一声。那位小姐说："对不起，总经理陪客人打高尔夫球，下午六时才能回酒店。"她对叶茂南说她是总经理助理，名叫山口惠子，向叶茂南索要起名片来，叶茂南没有给他，只告诉了她自己的房间号，让总经理一回来就给自已挂电话。他告辞出来，下楼去酒店周围走走看看，还特地去圣淘沙广场音乐喷泉欣赏作为新加坡共和国形象代表的鱼尾狮雕像。雕像有一人多高，清水从张着的狮口喷出，在近午阳光的照射下晶莹剔透，很好看。然后，他到街上一家华侨开的饭庄吃了午饭，才回酒店房间稍事休息。

下午六时许，房间里的酒店内部电话响了，是山口惠子挂来的，她对叶茂南说："总经理浅野三郎已回酒店，正在恭候您的光临，请即来总经理室一会。"叶茂南答："马上就到!"他穿了一套藏青色西装，结好领带，打扮得整整齐齐才赶到总经理室。

叶茂南跨入总经理室门槛，正坐在会客区沙发上与一帮日本朋友高谈阔论的一位年龄约为三十岁、身体健硕的日本男子站了起来，漫不经心地对叶茂南问道："先生要找我吗?"

"是的，我叫叶茂南，受叶振明老先生之托，专程从香港来探望您的。"说完话，叶茂南便把临离香港时叶振明写给他的那封亲笔信递到浅野三郎手上。浅野三郎站着看完，望了望叶茂南，态度顿时变得恭敬起来，连说："先生，这边请!"把叶茂南领入总经理室后的一间小房间，又吩咐山口惠子沏茶待客。山口惠子倒了两杯茶，小心翼翼地放在两人面前。浅野三郎这才镇定地问叶茂南："叶先生，董事长身体好吗?"

"好!"叶茂南答道，他没有说出自己已接任振明公司董事长职务的事。

"叶先生此次来有何指教?"

"不敢！只是受叶振明老先生之托，过来圣淘沙随便看看而已，并没什么特别的目的。"

浅野三郎松了一口气说："那就好！那就好！叶先生可以明察暗访，对振明酒店的经营情况做一番考察。敝人是东京帝国大学旅游会展系酒店管理专业毕业的，从事酒店管理已有八年时间。"说完话他高傲地瞟了叶茂南一眼，又说，"叶茂南先生，晚上我做东请几位日本北海道来的客人，特邀您赏光，未知尊意如何?"

叶茂南推说自己已另有一个饭局，不便答应，约好第二天上午两人单独叙谈。浅野三郎也不再留，有礼貌地把叶茂南送出总经理室，看叶茂南走入电梯间才走回来。

晚饭后，叶茂南没有出去逛街，躺在房间床上思考着第二天如何对浅野三郎来一个"突然袭击"，使他措手不及，这样才有可能对他这两年来的作为有所了解。

第二天九时上班时间，叶茂南来到总经理室等着浅野三郎的到来。不一会儿浅野三郎匆匆忙忙走进来，连说他在途中遇到塞车，所以迟到，让叶茂南久等了，特致歉意；又问叶茂南需要了解些什么，是否由他把振明酒店筹建、开业情况作一个口头汇报。叶茂南打断他的话说："不用了！我要看财务报表。"

浅野三郎一怔，但很快就镇定地赔笑道："好的！好的！只是不巧，财务部主管正在年休，一时拿不到报表。"

"不可能的！人年休，报表是不会带走的!"叶茂南态度坚决地说，话音中有一种不容商量的坚定语气。

浅野三郎只得用日语对山口惠子叽里哇啦说了几句话，山口惠子走了出去，不一会儿领着一个四十多岁、身子瘦削的日本男子走进来。那人一见到叶茂南便点头哈腰说："野田吉一，财务主管。"说完话把手中的一叠报表拿给叶茂南。叶茂南接过来，放在桌面上，特别看了浅野三郎一眼；浅野三郎佯装在看走廊外的行人，避开他的眼光。叶茂南便低着头翻动着那些报表。房间里三个日本人都不作声，房间里静悄悄的。叶茂南看了一会儿问道："浅野总经理，您的总经理专项基金花销不小啊！"

"都是为了拓展业务的需要。"浅野三郎答道。叶茂南也不答话，从随身带着的手提皮包里拿出一只计算器低着头按键，然后把计算器往浅野三郎面前晃了晃说："你看，你的花销占了酒店开支百分之四。通常总经理基金最高只能达到百分之三，你大大超过了！"

浅野三郎不搭腔，低着头，野田吉一双眼看着别的地方，也不吭声。

叶茂南又问野田吉一："报表上的'对外投资'都投资哪些项目，你怎么没有列出明细表来?"

野田吉一不吭声，双眼直盯着浅野三郎。

叶茂南板起脸孔看了看野田吉一，厉声说道："马上把对外投资明细表拿来给我看，否则我马上炒你鱿鱼！"

野田吉一脸色铁青，朝着浅野三郎看，浅野三郎只得微微点了点头，野田吉一小心翼翼地走了出去。

不一会儿野田吉一拿出一份报表来，递给浅野三郎，浅野三郎略为翻动了一下，不情愿地递给叶茂南。叶茂南接过来翻阅，一句话也不说，房间里又回复到静寂状态。过了三五分钟后，叶茂南才严肃地说道："浅野总经理，你对外投资，购买三菱重工、松下电器、东芝股份这些日本企业股票，可是超过了你作为一个酒店总经理的职责范围的啊！"

"可是对外投资是经叶振明董事长授权的啊！"浅野三郎故作镇定地答道。

叶茂南大声地斥责道："就算有授权，你也不能在董事长全然不知情的情况下私自决定对外投资、买股票的啊！你只是一个资金运作者，并非资金所有者啊！你这样做是违背一个职场经理人的职业道德的啊！"浅野三郎低头不语。

叶茂南又对野田吉一说："野田，你是一位专业的财务人员，你当然知道总经理不经董事长签字，私自决定对外投资、购买股票是错误的，你为什么不加以阻止呢？你这样做也是违背一个财务人员的职业道德的啊！”

野田吉一想争辩，但转眼看到叶茂南注视着他的锐利眼光，便没有开口。

叶茂南拿着那些报表站起来，说：“你们两位等候董事长的处理决定吧！”

浅野三郎把叶茂南送到电梯间门口时问：“叶先生是哪一所大学毕业的？读什么系？”

“美国弗吉尼亚大学毕业，读工商管理，兼修国际金融。”停了一会儿，他又说，“我是振明投资有限公司新任董事长。”

“啊！”浅野三郎惊愕不已，他心中暗暗叫起苦来，知道自己遇到了强硬的对手！

叶茂南一回到房间，马上给叶振明挂电话，把情况告诉他，叶振明静默了约莫三分钟后才说：“马上把那个野田吉一免职！明天我就去香港会计公司办理财务复查手续，派人去新加坡查账。你留下来协助他们工作，暂不要回港来。”

两天后，香港立基会计事务所两位会计师到新加坡来，入住振明酒店，对酒店历年来的来往账目进行盘查，半个月后，他们提出了一份《财务稽核报告》交给叶茂南。根据立基会计事务所的复核，振明酒店的资本金严重不足，负债额达三百万美元，处于严重亏损状态。他们建议立即进行资本重组，吸收第二方资金入股，注入新的资本金，以利企业起死回生。

叶茂南拿着立基的报告书，赶回香港来跟叶振明商量对策。

叶茂南一踏入叶振明家，等候在大厅里的叶振明已迫不及待地站了起来，两人走入叶振明的书房里商量事情。叶振明看完立基的报告书，顿时愣住了，不说一句话，内心很是自责。

两天后，叶振明借款的那家银行也派人上门来催收利息。原来振明酒店向他们贷的款已过了期限，须向银行还本付息了。振明酒店经营所得连同部分资本金已被浅野三郎抽出，“投资”买股票，拿不出钱来还贷。叶振明心力交瘁，一时虚火攻心，便昏厥过去。叶茂南、陈兮雯手忙脚乱地把他送入玛嘉烈医院急诊室急救，后入住心血管科病房继续治疗。

叶茂南为了振明酒店的事，圣淘沙、香港两头跑，他一回香港就总要抽时间去医院陪叶振明，嘘寒问暖，关怀备至。这一天傍晚，叶振明又到玛嘉烈医院来探望叶振明，两人沿着院子里一条石甬道边走边谈。

叶振明内疚地说："茂南，我本意是想把振明酒店交你打理，让你接我的家产，没想到出了这么大的变故，弄得你来收拾烂摊子，我心里很过意不去啊！"说完话，他的眼眶湿了起来，连连摇着头。

叶茂南扶着叶振明在院子里一个开满紫藤花的回廊里坐了下来，说："快别这么说了，发生这么大的变故，又不是您老人家愿意的！"

叶振明说："看来，我们是一个子儿也要不回来，还要变卖家产还债，一夜间成了穷光蛋。嗐！我真后悔，怎么就没看出这个浅野三郎的狼子野心呢！"

叶茂南说："事情都过去了，就别太自责了。我们叶家难说就没有东山再起的一天。"

叶振明点了点头说："你能这样想我就放心了！"他略有所思后又说，"我们家在艋舺还有一幢旧厝，我记得父亲当时回唐山时是委托邻居一位卖番薯的九婶婆代管的。你们在香港要是真待不下去，就去艋舺老房子住。另外我过继过去的姓颜的那家在苗栗三义置地一百多亩种树木，当时是想做木材买卖的，颜家是做木材生意的啊！"

叶振明又说："有一句老话叫'一府二鹿三艋舺'。'一府'是说台湾是先从台南郑成功攻下荷兰人赤崁楼登上台湾岛的，台南有陈永华建的全台最大的孔庙；'二鹿'是指彰化的鹿港，这个'鹿'字并不是指真正的鹿，而是闽南语做苦力的意思，闽南人说拖板车是'拔鹿角'；'三艋舺'的'艋舺'是一种小木舟，当年很多土著人摇着这种小木舟来台北附近一条内河做生意，以后这地方便被称为'艋舺'。"

最后，叶振明说："海峡两岸人民同宗共祖，同属一个中华民族，总有一天会和平统一。两岸同胞携手发展，互利双赢，必将在世界之林大显身手。我是看不到这一天的到来了，你还年轻，完全有希望看到这一天的。你还有发展的空间，你若经济上有实力，将来无论如何要回大陆投资办企业，为中华民族的复兴多作贡献！"

叶振明的病情逐渐恶化，虽然抢救却最终没能挽救过来。弥留之际他握着叶茂南的手对他说："因为我的一时疏忽导致事业彻底的失败，我心里明白振明酒店是救不过来的，我很愧对于你们夫妇俩，没有留给你们什么财产。"停了一会儿，他喘息着又说，"香港要是待不下去，你们夫妇俩就到台湾苗栗经营林木业，以图东山再起。"

这一年是1967年，叶振明去世。叶茂南、陈兮雯料理叶振明的后事，在香港万国殡仪馆举行祭奠仪式，与他永远告别了。

第二年3月开春，洪玉钗也因偶感风寒，酿成重症，虽经多方诊治，终究没能挽留下她的生命，她随夫而去了。临终前，她把叶振明在台湾苗栗县拥有林地的所有权证书和当年委托九婶婆代管艋舺房子的信，郑重地交给叶茂南保管。

新加坡政府对于对外投资管理十分严格，港资振明酒店财务情况很快引起工商管理局的注意，他们立即组织专案组入住酒店调查，结果证实振明酒店严重亏损，对银行和企业负债高达一千五百万美元。工商管理局立即责成振明酒店停业，进行资产拍卖、重组。叶振明的合法继承人叶茂南不但没有继承到资产，还必须拍卖香港北角的那幢房产来还债。专案组还查出，浅野三郎以振明酒店名义购入的那些股票，后来统统转手成为浅野三郎个人持有，这是贪污、渎职罪！新加坡政府检察部门以涉嫌掏空公司资金罪对浅野三郎提出公诉，浅野三郎被判处三年徒刑。

叶茂南、陈兮雯处理了叶振明在香港的全部债权、债务后，带着二儿子叶诗斌搭乘去台湾的海轮到了艋舺，向九婶婆的儿子讨回了那幢房子。叶茂南请了泥水匠修缮一番，且建了厨房、卫生间。当他们三人踏入那幢房子时，陈兮雯心里很觉茫然，呆呆地不说话。叶诗斌吵着要吃东西，陈兮雯没好气地对他大声呵责，叶诗斌大哭了起来。这时九婶婆的孙媳妇端着一碗海蛎煮线面进来，招呼客人吃，又添了一小碗喂叶诗斌吃，他才不哭闹。不一会儿，九婶婆的儿子、孙子押着行李车来了，大家忙乎起来，卸行李包安顿。

晚上一家三口睡在大木床上，叶茂南看到妻子闷闷不乐，知道她心中有失落感，凑趣地说："是金子总会发亮的，从零开始干。"陈兮雯撇了撇嘴说：

“还黄金呢！黄铜呗。”又说，“你出去找一个工作，总不能窝在家里。”叶茂南说：“不行！不行！我是有‘案底’的人，要是他们知道我参加过厦青团，又参加‘海辽号’起义，不把我抓起来才怪呢！我这不是自己撞到人家枪口上吗?”陈兮雯说：“要不我出去找工作做，你在家里待着。”叶茂南说：“暂时也只能这样。”

后来陈兮雯到一家民办幼儿园谋了一个教职，把叶诗斌也带去放在托儿班。叶茂南在家做寓公，画画、写字、看书，聊以打发日子。

9

随着政治运动的展开，厦门形成“造反大联合司令部”（造司）和“革命大联合司令部”（革司）两个对立的群众组织，两派在市区垒掩体，拉铁丝网，对峙作战，各有死伤。

运动初期叶茂茜因为是“走资派”刘宏业的臭老婆，不能加入造反派组织，现在放宽了，她参加厦门师范学校“教工造反团”，隶属“革司”派，因为她工作有魄力，说话有鼓动性，被推荐参加“革司”总部勤务组。但是平心而论，叶茂茜是不赞成“同室操戈，骨肉相残”的武斗的，她很迷惘，同是干部、职工、学生，又没有什么根本利害冲突，为什么要分成两大派斗个没完呢？再说，工人不做工，农民不种地，国家经济建设怎么维持下去呢？

有一天下午，叶茂茜被通知去指挥部，当她走过总司令部指挥办公室时，听到有人在鞭打“犯人”的声音，便走了进去。一看那个总指挥正在鞭打的人是叶茂茜的一个学生，他是另一派的“造反战士”。叶茂茜大声喝道：“住手!”便要去夺下总指挥手中的鞭子，被那人猛推一下，一个趔趄，跌倒在地。此后叶茂茜被清除出总部勤务组，回到厦门师范学校“革司”，帮助抄抄大字报、传达上级指示等等。这一来，叶茂茜在“革司”派中反倒树立了很大的威信，受到大家的拥护，“革司”上下人人称叶茂茜为“革命老大姐”。

刘宏业经治疗后，已经能起床走路了，但市政府机构已瘫痪，要上班也没班可上，他便躲在家里看看《毛选》和一些历史书，有时也邀人下棋。刘宏业和叶茂茜结婚后，叶茂茜生了一个女儿，取名刘向红，这一年也有五岁了，因为要闹革命，没空照料她，便托江秀卿代为照料。刘向红和她的表哥叶诗贤特别亲，常跟在他身后，要表哥教她唱歌，陪她玩。

有一天叶茂茜三更半夜才回家，刘宏业看她累得不行，趴在桌上睡着了，就走过去摇了摇她，让她冲冲凉上床去睡。叶茂茜醒过来，揉了揉双眼问道："几点钟了？我饿了，你去煮一碗扁食面给我吃，从中午到现在我连一口水都没有喝呢！"刘宏业便去开灶煮面，手忙脚乱地煮好了端过来。叶茂茜吃了一口就往外吐，盐下多了，不能入口。她心里不痛快，连声骂刘宏业："没用！连碗面也煮不好！"刘宏业说她像一个疯婆子似的，整天在外面闹。这一说叶茂茜不中听，蛾眉倒竖，杏眼怒睁，对丈夫嚷起来："我这是闹革命，捍卫无产阶级司令部啊！"

"哼！瞎胡闹！两派对立，这样闹下去可就要出大乱子呢！"

"你这是走资派言论。"

"什么走资派不走资派，还不是中央叫咋办下面就咋办？现在倒好了，中央是'走社派'，下面倒成了走资派！"

"你再说一遍！你再说一遍！我不准你污蔑无产阶级司令部！怪不得说'赫鲁晓夫式的人物'就睡在我们的身边，怪不得说'走资派还在走'！这是一场无产阶级大革命，我们不能掉以轻心啊！"

"好！好！好！你去捍卫，你去闹就是了！"

刘宏业心里也有气，不搭理妻子了，上床蒙头睡觉。叶茂茜自己把那碗面加了点水再煮，一个人无精打采低着头静悄悄地吃着。

此后，刘宏业、叶茂茜这一对半老夫妻"志不同，道不合"，说不到一块儿去，在家里常为一些事看法不同而争辩起来，后来两人索性不说话，有时叶茂茜有事拿不定主意想征求刘宏业的看法时，刘宏业也只是心不在焉地说："你看着办吧！我才学粗浅，说不出什么意见。"叶茂茜白了他一眼，气得噘着嘴不说话了。

随后革命大联合，成立"革委会"抓革命，促生产；接着清理阶级队伍，抓"五·一六分子"；再以后干部下放、知识青年上山下乡，直至 1976 年

“十年动乱”才告终。这十年间给中国经济造成巨大影响，国民经济已到濒临崩溃的地步。

革命大联合时，叶茂茜被厦门师范学校一派推举进入学校革委会任副主任，相当于副校长职务，但是不久“清理阶级队伍”运动来了，到处在抓“五·一六分子”，叶茂茜立刻被免去革委会副主任职务，押去厦门市公安局集中关禁闭，等候处理。从来没有经受过隔离审查、审讯的叶茂茜被吓破了胆，每一次提审时她都战战兢兢，惊慌失措。当时刚刚被“解放”出来的刘宏业去看过她几次，告诫她要“相信群众相信党”，好好地交代自己的问题，她频频点头，一脸惘然。后来中央下达防止“打击面过宽，到处乱抓五·一六分子”的指示，叶茂茜才被放回来。但她精神上受到沉重的打击，不要说回师范学校重返讲台教书，就是日常生活起居一度也不能自理。刘宏业只好替她办了停薪留职，让她在家里静养。

厦门市成立革委会时，刘宏业被安排去“农林水”任主任，分管农业、林业、水利。为了打造一个能容纳十万人欢呼“最高指示”的广场，市革委会决定填平中山公园的溪流，把原来一个四百平方米的运动场扩大成一个大广场。市革委会开会讨论的时候，刘宏业说：“据我所知，当时建中山公园时是把周围七八条溪流的水集中到此，辟成溪流纵横交错的景区的，现在要是把它们全填了，农历八九月间天文大潮加上暴雨，水无处去，不是会泛滥成灾吗？可得慎重考虑。”革委会主任看刘宏业一眼，不高兴地说：“是欢呼‘最高指示’重要，还是水流哪里重要？再说也不一定就有那么多的雨水啊！”填平中山公园的事就这样决定了下来。刘宏业既是“农林水”的头头，填平中山公园的任务就归他执行，他叹了口气去安排部署了。他食宿在指挥部，不久，填平了东狱、魁星两河并琵琶洲。

过了两个月，市革委会贯彻“工业学大庆，农业学大寨”，又开会讨论填平筼筜港，开垦千亩良田种水稻的事。刘宏业一听便吓了一跳，心里想：且不要说筼筜港是厦门的渔港，“筼筜渔火”是厦门二十四景之一，填了可惜，这填出来的地，盐碱成分高，又怎能打出粮来呢？会议上虽有争议，但革委会主任还是义无反顾，坚持自己的主张，决定动员全市人民，“千军万马垦筼筜”。这事又是归“农林水”管，刘宏业又得硬着头皮担任现场总指挥。果不其然，筼筜港围垦成功种上水稻，三天后秧苗就打蔫栽不活，以后改种树，要造千亩林，一样也因土壤盐碱度过高，树木也长不成。一时筼筜农场便抛了荒，空荡荡一片，市民走过去都觉得伤心。

还是那句话，“屋漏偏逢连夜雨，船破正遇当面风”。这一年，一场台风暴雨，中山公园被淹了，溪岸、百家村一带顿成泽国，到处汪洋一片。市民纷纷上书责问，要求惩处干这件蠢事的人。刘宏业是“农林水”主任，填平中山公园、围垦筼筜港两件事的现场总指挥，市革委会主任把他免职，还在报上公告了这件事。刘宏业赋闲在家，叶茂茜已是一个病人了，刘宏业得侍候她。

后来中央在福建建“小三线”，刘宏业当年在志愿军时的一位老首长点名要他去龙岩特钢厂任厂长，抓特钢厂筹建工作。刘宏业带着叶茂茜、刘向红去龙岩。早一年叶诗贤也已上山下乡去永定西溪农场插队落户当茶工了。至此，桥仔头叶家只余下金枝一人在厦门。

刘宏业包了一部卡车，一家三口人从厦门乘车去龙岩。到了离龙岩市新罗区十公里的曹溪的特钢厂时已是傍晚时分。早到三个月的特钢厂党委书记孟建暄带着后勤处长已在工厂大门等候多时，看到卡车来了便迎上去，指挥工厂工人帮助刘宏业把行李搬入职工宿舍。刘宏业跟孟建暄交谈，才知道他也是志愿军转业干部，在朝鲜时两人是兄弟团队，不过互相并不认识，现在有幸相聚，成为为了一个共同目标一起奋斗的战友，两人格外高兴。

安下家后，刘宏业请了当地一位三十多岁的农村妇女来家料理家务，刘向红插班龙岩实验小学三年级读书。安顿好家务事后，刘宏业正式到特钢厂上班，又全身心地投入到革命工作中去了。

特钢厂属军工工业，建厂房所需的钢材、水泥、木材“三材”虽说有“计划指标”保证供应，但当时百废待兴，物资匮乏，原材料有时还是难以供应的，刘宏业只得出门去催货。龙岩县县城对外只有一条公路，路况不好，坑坑洼洼的，刘宏业坐着一部北京吉普上路，一路上被颠得七荤八素，不辨东西。为安全起见，刘宏业请工人在吉普车后排前加了一条不锈钢横杠，此后刘宏业坐车出门时，双手紧抓着那条横杠，任由车子东颠西颠。经过两年的紧张打拼，特钢厂厂房建成了，设备安装上了，刘宏业又带领员工投入特钢厂的生产热潮中去。

在“十年动乱”中，早先被打为右派分子的叶茂平也难逃厄运。运动一开始他就被盐场的造反派揪出来批斗，后来他加入了对立的造反派，被对方战士挟持去严加审讯，又因“认罪态度”不好，批斗时被用枪托砸了胸部，断了两根肋骨。厦门解放前一年，叶乃鸿已将海后路那幢房屋抵押给别人。叶乃鸿病死后，柳月桂带着二儿子叶茂安已回晋江祖家安生，现在叶茂平身体有伤，无处可去，只能在盐场硬撑着。在盐场替盐工烧饭的一个名叫秀玉的漳州籍女工很同情叶茂平的处境，她家里老父亲是一位乡间草药医生，会治跌打损伤，这位女工便把叶茂平请回漳州芗城区家里，由她父亲给叶茂平疗伤。叶茂平对这位女工十分感激，日久生情，两人便结为连理，做了患难夫妻。后来落实政策，厦门市文化馆要安排叶茂平回市文联工作，叶茂平不愿意回厦门工作，经与漳州市文化局协商，安排在漳州市图书馆工作。叶茂平也极少回厦门。

第四部

山海空蒙霞蔚天

叶文蔚把《老家厦门》第三部的文稿按老办法寄给陈兮雯，十天后她便收到陈兮雯的来信，信中写道：

文蔚贤侄：

正盼望着能收到你的《老家厦门》第三部文稿时，便收到洪丽明转来的你的作品。我读后拿给你伯父看，我们两人自然感叹不已。

你伯父说他自1938年留美回国至今的四十八年时间里，先后在大陆、香港、台湾三地生活过。其中在大陆的时间自1938年至1967年；在香港的时间自1967年至1968年；在台湾的时间自1968年至1986年。虽然现在在台湾生活了十八年，不如在大陆的二十九年长，也不知还会在台湾再生活多少年，可是他日夜都盼着回厦门去呢！

最近一个时期“台独”活动很猖狂，“台湾独立”、“两个中国”的言论甚嚣尘上。你伯父是坚决反对“台独”，坚信海峡两岸必会和平统一的。昨天他对我说，泉州施琅纪念馆有一副对联写得特别好：“平台千古复台千古，郑氏一人施氏一人。”

郑成功东征台湾，驱逐荷夷，平台有功；施琅跨海作战，把台湾归入大清版图，一样立了大功。两人功盖华夏，一样都是值得称赞的。

你伯父还说所有评价郑成功的诗词中，他认为张学良的那一首写得最好：

孽子孤臣一雅儒，填膺大义抗强胡。
丰功岂在尊明朔，确保台湾入版图。

是啊！郑成功高举反清复明大旗抗击清军，固然功不可没，但这与他驱逐荷夷、收复台湾的事比较起来，后者的功劳大于前者。

这就说明国家的统一、人民的团结是评价历史人物的第一标准，是至高无上的。海峡两岸和平统一，实现中华民族的复兴，是评价两岸政治、经济问题的唯一准绳。希望这一精神在你的作品中能得到很好的诠释。照样寄去第三批材料，内容多为我们在台湾的一些事。

顺告：适当的时候，我们还要回厦门一趟，想多住些日子，访亲探友，走走看看。

祝

安

陈兮雯

1986年10月2日

你伯父附笔问好！

1

1980年10月的一天上午，刘宏业像往常一样吃完早饭后要去他的办公室办公时，孟建暄把他喊住，让他跟自己去办公室谈话。孟建暄从他的办公桌抽屉里取出一封信递给刘宏业，对他说：“省委组织部来的信，要你明天就到福州报到，参加省委、省政府召开的一次干部会议。省委汪副书记还特别挂电话给我，叮嘱我要告诉你准时到会，不得请假，不得迟到。”

“是什么会议这么纪律严明啊？”刘宏业说完话便把信笺从信封里抽出来看。会议通知与老孟说的相同，信中还附有一张出席证，注明坐第七排第八座。

刘宏业回宿舍告诉叶茂茜自己要出差去福州，大约三五天后才回来，家里的事吩咐那位阿姨做。叶茂茜表示知道了，让他快去快回。

当天午后，刘宏业就坐着他那辆北京吉普连夜赶去福州。山路崎岖，北京吉普东摇西晃，“咚”的一声，刘宏业的头就撞到了车的帆布顶篷上去了。第二天清晨五时，刘宏业到了福州，住进省政府招待所。洗洗涮涮，躺下来休息两个多小时后去食堂吃了早饭，开会的时间就到了。刘宏业让司机留在宿舍里待命，他夹着一只黑皮公文包，挂好出席证就随参加会议的人步入大会场。刘宏业抬头一看，大会场主席台上方挂着的横幅上写着“福建省干部大会”七个大字。刘宏业对号入座在自己的位置上坐下来。九时正大会开始，省委汪副书记从台右角走上台来，在台左侧一只扩音器前宣布：“福建省干部大会现在开始！”会议上宣布了中共福建省委书记的任命。

当天下午分组学习文件，小组讨论。刘宏业被安排在厦漳泉龙小组参加讨论。参加会议的四市代表都是市委书记、市长，刘宏业纳闷，自己是一个军工工业干部，怎么也被通知来开会？是否搞错了？

会上大家各抒己见，畅谈自己对中国共产党十一届三中全会决定“把党的工作重点转移到抓经济工作上来”，拨乱反正，实行“对外开放，对内搞活经济”的学习体会，一致表示拥护中央关于改革开放的一系列方针政策和具体措施。刘宏业也谈了自己的一些体会。

大会最后一天下午，由新任省委书记向业础作总结性发言后，汪副书记宣布大会结束。到会的同志有的留下来，准备第二天回去，有的当晚就开路，连夜开车赶回去了。

刘宏业夹着黑皮公文包，正待要跨出会场大门回招待所，汪副书记喊住了他，对他说：“向书记要找你谈话。”向书记就是新调来的省委书记向业础。

刘宏业随着汪副书记走入省委书记向业础的办公室，向业础站起来，跟他亲切地握手，请他在自己座位对面坐下来，这才开腔说话："中央决定在深圳、珠海、汕头、厦门四个城市办经济特区。厦门经济特区选址在厦门本岛湖里地区，由厦门经济特区管委会行使行政领导权。省委常委多次开会做了研究，决定任命你为厦门经济特区管委会主任，主持管委会的日常工作。今天我代表省委常委找你个别谈话，征求你本人的意见看法，请你谈谈你的看法吧。"

刘宏业事先完全没有思想准备，现在听向业础这么一说，脱口便说："我恐怕不行，难以担当起这么大的重任！"

向业础说："实践出真知嘛！毛主席说：'你要知道梨子的滋味，你就得变革梨子，亲口吃一吃。'省委组织部同志告诉我，你不但带过兵，打过仗，而且还有在第一线抓工作的经验。1958年厦门创办杏林工业区，成立区工委，你是区工委的书记，几年时间，你们就办起合成氨、平板玻璃、纺织、化纤、电厂等十多个工厂，杏林工业区成为厦门一个新的工业集中区，很不容易啊！之后成立厦门市革委会，革委会要填平中山公园、围垦筼筜港，你坚决反对，这也是对的！'十年动乱'后期，你被抽调去龙岩'小三线'办军工工业，也干得很出色！你有抓工业建设的经验啊！这在我们的干部队伍中是难能可贵，并不多见的啊！组织上相信你有能力带领一班人把厦门经济特区办好！"

刘宏业思忖着，回顾自己的亲身经历，心里仿佛便有了底气，于是，他答道："我试试看，还请省委、省政府多多支持、指导！"

向业础接着说："中央决定在广东、福建两省办深圳等四个经济特区是有长远的战略考虑的。深圳毗邻香港，过一座罗湖桥就到了香港；珠海面对澳门，从香洲渡海即至；汕头是侨乡，南洋各国汕头籍的华侨很多。厦门呢？与台湾仅一个海峡相隔，是我们的对台前沿基地，把厦门的事办好了，对于祖国和平统一大业至关重要。"向业础看了刘宏业一眼，看到他挺立腰杆端坐的坐姿，心里很感满意，觉得他像个军人，便又说道，"你回去准备一下，立即去厦门市委报到。中央批准福建省关于在厦门创办经济特区的报告这一两天就会下达。"又说，"你是厦门经济特区的'总督'，要'摸着石子过河'，做出成绩来。有一句话叫‘治大国如烹小鲜’，你是‘建宏业如烹小鲜’。”

“是！”刘宏业立正，对向业础行了一个标准的军礼，抬腿准备告辞。

想不到向业础笑了笑，示意他继续坐下来，刘宏业才坐了下来。向业础又亲切地问道：“你爱人叶茂茜最近身体好一些吗？”

刘宏业点了点头说：“好多了！”

汪副书记插话说：“叶茂茜是一位好老师，可惜被斗得得了病，你要对她多关心关心！”刘宏业点了点头。汪副书记便站了起来，领着刘宏业向向业础告辞，两人走出了向业础的办公室。

在从福州回龙岩的路上，刘宏业抑制不住内心的激动。他从厦门出来到龙岩；现在又要从龙岩回去，再做一个“厦门人”。刘宏业想，组织上的工作实在过细，连妻子叶茂茜有病在身也知道，看来他们已不止一次讨论这件事了，不知经过多少次的讨论才把人选定下来呢！这一来刘宏业顿感自己肩膀上责任重大。

刘宏业到家时已是傍晚时分，一轮落日如火球似的挂在树梢上，把林子里那些树的树冠染成红颜色。刘宏业下了车，走入家门，叶茂茜从房间里走出来跟丈夫打招呼：“回来了！”

“回来了！”

“布置什么任务？”

“回厦门！”

“我不信。”

“不信也得信。真的，回厦门，而且得马上走！”

刘宏业说完把省委的决定对叶茂茜说了。叶茂茜听到自己的丈夫被任命为厦门经济特区管委会主任，心里很高兴，但想到要马上回厦门，却又一阵紧张，喘着气问道：“能不回去吗？我怕见到熟人。”刘宏业俯下身亲切地对她说：“熟人也会谅解你的啊！”叶茂茜这才点了点头。

龙岩特钢厂为刘宏业举行欢送会，老孟发表了热情洋溢的欢送词，许多职工回忆与厂长刘宏业相处的那些日子，大家依依不舍地送别他们的厂长刘宏业。

一家三口要搬迁返厦，刘向红最兴奋，一路上她不停地哼着歌曲。叶茂茜却不同，“近乡情更怯”，长途汽车越是近厦门，她就越显得情绪不稳定，好在有刘宏业在身边安慰、开导，她才渐渐地安定下来。

到了厦门，刘宏业、叶茂茜一家人被安排在图强路市委宿舍楼住下来，刘向红到厦门一中高一年级插班读书。一个星期后，省政府下达国务院对福建省政府上报的在厦门创办厦门经济特区的批复文件；随后由中央组织深圳、珠海、汕头、厦门四个经济特区主要领导出国考察世界出口加工区、自由港。刘宏业作为厦门经济特区管委会第一把手，也被通知去参加。刘宏业担心刘向红去上课，叶茂茜一个人在家不安全，便把太婆金枝请了来。当年厦门沦陷期间，金枝、叶茂茜两人在鼓浪屿就一起生活过，合得来，叶茂茜乐意。刘宏业安置好了才参加考察团出国去。

考察团这次主要是考察欧、美一些老牌的自由港，先后去了英国直布罗陀、意大利里雅斯特、南斯拉夫飞伊梅、美国纽约和荷兰鹿特丹五个港口城市。每到一地，便由当地港口主管官员亲自介绍他们的优惠政策和管理措施以及取得的成绩。比较起来，大家对荷兰鹿特丹的印象最深。鹿特丹港区面积一百平方公里，岸线长达三十公里，码头陆域七十八平方公里，由于位于人口稠密、工业发达的伦敦、巴黎、布鲁塞尔三角地带，是西欧大陆、莱茵河流域各大城市和工业区通往北海的主要出海口，所以运输量特别大，列世界第一大港。因为是第一次出国，又主要是去资本主义国家参观自由港这一以往连听都不曾听过的经济形态，考察团成员个个都很兴奋，对于十一届三中全会做出的“把党的工作重点转移到抓经济工作上来”的决策有了深刻的体会，都说：中国早该把经济工作当成主要工作来抓才对！

考察团回国，在深圳经济特区短期逗留观摩学习。深圳早在 1979 年秋就开始着手经济特区的建设，比其他经济特区整整早了一年。深南大道上，路两旁许多新盖大楼鳞次栉比，商场里进口商品琳琅满目，考察团成员无不赞叹不已。晚上考察团入住国贸大厦，大家一走近酒店大门，便看到一位头戴一顶镶金红色礼帽、身着红色礼服的服务生正恭候在那，有礼貌地向客人打招呼，并为客人开门，大家又是一番赞叹。

这时两位干部模样的人迎了上来，其中一位较年轻点的指着身旁那位三十多岁的干部对大家说："这是深圳经济特区管委会副主任曾敬尧同志。"曾敬尧客气地跟大家一一握手，询问是哪一个经济特区来的，然后领大家乘电梯登上屋顶花园，俯瞰深圳经济特区的景观。与香港相连的罗湖桥就在咫尺，城市有不少在建的楼盘，钢筋像森林中的树高耸入天，但也有许多棚屋区的低矮旧房屋。曾敬尧说："深圳经济特区创办一年来，积极利用国家给予的优惠政策，吸收港资进来参加基本建设，经济发展大有起色。就说你们今天入住的这家国贸大酒店吧，它是由我们出地，香港一富商出资，双方合作投资兴建的，由港方负责经营管理。这种方式叫'中外合作经营'，我们叫它'抱鸡生蛋'或者'借鸡生蛋'。"

大家饶有兴味地边听边议论着。有人说："深圳毗邻香港，条件好，香港富豪多，李嘉诚、霍英东、包玉刚、胡应湘、董浩云、邵逸夫，一个家族掷他几百万、几千万，深圳就变了样了。"言下之意是其他经济特区条件不如深圳。

谷正声接话说道："可别枉自菲薄啊！人家有人家的优势，你们有你们的优势。拿厦门来说，厦门面对台湾，又历来是华侨出入国口岸，海外华侨中闽南籍的比例很大，在厦门办经济特区，先'打桥牌'，再'打台球'。当然无论是'打桥牌'，还是'打台球'，都要以香港为立脚点，由港资出面牵线搭桥，这叫'以港引侨'、'以港引台'，否则你哪里去与侨商、台商结识呢？人家怎么会贸然来你们那里投资呢？"

大家明白，这"桥牌"是指华侨资本，这"台球"是指台湾资本。刘宏业一下子便被点拨亮了，心里想：对啊！厦门有厦门的优势啊！对于回去后怎样开展工作心里有了底。

谷正声转过头来对曾敬尧说道："敬尧，你把你们怎样当好'后勤部长'的一些做法也告诉大家吧！"

曾敬尧清了清喉咙说："我们在工作中对邓小平同志说的'要当好后勤部长'这句话特别有体会。刚开始时我们按过去的旧体制办事，客商办一件事要跑十多个'庙'拜'菩萨'，费时耗工，把急事办成慢事，大大耽误了时间，外商很不满意。后来老谷来了几次，告诉我们经济特区不能穿新鞋走老路，改革开放最重要的还是要改革旧体制，按新思路办事。我们把有关招商引资的部门集中在一幢楼里，‘一把笔’审批，招商引资的速度大大加快了。我们的任务就是做好外商来投资的服务工作！”

谷正声看了大家一眼，缓缓地说道：“同志们都听到了吗？不管你们官有多大，最重要的是要替人‘服务’好，当好这个‘后勤部长’啊！我们的干部队伍认真说起来，懂得经商做生意的人不多！就是国有企业的老总，也都是在奉命行事，按上面下达的指示办事，这是不行的！市场瞬息变化，怎么能一成不变呢？以‘不变应万变’可要吃大亏呢！因此，大家要从学会‘服务’入手，向人家学习怎样做生意。”停了一会儿，他又说，“中国历史上‘重农’、‘重商’争论不休。汉武帝时盐铁是否收归国有不是就争论得很激烈吗？司马迁《史记》还有关于这场争论的记载呢！我们现在开门引进外资，就是要利用外来资本发展经济，同时也向人家学习如何经营管理啊！我知道有些人想不通，说这是把国外的资本家请来做‘先生’，有的还说得危言耸听，说这是‘旧社会那一套又回来了’。这话不对啊！咱们要走向世界，要融入世界之林啊！世界经济是一个大链接，不接轨又怎么融会贯通呢？希望同志们回去后好好研究研究，要理出一个思路来，按‘特事特办’的新思路办好经济特区，为中国的改革开放当好‘排头兵’！同志们，你们任重道远啊！”全场的人情不自禁地热烈鼓起掌来，老谷连连挥手，表示感谢。大家都兴奋不已。

第二天主人安排大家去“特区的特区”蛇口工业区参观。在接待室听讲解员指着沙盘介绍一番，大家才知道这个工业区是香港招商局副董事长袁庚向时任交通部长的叶飞申请，特批给招商局承办的项目。听完介绍后，大家沿着一条小石路拾级而上，登上设在一座山头上的微波通讯站。放眼远望，远处香港新界的元朗和流浮山隔海相望；作为蛇口六湾之第一湾，深圳的南山和蛇山从东西两边成包拱之势，港湾恰似张着大口的蛇之口。讲解员说：“蛇口之名由此而来。”又说，“蛇口工业区全区面积十平方公里，第一批引进的中外合资厂、外商独资厂和商业住宅建设共十六个项目，总投资五亿多港元，其中大部分建成投产了。人称这是‘蛇口速度’，袁庚同志提出来的‘时间就是金钱，效率就是生命’也因此传遍全国各地。”

考察参观后回厦门来，第二天下午，刘宏业来到位于湖滨南路的湖滨大饭店十楼厦门经济特区管委会办公室，他刚坐定就把人事劳动处处长、参加过解放厦门战斗的部队转业干部老季找了来，询问他调配管委会各处室的进展情况。老季说：“阻力不小。我们看中意的人，人家不放；没看中意的人，又有领导批条子要求安排。”

刘宏业一听，板起脸孔说：“按需要与个人能力取才，其他的就是皇帝老子开金口也不行!”

老季便说：“厦门市外贸公司有一位叫叶茂安的，长期做五矿贸易，业务素质好，工作能力强，还吃苦耐劳。有一次他下乡收购出口的羽绒，晚上睡在四面通风的鸭寮里，回来后大病了一场，也不抱怨一声。我们想调他来工商处做招商工作，他的单位不肯放，这件事可得您大主任亲自出面才行。”说完话便把叶茂安的档案材料呈给刘宏业看。

刘宏业接过档案袋，抽出材料来一看，不觉便笑了起来。原来这位叫叶茂安的干部不是别人，正是刘宏业的妻子叶茂茜父亲叶乃盛同父异母弟弟叶乃鸿的二儿子，算起来，他该叫自己姐夫呢!

老季走后，刘宏业按登记表上的联系电话挂电话给叶茂安，要他马上来见面。不一会儿，叶茂安骑着他那辆永久牌旧自行车“咯噔咯噔”就来了，上了电梯到十楼主任室来见刘宏业。叶茂安一见面开口就叫：“姐夫!”

刘宏业皱皱眉头说道：“在办公室里别叫姐夫，叫老刘!”

叶茂安说：“叫老刘没礼貌，那我就叫您刘主任吧!”

刘宏业笑了笑说：“随你吧!”便问起他怎么会去外贸公司做事。

原来厦门临解放那几年，叶乃鸿染上了赌博恶习，赌输了钱，把后海路那座房屋卖了还赌债。当时“外街嬷”祝艳琴已病故，叶茂平去安溪打游击，柳月桂便带着叶茂安回晋江老家暂且安身。有一次叶茂安上菜市场捡烂菜叶，准备回家给母亲煮菜粥，被一位游击队队员看到了，问了他的身世，很是同情，便把他带回泉州山里的游击队根据地。解放厦门战斗打响了，叶茂安随游击队参加支援解放军工作，并随军入城，参加了“土改”、“三反五反”斗争，因为表现好入了党。他先是在供销社工作，前几年调去厦门市对外贸易公司当业务员，这次厦门办经济特区，特区管委会人劳处有意调他来特区管委会工作。

刘宏业听完叶茂安的自我介绍后，笑了笑说：“你知道正在调你来特区工作吗?”

“知道!”叶茂安点了点头，说，“我们领导找我谈了，劝我留下来，别走!”

“狭隘关门主义!”刘宏业说道，“你到特区来工作，可要好好干，别给我丢脸!”

叶茂安知道自己有希望被调来特区管委会工作，喜形于色地说：“是!”

刘宏业说：“你到我这里来上班，先别忙着干事，你先给我出一趟差，到北京世界经济研究所查阅有关世界各国的出口加工区、自由港资料，整理一份报告给我。我想多了解了解人家有哪些优惠投资的政策。回来后你再去广州一趟，到广东港澳经济研究会拜访那里的专家，他们对香港、澳门的金融、贸易政策很有研究，可作为厦门的借鉴。这些还只能算是‘纸上谈兵’，你们还要认真学会‘做生意’。过去我们奉行‘以阶级斗争为纲’路线，又搞对私改造，把私营工商业公私合营了，原先会做生意的一些人‘英雄无用武之地’。现在搞经济特区，对外招商引资，就是跟外国人做生意，需要有经济头脑的我们自己的‘生意人’啊！你就要做这样的一个‘生意人’。”

“是！姐夫!”叶茂安调皮地说了一句，又马上改口说，“不，是刘主任!”准备告辞。刘宏业却说：“慢点，你明天上午一大早到我这里来，我们去湖里看看，最好先找一位熟悉湖里的同志领路，我想上仙岳山。”叶茂安答应了，走了。

叶茂安刚走，刘宏业又挂电话把建设处处长老孙找来，问他总体规划准备由哪一家设计院来承担。老孙满脸愁云说道：“找了省内外几家设计院，没有一家敢承担下来，都说他们以往只做厂房、民房单体设计，还从来没做过一个几平方公里的工业区的总体设计，怕把事办砸了。”

刘宏业说："有没有找北京的一些设计院？"

"还没有！"老孙答道。

刘宏业便说："找北京钢铁设计总院吧！我知道北京石景山钢铁厂的总体规划就是他们做的。他们有做大项目总体设计的经验。等总体设计方案敲定下来，单幢建筑物的设计再由其他设计院来承担。不是有中国航空技术总公司、长沙有色金属设计院想进来领任务吗？可以跟他们打打招呼嘛！这经济特区建设一打响第一炮，接踵而至的项目就会多起来，设计工作很需要啊！要未雨绸缪，做好准备啊！"

"好的！"老孙也告辞走了。

刘宏业之后又把工商处、财经处的头头找来，把工作一件一件落实下来。这时，他抬头从办公桌对面的窗口往外望，夕照下的东渡海面上金光闪闪，他这才下班回家。

第二天一大早，叶茂安就来图强路等刘宏业，两人乘坐一部吉普车去湖里。在村口，湖里村委会书记陈智民已恭候多时，寒暄了一下，三人便顺着一条小路登上仙岳山。山不高，只有三百多米，但它与毗邻的仙洞山是厦门经济特区的天然屏障，跨过这两座山便是厦门市区。阳光从云端泻了下来，山上的马尾松、木麻黄、相思树郁郁葱葱。

陈智民说："湖里又称凤湖，站在仙岳山往下看像一只蹲踞着的凤凰，老百姓都说在湖里办经济特区，这只蹲在那里几百年的凤凰，这一次要冲天而飞了。"

"好啊！说得好！这一次是真的会飞起来的，'湖凤起飞'啊！"刘宏业高兴地说道，叶茂安也笑了。

刘宏业问："在湖里办经济特区，老百姓有什么想法？"

陈智民说："高兴啊！他们说'山里人'要成'特区人'了！特别是青年人，听说将来要引进外资办工厂，晚上做梦也梦见穿着工作服坐在流水线前做工人呢！"

刘宏业问："年纪大的呢？"

陈智民答："同样也高兴啊！他们建议我把大家组织起来成立一个劳动服

务公司，承包土方开挖任务。”

刘宏业看了看叶茂安说：“这办法好。我们征了人家的地，反过来要给人家工作机会啊！”

叶茂安连连点着头。

刘宏业心里一直在想着工业区分布图，跟陈智民讨论在哪里安排什么工业项目好，陈智民谈了自己的一些看法，特别建议在与长岸仅一水之隔的岛屿建一个码头。刘宏业说这个建议好，经济特区需要有一个保税区码头。

刘宏业又去村子里看望乡亲，许多人走出家门来与刘宏业亲切交谈。直到日上中天，刘宏业和叶茂安才回来。

厦门市委、市政府连续召开会议讨论、落实厦门经济特区“五通一平”工程和几个配套项目，如码头、机场、通讯、供水、供电等，一一组织工作班子着手开展工作。

1981 年 10 月 15 日上午十时许，福建省机械化公司几部挖掘机开入湖里，在长岸的一块地块铲起第一铲土，宣告厦门经济特区破土动工。消息通过电波传遍了海内外。

厦门经济特区进入建设阶段了！

这一年冬天，甫动工兴建的厦门经济特区就迎来了它的第一个投资项目，是新加坡客商来特区独资兴办的制砖项目。可是设备从德国汉堡运抵香港葵涌码头后，改用驳船运抵厦门东渡码头时麻烦可就来了！原来他们的设备是组装好了进来的，管委会找不到集装箱车搬运。刘宏业把工商处几位干部找来，挑灯夜战想办法，想来想去就是找不到好办法。忽然叶茂安双手一拍说：“有了！有了！”

大家问：“什么‘有了’?”

叶茂安故意卖关子不说出来，跑去拿一只杯子，从冷水瓶里倒水，“咕噜咕噜”仰脖子一口气喝完，抹了抹嘴才说：“把两辆解放牌大卡车一正一反连起来，不是就可以把设备吊装放上去吗?”

刘宏业笑了，说道：“还是你的脑子好使，我看行！赶快去准备准备吧！”

工商处的那几位干部分头联系车辆，并通知港口建设指挥部做吊装设备的准备工作。天亮时，两辆解放牌大卡车开过来了，叶茂安指挥司机用钢索把两辆汽车一正一反连起来，再上了其中一辆做押运员，把车开到东渡码头。调度员指挥门吊驾驶员把设备从停泊在码头岸线的驳船上轻轻地吊起来，放到大卡车上，然后大卡车缓缓地驶入工地，再返回来一次次运，直至把设备全部运走为止。

2

刘宏业戏称自己是“拼命三郎”石秀。厦门经济特区破土动工以来，他几乎又跟当年抓杏林工业区建设时食宿在工地一样，也食宿在厦门湖滨饭店十楼厦门经济特区管委会他那个办公室里了。“万事开头难”，一场前所未有的改天换地大战斗需要多少人的辛劳付出啊！

这一天清晨，刘宏业抓紧时间正在他办公室后那个小房间里的一只行军床上休憩时，办公桌上的电话铃响了，刘宏业皱皱眉爬起来接电话。电话是省委汪副书记挂来的。

“老刘，早晨好！”

“噢！早晨好！”

汪副书记听出刘宏业声带睡意，便说：“听你的声音你昨晚又开夜车了。‘拼命三郎’，来日方长，饭要一口一口吃，别操之过急把身体弄坏了。你们是革命的‘宝’啊！”又说，“你们李书记在北京开会未回，向书记现在在漳州，一会儿去厦门，他说由你来作陪介绍。”

“唔！好啊！”

“等一等，向书记要跟你说话。”汪副书记才说了话，话筒里便传来向业础的声音：“老刘，我上午就到厦门，打算看看特区港口、机场工地，李书记去北京开会未回，你来尽地主之谊，陪陪我们，一起去的还有你的一位‘老朋友’。”

“谁？”

“到了你自然知道，我现在不说。”向业础卖关子，不说出同行的是什么人。刘宏业心里纳闷，正在猜想，向业础又特别叮嘱一句："我可是有言在先，中午在你那里吃饭，按省政府定的标准，四菜一汤，不要特别招待。你们要是搞铺张浪费，搞特殊接待，我可要学玛雅，罢掉这个宴啊！"

刘宏业连说："不会的！不会的！请书记尽管放心。"

"玛雅罢宴"是两年前向业础接受《人民日报》记者采访时说的一个故事。农业部机械化厅引进了一批美国产的农业机械，美国卖方派一男一女两位农机专家来华指导安装、操作。有一天那位三十多岁的女专家玛雅跑来对时任农机厅厅长的向业础告状，她说她受不了，要回去了。向业础吃一惊，问她为什么，想不到玛雅说她到中国已经半个月时间，可是还没办法到田间地头去直接指导农民操作农机，省、市、区、乡、村层层安排他们参观、游览，请吃饭，浪费了时间。她说她要"罢宴"，拒绝盛情款待。向业础听了连说："这个宴罢得好！谁再这样设宴招待，你就罢掉！"后来报社记者根据向业础说的这个故事在《人民日报》刊登了一篇题名为《玛雅罢宴》的短文；报社还发表"本报评论员"的一篇短评，称赞玛雅罢宴罢得好，是对"礼仪之邦"的中国"礼多人不怪"陋习的一次有力的抨击。

现在经向业础提醒，刘宏业可不敢去"触霉头"，他赶快把叶茂安叫了来，让他安排接待，他特别叮嘱叶茂安："按省政府定的标准安排，不得突破，要是超标，向书记因此要罢宴，我可饶不了你！"叶茂安调皮地双腿并拢，行了一个军礼，喊了一声"是"，笑嘻嘻地走了。

九时许，两辆丰田小轿车开入湖滨饭店楼下的广场，从车上下来向业础、汪副书记和其他几位随行人员，最后下来的一位不是别人，正是谷正声。这时刘宏业才知道向业础在电话里对他提起的"老朋友"原来就是谷正声。他迎上去，跟大家一一握手表示欢迎。向业础没有让大家休息，说："咱们就不上去了，直接去湖里的特区工地看看，怎么样？"大家连说："好！"于是刘宏业告诉管委会车队队长，把他的那辆昌河牌汽车开过来，他请谷正声、向业础、汪副书记三人上他的车，好一路上边看边介绍；管委会工商处几位干部陪向业础随行人员分乘那两辆丰田小轿车，跟随其后。三辆车鱼贯驶出湖滨饭店，迎着朝晖往湖里方向驶去。

路上向业础对刘宏业说："省委常委会开会研究，调整了领导班子，老汪到省政府去担任副省长，分管外经外贸工作，以后由他与你们联系。"刘宏业握了握汪副省长的手，表示欢迎。

到了湖里，大家从车上下来，走入管委会接待室，听建设处副处长、总工程师欧阳介绍厦门经济特区总体规划；然后驱车去长岸参观第一家入区办厂的新加坡投资项目，听董事长作介绍；再去东渡参观码头建设。大家站在工地一个高地上放眼望去，第一期四个深水泊位工地上一片热火朝天景象：海面上工人们正在围堰建岸线；陆上，装载机、掘土机来回穿梭，填沙造地。

向业础说："厦门真是借改革开放东风扶摇直上啊！当年国家是同时批准厦门、九江建港的。九江港早就建成投入使用了；可是厦门因为是海防前线，建港的事一再被耽搁，直到厦门定为经济特区才真正动手建港。"

刘宏业接口说："我们现在站的这个地方叫凤尾山，身后的那座山叫狐尾山，我们准备削平凤尾山，作为东渡港的堆场，留狐尾山，将来在上面建气象站。与狐尾山连接的是仙岳山和仙洞山，是湖里的天然屏障。站在仙岳山上看湖里，湖里的地形像一只展翅欲飞的凤凰，所以湖里又称凤湖。老百姓说在湖里办经济特区是'湖凤起飞'。"

向业础说："这次我们到闽南泉、漳、厦考察，一路走来连看了泉州后渚港、漳州海澄月港和厦门东渡港。看到'东方第一大港'、海上丝绸之路起点的泉州后渚港已被淤泥壅塞得不成个样子，漳州月港也被海沙包围得'月'不成月了，实在可惜！闽南三港现在寄望于厦门了。这可是咱们福建重要的对外南通道啊！要下决心把东渡港建好！"

刘宏业连连点着头。

谷正声说："厦门港是海口港，与泉州、漳州的河口港不同，有大海的潮汐运动，沙子不易沉积下来；厦门港的水道比较深，一般为九米，可供五万吨、十万吨巨轮通行；厦门又地处亚热带，终年不冻，一年四季均可作业。所以说厦门的港口前途远大，有望成为我国东南一个大港。"

向业础特别想看看筼筜湖的现状。于是一行人上车，沿着通向厦门市中心的一条三合土路驶近东渡西堤。大家下了车，站在西堤上向东望去，但见眼前是一片淤泥土地，积水的水洼触目可见。向业础叹了一口气，摇头说："愚蠢！愚蠢！人一旦头脑发热，往往就不辨东西，干了蠢事，贻害人民。"

向业础看了看刘宏业，说："宏业同志，你当时是头脑不发热的一个人！你坚决反对围垦造田、把筼筜港变陆地的做法是很正确的！可是后来你又因这个项目被撤职查办，成了'替罪羊'，好冤枉啊！"

大家会心地笑了，刘宏业苦笑。

谷正声打趣刘宏业："不过不要紧，'吃小亏占大便宜'嘛！刘宏业，你要是没有这番仗义执言，反对围垦筼筜港的事，咱们向书记可能就不会点将，硬要把你从'小三线'调来厦门担任这个经济特区管委会主任啰！"

刘宏业故意逗大家，说："咱可得声明，我当时并没有想当这个管委会主任啊！"

大家又是一阵笑。

向业础说："今天是没有时间去看看中山公园的现状了！宏业同志，你们有没有开会研究整治中山公园的方案？"

刘宏业点点头答："市委、市政府已召开过三次讨论会了。大家的意见是开挖东狱、魁星两条河，引水入园，恢复旧景观。至于那个琵琶洲就没办法恢复旧貌了，打算'旧貌换新颜'，在那个地方建一个歌舞影剧院，这么一来，再遇到洪水也不怕成灾了，还能成为市民游览的好去处。"

向业础听了连连点头，看了看谷正声，谷正声也连连点头。

时间业已近午，刘宏业带大家回饭店餐厅用膳。饭后，向业础握了握刘宏业的手说："这一顿饭我吃了，不'罢宴'，以后都按这样办，领导干部不要搞特殊化，说话才有人听！"刘宏业连连点头。

午后大家又去高崎参观厦门高崎国际机场建设。这里同样是一片热火朝天的建设场面。跑道工地上十多部装载车穿梭往来，载混凝土填地；同步建设的指挥塔、停机坪工地上一样繁忙，搅拌机"哐当"、"哐当"的转动声震天价响。向业础领着大家走上前向他们问好，工人们很兴奋，高兴地鼓起了掌。

向业础说："省政府讨论在厦门建机场时，有的同志说，厦门有码头，有火车，有汽车，这就够了，还建一个机场干吗？有那么多的外商来吗？我说，同志，别鼠目寸光，将来厦门可是会大大火起来的啊！外商讲究办事效率，出门坐飞机是常事，来往的人都要搭乘飞机，这个数量就不小了；而国内的干部、职员出门办事，也有很多人是要搭乘飞机的；再有，我们现在买机票要团级单位打介绍信，将来一取消，谁都可以搭飞机出行，这又该有多少旅客呢？所以我主张按年进出量三十万人次设计运载量。许多人不相信会有这么大的数字。其实这个三十万人次是太保守了，五十万人次、一百万人次都有可能呢！千万别小觑厦门的发展前景啊！”

一行人又去一排排小叶桉掩映着的工人宿舍看望下班在宿舍内的工人们。才一进门，大家便看到有两位工人师傅正在帮一位工人师傅上床休息，只见两人一个扶着他，一个帮他把腿抬起来放上床，再搬另一只腿也放上床。向业础问起来，工人师傅告诉他，因为长时间坐在驾驶室里踩油门，双腿都麻了。大家很感动。

刘宏业请向业础给厦门高崎机场题字，向业础说：“我回去后写好就寄过来。”

向业础、谷正声一行人于当晚离开厦门回福州。走的时候向业础特别对刘宏业叮嘱：“你们把筼筜挖出一个湖来，叫筼筜湖。”又说，“老李回来，代我向他问一声好。”

后来厦门市在筼筜挖出一个湖，引海水入湖，成了厦门一个新景观；还在湖中建白鹭洲公园；且以湖为中心开辟东、西、南、北纵横四条路，建设市政府大楼、人民会堂等，一些银行、大企业也在这里建楼设总部。筼筜区成了厦门一个新城区，面积多达三十平方公里。过去说厦门是“城在海中，海在城中”，现在又多了一个美称：“湖在城中，城在湖中。”

一星期后刘宏业收到省政府办公厅寄来的一封信，拆开来一看，正是向业础为厦门高崎国际机场写的题词：

为厦门经济特区腾飞插上银色的翅膀！

刘宏业吩咐厦门高崎国际机场建设指挥部的同志把这个题词镌刻在一个石碑上，竖在机场入口处。

1984年2月邓小平同志南行视察深圳、珠海两个经济特区后来厦门。2月9日上午，他在参观厦门经济特区建设后，在已建成投入使用的湖里兴隆路厦门经济特区管委会办公大楼二楼接待室亲笔题词：

把经济特区办得更快些更好些！

回到北京后，邓小平立即召集中央几位负责同志谈话，其中谈到厦门时指出："厦门特区地方划得太小，要把整个厦门岛搞成特区，这样就能吸收大批华侨资金、港台资金，许多外国人也会来投资，而且可以把周围地区带动起来。"又说，"厦门特区不叫自由港，但可以实行自由港的某些政策。"1985年，中共中央正式下文："厦门经济特区扩大到全岛，实行自由港的某些政策。"由此，厦门经济特区管委会同厦门市人民政府合并，厦门经济特区进入第二个发展阶段。刘宏业转任厦门市政府副市长，分管外经外贸外资工作。

这一年11月，国务院特区办在香港举办"中国开放城市招商会"，刘宏业作为厦门市政府代表团成员之一，参加会议，并在大会上发言介绍厦门经济特区基础设施工程建设进展和优惠外商投资政策措施，受到与会外商的欢迎。会议期间，刘宏业请外贸部设在香港的华润公司办公室的同志代为联系叶茂南来见面。会议结束前一天，华润公司的同志告诉他，叶茂南因他叔公叶振明投资失利，企业清盘，他已于几年前举家迁去台湾。刘宏业为没能在香港与叶茂南相会甚感遗憾。

1985年8月15日，叶乃盛溘然去世，享年八十六岁，他的死大家很悲伤，厦门市粮油食品公司在《厦门日报》刊登了讣告。过了一年，1986年，也是8月15日，江秀卿无疾而终，随夫而去，由金枝料理后事。二老的葬礼，刘宏业、叶茂茜都来参加。有意思的是，张果保、李玉珍两人竟分别与叶乃盛、江秀卿同年同月不同日逝世。有人说笑话，说叶、张两家由亲至仇在人世间斗了几十年，现在又到阴间地府去接着斗。

3

赋闲在家的叶茂南最常读的书是连横的《台湾通史》和一本叫《台湾府志》的方志书，也读读陆羽的《茶经》，研究茶。有时读完书，便练毛笔字、画画图，聊慰寂寞，但心中的郁闷之情总难排遣，常常一个人坐着出神，有时上街去散散心。沧海桑田，昔日艋舺的那条内河已消失得无影无踪，平地上盖起了很多楼房。叶茂南心想：这就跟老家厦门一样，溪岸街没溪，后河路没河，土堆巷没土。

这一天傍晚，叶茂南逛街时，一个中年男子从他身旁擦肩而过后，又走回来，拍拍他的肩膀问道："你是叶茂南吗？"

叶茂南回头一看，惊呼："张佳滨，你怎么在这里？"

张佳滨也问："你怎么在这里？"

叶茂南说："一言难尽。走，寒舍离此不远，到我家聊聊。"

两人边走边谈回到叶茂南家。

两人刚坐下来，叶茂南就朝内屋喊道："兮雯，来见见贵客。"

陈兮雯领着已三岁半的叶诗斌出来，叶茂南对张佳滨说："这是内人，这是二儿子。"然后对陈兮雯说："这位就是张文婉的大兄，我该称呼他妻舅呢！"

陈兮雯对张佳滨打招呼。张佳滨拉着叶诗斌的手，小孩怯生，挣扎一下躲到他母亲身后，悄悄看人。张佳滨拿出一张钞票做见面礼递给叶诗斌，叶诗斌不肯接，陈兮雯道了一声谢，代他收下了。

叶茂南对张佳滨说："难得萍水相逢，你今晚就别走了，在我这里吃便饭，晚上好长聊。"

张佳滨谢了。叶茂南嘱咐陈兮雯快去准备，又跟张佳滨闲聊。

叶茂南问："那一年在漳州别后，你去哪里？"

张佳滨说："军人任务在身，唯命是从，抗战胜利后我随韩文英去福州驻防，在福州打败仗后退守厦门，在厦门打败仗后，随刘汝明退守台湾，做台湾人。”

叶茂南问：“那个韩文英现在还健在吗?”

“在!”张佳滨答道，“现在也在台北。”他低声地说，“他也并非事事得意，来台湾后军界倾轧，他被卷了进去，被解了职，做‘寓公’，后来又被牵扯到一些案子，关了两年，放出来后病了好几年呢！他还不时会对我提起当年厦青团的事，说同是抗日，他把范常铭他们杀了，是残害忠良呢!”又说，“我复员的时候他倒是给我一笔钱做遣散费。”

陈兮雯招呼老兄弟俩吃饭。席间，一向滴酒不沾的叶茂南开了一瓶金门高粱招待故知，三人谈起人世沧桑，感叹不已。当晚张佳滨在叶茂南家里搭行军床睡了一夜，第二天上午才告辞。

三天后，张佳滨领着两个人造访叶茂南。张佳滨介绍说：“他们两位也是台湾老兵。”他指着一位瘦长个的说，“他叫谢志伟，是金门老兵。”又指着另一位身材矮胖的说，“他叫贾献宏，是马祖老兵。我们三人合计了一下，想来向你提一个建议。”

叶茂南与两位客人一一握手，问：“什么建议?”

张佳滨说：“我们三人老兵退伍时都领了一笔钱，但是做股票怕亏，投资又没门路，我们想跟你合股办一间公司，由你来操办，我们等着分红利。你叶茂南可是商界宿将，几十年来都是做生意的，有经验。”

叶茂南点点头说：“可以，我也出点资，只是做什么生意得容我考虑考虑。”

谢志伟说：“就开茶行吧！台湾喝茶的人多，茶叶销量大。”

叶茂南说：“容我做点市场调查再说，暂不定下来。”

大家都是从厦门出去的，便聊起老家厦门来。叶茂南谈了新中国成立以来厦门的情况，谈到“十年动乱”等等。大家议论纷纷，后来才告辞离去。

叶茂南用一星期时间走访了艋舺几家茶行做市场调查，然后把张佳滨他们三人找来，把他的设想告诉他们，大家一拍即合，决定注册资本为两百万新台币，由叶茂南出资占百分之五十一股份，其他三人合占百分之四十九股份，成立恒裕茶行，由叶茂南出任董事长兼总经理，由张佳滨任监理，抓紧办理工商注册登记，租店面、聘员工，择吉开张。

两星期后，项目被批准设立，按叶茂南的低调开业，几位股东和他们亲朋好友聚在一起吃一顿饭庆祝一番，恒裕茶行开张大吉。

这一天傍晚，叶茂南正在办公室里伏案审核秘书小姐詹月霞送来的进货单，一位四十多岁的男子走进来，不声不响地浏览起店里货架内的样品。詹月霞走过去招呼，他只是哼哼呵呵，不搭腔，然后走入办公室，向叶茂南打了一个招呼，递给他一张名片。叶茂南低头一看，来人是台湾茶业界大名鼎鼎的大师级人物郑振堂，由他培育成功的“金堂”、“翠玉”两种新茶在台湾茶业界广受赞誉。叶茂南喜出望外，赶紧请他入座。詹月霞过来烧水泡茶。

“郑先生是茶业界名家，由您培育成功的金堂、翠玉两名种，在下早有所闻，今天光临小店，真是令小店蓬荜生辉啊！”

“哪里！哪里！我也是听朋友介绍，说有一位厦门人新近开了一间茶叶店，特地过来看看。”郑振堂应道。

都是茶界人士，两人自然聊起茶来。

郑振堂说：“要论起台湾茶，追源溯极，乃来自福建。闽茶统称乌龙茶，乌龙茶最早产自福建名山武夷山。据《华阳国志》说，周武王会盟天下时，濮国使者带去闽产的茶叶献给周武王。濮，即武夷山的闽越族。算起来，武夷茶问世至今已有三千多年历史了。陆羽《茶经》中也说，武夷山‘其地上者生烂石，中者生砾壤，下者生黄土’，最适宜于茶树的生长。清初刘源长写的《茶史·茶极品》把武夷云雾茶列于茶之首。台湾种茶大约始自郑成功攻台时，由陈永华带来。因为台湾的土壤、水质适宜茶叶种植，高山、冻顶、云雾茶便风行起来。”

叶茂南连连点着头，说道：“正是！正是！我看过一本关于清代厦门海关出口货物的统计表，其中从台湾输入到厦门出口的货物中，乌龙茶始终是第一位的产品，其次为稻米和樟脑，再次才是煤、矿石等。”

郑振堂说道：“是啊！清代历史上有一段长达百年的时间，厦门和鹿耳门是唯一的两岸对口港，台湾所有输入大陆的货物都是经由鹿耳门港运进来的，后来才扩大到大陆的其他港口。”

叶茂南又点了点头说："所以《台湾府志》才会说'厦门与台郡如岛之两翼，厦即台，台即厦'。"

真是相见恨晚，两人谈得很投机。临别时，郑振堂邀请叶茂南有时间到他在台南的茶园去参观指导。

两天后，叶茂南带着陈兮雯、叶诗斌母子去台南回访郑振堂。陈兮雯带着叶诗斌跟郑太太聊家常。郑振堂领着叶茂南到屋后小茶园参观。只见小山丘上的茶树在阳光照射下发着亮光，从后山引下的山泉水顺着水管淙淙流入一畦一畦的田垄里，润物细无声。郑振堂特别把叶茂南领去参观栽种金堂、玉翠的那几畦茶园，介绍了自己栽培这两种茶种的经过，叶茂南又大为赞扬了一番。

这天晚上，叶茂南默默思索，忽然他灵机一动，对陈兮雯说："我明天就去香港。"

"去香港干吗？不是刚从香港来台湾吗？"陈兮雯不解地问道。

叶茂南说："台湾居民中祖先来自闽南的占百分之八十五以上，我想去香港华丰国货公司商量进一些厦门海堤牌茶叶。人都有怀旧心结，销路肯定好。我们到香港时，叔公不是用海堤牌茶叶招待我们吗？"

第二天清晨，叶茂南乘飞机去香港造访香港华丰国货公司，签订了进货协议，此后海堤牌茶叶一批批发运来台湾。来买海堤牌茶叶的顾客很多，恒裕茶行门庭若市，盆满钵满赚了一把。

然而好景不长，有人举报恒裕茶行"通匪"、"资匪"，贩卖大陆产品，扰乱台湾市场。海堤牌茶叶被查封，茶店被重罚，叶茂南也被叫去审问。放出来后叶茂南回到茶行，看到屋里一片狼藉，他欲哭无泪，跌坐在地。

张佳滨、谢志伟、贾献宏闹着要退股。叶茂南先找谢志伟商量，对他说眼下资金吃紧，能否不退股，大家同心协力，渡过这个难关。谢志伟说："不行啊！我们三人事先有约定，'同进同出'，张佳滨坚决要退，我们只好跟着退。"叶茂南又去找张佳滨商量，张佳滨说："你上了黑名单，我怎么敢跟着你去落难呢？在商言商，蚀本的生意没人做啊！你还是让我们退股吧！"叶茂南在心里大骂张佳滨落井下石，不是人。他又经受了一次沉重的打击。

4

都说“天上不会掉下来馅饼”，可是事非绝对，叶茂南就捡到一块“天上掉下来”的馅饼！

1976年4月5日，蒋介石在台北逝世，蒋经国接任。蒋经国上台以后确立“全面革新”路线，在经济方面进行了以交通、能源、重化工业、大型机械制造等为内容的“十大建设”。其中兴建的一条铁路正好经过当年叶振明在苗栗三义购置的那片百余亩林地，而且将有一个站台设在那里，离站台三公里处计划建设一个带有人工湖的旅游度假村。按征地赔偿条例，叶茂南获得高达三亿五千万新台币的赔偿金，真的算是一夜致富了！叶茂南拿出赔偿金中的两亿五千万元投资办厂，在彰化办了一家恒裕化纤公司，专门生产聚氯乙烯、聚氯丙烯产品，供应给当时一夜兴起的许多塑料工业公司生产各类塑料制品。

工厂创办过程中，叶茂南吃住在工厂工地里，跟技术人员、工人一起商讨、解决遇到的问题。有一次叶茂南下成品车间，看到几位年轻工人抬尼龙袋气力不足，磨磨蹭蹭的，便走过去，把塑料袋抬上肩，大步地走去放在堆场上。工人们看到老板劲头十足，振作起来，你追我赶，干得很欢，劳动效率大为提高。又有一次，叶茂南下包装车间看工人生产尼龙包装袋，他站在切割机前端详着运转的机器，想了想问工人师傅：“可不可以把边缘放窄一些呢？这样可会省掉很多尼龙布呢！”工人师傅拿起尼龙袋比比画画，又用曲尺量了量说：“完全可以在两边各减两厘米，不影响质量。”因为量大，仅这一革新，一年下来就节省了三百多万新台币呢！还有一次，修建码头，吊车司机在旧码头上起吊旧水泥桩，吊了一下，水泥桩断了，还有一大截留在海里。叶茂南看到了，便走过去，往水中看了看，蹲下来，把在一旁绑钢索的那个工人的大腿抱着，提起来，告诉他：“往下一点扎钢索！”那位工人恍然大悟，拉着钢索潜入水中，在水泥桩的下端扎，吊车一启动，把水泥柱连根拔起，在场的人连连鼓掌。叶茂南经常告诉大家要学习再学习。在工厂里办夜校，他亲自上课，讲授自己当年在美国弗吉尼亚大学读书时学到的一些知识，讲杰弗逊早年当助理测量员实地勘察河道的故事，告诉大家只有先调查了才有发言权，工人们很受教育。许多年轻人以能在“恒裕化纤”供职为荣，恒裕声名鹊起，叶茂南被人称为“经营之星”。

恒裕化纤厂投产第一年就获利。三年后，叶茂南吸收私人资本入股充实资本金，把恒裕化工改名为“恒裕实业”并成立公司董事局，自己任董事局主席兼总裁。又过了三年，恒裕实业发行上市股票，吸收社会公众资金，按股份制公司进行运作。“恒裕实业股”很受股民青睐，股价连年攀升，成了台湾股市中的一只“绩优股”。

自香港迁来艋舺后，叶茂南住当年祖上留下的老房子，现在手头宽裕了，便在台南郊区买地建造了一幢别墅定居下来。别墅起名“朝根堂”，以志叶家“开山祖师”叶朝根当年由大陆来台湾，胼手胝足开辟草莱，经营恒裕号米业，为叶家的家业奠定根基的功劳。素有“一府”之称的台南市旧名赤崁，位于台湾西南海岸嘉南平原南端，这里地势平坦，地形北阔南窄，曾是明清时台湾首府。当年郑成功率部自澎湖强攻登台，就是从这里上岛的，至今还留有荷兰人建的赤崁楼、安平古堡和郑成功部将陈永华建的号称“全台首学”的台南孔庙等历史遗迹。叶茂南与古人为邻，心情特别好。

叶茂南还在朝根堂南门外买了一块约莫为两亩的地块种茶，把它开辟成一个小茶园；又在茶园右角建了一个八角亭，取“茶圣陆羽”之名，命名为“陆羽亭”，以作为避暑、休闲之所。每天上午，叶茂南在他的书斋里看书，做学问兼画画；中午稍事休息，小憩一个小时；到了傍晚时分，叶茂南头戴竹笠，身着短衣、短裤，手持锄头，一个人走入田畦中劳作，俨然成了一位“老圃”。

陈兮雯曾经戏谑地打趣他“寒酸相”，不肯掏钱买茶叶，自己种茶喝。又说：“孔夫子说论种菜他不如‘老圃’，孔夫子见到叶茂南你这个‘老圃’，也该拜你为师了。”

想不到叶茂南正色说：“我这是不忘‘根本’啊！”说完话他便对陈兮雯说起一段“闽茶史”来。

陈兮雯撇了撇嘴说："好！好！我的'茶道大师'！我知道你'满腹茶纶'就是了！来！你歇一歇，换我来劳动劳动！"说完话，她摘下叶茂南头上的竹笠，戴到自己头上，接过锄头，就刨起土来。叶茂南乐得清闲，坐在陆羽亭的护栏上，打着一把蒲扇扇风，看起四周的景致来。多年来叶茂南始终不忘叔公叶振明"有一天发达了要回大陆去投资办厂"的临终嘱托，他盼望早日实现这一愿望！

1988年1月13日晚八时，蒋经国因病逝世，同日二十时，李登辉宣誓就职。叶茂南听到这条消息，认为结束了"蒋家王朝"，由一个非蒋介石家族的人担任台湾地区领导人，将会出现一个历史性的转折，台湾方面或许会放宽台湾赴大陆投资的禁令，心中不免一喜。过了几天，当他看到李登辉发表"国情咨文"，称"愿以对等地位建立双方沟通管道，全面开放学术、文化、经贸与科技的交流"时，先是一喜；继之，读到李登辉说"但是先决条件是大陆方面必须改变政治经济制度、承诺不使用武力和不阻挠台湾开展对外关系"一段话时，他的一颗心顿时又凉了半截。

陈兮雯看到丈夫先喜后忧的表情，心中很纳闷，便问道："你这是怎么了啊！怎么先是高兴，后来却闷闷不乐了呢？"

叶茂南说："李登辉既说两岸要对等交流，又提先决条件，要大陆'改变政治经济制度'、'不阻挠台湾开展对外关系'，这哪里能行呢？联合国都通过决议，承认中华人民共和国是中国唯一合法政府，台湾方面怎么可以开展什么'对外关系'呢？这不是'两个中国论'吗？"

陈兮雯说："嗨！你又不是政治家，你管那么多做什么？"

叶茂南板起面孔，大声喊起来："怎么可以说'管那么多做什么'？李登辉提先决条件，就等于不同意海峡两岸开展经济、文化、科技交流啊！我要去大陆投资，他们怎么可能批准呢？"

陈兮雯无端被叶茂南抢白，嘟哝着说："俗话说'老猫没性'，人老了，棱角被磨平了，就变得没脾气了；想不到你这只'老猫'脾气还那么冲，真叫人受不了！"说完话，一脸委屈表情。

叶茂南看了看妻子，笑了笑说道："别生气！别生气！'知性可同居'，我心里烦啊！岁月不饶人，叔公叶振明临终的嘱咐我忘不了啊！可是我做了什么成绩了呢？没有！没有！恒裕实业还没有在厦门‘大手笔’投资啊！叫我如何能心平气和呢？如何能不发脾气呢？”

陈兮雯想了想后说道：“说得也是！”叹了一口气。她心里明白叶茂南的一桩心事就是在厦门经济特区“大手笔”投资，这可能是他心中最后、也是最神圣的一个使命啊！

果然，不久李登辉又发表了“戒急用忍”言论，要台商沉下气来，不要“躁动”想去大陆投资。这虽然与蒋介石统治时期坚持《动员戡乱时期临时条款》，把与大陆方面有经济往来的台商以“资匪”、“通匪”法办不一样，但也大为阻挠了台商来大陆投资兴业的步伐。

于是，叶茂南整天闷闷不乐，虽然照样去侍弄他的那个茶园，但总是心不在焉似的，心中另有所思所想。不过几经努力，叶茂南在茶叶种植上倒是颇有收获的，经他的优选栽培，竟培育出一种新的包种茶。经茶界人士鉴定，其韵味不亚于台湾高山茶和原来的包种茶。

这一年台湾成立了茶文化学会，郑振堂任理事长。1990 年夏天，茶文化学会组织一个访问团要来大陆访问、交流，叶茂南被聘为特邀代表，带着夫人陈兮雯随团来大陆。在北京、上海、杭州作短暂的逗留、参观、访问后，叶茂南、陈兮雯结伴返回他们的故乡厦门。

这一次的来访，刘宏业事先知道了，他对叶茂安说：“这一次我可一定要跟你大哥见面，交谈交谈！”

叶茂安笑了笑说：“他可也是你的大舅子啊！我跟他是叔伯兄弟，你跟他可真是至亲啊！你娶了人家的亲妹妹，是他的亲妹夫啊！”

刘宏业也笑了笑说：“不都是一家人吗？算什么谁亲谁不亲做什么！”

叶茂安才走出刘宏业的办公室，便挂电话给叶诗斌。叶诗斌说他知道他父母要来厦门，陈兮雯离开台南的时候已打电话告诉他行程安排。于是叶茂安、叶诗斌两人约好当晚八时在厦门高崎国际机场国内到达厅迎接。到了时间，他们两人顺利接到刚从武夷山直飞厦门的航班波音 737 飞机下机的叶茂南、陈兮雯两人，大家寒暄了后，便坐着叶诗斌的那辆奔驰汽车直奔位于蓼花路口的厦门宾馆的五号楼。

叶茂南、陈兮雯两人刚踏入五号楼大厅，一位干部模样的老年男子就迎上一步喊道："大哥！大嫂！"说完话紧紧地去握叶茂南的双手。

"你是……"叶茂南一时认不出眼前这个人。

那个人便把自己身旁的一位妇人拉了一下，说道："她是叶茂茜，我是刘宏业啊！"

叶茂南端详起眼前的这位妇人，只见她满头银丝，脸容苍老，显得很是疲惫的样子。这哪里是自己印象中那个性格倔强、说话耿直、办事雷厉风行的叶家大小姐叶茂茜呢？叶茂南不觉问了一句："你真是叶茂茜？"

"大哥！是我啊！我是叶茂茜啊！你的亲妹妹啊！"说完话，她抱着站在叶茂南身边的陈兮雯，连说带哭，"大嫂！我对不住大哥啊！我当年不该斥责他是'反党反社会主义右派分子'啊！"说完话伏在陈兮雯肩上"呜呜"哭个不止，在场的人也都跟着垂泪。

叶茂南擦了一把泪，对叶茂茜说道："那都是过去的事，还提它做什么？"又说，"我和你大嫂经常说，倒是要好好地感谢你的先生刘宏业呢！"说完话，他转过身来对刘宏业说道，"谢谢你当年提醒我跟你大嫂一起去香港，我要没走成，日子可就不好过了，不知过不过得了那个'坎'呢！"

刘宏业说："1985年大哥大嫂回国来，我不知道，没能见上一面，事后听茂安说了我才知道，我把他批评了一通！不说是亲戚，就说是台湾来的客商，我也得见一见啊！后来我去香港参加一个招商会时，也曾想跟您会一会，可惜你们一家人已移居台湾了，没有见成。"

叶茂安插话说："姐夫原先是厦门经济特区管委会主任，厦门经济特区扩大到全岛后才回厦门市政府任副市长，分管外经外贸外资工作。"

叶茂南对刘宏业说："这么说我若想来厦门投资得找你啰！"

刘宏业说："是啊！招商引资的事归我分管。不过你不是已经在厦门有投资项目了吗？"他转过头来看看叶诗斌，"诗斌不是在湖里工业区内办了一个硅橡胶电子元器件工厂吗？我开头以为叶诗斌是新加坡客商，后来听茂安说了，才知道你们是为了绕过台湾当局的管制这道坎，才改在新加坡注册一间公司，以新加坡客商的名义进来的啊!”

叶茂南说：“是这样没错！否则那边的‘陆委会’会找我们麻烦的啊！不过这只是牛刀小试，我一直想在厦门‘大手笔’投资呢!”

刘宏业点了点头，会意地笑了笑。

亲人久别重逢，有说不完的话。大家感到遗憾的是上辈人叶乃盛、江秀卿、叶乃鸿、柳月桂都已离开人世，更不要说再上一辈的“内街嬷”杨锦霞、“外街嬷”祝艳琴以及大姑叶雅云、二姑叶雅芬了！叶茂南问道：“金枝太婆怎么样？身体尚好吗?”

叶茂茜答：“太婆原先跟我们住在一起，照顾我们的小孩刘向红，去年她无疾而终仙逝了。刘向红大学毕业了，在湖里一家外资企业工作。”

刘宏业、叶茂茜俩给大哥、大嫂设宴接风洗尘。大家相互搀扶着步入宴会厅坐定，叶文蔚赶了来，不一会儿，刘向红和叶宜玲也来了，原来刘向红特地把叶宜玲请来，大家相互请安问好，气氛热烈。叶文蔚、刘向红、叶宜玲是同龄人，三人在一旁说了许多悄悄话才归席。

席间觥筹交错，谈笑风生，气氛融洽。叶茂南问叶宜玲叶茂平的近况。叶宜玲说她爸身上有旧伤，刮风下雨天疼得不能下床，很少出门。叶茂南又问叶诗斌他哥哥叶诗贤怎么没来，叶诗斌说他哥哥当年上山下乡到永定县西溪农场种茶，后来与同队一位女知青结婚，在那里安家了，又说已经派车去接他们了，就不知赶得到赶不到。叶茂南一听说叶诗贤是种茶的，双眼一亮，说道：“我这次就是随茶协会访问团来大陆的啊！陆生要是会种茶，我来出资办一个茶场，让他经营。”陈兮雯对大家说了叶茂南在台南如何借种茶修身养性，大有收获的事，大家听了都夸叶茂南老当益壮！

第二天、第三天由叶茂安陪同叶茂南、陈兮雯参观厦门市的城市建设，刘宏业、叶诗斌、叶文蔚、刘向红、叶宜玲他们工作放不下，各自去干他们的事，没有陪同参观。

叶茂南、陈兮雯上一次回厦门时只作短暂逗留就回去了，没有来得及到厦门各地方走走看看，况且那时候厦门经济特区才创办三四年，百废待兴，百业待举，变化还不算大。时隔五年，厦门经济特区已扩大到厦门全岛，厦门的面貌发生了巨大的变化。鹭江道鳞次栉比地盖起许多高楼大厦，大有厦门的“上海外滩”之雄姿；东渡码头堆场上集装箱堆积如山，集装箱货轮停泊在码头上，岸上一字儿排开的门吊正在不间断地吊装集装箱；以筼筜湖为中心的湖滨北、南、东、西路焕然一新，车水马龙，充满活力。

叶茂南感叹地说：“过去的厦门港只有从沙坡尾到鹭江道第一码头这么一段而已，也见不到什么机械化设施，都是码头工人用肩扛货装运的，现在的厦门港往内延伸到东渡，又都是现代化的装载设施操作，真是令人刮目相看呢！”

叶茂安说：“将来还要往漳州方向延伸呢！你曾经工作过的那个香港招商局正在跟我们的港口管理部门接触，想在南太武建深水码头呢！”

叶茂南说：“港口要有货物集散腹地，把漳州做腹地，厦门港口才可能做大，这样好！”又说，“我可得赶快过来投资啊！不然先机尽让别人占去可就不好了！”

陈兮雯看到丈夫那个兴奋的样子，心里默想着：老天爷可要睁睁眼，让他如愿以偿，在厦门投资成功！

回来的路上，坐在汽车里，大家热烈地谈论着厦门的巨变，对明天充满憧憬。

忽然叶茂南悄悄对叶茂安问道：“有我的清和哥的消息吗？上次我不是交代过你，让你替我把他找来见面吗？”

叶茂安答道：“派人去南太武告诉他了，我想等你们回酒店时，大约他就在那里呢！您就能见到他了。”

叶茂南将信将疑。陈兮雯知道吴清和要是真能来，张文婉大约也会跟着来，她不便插话，怕叶茂南不好意思，就装作没听见，隔着车玻璃看窗外的一路景色。

这一次叶茂南、陈兮雯回来入住的是湖里的悦华酒店。汽车到了悦华酒店3号楼大门口停下来。叶茂南他们才走入装饰得金碧辉煌的酒店大堂时，从沙发上站起来一位满头银丝的老农模样的人，朝叶茂南高声地喊起来：“茂南少爷！”

叶茂南定睛一看，正是吴清和！便也大声地喊起来："清和哥！总算见到你了！"

这时坐在吴清和身边的一位老农妇也站了起来，吴清和赶快介绍说："文婉！"

叶茂南热泪盈眶，对张文婉直点着头，又对吴清和说："大家都老了！"同时把陈兮雯介绍给他们认识。

叶茂南请客人共进晚餐，席间他询问起吴清和离开后的情况。

吴清和说起他们离开叶家大宅后的经历。新中国成立后土地改革，因为他们家有多达十亩以上的土地，家庭成分被定为富农，吴清和被送去监督劳动。后来他父亲和吴妈先后去世，家里就全靠张文婉到渔业社做女工，处理鱼货赚工分维持生活。吴清和说张文婉做渔工处理鱼货，主要是用盐腌渍白带鱼、黄花鱼、海蜇皮，操作时双手长期浸在盐水里，手都发白脱皮了呢！又说，他们的男孩还没有结婚，在家里劳动，他自己是在1979年才摘去富农帽的。吴清和会干泥水匠活，在村子里揽活计，替人修房屋，儿子做帮手，一起赚点钱，如今日子过得还安稳。

叶茂南听后不禁深深地叹了一口气说："吴妈对我恩重如山，比我亲生母亲还亲，可是她不在了，我太对不起她了！"说完话便号啕大哭。陈兮雯安慰着他，他才止住哭，继续谈话。

吃完晚饭，吴清和、张文婉就要搭夜班船回南太武去，叶茂南拿出一沓钱给吴清和，他只是不肯收，后来叶茂安对他说："你就收下吧！这也是我大哥的一点心意！"他才收了下来，千恩万谢，带着张文婉走了。

回房间休息时，叶茂南还在想着刚才与吴清和他们见面的事。陈兮雯从浴室洗完澡回卧室，看他那一副呆痴的神色，便打趣地说道："喂！还在想你那个张文婉吗？"又说，"要是没有那个薛涵秋，你大概最终就跟张文婉成真夫妻了，说来这也是命啊！做'贵夫人'还是'农妇'，就一步之差！"

叶茂南苦笑了一下说："你不知拿这种事打趣我多少次了！"又说，"告诉你吧！就是没有薛涵秋，我也不会跟她做真夫妻的！大概最后的结局就只有写休书休掉，让她另找吧！我是相信婚姻必须以爱情为基础的，没有爱情就别结婚!”

陈兮雯瞟了丈夫一眼，说：“那你跟我结成夫妻是完全情投意合的啦?”

叶茂南笑了笑说道：“你知道了还要问！真是的，多此一举!”

陈兮雯语塞，只好说：“去！去！去洗澡！水给你放好了!”

叶茂南顺从地拿着换洗的内衣裤走入浴室里，不一会儿“哗哗”的水声便从浴室里传了出来。

不知怎么，陈兮雯想起有一次她替叶茂南晒西装，拍打西装上衣，把衣服倒过来抖动时，竟从西装内口袋掉下来一只信封，拿起来一看，里面有两张两寸的照片，分别是叶茂南、薛涵秋戴学士帽的照片。当时她愣了，觉得太受委屈了！眼眶里滚动着泪水，叹了一口气才把那两张照片又放回原位。现在陈兮雯一想到这件事，心里还很不平静呢!

去接叶诗贤的车回来了，终究没能接到叶诗贤夫妇俩，叶诗贤是农场的技术员，到省农业厅参加一个会议未回。叶茂南心里很惆怅。叶文蔚跑来跟他们两人谈了半天《老家厦门》的写作问题，叶茂南的心情才转好了起来。

回台南的时候，叶茂安来送叶茂南、陈兮雯。登上飞机舷梯时，叶茂南回过头来向叶茂安挥手道别，又深情地看了看他的故乡厦门一眼，他在心中念叨着：“故乡啊！我很快就会再回来的!”

“浮云游子意，落日故人情。”厦门航空波音 737 客机从厦门飞向香港，叶茂南、陈兮雯到香港启德机场后再改乘港龙航空的飞机飞往台南。

5

叶茂南是一位一旦下决心要做一件事就会千方百计坚持把它做成功的意志坚强的人。从厦门回台南第二天上午，叶茂南主持召开了一次股东会，讨论恒裕实业到大陆投资办厂的事，股东都表示赞同。大家说：大陆的市场那么大，外国人都垂涎欲滴想占一席之地，咱们同胞兄弟不去投资，不是会被人笑话吗？此事宜速不宜迟，要马上就办！叶茂南听了很感动。第二天上午叶茂南就带着公司业务经理小殷，搭机去香港干诺道中路找一家名叫“宏基”

的投资咨询顾问公司，委托他们对厦门海沧的投资环境作评估，选择准备来厦门投资兴办的项目。三个月后，这家咨询公司的业务主管毕先生约谈叶茂南，叶茂南又带着小殷来香港了。

叶茂南他们两人进了宏基公司业务主管毕先生的办公室坐下来，毕主管客气地跟他打招呼。一位穿着裁剪适体的黑色制服、靓丽可人的妙龄秘书小姐把一份卷宗从文件柜中拿出来，轻轻地放在毕主管大班桌的右角上，然后悄然退出房间，顺手把房门带上。

"尊敬的叶茂南先生，敝公司很荣幸能为您效劳。您所委托的贵公司'厦门海沧投资'案，经敝公司多次派专业人员去预定标的地考察、论证，现在已有结论，有关报告书敬请先生鉴读。"说完话，他把那份文件轻轻地推到叶茂南面前，叶茂南拿起来看，文件封面写着：

关于恒裕实业厦门海沧投资案咨询意见

叶茂南顺手翻开，看起文件目录来：

一、厦门海沧台商投资区的环境分析；

二、海沧台商投资区的特别优惠条件；

三、台湾当局对台资赴大陆投资的政策摘录；

四、台南市恒裕实业的基本情况；

五、对恒裕实业在海沧投资的建议意见。

叶茂南迅速地把文件一页一页翻过去，对最后的结论部分先睹为快，只见文件最后用黑体字写道：

综上所述，本公司建议委托人在厦门海沧投资区的投资以石油化工类为宜。受台湾当局关于台资赴大陆投资单项不得超过两千万美元上限的限制，本公司建议委托人采用"一筐鸡蛋分几个篮子装"办法，同时注册开办几个关联企业。

叶茂南把文件拿给小殷看。三人又具体商讨起投资事宜。

从香港回来，叶茂南破天荒第一次三天没下茶园劳动，一个人坐在陆羽亭面海的回廊里的一把藤椅上，边观海边用一把宜兴紫砂壶泡茶独酌。

在叶茂南的心中，他对于香港宏基的建议是不愿接受的。一个项目同时分散开来办会陡增成本开支，不说别的，仅管理人员配备，一个项目一个企业，本来只要一套人马就足够了，分成几个企业便是几套人马，工资、福利支出自然大了几倍；再者，一件产品在一个工厂里生产，出厂才纳税，而分几个厂生产，每进一个厂纳一次税，税负便加重了许多，吃亏不少哩！但是不这样做，受台湾当局投资大陆单项上限的限制，投资总额不能超过，项目又办不成，这真是进退两难啊！

午后的太阳照射在台南港的海面上，光闪闪一片，从码头起锚的集装箱货轮鸣着长笛，缓缓地向远方驶去，在船后留下一条约莫两米宽的长长的白色水波。正在涨潮的海水击拍着钢筋混凝土堤岸，击溅起丈把高的水柱，泛出雪白色的水花。

叶茂南又看看午后骄阳照射下他那个茶园，茶园里一棵棵的茶树，叶片上闪动着无数的光点，显得郁郁葱葱的。

“茂南，你怎么没下茶园当‘老圃’呢?”上街买东西回来的陈兮雯手里拿着一粒福建平和琯溪产的文旦柚，兴冲冲地从大门外走进来，对叶茂南问道。

“歇两天吧！心神不宁啊!”叶茂南伸了一个懒腰答道。

“来，吃文旦柚，是从香港转运来台湾的，难得一见啊！柚子皮厚，又有内囊，不容易坏，可是天宝香蕉、安溪红柿就不行，准烂掉！哎！要是两岸能直航就好了！两地的水果可以早上摘下来，下午就运过去。”陈兮雯把手中的那粒文旦柚的皮剥了，再掰开来，拿一瓣给叶茂南品尝。

陈兮雯边吃文旦柚边说：“不让到大陆投资，咱们不投资就是了，到其他地方投资不也一样吗？只要能赚钱就行嘛!”

没想到这一说，叶茂南面孔陡地便板了起来，放下手中才吃了一半的那瓣文旦柚，气呼呼地对陈兮雯嚷嚷：“怎么能这么说呢？‘胡马依北风，越鸟巢南枝’，谁不思念故乡，谁不想为桑梓多作贡献呢？你就忘了叔公临终的嘱咐吗？我是在为他完成未竟的事业啊！不返回大陆投资我是死不瞑目的啊！我年纪越来越大了，心里头越来越急啊！我还有多少日子可蹦跶呢？你以为我是为钱奔波吗？不是的！‘良田百亩，一日三餐，广厦千间，夜眠七尺’，我什么都有了，还赚钱干什么？我是有一点爱国情怀思乡情啊！”说完话，叶茂南激动得双眼发直，双手颤抖。

陈兮雯不禁吓了一大跳，双眼直望着丈夫，嗫嚅着说道：“我不过随便说说而已，值得你发这么大的脾气吗？”说完话，双眼红了起来，泪珠在眼眶里闪动着。

叶茂南反倒觉得不好意思起来，自我调侃地说道：“老毛病总改不了，爱激动，不好！对不起！对不起！”

这时别在叶茂南腰间的手机彩铃响起来，陈兮雯听了一下，是《中华人民共和国国歌》，愣了一下问：“你换了彩铃了？怎么是国歌呢？你不怕有人举报吗？”

叶茂南笑了笑说道：“不怕！我就是要用国歌做彩铃，它可以使我精神振作，斗志昂扬。”停了一下，他又说，“更重要的是要用它来时时提醒自己要为中华振兴、建设伟大的祖国贡献力量。”说完话他接听了手机，是张佳滨挂来的，约第二天午后要跟谢志伟、贾献宏来拜访他。叶茂南说了一声：“可以！”挂了机。

陈兮雯破涕为笑，掏出手帕擦了擦泪花，对叶茂南努了努嘴，示意他吃完那块文旦柚，叶茂南低下头三下两下便解决了问题。

都说“男人有泪不轻弹，只是未到伤心处”，叶茂南却是“都说男人有怒不轻发，只是未到最后时”。平时看起来，他为人随和，没什么脾气，可是一旦他发起脾气来却也挺吓人的。叶茂南说他这个个性完全是他父亲叶乃盛传给他的，他父亲叶乃盛也是这样，平时很和善，发起脾气却很要命！

第二天午后，张佳滨、谢志伟、贾献宏三人来访。大家围坐在陆羽亭的石圆桌边，边品茶边交谈。陈兮雯做“女招待”，给他们提壶续水，煮水泡茶，静静地听这几位男人说话。

谢志伟去越南投资刚回来，说：“‘南进’、‘南进’，‘南进’个鬼！我算是上了当！到那边办了一家小家电厂，生产咖啡炉、电饭煲，上下游不配套，连一个密封圈也没地方买，派人回台南买，那头工厂只好停工待料，枉费了工人工资、管理费。东西生产出来，报关也费时花工，十多天办不出来，对方的电报一趟一趟发来催货，又被按合同条款罚款，真是冤大头呢！”

贾献宏说：“是这样没错！我也在那边办了一个石材厂，石材倒是不错，只是开采出来运输成了问题，路没修好，从大山里拉出来，没有大卡车，只能用拖拉机一次次地搬，简直是‘蚂蚁搬家’！”

叶茂南问：“你们就不想到大陆去投资吗？”

谢志伟、贾献宏同声说道：“怎么不想！我们商量好了一起去呢！”

谢志伟看了看叶茂南，说道：“叶大哥，我们今天约好了来看您，就是想请您拿旗子带个头，咱们一起去厦门投资办厂。像上次办裕恒茶行那样，我们占点股份，您去操作。”

贾献宏附和：“是的，就是这个意思。”

叶茂南说：“我有此心久矣！只是有投资上限，不敢贸然而动啊！”

谢志伟说：“我们做小本生意的，船小好掉头，随便办个什么工厂就是了；叶大哥财大气粗，要办自然是办大的，您老不会化整为零，分别办几个厂吗？”

叶茂南说：“正在考虑呢！只是觉得会陡增运营成本，不敢轻率决定下来。”

谢志伟说：“多花些钱也无妨，只要把厂办起来就行。早作定夺为好！”

叶茂南点了点头说：“会的！”

谢志伟感慨地说：“我就是老想不通，海峡两岸同宗共祖，不都是中国人吗？在座的诸位，哪一位的祖先不是漳州、泉州人氏，哪一位的祖先不是‘唐山过台湾’，从厦门那个口岸来台湾的呢？我还记得清清楚楚，1950 年 5 月 10 日凌晨，国民党军队洪伟达部以查户口为名，闯进尚待解放的铜钵村，下令全体村民到谢姓祠堂前大埕集中，当场扣下一百四十七名青壮年，把我们押上停在海边的船，押去金门补充军力，从此我们与大陆的亲人天各一方，分离了四十多年。我做梦也在想着回东山铜钵村啊！现在大陆要发展经济，让老百姓过好日子，我们有点资本不回家乡投资，反要跑去别人的国家帮别人发展，天底下有这样的傻人吗？都说'肥水不流外人田'，农民还懂得护本、护根基；我们都是中国人，中国人不帮中国人，那还算得是中国人吗?"他看了看叶茂南一眼，又说道，"叶老，故土情深，您老这个头可是不带也得带，到大陆投资您必须带头！您一摇旗，咱们众弟兄就跟上，不图别的什么，光回家看看也是好的啊！大家说是不是?"

张佳滨打趣谢志伟、贾献宏："我在大陆没妻子、没儿子，你们两位有，怎么会不想家，怎么到现在还没成行回大陆呢？怕是'惧内'吧!"便对叶茂南说，他们两人在台湾又成了家，老婆大人"妻管严"。大家哈哈大笑了起来。

谢志伟说："你们也别小看人，我这一回要是回去，台湾老婆是同意的，她也想通了，不对我吵闹了。"

贾献宏说："我的台湾老婆更开通，要跟我一起回去见厦门的大姐呢!"

大家又笑开了。

贾献宏说："叶茂南，回大陆投资，您这个头非带不可。"他并不知道叶茂南已有恒裕硅电子项目。

叶茂南连连点头，还是那句话："会的!"

叶茂南问张佳滨是不是赞同回厦门投资，他说他还要看一看再说。

大家在叶茂南带领下参观茶园，连夸叶茂南的茶种得好，又说了一大箩筐的"茶话"，才散了。

此后的几天，叶茂南一直心事重重，不言不语，虽说照样下茶园劳作，但总显得一副心不在焉的样子。陈兮雯可不敢再"触霉头"讨没趣，也不劝慰他，随他去就是了。

这一天晚上，叶茂南、陈兮雯才睡下不久，叶茂南忽然从床上坐起来，斩钉截铁地双手拍了一个大巴掌说道："对！就这么办!"

“什么‘就这么办’?”陈兮雯从睡梦中被吵醒了，皱着眉头问道。

叶茂南伏下身子，对陈兮雯说：“‘一筐鸡蛋分几个篮子装’，先把事情办起来再说，无非就是多缴点税吧，等待时机，再作下一步之定夺。”又补充了一句，“我明天就向‘陆委会’提出申请，把到海沧投资的事办起来。”

“原来是这件事！我还以为是天空捅了一个大窟窿呢!”陈兮雯说道，转了个身，不理叶茂南，继续睡觉。

叶茂南悄悄地躺下来，过了一会儿也睡着了。

说干就干，第二天一起床，叶茂南就给公司业务经理小殷挂电话，让他来家里一趟。小殷很快就开车来朝根堂见老板。叶茂南详细地给他布置了任务，让他派人去“陆委会”办理恒裕实业到厦门海沧投资的申请。小殷正要离开时，叶茂南又叫住他，说：“你挂电话把叶诗斌叫回来，说我有话对他说。”又问了一句，“公司的股票近一阶段股价如何？是升还是降?”小殷高兴地答道：“升！升！抢买恒裕实业股的股民很踊跃!”

叶茂南微微一笑，挥挥手，小殷走了。

小殷走后，叶茂南一个人沉思默想，一颗心反而揪紧了起来。股民这么信任恒裕实业，踊跃购买恒裕股票，可是恒裕实业有钱不投资坐利，将来拿什么业绩去见股民呢?

第二天傍晚时分，正是万家灯火时分，叶诗斌取道香港返台南来了。一进门，叶诗斌就皱皱眉头对叶茂南说道：“什么事这么急，非要我马上回来一趟不可？我那边第二条生产线刚引进来，正在安装，离不开身啊!”

叶茂南笑了笑说：“有更大的事等着你去办呢!”便把自己决定去厦门海沧投资的事告诉了叶诗斌，叶诗斌一听很是高兴，催着快办。

叶茂南又笑了笑说：“这件事我另成立一个工作班子具体抓，你暂时还抓你那个硅橡胶电子器件项目，不过我另外要交给你一个任务，回厦门后你去南太武实地考察一下，我想在那里办一个茶叶实验农场，交你哥叶诗贤打理。诗贤不是种茶的技术员吗？他懂行。”停了一会儿，他又说，“将来让清和哥一家人也去那个试验农场做点事，你清和伯做茶场顾问。上次回去听他说他一家人的遭遇，我心里很难受，想帮帮他一家人，这也算是我对吴妈的报答吧!"

在一旁坐着听叶茂南他们父子俩谈话的陈兮雯不觉便点了点头，默默赞许着。

叶诗斌临走时，叶茂南对他说："回去后去找你姑丈谈谈，请他多多指教。"

叶诗斌没有留下来在朝根堂过夜，而是买了夜行班车的车票上了高速公路赶去台北市。出了站台后他打的士，赶到台大附属医院，想会会他的女朋友刘金英。

在医院宿舍区刘金英的房门口，叶诗斌按了好久的门铃却不见刘金英来开门，后来叶诗斌猛敲起门来，刘金英才来开门，一看来人是叶诗斌，便堵在门口不让他进屋。叶诗斌感到诧异，拨开她的手硬闯进去，床上一个长着满头棕发的洋少年"啊"的一声，坐起来惊讶地望着叶诗斌。叶诗斌问刘金英："这是为什么?"刘金英低头不语，嘟哝着："你总不来!"叶诗斌头也不回地走了，立马去桃园机场搭飞往香港的航班，再从香港返回厦门。

第二天上午，当叶诗斌走入总经理室时，早到一刻钟的李可欣见到他，惊愕得睁大双眼，说不出话来。几天不见，叶诗斌完全变了模样，他耷拉着脑袋，脸色灰暗，双眼布满血丝，完全不是昔日那英俊、潇洒的样子了。叶诗斌对李可欣说："给我冲一杯鹰牌花旗参茶!"李可欣冲了一杯，轻轻地把它放在叶诗斌办公桌上，问道："您怎么了?"叶诗斌看了她一眼，喃喃地说道："我爱的人她已经飞走了，爱我的人她还没有来到。"这正是当时流行的一首国语歌曲的唱词。李可欣忍俊不禁，返回自己的办公桌，拿来几份文件，请总经理签字，叶诗斌一一签了字。这一天是星期五，第二天就是双休日了，下班的时候，叶诗斌对李可欣说："明天上午九时我来接你，你陪我去凯歌高尔夫球场打高尔夫球。"李可欣踌躇了一下，看了看叶诗斌，点了点头。

第二天清晨，叶诗斌果然开了他那辆宝马车来接李可欣。

凯歌高尔夫球场位于同(安)集(美)路边，是标准的十八杆高尔夫山地球场。两人各自走入自己的房间，换了一身白色的休闲服，再下练习场打球。李可欣从来不曾打过高尔夫球，手持球杆不知如何摆弄。叶诗斌站在她身后握着她的手，告诉她眼睛该如何向前远望，双手该如何操持球杆，又该如何击球等等。好一会儿后，李可欣琢磨出其中的道理，可以独立运作击球了。

晚饭后两人在铺着鹅卵石的小径散步，李可欣轻声地问叶诗斌："到底发生什么事了?"

叶诗斌说："我被女朋友甩了!"

"为什么?"

"不为什么，她另有男朋友，是一个洋小子。"

"但是我听说你们彼此交往，不是已有一段不短的时间了吗?她怎么就……"

"是有一段时间没错，但总是磕磕碰碰的，她脾气大，我又常在大陆，两人见面时间少，渐渐就疏远了。所以她说变就变啊!"

叶诗斌与刘金英的结识是偶然的。

那一年放暑假，叶诗斌从美国回台南省亲，一个人驾车外出去花莲太鲁阁旅游。在去太鲁阁幽峡的路上，在他的前面有一辆标致女式汽车开得很慢，堵着了路，叶诗斌不耐烦，一直按喇叭让它闪开，没想到标致车停了下来，从车上下来一位年约二十岁的女郎，边打手机跟人说话边大声嚷嚷："按什么喇叭，赶送葬吗?"语出伤人，叶诗斌也停下车来要跟她理论一番，两人争执起来。许多游客过来劝架，两人才各自上了车，开车而行，各奔东西。想不到第二天，叶诗斌到瑞穗温泉泡温泉时，遇到了这位女子也来泡温泉。当时叶诗斌换了衣服，穿着游泳裤下池，抬头一看，对面一位穿着游泳衣的女子占着一眼泉，闭着眼，正在任由温泉淋着。叶诗斌觉得那女子面熟，定睛一看，正是昨天跟自己吵架的女子。不打不相识，叶诗斌颇有绅士风度地对她致意，两人互询姓名、职业和住址。原来这位女子名叫刘金英，在台大附属医大读西医；叶诗斌也介绍了自己的家庭、个人的一些情况。临别时双方互留了手机号码，互道珍重。此后，叶诗斌去美国上学，两人常常越洋通话，成了好友。每次放寒暑假回台南来，叶诗斌就去台北与刘金英约会。后来叶诗斌奉父命来厦门打理恒裕电子项目，与刘金英渐渐疏远了。想不到那一天当叶诗斌兴冲冲地去台北要会会刘金英时，她却已另觅新欢了，叶诗斌好懊恼啊！

李可欣听了叶诗斌的叙述后，并没有多说什么，只是安慰安慰了他。大概是叶诗斌太需要一个感情的支撑点吧，他不觉端详起眼前自己的这个下属来，结果发觉她颇端庄秀丽，落落大方。叶诗斌已是大龄青年，他的那些大学的同班同学有的早就做爸爸了！在叶诗斌心里有一种朦朦胧胧的感觉，他仿佛感受到像李可欣这样清纯的女子，正是自己理想的伴侣，是自己"爱"的归宿。他不由自主地伸手握着李可欣那一双小手，想不到李可欣温顺地让他握着，还腼腆地对他笑了笑。这时的叶诗斌真比买彩票中了头奖还激动呢！自这一天起，两人相处时似乎便另有一种微妙的变化，有人说这就是"爱"！

6

过了三个月，"陆委会"批准了恒裕实业的厦门海沧投资案，由叶茂南重金聘请来当项目总裁的三十多岁的美籍华人田文辉也走马上任，叶茂南让他打头阵，先行来厦门办理投资申请、征地、建厂房等事宜。田文辉也是美国弗吉尼亚大学毕业的，不过比叶茂南低好几届。叶诗斌同时也是这个项目的董事。谢志伟、贾献宏各认了几股，张佳滨没有认股，他这个人还有顾虑，不是十拿九稳的事他是不干的。

刘宏业主持开了几次会，专门研究有关恒裕实业投资的事，还成立了一个项目组，由已升任厦门市政府外资局首任局长的叶茂安任项目组组长，负责解决办厂过程中遇到的征地、拆迁、水电安装、道路和招工等问题。同时叶茂南投资南太武办茶业实验场的事也有了眉目，叶诗贤调来厦门，食宿在南太武村委会旁边的村招待所里。又是土样送检，又是征地，又是选茶种，叶诗贤一趟一趟上福州，到省农科院茶叶研究所送样，忙得不亦乐乎。

2000年元旦上午十时，叶茂南带着陈兮雯从台南乘机到香港后，改乘港龙航空公司的班机到厦门。已从外资局退休的叶茂安带着外资局两位干部开车到机场去接他们俩，同行到达的还有谢志伟、贾献宏。一路上，大家谈笑风生。汽车沿机场路经湖里大道，从疏港路口上了海沧大桥，向海沧方向驶去，坐在汽车后座上的叶茂南激动地说道："海沧大桥都已经通车了！真快啊！"

坐在司机副座的叶茂安回过头来对叶茂南说："上一次您来厦门时海沧大桥还没建，是你们回去后，1996 年 12 月 18 日正式动工的。这座桥全长近六千米，主桥为大跨度悬索桥。前天，12 月 30 日刚刚建成通车，你们是第一批台湾客人啊！"

叶茂南兴高采烈地说道："我们是第一批呢！要没这座桥，我们来海沧可就要绕大圈子，从海堤去集美，再从集美的灌口过东孚、角美来海沧呢！"

谢志伟、贾献宏也兴高采烈地夸起好来。

到了海沧台商投资区，田文辉迎了上来，带叶茂南、陈兮雯参观工厂。下午三时，叶茂南、陈兮雯一行人参加了恒裕石化的开工典礼。叶茂南亲自剪彩并讲了话，很兴奋；退居二线到厦门市政协任副主席后办理了离休手续的刘宏业也来参加开工典礼，也上台讲了话。

第二天上午，叶茂南、陈兮雯、叶诗斌、田文辉又赶去南太武参加恒裕茶叶实验农场的开工典礼。谢志伟、贾献宏没有去，他们要回老家去看看。

叶茂南老远就认出他当年留在大陆的儿子叶诗贤，他迎上前一步喊："诗贤，陆生！"

叶诗贤叫了声："爸！妈！"激动地用右手比画着三只指头说："三十三年了！你们走的时候我十六岁，现在我四十九岁了！"

叶茂南边哭边问："你身体还好吗？"

叶诗贤答："还好！"又过去拥抱陈兮雯，叫道，"妈！"随即把站在他身旁的一位四十多岁的妇女拉了过来，对二老说，"这是周建兰。"又指了指一个十七八岁的青年说，"我们的儿子叶小坪！"那青年人乖觉地对叶茂南喊"爷爷"，对陈兮雯喊"奶奶"。这是叶茂南、陈兮雯两人自 1967 年从厦门去香港后第一次见到他们的大儿子叶诗贤和他的一家人。

这时一位村干部走过来问叶诗贤："开幕典礼可以开始了吗？"

叶诗贤答："开始吧！"把叶茂南、陈兮雯请到临时搭建起来的一个戏台子上，让叶茂南、陈兮雯分别坐下来。南太武乡乡政府的领导上台宣布："恒裕茶叶实验农场开工典礼开始，鸣炮！"

"噼噼啪啪"的鞭炮声震天价响。乡政府领导请叶茂南、陈兮雯下台来，在台前一块土地上挥铲铲土，为实验农场奠基。

随后乡政府领导、叶诗贤也拿起铁铲铲土，大家把刻着"奠基"两个字的一块花岗岩埋入泥土里。

当晚，南太武村委会在村招待所设宴招待叶茂南、陈兮雯及其子女。散席后，叶诗贤、周建兰夫妇邀叶诗斌去他们在招待所的家过夜，叶茂南、陈兮雯则被吴清和、张文婉邀去他们的家里小叙。

叶茂南、陈兮雯走入吴清和、张文婉的家，叶茂南对吴清和说："当年吴妈给我们念儿歌催眠时说过，从家里的窗口望出去便能看到南太武山上那块刻着'苍龙入海'的大石，是从哪一个房间往外看的啊？"

吴清和便把叶茂南、陈兮雯领入他平时歇息的西屋，指着窗外对叶茂南说："你从这个窗口往外望便可看到那四个字。"

叶茂南依吴清和的手指指的方向往窗外一望，果真便看到石上"苍龙入海"四个苍劲有力的大字，连连点着头说道："看到了！看到了！果真能看到。"又让陈兮雯也过来看一看。

吴清和说："明天我们到山上去望金门，天气晴朗时便可以看到金门岛上的北太武山呢！"

这夜，吴清和、叶茂南两个老兄弟睡一个房间，陈兮雯、张文婉睡一个房间，两边都叽叽喳喳聊个大半夜。田文辉在大厅里搭行军床睡。

叶茂南对吴清和说："小时候在桥仔头叶宅的那些日子仿佛就在昨天，可惜吴妈走了！"

吴清和说："我们哥俩都是八十岁的人了，我阿母要还在世该有近百岁，百岁老人，她怎么可能不走呢？"

叶茂南说："吴妈对我的爱真正是发自内心的，说起来她爱我的程度还超过爱你呢！"又问，"她走前有没有念我的名字呢？"

吴清和大声喊起来："怎么没有?！她一直在叫你的名字呢！"又说道，

“那是自然的！你是少爷我是仆，我阿母‘职业道德’高，她知道自己是被雇来奶少爷的，尽责尽力啊！”

叶茂南哈哈笑开了，吴清和也笑开了。叶茂南从北窗望着海对面的海沧，灯火璀璨，宛若仙阆似的，心里好一阵激动。

陈兮雯、张文婉俩也说悄悄话，陈兮雯问张文婉：“听说你跟茂南是指腹为婚，怎么……”

“哎！都怪我跟他不般配啊！”张文婉答道。说完话她便去开木箱，拿出那两只小金锁，说：“这两只小金锁是我们做弥月时，双方父母送给对方孩子的，我没福气跟他成双成对，他有文化，我没有。”

陈兮雯把那两只小金锁拿在手上看了又看，一只上面刻着“红运绵长”四个字，一只上面刻着“富贵花开”四个字，她便诧异地问道：“你为什么不上学呢？那时候办新学，男女都可以上学，你家又不是拿不出钱交学费！”

张文婉摇了摇头说道：“都怪我爸！说什么‘女子无才便是德’，又说反正已有了婆家，不让我上学！”她咬了咬牙根才又说，“你有文化，跟他才是天生一对哩！他这人心地善良！”

陈兮雯说：“也不尽然！人家脑海里有一个人在走来走去啊！”她把那只珠绣手提包拿给张文婉看，“这是结婚那天他送我的礼物，也是那女子要他替她送的啊！”又说，“有一次我替他晒西装，发现他的西装上衣内袋一直藏着他和那女子的两张照片，你看！你看！这不是‘走私’吗？”

“这女人是谁？”张文婉一头雾水地问道。

“薛涵秋啊！”

“噢！就是他在美国留学时那个同班的上海女生吗？我父亲就是知道她被他带回家来，才硬逼着要我们成亲的啊！听说后来她离开叶家出走，最后被土匪劫持去，为了保护他开枪自尽了！”

“是这样！”陈兮雯说道，“有一次他对我坦白，说他爱上我是因为我太像薛涵秋了！你看，冤大头了是不是？我做了人家几十年的影子，薛涵秋的影子啊！”说完话，她噘着嘴，一脸不高兴的样子。

忽然张文婉想起了什么，问陈兮雯：“那只田黄石印章后来有没有拿回来呢?”

陈兮雯皱皱眉头问:“什么田黄石印章?我不知道啊!”

张文婉说:“太爷临终时叫二太婆拿出一只田黄石印章交代叶茂南的父亲交给他的,我们俩拜堂后,他交给我保管,后来他被日本人抓走,我拿去给我父亲转交给日本人,他才得以被放出来。日本投降后不知有没有把这只印章要回来,因为自那天我跟妈、清和离开叶宅以后,大家再没见过面,往后的事我就全不知道了。”

陈兮雯说:“日本人哪里会把它还给中国人呢!一只印章随便塞入哪只袋子里就带走了,恐怕没地方找吧!”

张文婉想了想,说道:“兮雯老妹子,你也别对他生气。都说‘名分’、‘名分’,我们三个女人,我嘛,是‘有名没分’,跟他空做了一场夫妻;薛涵秋嘛,是‘有分没名’,跟他爱得死去活来,终究没成为夫妻;而你呢,是‘有名有分’,他爱你,你是他名副其实的妻子,一起生活了五十多年了。兮雯老妹子,我劝你一句,他那么爱那个薛涵秋,这倒说明他这个人对爱情忠贞不贰。再说,没有薛涵秋的死就没有他叶茂南的生啊,人家是用自己的生命换来他的性命的啊!反正这个薛涵秋也死了,你也别再懊恼。你就装糊涂,把自己当成那个薛涵秋,这不就结了吗!”说完话,她抚着陈兮雯的肩膀,两人相视一笑,才解衣上床睡觉。张文婉很快就入睡了,陈兮雯却一直在想着张文婉刚才说的那一席话,后来才迷迷糊糊睡去……

叶诗贤、叶诗斌小兄弟俩也骈足而卧,同睡一床聊天呢。

“哥!你这三十多年的日子是怎么挨过来的呢?我真想象不出来呢!”叶诗斌说道。

“哎!好活歹活,不都得活?”叶诗贤叹了一口气,说,“永定是闽西山区,农场茶工种茶收入少,日子过得紧巴巴的,不要说吃鱼吃肉,就是菜有时也缺,把南瓜叶上的毛刷掉,放水里煮着当菜吃哩!哪像你,生在蜜罐子里,衣来伸手,饭来张口,还留学,受到那么好的教育!”

叶诗斌说:“你叫陆生,我叫港生,我足足小你十五岁!各人有各人的命运啊!当年爸、妈也是不得已才把你留下来的啊!我在他们身边,他们没一天不在思念着你呢！所以我从小就知道我在大陆还有一个哥哥叫陆生呢！”

“我知道！”叶诗贤说道，“不过这些都是过去的事，现在咱们一家人团圆了，又赶上好时代，我想好好把这个茶场办好。”

“我也是！”叶诗斌说道，“我那个硅橡胶元器件厂也越做越红火，我一定把它办好！恒裕化工是咱爸亲自把舵办的项目，又分别请了几位专门的管理人员，也一定能办好的！咱们的未来都有奔头啊！”

叶诗贤悄声问叶诗斌：“成家了吗？”

“没有。”叶诗斌答道。

“有对象吗？”

“有。”

“在哪里工作？”

“原先在台湾认识一位在台大附属医院当大夫的女大学生，不过后来吹了；现在正在跟大陆的一位女孩子谈恋爱，她也是厦门人，总有一天我会把她介绍给大家认识的。”

“得抓紧些！你的岁数也不小了。”

叶诗斌点了点头。

鸡鸣头遍，叶诗贤说：“睡吧！明天还有事要办。”又重复了一句，“你也三十三岁了，该成家了，别再拖下去！”

兄弟俩熄灯，相继睡去……

第二天一大早，吴清和领着叶茂南走出家门，上南太武山去看“苍龙入海”那四个字。站在巨石前，叶茂南抚摩着刻在石上的那四个大字，又抬头远望，隐隐约约仿若能穿过海峡看到金门北太武山。叶茂南高兴地说道：“其实古时金门、厦门是同属一个县的。1912 年废除清制，厦门、金门两岛从同安县划出来，成立思明县。后来金门才又从厦门分出去，独立成立县政府。抗日战争时期，金门沦陷，县政府设在厦门的大嶝岛上。一条窄窄的海峡，怎能隔断两地人民的情缘呢！”

这时叶茂南腰间的手机响了，叶茂南接听，原来是谢志伟打来的。谢志伟告诉叶茂南，他回东山铜钵村去，见到了他的大陆妻子谢凤娇和儿子谢必勇，实现了几十年漂泊在外的夙愿。当年他离开铜钵村时儿子才一岁，现在也五十岁了，也有儿子、孙子了。他儿子带他参观村子里的寡妇村展览馆，他很感动，希望这种亲人分离的事情不再发生。又说东山这几年发展很快，过去的沙患治好了，村民种芦笋做罐头外销，生活好过了起来，也有外商来投资办加工工业什么的等等，他也正在考虑在家乡投资办企业呢！叶茂南说他替他感到高兴，希望他多住些时日再回台南。谢志伟说这是自然的。

不一会儿，贾献宏也打来电话说他回同安区褒美村后，见到了他的“大陆妻子”吴娇治和子孙们。有趣的是这一天正是他们的结婚纪念日，子孙们执意要为二老做钻石婚庆，没办法，他只好按老风俗又做了一回新郎官。他说他打算给当地一个农业合作社投点资，参与推广种植台湾优质水果，在大陆市场销售等等。

挂了机，叶茂南对吴清和说：“人走得再远也会想念家乡，家乡是磁铁，人是钢针，会被牢牢地吸住的！”

初升的太阳从海上升起来，挂在天空中，大海波涛汹涌，在阳光照耀下闪闪发光，很富动感，充满着活力。

叶茂南一直想再画一幅《鹭江春》来表现厦门的新风貌，为此他曾经收集了许多厦门鹭江两岸的照片，也曾多次构思，且已落笔画了起来，但最终他还是把画纸团起来扔了。不是叶茂南手中没有一支丹青妙笔，而是他总觉得自己跟不上厦门日新月异的脚步，与其画了出来让人说不像，倒不如不去画它。

后记一

从事文化产业研究多年，一直有一个梦想，能够通过自己的精心系统策划，把中华大地每一座山、每一片水、每一棵树都做成影视，向全世界强势传播，让所有看到的人都从内心深处，深深热爱中国文化，迷恋中国文化，保卫中国文化。无论他的国籍如何，无论他的信仰怎样，无论他的民族是什么，都自觉地成为中国文化的宣传员——就像现在许多人对美国那样。

说起美国，许多人认为美国文化因为优秀才传播天下，成为某种意义上的标准。这当然有其道理。可是这只是知其然，而不知其所以然。美国不是因为优秀才传播，而是因为传播才优秀。而美国文化的传播多半与一个名叫好莱坞的小镇有关。它本来是洛杉矶一个小镇，由于一位导演的入住，逐渐成为电影工业生产重镇，并以其花样百出的作品，打败了法国电影、瑞典电影、德国电影、英国电影，成为世界电影翘楚，给人类带来革命性的影响。与此同时美国也逐渐从一个西方世界的小弟弟一举成为世界超级大国。正所谓视觉影响历史，抓住眼球就是抓住地球。美国人的眼球艺术学、眼球经济学、眼球心理学、眼球军事学和眼球政治学，实在出神入化，值得我们学习。国内有一个错误，就是学习美国从小处着眼，仅仅学习其技巧，学习其追求票房的花招，却不能从大处养眼，学习其全方位、立体化传播。而有关方面也不能高屋建瓴地对好莱坞有一个深刻的认识。这就导致中国影视产业低素质、低标准、低票房、低收益的恶性循环。而另一方面，中国市场却为美国影视、日本影视、韩国影视贡献着巨大的票房。

这一切都时刻刺痛着我的心，要想改变这一现状，不应该是喊口号，建影视城，到处圈钱，而是要进行系统规划，出大作品，出精品，把中国的历史文化、地域文化和人文文化再现出来，传播出去，影响世界人民，影响人类历史。

自然而然，我想到了福建，实现我的这一梦想，一切从福建入手最好。因为福建从宋朝就是开放前沿，经由福建，多少中国瓷器、丝绸和茶叶通过海洋，运到世界各地，引得多少贵族疯狂！而郑和下西洋，郑成功收复台湾，林则徐虎门销烟……多少与福建和福建人有关的历史，都激励了国人的爱国主义热情。下南洋更是用中国人的血泪，把中国文化、中国饮食、中国生活方式带到了世界各地。这一切可歌可泣的历史，应该通过艺术特别是视觉文化艺术，表现出来，让后人纪念，让世人瞩目。

于是我策划了一批与福建有关的影视，《老家厦门》是其中之一。由于时间学养原因，《老家厦门》剧本只创作出了第一部，后面的发展延续，只是停留在大纲阶段，未及展开。幸亏海峡文艺出版社的领导、编辑们多方联系，才找到了庄维明先生。

庄先生是厦门本土作家，有多部描写福建的作品行世，是改编、续写《老家厦门》的恰当人选。通过他的艰辛劳动，《老家厦门》的历史跨度由原来剧本中的几十年，变成了一百多年。这一点尤其值得肯定。大时代应该有大作品，西方都有“长河小说”，如巴尔扎克、左拉、福克纳、马尔克斯等等，他们的作品都非常大气。而这类作品在中国却非常少。因为值得写的东西太多，线索太纷乱，因为历史包袱太沉重。另一个原因是近三十年来人们一切向钱看，导致文化短视。所以中国文学不是个人恩怨，就是小情小调。有一个寓言，说几个民工在盖房子。有人问他们在干吗，第一个说他在混饭，第二个说他在盖房子，第三个说他在建设城市。多年后，第一个民工无饭可混，沦为乞丐；第二个民工仍然在盖房子，只不过成了包工头。第三个民工却成了市长。心态如何，眼界如何，建树便如何。庄维明显然是有良好心态和高度眼界的，是可能沉下来搞“长河小说”的人选。这令我欣慰和感谢！

其次我要感谢福建省新闻出版局李闽榕书记对《老家厦门》这个项目的指导与支持。还要感谢更多参与讨论、批评的朋友们，我爱你们，没有你们的支持，也不会有《老家厦门》的今天。

颜建国

2013 年 5 月 7 日于北京金融街

后记二

作为祖国东南明珠，福建历史悠久，人杰地灵。作为祖国南方沿海省份，福建一直是中国人的骄傲。宋朝时期，福建就是一个沟通中国与世界的重要枢纽。可以说，没有福建，中国文化的传播就没有那样久远。鸦片战争后，中国逐步沦为半封建半殖民地，中国文化式微，所有的中国人都开始痛苦思索，寻求救国之道。而福建人更是首当其冲，成为“走出去”的典范，下南洋，过台湾，更是福建人的悲壮迁徙。通过不断地迁徙，福建人的脚步走遍天下。毫不夸张地说，有绿荫处就有福建人，有井水处就有福建人。厦门人在所有这一切过程中，付出的很多。

应该有一部伟大的作品，真实而艺术地记录、再现这一波澜壮阔的史诗。由于种种原因，这一宏愿一直未有人去实现。

直到有一天一个名叫颜建国的湖南汉子出现。颜建国是知名文化研究学者，其《势力经济循环模式图》、《中国文化对外传播模式图》等不同凡响。尤其难能可贵的是，他对福建这片神奇的土地充满了真挚的爱。他通过对影视文化产业特别是美国好莱坞影视传播模式的悉心研究，加上自己的创造，创立了“势力经济学”。他认为影视文化产业是文化的母体产业，可以串联一个地区的历史文化、地域文化和人文文化，对外强势传播。他的学说扎实、新颖。为了体现自己的学说，他策划创作了一系列影视作品，其中电视连续剧《老家厦门》就是为福建量身定做的几部作品中的一部。作品恢宏大气、荡气回肠，有大气象和大抱负。还未脱稿，就引起了著名艺术家唐国强、著名编剧刘星等人的强烈关注。台湾著名政论家邱毅更是热心签约，筹备拍摄。

颜建国认为，完成这样一部大作品，不能匆忙草率，而应该十年磨一剑。集思广益，用更多人的头脑风暴，对其进行不断的切磋琢磨。也许是上帝的安排，《老家厦门》的剧本与我发生了亲密接触。

我是于2012年6月17日从海峡文艺出版社接到《老家厦门》改写任务的。改写过程中，除保留电视连续剧剧本的剧名《老家厦门》，剧中几位主人公叶茂南、叶茂茜、张文婉、陈兮雯，以及叶乃盛、叶乃鸿、张里保、吴青和等外，又增加了刘宏业、薛涵秋等许多新人物；同时力求保持原剧作的主题和基本构想，即以厦门几家名门望族之间的爱恨情仇、商场争斗、悲欢离合来反映自清末民初至改革开放、21世纪初这段时间厦门的沧桑变化。另一方面从长篇小说创作的需要，我也对《老家厦门》的时代背景、人物关系和故事情节都作了较缜密的思考，增加了大量厦门元素。其一，是发生于近百年时间内厦门的许多重大历史事件，如：抗日战争时期的厦门保卫战、厦门青年战时服务团活动；解放战争时的厦门大中学校“第二条战线”斗争；新中国成立后的经济恢复工作、反右斗争、“十年动乱”；改革开放以来创办厦门经济特区等。其二，是把厦门与台湾紧密联结起来，不但小说中主人公叶茂南的曾祖父叶朝根在清末台湾首任巡抚刘铭传治台时期“唐山过台湾”，做了垦丁，还安排了叶茂南在“十年动乱”初期去港转台，再于改革开放后返回厦门投资兴业等内容，诠释海峡两岸人民血浓于水、两岸人民一家亲的亲情，使小说有了一个较大的升华。其三，在人物塑造上力求具有厦门人的特性、思维定式，同时通过环境描写、人物对话、民歌民谣、风俗习惯等的介绍，表明《老家厦门》是写发生在厦门的故事的一部小说，是作者在为厦门作“传”，告诉人们厦门的那些事儿。

就小说《老家厦门》的人物而言，叶茂南、薛涵秋、叶茂茜、刘宏业是作者着墨最多的四个人。作为“一号人物”的叶茂南，无须把他描述成一位赴汤蹈火、振臂呼号的英雄式人物，而是力求按一个普普通通的厦门人的形象加以塑造。在他的身上，具有睿智、明理、耿直、勇于担当、有情有义等品格。尽管他历尽劫难、饱受折磨，甚至于被错划成“右派”，在“十年动乱”初期受到冲击，但他去香港、台湾创业，业有所成后，始终念念不忘回老家厦门来做一番事业，以报故土桑梓之情，并身体力行，最终圆了梦。薛涵秋是叶茂南留学美国的同班女同学、热恋的情人，在危急关头，她饮弹自尽，掩护叶茂南逃出虎穴，彰显了一位血性女子的气魄、胸怀，成为叶茂南这位人物生存、奋斗的一个正能量。在小说中她虽着墨不多，但是占有重要的一席之地。叶茂茜是叶茂南的胞妹，在厦门沦陷时期，掩护过抗日爱国志士，抗战胜利后当上一名人民教师，在反右斗争、“十年动乱”中她的许多过激行为具有代表性，这一人物从另一个侧面与叶茂南形成对照，留给人们一些思考。刘宏业这个人物是作者塑造的一位地方干部形象，他具有实事求是、勇于承担责任、敢于开拓进取的品格，是小说中不可或缺的一个人物。另外，叶乃盛、张果保这一对“老亲家”是小说中一对由亲至仇的冤家死对头，分别代表着“忠恕”与“狡诈”两种不同的商业理念，作者的用意在于通过这两个人物所代表的叶、张两家的发家史，来浓缩、表现厦门作为一个中国东南贸易商港、对台重要港口的发展轨迹。

在小说《老家厦门》的整个改写过程中，海峡文艺出版社的同志始终给予大力的支持、帮助，提了许多宝贵的意见、建议，在此特致谢忱之意，感谢大家！

由于《老家厦门》所反映的历史跨度很长，人物关系错综复杂，改写的时间又十分匆促，加上本人写作水平有限，一定还存在着许多缺点甚至错误，欢迎广大读者批评指正。

庄维明

2013 年 4 月 1 日于厦门武夷花园明珠阁